一书一世界

沙发图书馆

危险的夏天

〔美〕欧内斯特·海明威 著

张白桦 译

译者序

刚刚用离线文件把《危险的夏天》发给编辑王立刚老师,手竟还在微微地颤抖。今年是美国作家欧内斯特·海明威诞辰117周年,世界各地的人们仍在阅读着这位美国精神的丰碑,而我也以译者的身份三次走近这位大师的传奇巨作。继翻译了使他荣膺1954年诺贝尔文学奖的《老人与海》之后,又接连翻译了他的两部颇具个人风格和魅力、并有强烈自传色彩的随笔杰作——《非洲的青山》和《危险的夏天》。机缘巧合,这两部作品都是海氏的专书,一本是打猎专书,一本是斗牛专书。更为可贵的是,《危险的夏天》还是从发黄的旧书稿中发现的海明威最后一部未来得及出版的完成之作。

尽管从动物保护的观点上看目前人们对斗牛存在争议,但是斗牛作为西班牙特有的古老传统还是保留到现在。斗牛季节是3月至10月,每逢周四和周日各举行两场。如逢节日和国家庆典,则每天都可观赏。千百年来,这种人牛之战吸引着世界各地的人们,更是现代西班牙旅游业的重要项目。西班牙全国共有400多个斗牛场,西班牙的斗牛历史可追溯到两千多年前。1743年马德里兴建了第一个永久性的斗牛场,斗牛活动逐渐演变成一项民族性的娱乐体育活动。当发疯的猛牛低头用锋利的牛角向斗牛士冲来,伴随着优美的音乐,英俊潇洒的斗牛士不慌不忙双手提着红色的穆莱塔做一个优美的闪躲动作,猛牛的利角从斗牛士的胸前一擦而过。这生死之际的人牛合一的瞬时雕塑,这优美一闪,让全场的观众如痴如醉。外国人认为,斗牛作为西班牙最具代表性的民族体育项目,代表着西班牙人粗犷豪爽的民族性格。

1923年夏天,海明威与两位第一次出版他著作的出版商比尔·伯德和罗伯特·麦克阿蒙一起到西班牙旅行,此后,他曾多次重返西班牙,原因很简单,他迷上了那里的斗牛。他发现了斗牛运动的哲学意义和美学意义,"它并不像人们经常说的那样残酷,它是一幕伟大的悲剧——是我见到的最漂亮的事物,它比其他任何事情需要更大的勇气和技能,特别需要勇气。就像在一场大战中坐在场外看戏,对你来说就什么也没有发生。"他迫不及待地投身于这种运动,在与公牛的生死搏斗中,研究和理解死亡的本质:"这里是你能了解到生与死的唯一场所,在战争已经过去的今天,暴死往往发生在斗牛场。我打算去学,去写,从非常简单的事情开始,所有事情中最简单和最基本的事是横死。"

海明威还发现了斗牛与创作的关系,认为作者应和斗牛士一样,按自己的风格去写作、去生活。他告诉作家菲茨杰拉德,斗牛不仅需要勇气,也需要一种更重要的但很少外露的气质,他称之为"压力下的优美风度"。他认为斗牛士通过征服恐惧来支配死亡,就会从死亡与恐惧中解脱出来,"斗牛是艺术家面临死亡威胁的唯一艺术,在这种艺术中表演精彩程度取决于斗牛士的荣誉感"。他爱这个国家和她的人民。他说他们的语言几乎像当地人一样,他是他们民族热情的一个"狂热爱好者"。随着《危险的夏天》等大量描写斗牛运动的小说问世,这项充满"甜蜜的"血腥味的残酷运动在全世界声名大振。为此,西班牙人至今仍在感谢海明威。

真实性是西方文学美学的一大支柱,是西方美学特立于世界的根本之所在。与海明威同时期的作家,尤其是当先锋作家极力打破文学的外在真实时,海明威特立独行,一再强调文学的真实性。他认为:"……作家应该像上帝的教士一样,要非常正直,非常诚实。他要么诚实,要么不诚实,像女人一样,要么贞洁,要么不贞洁,写过一部不诚实的作品,以后就再诚实不起来了。"海明威认为,真实是一个作家特别是一个小说家的基本素质,作家首先是"正直"的、"诚实"的,而后才能创造出经受时间考验的有价值的文学作品。并认为一个作家要"写得清楚明白,人人都看得出他是不是伪造"的。卡耶塔诺·奥多涅斯(Cayetano Ordóez,1904—1961)外号"帕尔马小子"(Ninodela Palma),是20年代著名的西班牙斗牛士;他的儿子安东尼奥·奥多涅斯(1932—1998)也是一位著名斗牛士,与海明威是朋友,是本书中的两个主人公之一。

1961年7月的一个清晨,离海明威62岁生日还有十几天时间,他把他那支曾在非洲的青山中打过狮子的猎枪的枪口伸进自己的嘴里。

胡安·贝尔蒙德,这位西班牙最杰出的斗牛士,在听到"欧内斯特刚刚自杀了"这个"晴天霹雳"时,只是慢慢但很清晰地吐出了三个字:"干得好!"之后,他也用同样的方式了结了自己的一生。

海明威写道:"一个国家要热爱斗牛,必须具备两个条件。一个是那里必须饲养公牛,二是那里的人必须对死感兴趣。"

而死亡对于海明威来说,具有最大的真实性和现实性。美国评论家马尔科姆·考在《海明威,这头老狮子》中曾说过"实际上海明威只有一个主题——死亡"。海明威几乎所有小说都写到死亡或涉及死亡问题,死亡无所不在,它不仅是生命的终点,而且随时威胁人的生存。暴力、战争、手术、拳击、狩猎、斗牛等,都渗透着死亡的淫威。海明威笔下的死比生更现实,也更真实。

而海明威的死亡主题与他的哲学思想有着密切的联系,他的哲学思想首先是叔本华的"人生即是痛苦"的哲学命题。海德格尔认为死亡是此在"最本己的、无所关联的、无可逾越的而又确知的可能性,而其确定可知却是未规定的"。这在本书中,得到了形象化的体现。

海明威的第二个哲学思想是存在主义。存在主义者认为世界是荒诞的，人生是孤独、痛苦、虚无的。因而重要的是人自己的行动，"人是自由的，懦夫使自己懦弱，英雄把自己变成英雄"。而在海明威的人生哲学中，同样强调选择和行动的重要性。海明威的作品特别是短篇小说，在创作语言和表现手法上也与存在主义作家（如萨特）的作品，有异曲同工之处。海明威的小说简约含蓄，不注重人物性格的生成，通过对话来展开故事情节，刻划人物。另外说话人的语气平淡，几乎不带感情色彩。这两大特点与萨特的"境遇剧"创作有惊人的一致，而流露出的含蓄蕴藉。一如中国古典美学中的"乐而不淫，哀而不伤"。

　　海明威的第三个哲学思想是尼采的超人精神。尼采认为美体现在强力意志、超人之精神，人生是悲剧的人生，唯全意志意欲的艺术才能让人摆脱生之悲剧。正如尼采所认定的美是具有强力意志的特征一样，海明威眼中的美则体现在硬汉精神或者准则英雄上。他总是试图在对死亡的审美观照中，暂时拉开与死亡的距离，暂时忘却死亡带来的痛苦与烦躁，进而完成对死亡的精神战胜，实现心理和精神的满足。用海明威自己的话说就是："把死亡当作一种美的事物来接受"，"与其说是听从命运的摆布，不如说向它挑战。"

　　本书中的斗牛士安东尼奥·奥多涅斯与他的内兄路易斯·米格尔是这种西西弗斯式的英雄人物形象。他们之间的竞争是致命的。为胜出他人而使用的经典招式往往是一种刺激性、危险性很强的表演，而招式上的攀比又会增加它的致命性。精神、判断、勇气或技艺的一时失误，就会使斗牛士受重伤甚至送命。为了保持个人的荣誉、职业的尊严，为了生计，表现出大气淡定、与厄运斗争到底的"硬汉"精神。总是表现出"压力下的优美风度"，代表着尊严、毅力、忍耐。因为他们知道，生命只有靠死亡才能得到肯定。当他们以一种伟大的气势、高贵的精神徒劳地去与命运抗争的时候，也许这种悲剧英雄的态度更能在虚无的世界里为我们提供一种高贵的生存模式。

当人，特别是男人的骨子里缺少一点什么的时候，就自然而然地会想到海明威。

海明威去了，但他卓越的一生仍使我们看得见他。他与马林鱼一起遨游在蔚蓝的大海上，他徜徉在广袤的非洲青山中，他拥挤在狂热的斗牛观众里……海明威告诉后人——

"生活跟斗牛差不多。不是你战胜牛，就是牛挑死你。"

是为序。

张白桦

2016 年年初于塞外古城宅宅斋

主要人物名字中英文对照

1. 卡耶塔诺·奥多涅斯（Cayetano Ordóñez），外号"帕尔马小子"（Ninodela Palma），西班牙前著名斗牛士，安东尼奥的父亲。
2. 安东尼奥·奥多涅斯（Antonio Ordóñez），简称安·奥多涅斯、安东尼奥，著名斗牛士，海明威的好友。
3. 路易斯·米格尔（Luis Miguel），简称米格尔。著名的斗牛士，安东尼奥的内兄，海明威的朋友。
4. 路易斯·米格尔·多明吉（Luis Miguel Dominguín），简称路·米·多明吉、路易斯·米格尔，前伟大剑杀手，多明戈·奥尔特加的经纪人。
5. 玛丽（Mary），海明威的妻子。
6. 米格尔·普里莫·德里维拉公爵（Duke Miguel Primode Rivera），西班牙驻伦敦大使。
7. 季安佛朗科·伊凡奇契（Gianfranco Ivancich），意大利威尼托人，前骑兵军官，海明威的老朋友。
8. 阿达莫（Adamo），意大利乌迪内人，第一任司机。
9. 马诺莱特（Manolet），斗牛士，把斗牛推入第二个大低潮。
10. 佩培·多明吉（Pepé Domingún）、多明戈·多明吉（Domingo Domingún），路易斯·米格尔的两个哥哥，也是路易斯·米格尔和安东尼奥的经纪人。
11. 卡门（Carmen），安东尼奥的未婚妻。
12. 多明戈·奥尔特加（Domingo Ortega），斗牛士。

13　胡安尼托·金塔纳（Juanito Quintana），《太阳照样升起》书中蒙托亚的原型，海明威的老朋友。

14　阿古斯丁·德福克哈（Agustín de Foxá），西班牙诗人，西班牙大使馆秘书。

15　马里奥·卡萨马西马（Mario Casamassima），第二任司机。

16　鲁珀特·贝尔维尔（Rupert Belville），英国人，大众牌汽车的主人。

17　马诺洛·塔马梅斯（Manolo Tamames），安东尼奥和米格尔的私人外科医生、好朋友。

18　比尔·戴维斯（Bill Davis），别墅"领事馆"的男主人、美食家。

19　安妮·戴维斯（Annie Davis），别墅"领事馆"的女主人、比尔的妻子。

20　卡耶塔诺（Cayetano），安东尼奥的大哥。

21　米格利略（Miguelillo），安东尼奥的持剑助手。

22　胡里奥·阿巴西里奥（Julio Aparicio），剑杀手，安东尼奥的好朋友。

23　埃尔·特安内罗（El Trianero），斗牛士。

24　佩普斯·梅里托（Peps Merito），马德里人，海明威的朋友。

25　海梅·奥斯托斯（Jaime Ostos），斗牛士。

26　赫奇斯·科尔多瓦（Jesús Cordoba），优秀的墨西哥斗牛士、剑杀手，堪萨斯人。

27　维多里安诺·巴伦西亚（Victoriano Valencia），马德里剑杀手。

28　奇奎洛二世（Chicuelo Ⅱ），前非正式斗牛的明星、剑杀手。

29　弗雷尔（Ferre）、霍尼（Joni）、胡安（Juan），均为安东尼奥的短标枪手。

30　查尔里（Charri），安东尼奥的粉丝。

31　乔治·萨维尔（George Saviers），美国医生，海明威的朋友。

32　霍奇（Hotch），外号佩卡斯（Pecas）、埃尔·佩卡斯（El Pecas），安东尼奥的额外短标枪手和替补斗牛士。

33 巴克·拉纳姆（Buck Lanham），将军。

34 库罗·希龙（Curro Giron），斗牛士。

35 格雷戈里奥·桑切斯（Gregorio Sánchez），斗牛士。

36 萨拉斯（Salas），长矛手。

37 胡安·路易斯（Juan Luis），乡间房舍的主人。

38 伊格纳西奥·安吉洛（Ignacio Angulo），外号纳特乔（Natcho），安东尼奥的朋友，巴斯克人。

39 卡门·波洛·德·佛朗哥（Carmen Polo de Franco），西班牙元首夫人。

40 龙达（Ronda），前伟大斗牛士。

41 佩佩·路易斯·巴斯克斯（Pepé Luis Vásquez），前优秀斗牛士。

42 伊格纳西奥·桑切斯·梅希亚斯（Ignacio Sánchez Mejías），斗牛士。

目 录
（章下为编辑所加提要）

第一章 / 001
重回西班牙非同寻常，她是我除了祖国之外的最爱。

第二章 / 013
再次亲眼观看安东尼奥的表演，仿佛亲证一种以为已经死亡、已经完蛋的东西在你面前死而复生。

第三章 / 018
"领事馆"，马德里。安东尼奥和路易斯·米格尔的对决赛季开始了。
不存在竞争的斗牛，毫无价值可言。而这种竞争一旦出现在两个伟大的斗牛士之间，那就是殊死搏斗。

第四章 / 032
科尔多瓦城外。夜宿山上的修道院。
海梅·奥斯托斯多次希望牛杀死自己，他在这方面的诚意，没有哪个斗牛士可以与之相比。
塞维利亚。塞维利亚的斗牛比任何其他城市都要恶劣。

第五章 / 042
阿兰胡埃斯的血。安东尼奥第十二次受伤。他是在跟历史竞争。
在西班牙，痛苦简直就成了人人都得接受的东西。

第六章 / 058
阿尔赫西拉斯。米格尔的表演。
安东尼奥自傲得像一个魔鬼，深信自己作为斗牛士，比路易斯·米格尔还要伟大。

第七章 / 066
萨拉戈萨的对决。
黑夜中前往阿利坎特。关于内战的回忆。

第八章 / 078
巴塞罗那。布里戈斯。安东尼奥的表演都是出神入化。

第九章 / 085
圣费尔明集市。
潘普洛纳就不是一个应该陪太太去的地方。
曾经的年轻的面孔,都跟我一样,变成老态。
这就是我们每天都要面对的安东尼奥和死亡的定期约会。任何人都可以面对死亡,然而,把死亡承担下来,做着经典动作,尽可能地贴近死亡……这可要比单纯地面对死亡要复杂得多。

第十章 / 093
巴伦西亚。
从六年前我在潘普洛纳首次看安东尼奥斗牛以来,他挥动披风的动作一直让我心花怒放,而今天,他更是前所未有的了不起。

第十一章 / 113
马拉加。又一次对决。
安东尼奥让每一个闪躲动作仿佛进入了永恒。……把死亡变成自己的伴侣一般。

第十二章 / 121
巴荣纳。雷亚尔城。
安东尼奥在口袋里揣着死亡到处走。

第十三章 / 133
毕尔巴鄂。
悲悯在斗牛场是没有容身之地的。如果你看过安东尼奥在毕尔巴鄂的表演,那么,谁是最优秀的斗牛士就不再是什么问题了。

第一章

重回西班牙非同寻常,她是我除了祖国之外的最爱。

重回西班牙非同寻常,因为我一直就没指望获准重返这个国家。西班牙是我除了祖国之外的最爱。此外,只要那个国家的监狱里还囚禁着我的任何一位朋友,我就不会再回到那里去。然而,我1953年的春天在古巴跟曾经在西班牙内战中兵戎相见的好朋友谈到我们赴非洲的途中要在西班牙做短暂的停留,他们却一致认为只要我不声明撤销写过的文章,闭口不谈政治的话,我完全可以荣归西班牙。美国的游客已经无需签证就可以入境了,申请签证也不成问题。

到1953年为止,我还没有朋友被囚禁。我制订了一个计划:先带妻子玛丽去潘普洛纳赶集,接下来去马德里参观一下普拉多博物馆。完了如果我们还有闲情逸致,就到巴伦西亚看看斗牛比赛,最后再上船去非洲。玛丽这辈子还不曾去过西班牙,但她认识的都是些非常非常高雅的人物,一旦她遇到了什么麻烦也不要紧,他们都会在第一时间出手相助,所以我相信她绝对不会碰到什么不测。

我们迅速穿越巴黎,风驰电骋般地驱车经过夏尔特尔、卢瓦尔河和波尔多市郊,向比亚里茨驶去。已经有好几个人在那里整装待发,准备跟我们一起穿越国境。我们吃饱喝足以后,定好一个时间在昂代海滨我们住的旅馆碰头,然后一起奔赴国境。我们的一个朋友带了封西班牙驻伦敦大使米格尔·普里莫·德里维拉公爵的信,大家都相信这封信会在我碰到麻烦时大显神通,对此,我虽然不敢肯定,却很宽慰。

　　车到昂代的时候，万里乌云，阴雨绵绵。当天午后依然是阴云密布，加上厚厚的云层和薄薄的雾霭，我们都看不到西班牙的崇山峻岭，我们的朋友也没有在事先约好的旅馆见面。我推测他们大概一小时以后会到，结果他们没到。我又等了他们半小时，他们还是没到，于是，我们奔赴国境线。

　　在边防检查站，天气阴沉如旧。我手持四份护照走进检查站，递给警察。一个警察仔仔细细地审视着我的护照，半晌没抬头。虽然这种情况在西班牙是家常便饭，但还是不免让人心中忐忑。

　　"作家海明威跟你沾亲？"他头也不抬地问道。

　　"是我的本家。"我答道。

　　他拿着护照，一页页地逐一翻着，又仔细端详着我的照片。

　　"你是海明威吧？"

　　我略略挺直了身体说道，"A sus ordenes，"这句西班牙话的意思是：服从您的命令，听候您的调遣。我以前曾经看到和听到别人在众多不同的情况下说过这句话，但愿自己此时运用得恰到好处，发音标准。

　　还好，他站了起来，还伸出了手，说："你的书，我都看过，非常喜欢。我盖个章，再看看能不能在海关那里给你帮上忙。"

　　我们就是这么到西班牙的，所经历的一切简直令人难以置信。比达索瓦河河畔上有三个检查站，我们每到一处被警察拦住以后，我以为都会把我们羁留下来或者遣送回边境，可是，事实上警察每次都彬彬有礼、仔仔细细地检查我们的护照，然后高高兴兴地一挥手，让我们继续前行。我们这一行人包括一对美国夫妇、季安佛朗科·伊凡奇契、一个意大利乌迪内的司机阿达莫，他要到潘普洛纳的桑福尔米内斯去。季安佛朗科是一个快活的意大利威尼托人，我们的老朋友，以前曾经是一名骑兵军官，跟随隆美尔作过战，在古巴工作期间和我们同住,他把汽车开到勒阿弗尔和我们会合;阿达莫以前就胸怀大志,要做殡仪葬礼承办人,而事实上他也实现了自己的志向,倘若你哪天在乌迪内去世,他就可以承办你的葬礼。从来也没有人问过他在西班牙内战中站在哪一方,而我是第一次到那个旅游中心地,为了宽慰自己,我有时自欺欺人地希望他哪一方都可以站。后来我与他一点点熟悉起来,感觉他多才多艺如达·芬奇,我确信这样的可能性非常大:他完全可能为了自己的信仰站在其中的一方作战,然后又为了他的祖国或者家乡乌内迪城站在另一方作战。倘若存在第三方的话,他还可以为了兰西亚公司或者殡仪事业作战。原因就是他对上面提到的三个立场都可以同样的全心全意,专心致志。

倘若你想快乐地出门旅行,你就跟快活的意大利人结伴同行好了。我就是这么想的,所以此时我们正跟两个优秀的意大利人一起攀登兰西亚山。此次活动非常愉快,趣味横生。我们从郁郁葱葱的比达索瓦河谷向上攀登,大路两旁长着许多栗子树。等我们登上山顶以后,看到那片薄雾正在逐渐消散,于是我断定只要一过维拉特隘口,天气就会阳光灿烂,我们届时就可以蜿蜒而下,驱车进入纳瓦纳高原了。

这篇文字本来是准备写斗牛的,只想让玛丽和季安佛朗科开开眼界,其实当时的我对斗牛没有那么大的兴趣。马诺莱特上次去墨西哥进行斗牛表演时,玛丽曾经去看过。那天风刮得很大,他斗的两头牛是最顽劣的,而玛丽喜欢的却是斗牛的整个过程。他在那场斗牛过程中的表现其实很差劲,我据此推断,既然她连那场斗牛都喜欢,她将来会爱上斗牛的。人们有个说法,如果你一年都没看斗牛,那你一辈子都不会再看斗牛。这话说得太夸张,却有点道理。我就14年没看斗牛了,墨西哥斗牛除外。这段时期我大多数时候跟坐牢没两样,只不过我被囚禁的地方不是在斗牛场内,而是斗牛场外罢了。

我从报刊杂志上得知,也有靠得住的朋友告诉过我,在马诺莱特称霸斗牛场的那段时间以及接下来的那段时间里，斗牛场上出现了一些不良现象。例如，为了保护著剑杀手的安全，把牛角尖锯掉，再削得尖尖的，挫得光光的，这样看起来就像真牛角一样了。不过，这样的所谓牛角尖很娇嫩，就像刚刚剪完的指甲下面的肉一样。这样的牛角尖就是撞到斗牛场围墙的木板上，牛都会疼痛难忍，导致牛用角撞击任何别的东西都会小心翼翼，撞上盖在马匹身上帆布时也有同样的效果，这种帆布像铁一样硬，是用来给马匹作铁甲的。

由于牛角的长度缩短了，牛也就失去了距离意识，剑杀手被牛顶着的危险大大降低。在养牛场，牛在常见的争执和争端中，以及偶尔与其他牛发生的殊死搏斗中，一次次地使用自己的角。年复一年，牛对自己角的自我意识越来越强，使用得越来越得心应手。于是，某些星级斗牛士的经纪人（每个这样的经纪人手里都控制着一大批二流的斗牛士）总是要求斗牛的饲养员想方设法养出我们所谓的半公牛或者中等公牛，换句话说，就是尽可能地养出刚满三岁的公牛，原因是这么大的公牛还不会熟练地使用自己的双角。给公牛喝水的时候，不许公牛远离牧场，这样公牛的四条腿就不会锻炼得强健有力，就无法跟着穆莱塔红布迅速地复位。要求用谷物喂养公牛，这样就可以达到所需要的体重，看起来像真正的公牛，重量也貌似真正的公牛，进场迅速，也像真正的公牛。然而，其实只是半公牛。这样的惩罚使得公牛日渐软弱，变得容易控制。除非得到斗牛士好脾气地温柔呵护，牛最终一定会没有能力对抗斗牛士的。

许多人都曾经被削短了的牛角扎伤过，即便在牛角被削短了以后，不论何时何地，牛只要用角猛地一扎，都会扎伤或者扎死你。不过，一头被削过角的牛与一头没削过角的牛比起来，人最终被扎死的几率至少要减少十倍。

普通观众，因为他或者她对动物的角并不熟悉，所以看不出被磨过的角留下的那种略显灰白的痕迹，看不出牛角是否被削过了。这些人眼里的牛角尖，只是一个尖尖细细、闪闪发亮的黑点，这些人哪里知道那是用曲轴箱机油摩擦而成的呢？这样一来，削过的牛角散发出的光泽比你用洗革皂擦洗过的皮靴还要亮。然而，在一个内行的老手的眼里，这些都会一目了然，就像一个珠宝商面对钻石上的瑕疵似的，只须远远地一望，就心知肚明了。

马诺莱特时期以及接下来的那段时期，那些缺德的经纪人要么是这些不良现象的始作俑者，要么就是跟某些始作俑者或者饲养员沆瀣一气。他们给自己的斗牛士树立的理想是斗半公牛，这样一来，就出现了大量集中精力大批饲养半公牛的饲养员。为了达到对公牛速度的要求，为了让公牛既温驯又容易激怒，饲养员先是在繁殖的时候保持公牛的体型瘦小，然后改用谷物饲养公牛，使得公牛增重，给观众造成公牛很庞大的印象。他们倒不为牛角的烦恼，因为牛角可以改变，观众看到斗牛士斗这种牛的时候可以创造奇迹——斗牛士后退着斗牛，斗牛士瞪大了的眼睛盯着的不是从他们的腋窝下穿过的牛，而是观众；斗牛士在凶悍的斗牛面前跪下，左胳膊肘放在牛的耳朵上，表演给牛打电话；斗牛士摸摸牛角，把刀和穆莱塔红布一扔，像一个表演夸张的演员那样盯着观众，而牛呢，还是一副病病歪歪的样子，还在流血不止，还在被催眠的状态。观众目睹了这个过程，还以为亲证了一个全新的斗牛黄金时代的来临呢。

假如缺德的经纪人只能从诚实的饲养员那里买到牛角没削短的真正的牛，那么，在黑漆漆的通道里，在斗牛那天的中午，把被选中的牛关进斗牛场的石头围栏里以后，那几头牛一定会遭遇些什么。因此，假如你看见一头双目炯炯、快捷如猫的斗牛，四条牛腿在 apartado 的时候，即挑选后的牛被关进围栏里的时候健壮无比，后来从围栏里走出来时后腿却软弱无力，那么就是有可能有人把一袋沉重的饲料塞进了这头牛的胃里。或者因为这时有人用一个大大的给马注射用的针，给这头牛注射了一针有催眠、镇静作用的巴比妥类药物。于是，这头牛像梦游似地漫无目的地进了斗牛场，斗牛士只得借助这种神情恍惚来挑逗这头牛，所以，此时斗牛士所斗的牛是对斗牛兴趣全无，彻底忘却了自己的大角是干什么的牛。

当然，他们也会有只得跟没有削过角的真正的牛斗的时候。最优秀的斗牛士可以斗上一场，然而太危险了，所以他们并不愿意。不过，他们所有的人一年总要斗上几次的。

就这样，由于种种原因，更由于事实上我现在的生活已经离吸引广大观众的体育活动很远，我现在对斗牛已经不像往日那样兴趣盎然了。不过，斗牛士的新生代已经成长起来，我倒是很渴望看看他们。我了解他们父辈的情况，他们中有些人非常优秀，但已经死了；另外一些人由于畏敌或者别的什么原因失败了。看到他们由于畏敌而一筹莫展，束手无策的样子，我为他们而痛苦难当，也跟他们一起承受了太多的痛苦，所以，我下定决心从此再不跟斗牛士交朋友了。

1953年，我们住在莱库姆贝里市郊，每天早晨开车跑25英里的路，于6点30分到达潘普洛纳，观看牛七点钟经过街道。我们让我们的朋友在莱库姆贝里的旅馆安稳地住了下来；我们一起度过惯常的热热闹闹的七天，此间庆祝活动不断，我们渐渐互相熟悉起来，喜欢上了对方，换句话说，我们中的大多数人都是这样。这说明这个节日够喜庆。我原本想起达德利伯爵那缀着金边的罗尔斯-罗伊斯牌汽车的时候，只是有点虚荣罢了，而现在，我觉得它很漂亮。那年的情况就是这样。

季安佛朗科参加了一个有跳舞和喝酒活动的聚会，这场聚会是由擦皮鞋的人和几个计划当扒手的人举办的。我们在莱库姆贝里的床上很少见得到他，因为有一天早晨他错过了街道上奔驰而过的牛，所以他睡在牛进入斗牛场的必经之路上——用围栏隔开的通道上，这样一来，他肯定会按时醒来看到斗牛进场。事实上，他确实看到了，因为牛从他身上奔了过去，他创造了次重要的历史。斗牛士班子里的人都为此而洋洋得意。

阿达莫每天早晨都到斗牛场来，请求杀死一头牛，但斗牛的管理机构却另有打算。

天气情况够恶劣的。在观看斗牛的时候，玛丽被雨淋病了，结果得了重感冒，一直在发烧，我们在马德里的那段时间她都没能恢复健康。我们看的那几场斗牛都不很精彩，不过却发生了一件具有重大历史意义的事情——我们第一次看到了安东尼奥·奥多涅斯。

就像见到了所有绝妙挥动披风的人一样，我从他开始长时间地挥动披风的伟大样子上，看出他的伟大来。这种人不乏其人，他们都生机勃勃，还在斗牛，不过他更加出类拔萃罢了。此外，就穆莱塔红布来说，他挥动得无可挑剔。他牛杀得也很精彩，不费吹灰之力。我当时用挑剔的目光目不转睛地观看他的表演，我知道假如一切正常的话，他会成为一个伟大的剑杀手。而我当时还不知道的是，不论一切是否正常，他都会伟大，虽然身受重创，却越创越勇。

多年以前，我认识了他的父亲卡耶塔诺，还在《太阳照样升起》一书中记述过他的斗牛表演。那本书的记录完全是纪实性的，包括斗牛场上的所有情景和他斗牛的过程和场面。只有斗牛场外的种种是虚构和想象的，对此，他一直非常清楚，并没有提出任何反对意见。

我观看着安东尼奥斗牛，看到他父亲在全盛时期所具有的一切本领他都具备。而卡耶塔诺的技巧已经完全臻于极致，可以指挥自己的手下——长矛手和短标枪手，使得斗牛的全过程即剑杀牛的那三个阶段有条有理。安东尼奥比他的父亲还要出类拔萃得多，牛入场以后他挥动披风的每一次躲闪，长矛手的每一次行动，长矛的每一次刺杀，都是事先精心设计好了的，牛自然而然地接受斗牛的最后一幕：穆莱塔红布控制了牛，牛被剑杀。

在现代斗牛法中，穆莱塔红布是控制牛的唯一办法，这样牛被剑杀了，但这还远远不够。在剑杀手剑杀牛之前，假如牛还能向前奔的话，剑杀手要做出一系列传统的躲闪动作。在做这些躲闪动作的时候，剑杀手要在牛角的挑刺范围内让斗牛擦身而过。在剑杀手的挑逗和撩拨下，牛越贴近斗牛士，观众就感觉越刺激。这些传统的躲闪动作都危险万状，期间，剑杀手必须手拿一根 40 英寸长的木棍，木棍上挂着一块鲜红色的法兰绒布来控制牛。他们做了很多特技似的躲闪动作，实际上的结果不是牛从剑杀手身旁跑过，而是剑杀手从斗牛身旁跑过。或者可以这么说，他从斗牛身旁跑过向牛致意。事实上，剑杀手跑过牛身旁的时候，没能控制和左右牛的行动。最动人心魄的躲闪动作就是当斗牛直冲过来的时候，面着斗牛做的；剑杀手都知道，与面对牛相比，转过身来背对着牛，只要能够躲闪得开，就没有危险，可是观众喜欢这些技巧，用同样的方法也可以躲开电车。

　　我第一次看安东尼奥斗牛，就看出他会做那些传统的躲闪动作，无须弄虚作假。我看出他对牛了如指掌，如果他愿意的话，还是宰牛的行家里手。不仅如此，他挥动披风也是天才。我看得出，他具备剑杀手的三大基本条件：勇气、斗牛技巧以及面对死亡危险的优雅风度。可是，就在那场斗牛结束以后往斗牛场外面走的时候，我们的一个共同的朋友转告我，说安东尼奥请我到约尔迪大饭店见面。我当时心中暗想：你也知道这个斗牛士是多么伟大，倘若他将来遇到什么不测，你要承受多大的失落啊，不要再跟斗牛士交朋友了，尤其是眼前这个。

　　所幸的是，我一直没有学会接受自己给自己献上的良策，也从来不肯接受内心的担心对自己提出的忠告。于是，遇到赫苏斯·科尔多瓦以后，我向他打听约尔迪大饭店在哪里，他提议陪同前往，把我送到安东尼奥的房间门口再走。赫苏斯·科尔多瓦出生于堪萨斯，会讲一口流利的英语。前一天刚刚送给过我一头牛。这个墨西哥斗牛士是一个非常好的小伙子，也是一个出类拔萃的、智慧的剑杀手，我很愿意跟他谈话。

安东尼奥全身赤裸着躺在床上,一条小毛巾权作遮羞的无花果树叶。我先注意到的是他的那双眼睛,这双眼睛是人们所见过的最乌黑明亮的眼睛,里面满是快乐。还有他的微笑,那是淘气的顽童咧开嘴时的样子。我情不自禁地看着他右大腿那个伤疤。安东尼奥向我伸出了左手,说道,"请坐,坐在床边上吧。告诉我,我斗牛有我爸爸那么伟大吗?"

我凝望着他那双不熟悉的眼睛深处,此时他眼底的笑意消失了,我心中的狐疑(不知我们能否成为朋友)也随之烟消云散了。我告诉他,他斗得比他爸爸还要精彩。我还告诉他,他爸爸的手法有多么精彩。后来,我们说到了他的那只手,他说只不过是划了一道深深的口子,筋腱和韧带都没断,等再过两天就可以用这只手斗牛了。他给未婚妻卡门的电话接通了,卡门是他的经纪人多明吉的女儿和剑杀手路易斯·米格尔·多明吉的妹妹。我起身回避,到听不到他们谈话的地方去。等他接完电话,我们约好在埃尔－雷伊－诺夫莱跟玛丽见面,我就告辞出来了。从那时起,我们就成了朋友。

我们第一次去看安东尼奥斗牛的时候,路易斯·米格尔·多明吉已经隐退了。我们第一次见他是在平庄,平庄是他刚刚买的一片大农场,位于马德里到巴伦西亚的大道上,在萨利塞斯附近。我很多年以前就结识了米格尔的父亲,他一度是称雄一时的伟大剑杀手,当时只有两个这样伟大剑杀手。后来,他成了一个精明强干的生意人。是他发现了多明戈·奥尔特加的才能,还出任他的经纪人。多明吉和太太育有三子二女,而三个儿子全都是剑杀手。路易斯·米格尔才华横溢,办事干脆利落,事事妥帖;他还是一个伟大的短标枪手和西班牙人所说的 torero muylargo 人,即会全套的躲避动作和各种各样优雅的技巧,会随心所欲地戏弄公牛,刺杀动作要多潇洒就可以多潇洒。

邀请我们做短暂停留的就是这个父亲多明吉，我们前往巴伦西亚的途中路过路易斯·米格尔刚买不久的大牧场，多明吉让我们去那里吃顿午饭，看看他。于是，我、玛丽和胡安·金塔纳（《太阳照样升起》一书里面旅馆老板蒙托亚的原型，我们的一个老朋友，住在潘普洛纳）一起坐车在七月流火的天气里穿过新卡斯蒂利亚地区，来到那幢幽暗阴凉的房子里；从非洲吹来的阵阵热风把沿途打谷场上的谷粒吹上云霄。路易斯·米格尔皮肤黝黑，身材修长，臀部窄小，对于一个斗牛士来说，脖子略长了些，脸上的表情既玩世不恭又严肃认真，可以从职业性的蔑视变成轻松自然的欢笑，是个非常讨喜的人。安东尼奥·奥多涅斯和路易斯·米格尔的妹妹卡门也在那里。卡门是个大美人，皮肤黝黑，面容秀美，体态婀娜。她跟安东尼奥已经订婚，计划在当年秋天成婚，从他们说话的语言神态和动作中不难看出，他们非常相爱。

我们参观了他们养的牲畜、家禽，去了马厩和储藏枪支的房间。他们最近在这一地段设置的一个陷阱捕获到了一匹狼，现在狼关在一个笼子里，我进了笼子，跟狼玩耍，看到我这样，安东尼奥非常欢喜。这匹狼看起来体型结实，糟糕的是它患有狂犬病，我推测大不了就是被狼咬上一口，所以，不妨走进笼子，试试是不是可以跟它合作。事实上，当这匹狼意识到还有人喜欢它的时候，表现得相当好。

我们参观了还没有装修好的新游泳池。我们非常欣赏那座与路易斯·米格尔真人大小一样的青铜塑像，我个人认为，米格尔本人比他的雕像更精神，雕像看起来更贵气些。可是，人是很难在自己家的侧院跟自己的青铜塑像一分高下的。生前就把自己的雕像竖立在自己的庄园里，这种做法并不多见。

我此后第二次见到米格尔是在马德里，那是1954年的一个凄风苦雨的日子，一场暴风雨即将来临，我们刚刚从非洲返回，住在王宫大饭店的客房，他过来看望我们。我们刚刚看完一场低劣得不能再低劣的斗牛，大家都来到我们的房间喝酒抽烟，谈着这件顶好忘却的斗牛，说个没完没了。实话实说，米格尔看起来挺吓人的，他心情不错的时候，看起来像是浪荡子唐璜和善良的哈姆雷特的混合体，而在那个喧闹的晚上，他看起来身体疲倦，精神紧张，狼狈不堪。

　　米格尔还在退隐状态，不过他正在考虑去法国进行几场斗牛表演。我随他一起到乡下去过两三次，沿瓜达拉马斯山避风的那一侧向埃斯科里亚尔行驶。此时的他正在用几头斗牛用的小母牛进行训练，试试自己还需要多长时间才能恢复状态，重返斗牛场。我喜欢看他训练的样子，我看到他一直在训练，练得那么刻苦，对自己很严格，累了也不肯歇一歇，练到疲惫不堪、心急气躁的时候，总是坚持着，等到牛也精疲力竭才罢休。然后，他就开始跟第二头牛斗。他汗出如浆，深深地呼吸，为的是喘过气来，等新的牛进场。我非常欣赏他优雅的风度、熟练的技艺和他的 toreo，即斗牛的方法，而这些是他凭借体力、反应能力、躲闪动作、绝佳的双腿所具备的全套本领，是以他对牛的渊博的知识为基础的。看他在那里训练，确实是绝大的享受。当时雨季已经过去，春天的乡村景色优美迷人。不过，他的风格也没能打动我，因为对于我来说，他有一个让人不悦的问题。

　　这个问题就是：我不喜欢他挥动披风的方式。我有幸观看过自贝尔蒙特已来所有伟大的、善于挥动披风的现代斗牛士的表演。我可以断言，路易斯·米格尔与其他乡村斗牛士相比，他无法跻身其中。然而，这不过是一个细枝末节罢了，他有一种带有嘲讽意味的幽默感，平素喜欢冷嘲热讽，我跟他在一起的时候很愉快。我们有幸把他留下来跟我们一起在古巴的庄园度过了一段时光，期间，我了解了许多他那里的情况。我每天做完工作以后，我们俩就会在游泳池边促膝长谈。当时的路易斯·米格尔还没有结婚，正跟很多女人热恋，今天要做这，明天又要做那的，还没有要重返斗牛场的意愿。每天晚上，他都跟阿古斯丁·德福克哈出去，阿古斯丁·德福克哈是一位西班牙诗人，当时在西班牙大使馆担任秘书，非常享受生活。在与德福克哈交往的那段日子里，路易斯·米格尔曾经深思熟虑过，要尝试一下外交官的生活，所以常常跟我们的司机胡安在拂晓时分才回到庄园。

他还想尝试写作来着。我想他一定是这样推理的：既然欧内斯特·海明威能搞写作，那么写作一定不难。我解释道，写作只要做得恰到好处就可以，没有什么窍门可找。就这样，我们有那么两三天的上午都在写作，到了中午，他会把他写的东西带到游泳池给我读。

米格尔是个非常讨喜的伙伴，作为客人也善解人意。他给我讲了一些我以前闻所未闻的关于生活和斗牛的奇闻异事，让我惊诧不已。

因此，这就是造成 1959 年的斗牛这么糟糕的原因之一。倘若路易斯·米格尔不是我的朋友，不是卡门的哥哥，不是安东尼奥的内兄，而是我的仇人的话，事情就会不那么沉重。可能也轻松不了，不过，那样的话，你对那些事情的关注，也只是从一个陌生人的角度所给予的关注。

第二章

再次亲眼观看安东尼奥的表演，仿佛亲证一种以为已经死亡、已经完蛋的东西在你面前死而复生。

从1954年底，一直到1956年的八月份，我们一直在古巴工作。我的身体状态很糟糕，因为在非洲的时候，脊梁骨在一次失事时摔断了。我正在拼命争取康复，谁都无法预料出我的脊梁骨最后会康复到一个什么样的程度，最后是我们为了拍摄电影《老人与海》，需要钓一条大金枪鱼，只得去秘鲁布兰科角，这对我的脊梁骨是个考验，证明我的脊梁骨终于可以挺直了。我们稀里糊涂地完成了拍摄任务，八月份的时间就在纽约度过了。

九月一日我们从纽约启航，计划途经巴黎去西班牙的洛格罗尼奥和萨拉戈萨观看安东尼奥斗牛，接下来向前航行到非洲去，我们在非洲还有一些事情没有处理完毕。

在勒阿佛尔，我们从一大群形形色色的男女文字记者和摄影记者中间冲了出来上了岸，看到马里奥·卡萨马西马开着一辆新型旧兰西阿牌轿车来了，他是季安佛朗科从乌迪内派来代替阿达莫开车的。阿达莫就像一个广受群众欢迎的产科医生一样，在乌迪内及其周边地区的殡仪行是举足轻重大人物，无法置自己的顾客于不顾。

他在信中表示，因为不能过来与我们再次分享斗牛的乐趣，他感到很伤感。不过，他肯定我们会发现马里奥会为他的家乡争气的，这座城市人均保有兰西阿牌轿车为世界城市之最。他是一个赛车手，一个刚刚开始从事电视拍摄的导演。他还能在兰西阿牌轿车车顶上堆满东西，像一头骡子一样，再用绳子捆住，迎着不变的顶头风，在梅塞德斯牌汽车掉在地上的各种各样的东西上碾过去。他还是一个法国人所说的debrouillard，意思是"左右逢源的人"，即他无论身陷什么样的困境，都能全身而退；倘若你想要什么东西，他不仅能够大批大批地搞来，还能从新结识的实在朋友手里暂借过来。每天晚上，他在车库和旅馆里交的都是这种朋友。虽然他不懂西班牙文，可他混得还不错。

我们到达洛格罗尼奥的时候，正赶上那场斗牛表演。那场表演非常精彩：牛都体型高大，性格勇敢，动作敏捷，不是用不正当手段饲养出来的；剑杀手个个竭尽全力，都贴得近而又近，尽可能地在最近的距离内挑逗斗牛。

安东尼奥挥动披风的方法让我激动得差点儿透不过气来，这种透不过气不像法国沦陷时法国人在那张不朽的照片上所表现的啜泣引起的哽噎，而是胸和嗓子眼发紧，泪眼朦胧地亲证一种以为已经死亡、已经完蛋的东西在你面前死而复生的感觉。他挥动的方法是所有方法中的极致纯洁、极致优雅、极致贴近、极致危险；他按照测微计的比例精确地测出了距离，掌控了这种危险。此时，他在挥动着他的武器———一件细棉布披风，这个致命武器在他头的两侧，在他的腰间和膝间挥来挥去，控制了一头来袭的半吨重的牛。他或急或缓地挥动着披风，导引着斗牛，和牛一起拗雕塑造型，优雅的动作把两个形象结合起来，跟我见过的雕塑一样美不胜收。

他做完一系列贝罗尼卡，即不移动脚步挥动披风的动作之后，我和我们的英国朋友鲁珀特·贝尔维尔，以及数十年的老斗牛迷胡安尼托·金塔纳都面面相觑，连连摇头，一句话也说不出来，玛丽也握紧了我的手。

此时，第一场结束了。接下来，他要做的就是任何最适合斗牛的，以及在他看来最伟大的动作，来几个回合的精彩表演，最后，为了取悦于我，剑杀牛。他喜欢秘而不宣，所以，当时我并不知情。他的秘密就是：他计划从正面剑杀牛。他左膝向前移动，同时向前挥动穆莱塔激惹牛向前冲；等牛往前冲的时候，他静静地等候；等牛一低头，露出两侧肩胛间狭窄的缝隙时，用腕力把掌心里的剑直直地一推，剑就猛地刺进了缝隙，与此同时，他的身体前倾靠着剑，剑入牛身的那一刻，人和牛也合二为一连为一体。而此时左手把穆莱塔放得低之又低，引得牛头随之低下去，脱离自己的身体。这是剑杀牛最美的方法，牛在最后几个回合里，只得随时随地任人宰割。这也是斗牛过程中最危险的一环，因为假如左手没有彻底控制住牛，牛就会在这时抬起头来，这样一来，牛角随即就会戳伤他的胸部。1956年的秋天，安东尼奥为了自己的兴致，为了向观众展示自己的能力，为了自己的骄傲，要做一件别人做不到或者不会做的事情，也为了取悦于我，正在从正面剑杀牛。

我事先并不知情，一直到斗牛季节终结的时候，他献给我一头牛，还说了下面这几句话，我才恍然大悟，他说，"欧内斯特，你我都清楚这头牛一文不值，不过让我们看看，我能不能用你喜欢的方法剑杀它"。

他果真说到做到了。不过，就在那年斗牛季节还没有结束的时候，他的老朋友，也是他和路易斯·米格尔共同的私人外科医生塔马梅斯医师对我说过，"你该知道牛角容易戳伤身体的什么部位，如果你能够影响到他的话，劝劝他不要把这件事做得太过。我是他的外科医生。"

萨拉格萨最后一次斗牛结束以后，我感到了厌恶，于是决定暂时不再观看斗牛表演了。我清楚安东尼奥什么类型的斗牛都能应付，在什么时代都不失为最伟大的剑杀手。我不希望他丧失他的历史地位，或者被时下的那些绝招毁了。我清楚现在的斗牛，现代的斗法比以前要危险得多，人的身体比以前要贴近得多，表演要比以前精彩得多；

我还清楚，他们要做到这一切，全赖有半公牛。而对于我来说，这倒没那么要紧，只要半公牛的体型够庞大，观感还好，不是小公牛就可以。或者公认是三岁的公牛，只要它的角没有被修过，只要它没有受过伤害，他们就可以用。不过有些时候，在某些城市里，他只得跟真正的公牛斗。我清楚他应付得了，他像那些伟大的斗牛士一样，能跟真正的公牛斗得十分精彩。

路易斯·米格尔娶了一个风情万种的太太，又结束了退隐生活。不过，他表演的地点是法国和北非。别人告诉我说，在法国，牛的牛角都被修过；因此，我失去了去法国的兴致，决定等米格尔去西班牙表演的时候再去看。

因此，我们回到了古巴，1957年整整工作了一年；而1958年那年，我们一直不是待在古巴就是住在爱达荷州的凯邱姆。我的健康状态一直不好，玛丽却始终精心地照料我，体贴得很。她照顾我非常辛苦，我也加强了锻炼，最后终于恢复了健康。

1958年，安东尼奥有了伟大的表现。我们有两次差一点儿就要越洋过海去看他，可我正在写一部小说，工作不能中断，所以没能成行。

我们给安东尼奥和卡门寄去了一张圣诞贺卡，我告诉安东尼奥：我们错过了1958年的斗牛季节，但不论如何都绝对不会错过1959年的斗牛季节。我们将会于五月中旬及早赶到马德里，参加圣伊西德罗集市日。

等时间到了，我却不想离开美国了，等我们到了古巴以后，又不想离开古巴了。因为墨西哥湾流正向岸边涌来，我们准备乘飞机去纽约，再乘船去西班牙的阿尔赫西拉斯的前一天，我乘"皮拉尔号"沿海岸而下奔赴哈瓦那的时候，巨大的黑翼飞鱼刚刚出现；我这一辈子，最害怕错过在湾流上度过春天的机会，可我在圣诞节曾经承诺要到西班牙去。不过，我还是有所保留的，我说倘若斗牛表演是预先设计好的或者有掺假成分的话，我就离开西班牙回古巴。与此同时，我还要向安东尼奥解释离开的原因。除他以外，我对此无需向任何人解释；我肯定他会理解的。其结果就是，我可以为你们做其他事情，但错过那年的春天、夏天和秋天，我不乐意。错过这件事是悲哀，注视这件事也同样是悲哀，这件事不容错过。

第三章

"领事馆",马德里。安东尼奥和路易斯·米格尔的对决赛季开始了。
不存在竞争的斗牛,毫无价值可言。
而这种竞争一旦出现在两个伟大的斗牛士之间,那就是殊死搏斗。

　　我们乘坐"宪法号"航行,刚开始的时候还是晴空万里,阳光灿烂的,可这样的天气仅仅持续了一天,接下来碰上的都是糟糕的天气,阴云密布,阴雨绵绵,风大浪高,船尾侧翼的海浪更大,这样的天气状况一直在持续,船到直布罗陀海峡才停止。"宪法号"这艘大船让人喜欢,船上不少人都和蔼可亲,待人友善。因为这艘船似乎是我们所乘坐过的最不像船的船,所以我们把它称为"宪法号希尔顿大酒店",可能叫它"喜来登大酒店 - 宪法号"更合适些,不过我们可以在下一次乘坐的时候这么叫。以前乘坐"诺曼底号""法兰西岛号"或者"自由号",就像住在巴黎大饭店靠花园的那一侧的一套房间,相比之下,乘坐这艘船就像住在任何一家希尔顿上等大饭店一样。
　　我们在阿尔赫西拉斯弃舟登岸,坐车去戴维斯家。戴维斯一家——比尔、安妮和他们的两个孩子住在马拉加上面的一个群山环抱的别墅里,别墅被称为"领事馆"。大门没有上锁的时候,有一个人在门口站岗。走进大门,有一条砾石铺的长长的车道,车道两边种满了柏树。还有一个像马德里植物园一样漂亮的花园,花园里长满了参天大树。园中有一幢大房子,凉爽宜人,好极了,房子里有几间大房间,过道上铺着用esparto,即细茎针茅草织成的草垫;所有的房间都满满登登的,全是书,墙上还挂着一些旧地图和精美绝伦的图画。天寒地冻时节,还有一些壁炉可以取暖。

别墅里有一个游泳池,泳池里的水引自一个山泉。那里没有电话。你可以赤着脚到处走,不过五月的天气依然很凉,跻着软拖鞋在云石楼梯上走会更合适。膳食精美,喝的酒也是上乘美酒。谁都不会去打扰别人。清晨起来,我总会走出房间到长长的阳台上去,掠过院内的松树树梢眺望群山和大海,听松涛声声,那一刻,我明白这是自己去过的最美的地方。这是一个绝佳的工作环境,我立刻投入到工作中来。

当时那个时间正是西班牙安达卢西亚春天斗牛季节结束的时间,塞维利亚周日已经结束。"宪法号"到达阿尔赫拉斯的当天,西班牙的赫雷斯德拉弗朗特拉举行春季第一次斗牛表演,路易斯·米格尔却交了一张诊断书,说明因为食物中毒,无法到场表演。这些听起来都不好,我想最好的事也许就是继续在"领事馆"住下去,工作,游泳,偶尔看看在附近举办的斗牛表演。可我曾经答应过安东尼奥在马德里跟他会面,看圣伊希德罗周日的斗牛表演。我要写完《死在午后》一书的一篇附录,所需要的其余材料得去那里搜集。

安东尼奥五月三日在赫雷斯进行斗牛表演,鲁珀特·贝尔维尔说,大家都希望我们到场。那场表演结束以后,鲁珀特就开着一辆甲虫似的灰色大众牌轿车到"领事馆"来了,对于身高六英尺四英寸的他来说,这辆汽车比战斗机的驾驶舱更合适他。安东尼奥告诉他们说,"欧内斯特要工作,我也要工作,我们这个月的中旬在马德里见面"。跟鲁珀特一块儿来的还有胡安尼托,于是我向他打听安东尼奥最近好不好。

"他现在比什么时候都要好,"胡安尼托说道,"他比以前更自信了,而且百分百的安全。他在不断地贴近牛。你看了他的表演就明白了。"

"你看出有什么不对头吗?"

"没看出来啊，没什么不对头啊。"

"他怎么剑杀呢？"

"他第一次刺得很高，穿越得天衣无缝，穆莱塔放得很低。假如他第一次刺到了骨头，他第二次刺进去以后把剑往下轻轻一点。这一下的位置不会很低，只须稍稍一点就碰到了动脉。他还知道高一点的动脉位置。他就那样理所当然地刺进去，撞大运，不过他已经学会了避开骨头。"

"你是不是依然认为咱们对他没有看走眼？"

"是啊，他是一条好汉，是的，他跟以前我们所看到的一样出类拔萃，他从所受到的惩罚中吸取了教训，惩罚非但没有削弱他的能力，反而让他越来越强。"

"路易斯·米格尔最近好不好？"

"欧内斯特，我无法预测将来会怎么样。去年在西班牙的维多利亚，他跟真正的公牛米乌拉斗了一场，非常棒的斗牛，是真正的斗牛，不是我们以前见过的那种老公牛，虽然他一直在控制牛，那次却被公牛所控制，对付不了它们。"

"他在牛角没做过手脚的斗牛场上斗过吗？"

"可能也斗过吧，有过那么可数的几次，次数肯定不太多。"

"他的状态还好吗？"

"别人都说他的状态好得不得了。"

"他确实需要这种状态。"

"说得对，"胡安尼托说道，"安东尼奥就像是一头狮子，虽然已经受过11次重伤，但每一次受伤过后，他都比以前更坚强了。"

"他大概每年受一次伤。"我说道。

"每年都要受上一次伤。"胡安尼托说道。

我们当时站在花园里的一棵大松树旁，我在树干上敲了三下。大风从松树树梢上掠过，在斗牛的日子里，整个春天，加上整个夏天，大风一直这样地刮呀刮的。我以前在西班牙,哪一年夏天也没有见过这么刮风的。别人也不记得哪个斗牛季节里,发生过那么多被牛角抵伤和扎伤的严重事故。

我认为,大量的剑杀手在1959年多次严重受伤有两个原因:第一是因为风。风会在剑杀手挥动披风或者穆莱塔的时候吹开披风,把斗牛士的身体暴露给牛,任由牛摆布。第二是因为这个情况,那就是所有的剑杀手都争先恐后地要超过安东尼奥·奥多涅斯,所以不论是否有风,都要竭尽全力,安东尼奥做过什么动作,他们就一定要做什么动作。

不存在竞争的斗牛,毫无价值可言。而这种竞争一旦出现在两个伟大的斗牛士之间,那就是殊死搏斗。一个斗牛士若是创造了一个前所未有的新招式,此后还经常使用的话,那这个招式就不再是一个诀窍,而是一种有生命之虞的危险表演,全赖精神力量、判断、勇气和技术才华才能实现。一个斗牛士稳扎稳打地提高了一个招式的危险程度,接下来,另一个斗牛士要做得不逊色或者超过前者,而万一精神出现偏差或者判断出现失误的话,不是重伤,就是死亡,所以他乞灵于阴谋诡计。待到观众已经能够识别阴谋诡计和真功夫的时候,他就在竞争中败北了。这样的人如果还健在或者还在斗牛的话,一定是个真正的幸运儿。

我与胡安尼托·金纳塔认识34年了,那两年没能见面,所以那天上午在花园散步的时候有着说不完的话。我们谈到斗牛出现了什么弊病,他们又采取了什么措施来根除这些弊病,还有哪些补救措施我们认为可以行得通,哪些措施我们认为不切合实际。我们都意识到,这些弊病几乎要把斗牛毁了。长矛手没有想方设法地刺牛,让牛精疲力竭,让牛情绪稳定,让牛的头垂落下来,再以正当的方式刺杀。相反,长矛手在牛半死不活的时候,让牛失血,把长矛矛尖刺进一个伤口,在伤口里扭来转去,刺进牛的脊骨里去,刺进牛的肋骨里去,刺进可以毁了牛的任何部位。我们都清楚，长矛手犯下的任何过错，都是他的剑杀手的过错。或者，若是剑杀手太年轻，缺乏权威，那就是他的亲信短标枪手或者经纪人的过错。斗牛中的种种弊端，几乎都是经纪人的过错，只是剑杀手如果有异议，倒也不是不能提出抗议的。

我们说到路易斯·米格尔和安东尼奥两个人的经纪人都是路易斯·米格尔的两个哥哥——多明戈和佩培·多明吉，我们一致认为，收入分配是一个尴尬的问题。因为路易斯·米格尔一直认为，与安东尼奥相比，自己成名更早，表演更早，所以更能吸引观众，票房收入会因为自己而增加；而安东尼奥却坚定地表示，作为剑杀手，自己比米格尔出色，所以他每次出场都要体现出来。这种情况对于家庭生活来说很棘手，对于斗牛来说却很有益处。这个问题看起来非常危险。

5月的前12天过得飞快。我每天早早起床开始工作，大约中午的时候游一会泳，作为消遣和娱乐，不过不会不遵守纪律，保证身体状态良好。我们的午饭一般吃得晚，也许先去市里把迟到的邮件和报纸取上，然后到博伊特去。博伊特是西梅农外面大米拉马酒店里一家夜总会，坐落于马拉加市中心海滨，我们结识了那里的工作人员。我们然后回到山里，很晚的时候才在"领事馆"吃饭。5月13日，我们动身赴马德里看斗牛表演。

开车走在陌生的乡下，你会觉得走过的距离比实际距离要长，大路上难走的地段比实际走过的路还要难走，危险的拐弯处比实际的拐弯处还要危险，陡峭的上坡坡度比较实际爬的坡度还要大，这跟对童年或者少年时期的回忆相像。从马拉加沿海而上开进山里，翻越海岸线上的山脉，虽然所有的拐弯处不再陌生，再加上所有可以利用的便利条件，可还是觉得道路崎岖不平。从马拉加第一次开车去西班牙的格拉纳达荷哈恩，司机让人心惊肉跳。虽然这个司机是别人推荐给比尔的，可他一转弯就出错，面对那些开下来的超载卡车，他只会按喇叭自保。一旦他出了问题，那些卡车可救不了他。不论是爬坡还是下坡，他都让我心里发虚，冷汗直冒。我们往山上爬的时候，我回头望着绵延到大海的崎岖山脉，尽量去看下面绵延的山谷、石头建的小城镇和农田。我望着那些栓皮栎光秃秃的深色树干，这些树一个月前被割开剥去了树皮。在一个拐弯处，我俯视着幽深的裂缝，望着那些长满荆豆的田野，以及从田野中冒出来的石灰石一直绵延到石头林立的山峰之上。我顺其自然地接受了这次让人无可奈何的旅程，平心静气地给司机提了一些建议，指导他调整车速和开车方式，避免出现自杀式的行为。

在哈恩的大街上，因为司机不顾忌行人，车速过快，所以差点把一个人给撞了。若不是因为出了这件事，他才不愿意听别人的建议呢。此时路况较好，我们快速赶路，在西班牙的巴伊伦渡过瓜达尔基维尔河，向上进入另一个高原，重又进入山区，只见黑压压的莫雷纳山出现在我们的左侧。我们驱车越过纳瓦斯·德托洛萨高耸入云的群山大川，当年的基督教国王卡斯蒂列、阿拉贡和纳瓦拉就是在那里打败摩尔人的，这里的关隘一旦被攻破，不论是攻还是守，都是杀敌的好战场。车过这里，让人想起一二一二年七月十六日基督教王国的国王们在这里打败摩尔人的时候付出了怎样的代价，想起那天这光秃秃的山区草场会是什么样子，那一定是怪怪的。

接下来，我们一直向上爬行，七拐八拐之后，穿过了德斯佩尼亚隘口。正是这个隘口，把安达卢西亚和卡斯蒂分开，而安达卢西亚人说，这个隘口以北，就没有出现过出色的斗牛士。大路修建的质量很高，出色的司机到了这里都会安全无忧。山顶上有好几家路边小吃店和小客栈，我们那年夏天对这种地方越来越熟悉。可是那天，我们却没有停留。车出隘口，道路变得平坦，我们在下一个小镇停了下来。只见道路急拐弯的地方有一幢房子，屋顶上有两只鹳，鹳正在筑巢，巢刚筑了一半，雌鸟还没有下蛋，它们还在谈情说爱：雄鸟用嘴轻轻地啄雌鸟的脖子，雌鸟以鹳特有的热烈抬头看了看雄鸟，又看了看别处，雄鸟又去轻轻地啄雌鸟。我们停下了脚步，玛丽拍了几张照片，可惜光线不够足。

我们继续向下，进入瓦尔德佩尼亚斯镇平坦的田野，看到这块盛产葡萄酒的田野上的大片葡萄树平展地向黑黝黝的小山麓延伸过去，葡萄树差不多只有一只手那么高。新铺的大路平坦得很，我们驱车驶过盛产葡萄酒的田野。大车道与公路正好是平行的，我们关注到大车道旁洗沙浴的鹧鸪。我们在西班牙人所说的 Parador，即西班牙的曼萨纳雷斯政府招待所停下过夜，虽然那里距马德里只有174公里的路程，可我们想等白天的时候开车穿过田野，看看田野美景，也不会耽误次日下午六点开始的斗牛表演。

我和比尔·戴维斯大清早就起来了，顺着一条小路走了三公里，而这时候，招待所的人还没有起床的。我们先是通过一个设施低矮、颜色粉白的斗牛场，伊格纳里奥·桑切斯·梅希亚斯曾经在那里受过重伤，有生命危险。然后走过窄窄的街道，奔赴大教堂广场，再沿着一条偏僻的小路走，早晨出来到市场买东西的人回去的时候会走这条路。那个市场干净整洁，经营有方，商品品种齐全，可选择的面很宽，可是，不少顾客对商品的价格，尤其是鱼和肉的价格，很不满意。在马拉加的时候，我不懂当地的方言，而现在听到的西班牙语既清晰又好听，我都能听得懂，感觉好极了。

我们在一家小饭馆里喝了牛奶咖啡，把美味的面包放进牛奶咖啡里当早餐，还喝了几小杯烈性散装葡萄酒，吃了几片曼契甘干酪。酒吧里的工作人员告诉我们，新修的大道绕城而过，现在在小饭馆门口停留的旅客已经寥寥无几了。

"只有赶集的时候小镇还存在，平时已经没有了。"他说道。

"今年的酒酿得怎么样啊？"

"现在还早,还不知道会怎么样,"他告诉我说。"你了解的也不比我少,葡萄树像野草似地疯长,酒酿得一直挺好,没什么变化。"

"我特别喜欢。"

"我也是,"他说道。"所以我才把它说得很差,不喜欢的东西,人们不会把它说得很差。现在不一样了。"

因为是上坡路,是很好的锻炼机会,于是我们加快了回客店的脚步。我们身后的小镇令人伤怀,逃离起来并不困难。

我们把行李装上车,把车开出院子,开上通向大道的路上,这时,司机认真地在胸前划了一个十字。

"有什么不对劲儿的吗?"我问道。我们第一天晚上从阿尔赫西拉奔赴马拉加的时候,他也划过十字。我当时以为正经过的地方一定是出过恶性事故,不由得肃然起敬,默默无语。可今天早晨天气晴朗,走的是路面平坦的大道,完全可以快速行驶,目的地又是首都,旅程也很短。况且,我从跟司机的谈话中得知,他对上帝也不够虔诚。

"没,没什么,"他答道。"我只是想我们应该平安到达马德里。"

我心中暗想,我雇用你可没想让你依靠奇迹开车,也没想让你依靠神的援手开车,司机在邀请上帝做自己的副驾驶之前,应该首先具备职业的技能和信心,仔细检查一下轮胎。我转念又一想,这涉及妇女儿童,人生苦短,世人团结一心非常有必要,于是也依样划了个十字。然后,我为了证明对自身安全格外关注也是合情合理的,于是为所有身陷囹圄的人,为所有身患癌症的朋友,为所有在世和去世的姑娘,还有当天下午安东尼奥斗的几头牛要够优秀而向命运女神祈祷。我格外关注自身的安全,似乎为时过早,即便我们要在西班牙的大路上度过三个月的日日夜夜,即便那三个月我要跟斗牛士一起过,我这么做也是自私的。安东尼奥当天下午并没有碰到几头优秀的牛。不过我们倒是冒险穿越了拉曼查和新卡斯蒂列大草原,平安到达了马德里。在苏埃夏大饭店的入口处,我们发现我们的司机在城里不会停车，最后还是比尔·戴维斯代替他把车停了下来，并且在那年剩下的那段时间里替代了他的职责，他也理所当然地被打发回马拉加去了。

苏埃夏坐落于旧科尔特斯大饭店的后面，出了马德里旧城区步行就能走到，是一家新开的旅馆，条件非常舒适。先到的鲁珀特·贝尔维尔和胡安尼托·金塔纳告诉我们，安东尼奥前一天的晚上是在外边的威灵顿大酒店度过的。威灵顿大酒店坐落于时尚新潮的新城区，新旅馆大都建在那里。安东尼奥想离开家好好睡一夜，避开家里那些记者、粉丝、追随者和赞助人，然后穿好衣服。况且威灵顿大酒店离斗牛场也不是很远。根据圣伊西德罗的交通情况，应该尽量缩短这一行程的距离。安东尼奥喜欢早早地赶到斗牛场，碰到交通堵塞对任何人来说都不利，对于斗牛来说，准备工作做得再差也莫过于此。

旅馆的套房里全都是人，有些是我认识的，大多数我都不认识。有一群斗牛圈内的追随者待在客厅里，其中大部分是中年人，只有两个年轻人。大家都神情严肃。许多人都跟斗牛事业有关系，还有好几个记者，个个都带了摄影师，其中有两个是由《法国画刊》派来的。只有安东尼奥的大哥卡耶塔诺和他的持剑助手米格利略没有板着脸。

卡耶塔诺问我是否还收着那个银质伏特加酒壶。

"为了以防万一，我还保留着。"我回答。

"现在就出现了万一，欧内斯特，"他说道。"借一步说话，到外边的过道上去。"

我们出了房门，恭喜对方身体健康，然后又回到了房间里，我进去看安东尼奥，发现他正在穿衣服。

他看起来与以往无异，只是更成熟了些，也因为在牧场待了一段时间，所以皮肤显得黑了。他看起来既不紧张，也不严肃。一小时15分钟以后，他就要开始斗牛了，对此，他清楚地明白这意味着什么，自己必须做到什么，自己想要做什么。我们见了面，都很欢喜，一切如旧，我们过去共享过的，今天原封不动的还在。

我不喜欢在更衣室多逗留一分钟，所以，等他问候过玛丽，我问候过卡门，他说当晚大家共进晚餐之后，我随即说道，"我先告辞。"

"你看完表演还来吗？"

"当然要来。"

"回见，"他说着，露出了一丝孩子气的坏坏的笑，当年在马德里斗牛季节的第一场斗牛开始之前，他也是这样轻松自在、自然而然地微微一笑，他是在想着斗牛，但他信心十足。

虽然场内的观众席坐得满满的，那场却斗牛太差劲了。牛都踌躇迟疑，危险万状，往前冲刺一半就半途而废。牛的谷物吃得过多，体重过重，所以在向马冲刺的时候也踌躇迟疑。有几头牛冲是冲过去了，但后腿软弱无力，只得一下子停下来。

维多里安诺·巴伦西亚那天想证明自己是马德里正式剑杀手的替补，不过他那天证明他仅仅是个小徒弟。他确实有过几次精彩表演，但前景还很难预测。胡里奥·阿巴西里奥是个技术既全面又娴熟的剑杀手，但在控制斗牛，调弄斗牛和安排牛方面还是笨手笨脚的。他没有想方设法改正牛的缺点，他的时间没有用在鼓励牛向前冲上面，而是花费在让观众观看牛不愿意向前冲的样子上了。有一种剑杀手，他们都会犯这类错误，那就是在早期斗牛生涯中赚了好多钱，现在以逸待劳地等着斗牛，既不肯冒险，也不肯去克服困难，而不是希望从每一头牛上获取牛应该带来的一切。阿巴里西奥对他的两头牛都没有做有价值的动作，也没有向自己以及重视斗牛风格的人证明，自己可以做出有效的动作来，他只是动作干脆利索地刺中了这两头公牛。谁也不在意。

是安东尼奥挽救了这次斗牛，使得这场斗牛免于灾难，也让马德里第一次见证了他作为一个斗牛士的成长。他的第一头牛非常没用，见到马就踌躇迟疑开来，不愿意直接向前冲。是安东尼奥优雅地挥动披风，才使牛振作起来，稳定下来，把与牛的距离一点点拉近，让牛经过，鼓舞牛的斗志。你亲眼看到安东尼奥把这头牛调教成一头好斗的牛。安东尼奥对斗牛的爱好和对牛的了解，好像都对牛的心理产生了影响，最后牛明白了他期望自己这么做。牛如果产生了一个没有任何价值的想法，安东尼奥就会巧妙地，同时毅然决然地让牛改变主意。

我跟他见过面以后，他对挥动披风的技艺更加精益求精，终于臻于极致了。所有剑杀手都期望有一头称心如意的牛直直地冲过来，自己做一些优雅的闪躲动作，而他的期望和做法远非如此，他每闪躲一次都会把牛控制住，都会导引着牛，让牛的全身都从自己身体上滑过，而他则利用披风的皱褶控制牛，把牛卷回去，让它第二次往前冲，自己与牛角保持几公分的距离，披风在前面那么优雅地挥动着，协调的动作就像电影或者梦境里的慢动作似的。

他在挥动穆莱塔的时候并没有运用什么诀窍。现在，牛是他的了。他自始自终没有伤害、扭转、惩罚过牛，相反，他成就、完善、折服了牛。他左手拿着穆莱塔从正面呼唤着牛，让牛从他身旁冲过去，然后一次次地绕过他。他又运用纯正的胸前闪躲法，让牛角和牛的身体都掠过他的胸部。紧接着，他一翻手腕，让牛摆好姿势，等待被剑杀。

他刺了一下，认真瞄准肩胛骨的顶尖处，准备剑杀。结果刺到了骨头上，从牛角上面弹了回来。他重新瞄准了那个部位刺了进去，剑没到了剑柄圆头下面的护手盘处。等安东尼奥双手沾满鲜血的时候，牛已经死了，只是好一会儿牛还没有知觉。安东尼奥举起一只手看着牛，导引着牛走向死亡，如同他在自己短暂的一生中导引自己的表演。牛突然颤栗了一下，倒在地上。

他要斗的第二头牛跑出来了，这头牛身强力壮，可是在到达马头的时候就把力气耗尽了，后腿也不动了，只好半途而废。牛在两侧方向上表现得很糟糕，总是左角或者右角，特别是右角无缘无故地乱挑乱刺。牛对于自己的防御方式也没有条理。不管安东尼奥从哪个部位挑逗引诱，这头紧张得歇斯底里的牛都不肯把身体展开。不同的牛会因为在斗牛场上改变了位置，从而变得自信起来，可是，尽管安东尼奥走进它，动作很低，很有节奏地撩拨，然后以低低的闪躲动作惩罚牛，促使牛关注自己，力图以这样的方式控制牛不再猛冲却半途而废，不再用角乱挑乱刺，不再踮着小步跑来跑去。谁知牛却怯怯地站在原地不敢动弹，一副歇斯底里的样子。看来要想与它斗一个精彩的现代式回合，自己是非死即伤了。从斗牛开始的那一天起，对付这样踮着小步奔跑的牛只有一个解决之道：索性除掉。于是，安东尼奥就把它除掉了。

后来，安东尼奥在威灵顿大酒店楼上房间里，淋浴之后坐在床上纳凉的时候问我，"欧内斯特，第一头牛让你满意吗？"

我答道，"你清楚，大家也都清楚，你想方设法成就了它，创造了它。"

"没错儿，"他说道。"而它的结局还很不错。"

那天晚上，我们在名叫"科托"的室内兼露天餐厅吃饭，那家老饭店的一侧有一个树荫掩映的花园，对面是普拉多博物馆。因为安东尼奥在第一场斗牛中伟大的表演，所以，他下一场可以不参加，而两场斗牛之间的间隔时间是最理想的时间。牛栏里有些装备看起来非常精良。没有人会预料到未来的天气会变得那么糟糕。在场的有我们这伙人、两个养牛人、安东尼奥和卡门以及马诺洛·塔马梅斯医生和他的妻子。塔马梅斯医生是安东尼奥和路易斯·米格尔的私人外科医生和老朋友。大家再次欢聚一堂，真是好极了。我们说东道西，还拿好多东西开玩笑。与所有真的勇士一样，安东尼奥看起来轻松自在，爱拿一些正儿八经的事开玩笑逗乐。有一次，他取笑一个人自诩完美无瑕的时候，我对他说，"你这么高尚，这么良善，今天却这么对待你的伟大朋友，又做何解释？"

他和阿巴里西奥是好朋友，关系很近。那个集市日的第一天下午，阿巴里西奥抽中了一头牛以后，一直在忙前忙后，想让观众认识到：根本无法运用披风控制这头牛，进行出色的表演。结果，再次把牛引开的时候，安东尼奥把牛从马面前引开，对着阿巴里西奥这头牛做了六个连续的贝罗尼卡动作，这几个动作优雅动人、有急有缓、有理有节，彻底毁了朋友的胜利成果。观众看出，只要斗牛士想方设法地挑逗牛，只要给牛留一丝生存的希望，这头牛可以有这么个斗法。

"我对他说过非常对不起了。"他说道。

5月7日，在西班牙的阿斯图里亚斯地区的奥维多城，路易斯·米格尔进行了第一次斗牛表演，割下了牛的耳朵。5月16日，即安东尼奥在马德里跟巴勃罗·罗梅罗软弱无力的牛搏斗的同一天，在塔拉维拉—德拉雷纳城，路易斯·米格尔进行了第二次斗牛。在塔拉维拉，路易斯·米格尔跟萨拉曼卡城的牛搏斗，结果大获全胜，割下了第一头牛的尾巴和两只耳朵，以及第二头牛的两只耳朵。路易斯·米格尔当时的状态非常好，正在巴塞罗那城进行为期两天的表演。他在塔拉维拉城表演的时候，斗牛场的观众席却没有坐满。

到那个时候为止，路易斯·米格尔除了在西班牙进行的两场斗牛表演之外，还分别在法国的阿尔城、图卢兹城、马赛城进行过三场表演。他的表演非常出色。为我提供信息的人告诉我，在上述几场斗牛过程中，牛角都做过固定，只是程度不同而已。接下来的那天，路易斯·米格尔要在法国的尼姆城表演，而次日，安东尼奥也要在那个大罗马竞技场同台献艺。虽然我非常喜欢尼姆，可却不愿意离开马德里，不愿意大老远地赶过去看牛角被改装过的斗牛，所以决定留在马德里。

斗牛的经济不景气，经纪人又惟利是图，索取高额费用，只有这两个斗牛士按照那样的价格斗牛，观众才能坐满。所以或迟或早，安东尼奥都会跟路易斯·米格尔在公开比赛中同场斗牛。我跟他们两个人都认识，跟安东尼奥又很熟，所以知道他的收入与路易斯·米格尔的差距，也清楚这场斗牛是你死我活性质的。

安东尼奥从法国归来，连续好几天，他和路易斯·米格尔在那里大获全胜。17日，在尼姆，路易斯·米格尔割掉了所斗的第二头牛的一只耳朵。18日，安东尼奥割掉了所斗的每头牛的一只耳朵和最后那头牛的尾巴和两只耳朵，还帮埃尔·特安内罗把牛剑杀了。当时牛冲进斗牛场时，埃尔·特安内罗准备单腿跪地挥动披风做一个闪躲动作，谁知被高高抛起，左胳膊上刺了个三英寸长的伤口。

国内部分地区的观众对待安东尼奥的态度简直就是狂热追捧，而在那些地区，路易斯·米格尔也有大量的追随者，并且一直被视为第一斗牛士。此时，安东尼奥与路易斯·米格尔的竞争具备了国际性质，所以，法国以及其他国家的画报摄影师和记者也都齐聚马德里，观看他的下一场斗牛表演。

第四章

科尔多瓦城外。夜宿山上的修道院。
海梅·奥斯托斯多次希望牛杀死自己,他在这方面的诚意,
没有哪个斗牛士可以与之相比。
塞维利亚。塞维利亚的斗牛比任何其他城市都要恶劣。

马德里伊西德罗集市日的第三场斗牛表演之后,有一天,我们集体淋了雨,玛丽患了一场名副其实的重感冒。她竭尽全力要恢复健康,可那个周日太忙乱,时间太紧张,表演开始得那么晚,才使得大山上吹下来的那股小风刮了起来(人们说那股风虽然吹不灭一根蜡烛,却能吹死一个人),有太多吹到她的机会。她尽可能地多休息,早早地上床睡觉。我们有两三次都是在床上吃的饭。她认为,等到5月25日,自己的健康状况一定会好转,就可以坐车到西班牙的科尔多瓦去。鲁珀尔·戴维斯回伦敦的时候,把他的大众牌汽车留给了我们,要我们帮他开回马拉加。于是,我和比尔·戴维斯坐那辆英国福特牌轿车,玛丽和安妮·戴维斯坐那辆小一点的汽车赴科尔瓦多。又看到了我们开车经过的卡斯蒂列和拉曼查田野,还注意到葡萄树已经长大了,早茬小麦被暴风雨刮倒毁了,这场暴风雨还破坏了这个集市日。

科尔瓦多这座城市有乳牛饲养产业,还生产其他产品。王宫大饭店外面聚集了一群欢乐的人群,他们心情愉快,态度热忱。旅馆里已经客满。玛丽和安妮比我们到得略迟了些,于是,一位朋友把自己的房间让给玛丽,好让她在去看斗牛之前卧床休息。

那场斗牛很奇怪。以前的佩佩·路易斯·巴斯克斯是一个优秀的斗牛士,风度优雅,退隐以后还复出那么多次做斗牛表演,赚的钱买

下了他心仪的一大片产业。他人很好，对于斗牛伙伴也很忠诚，可是毕竟离开牛时间太长了，反应相当迟钝。当牛遇到困难，变得危险的时候，他就会惊慌失措。退隐以后，他的体重增加，心理脆弱，作风浮夸，看他斗牛时胖墩墩的身材和紧张的样子，好像又可悲又可怜。在那次斗牛过程中，他无法掩饰内心的恐惧，斗了两头牛，斗得都很糟糕。

有一座可爱的白色小镇埃西哈坐落于科尔多瓦以西，通往塞维利亚的路上，镇里的一个名叫海梅·奥斯托斯的小伙子就像他家乡的崇山峻岭间出没的野猪一样勇敢，而在大发雷霆和受伤以后，会勇敢得近乎于疯狂，这一点也像野猪。我很喜欢他。上次他在巴塞罗那跟着路易斯·米格尔斗牛，得了脑震荡，现在好像还是有点儿恍恍惚惚的。整个下午，他表演的危险性一直在递增，后来几乎都成了半自杀性质的。我一直为他悬着一颗心。我明白他是在家乡人面前表演。在斗牛季节刚刚开始的时候，发生过一场争执，他说不愿意跟安东尼奥排在一张节目单上。虑及一切因素，完全可以打赌说他这种人大约活不过那个斗牛季节，可他竟一整年都平平安安地过去了，只是受了点无关紧要的牛角刺伤。那天在科尔多瓦，牛与他擦身而过，挨得那么近，他身上的银白色衣服上沾满了鲜血。海梅·奥斯托斯多次希望牛杀死自己，他在这方面的诚意，没有哪个斗牛士可以与之相比，然而，他却凭借运气、勇气和孤注一掷的技巧击败了牛。奥斯托斯割下了他第一头牛的两只耳朵。若是运气再好些，剑刺得更准些的话，他本来也可以割掉第二头牛的耳朵的。

安东尼奥的第一头牛非常好，虽然委实不算体形硕大，却也相当结实，牛角大小适中。安东尼奥优雅地挥动着披风，一步步靠近牛，一点点控制住牛，接下来，用那种或疾或缓的巧妙方式闪躲牛。他把穆莱塔用得同样精彩，牛也杀得干脆利索。整个斗牛场的观众都在挥舞手帕，可是牛协协会的会长就是不肯把牛耳给他。我只能向玛丽解释说，他们想要的是超自然的东西。

他斗的第二头牛不是一头半公牛，而是一头看起来最大不过三岁的牛：体型小，体重轻，牛角不锋利。观众见状嚷嚷起来，表示抗议。牛协会长让牛向长矛冲过来，抗议声更大了。我也不高兴了，安东尼奥的经纪人是怎么想的，选这种牛可怎么脱身。这头牛连兽医都绝对不会认可通过，任何一场正式斗牛表演，都不应该把这样的牛放进场来。

安东尼奥托人给牛协会长传话，说请求批准，先与这头牛搏斗，然后在表演结束的时候杀了它，而替代的那头牛的款项，由他来支付。牛协会长应允了，于是，他用穆莱塔把牛引过去，闪躲了两三次，让牛站稳，摆好姿势，自己身手敏捷地一个箭步冲上去，干净利落地杀了它。

安东尼奥买的那头替代牛，这个可怜的牲口从牛栏的暗处冲了出来，它的牛角是我们1953年重归西班牙以后我看到的最大、最宽、最长、最锋利的。这头牛的体型硕大，但不肥胖。它先是把一个短标枪手追过了斗牛场的低矮围墙，然后沿着围墙的墙头用右角寻找短标枪手的下落。安东尼奥向牛逼近，把牛引诱过来。牛冲过来以后，他优雅地在牛的面前徐徐挥舞着披风，等他需要牛转身的时候，把牛转了过来，彻底控制了它。他教给大家靠近并徐缓优雅地躲避长着大角的真正的牛的方法，别人躲避用不正当手段养的半公牛，靠得都没有他近，动作都没有他舒缓优雅。他只跟牛协会长要了一根刺牛长矛，指导短标枪手怎么刺进去，放在哪个部位，这样，这头牛就不会遭受意外或者伤害。

我注意到他等得很耐心，目不转睛地一直盯着那头牛，同时进行观察、分析、思考和计划。他告诉胡安自己要把牛引向何方，然后走出去，做了四个很低的闪躲动作，从而控制住了牛。他利用穆莱塔的魔力让牛往来奔突的时候，他的左膝、左腿小腿、左脚脚踝都贴在沙地上，右腿暴露在外边。他给牛允诺了全部，提供了目标，同时温和文雅地让牛明白，这场死亡游戏的这部分不会有伤害，也不会带来痛苦。

经过这几个闪躲动作以后，牛已经被他控制了。接下来，他继续让观众观赏一位勇敢且熟悉牛性的伟大艺术家是怎样对付一头长着强壮而致命牛角的真正公牛的。他让观众看到一切传统闪躲动作没有骗人的伎俩、虚假的花活和折中的手法。他像海梅一样，贴近牛的身边闪躲过去，一直很克制。等所有的观众都看到了全过程，看到斗牛时可以这样贴近牛，动作可以这样优雅和舒缓之后，他以胸前的最后一个闪躲动作结束了斗牛，接下来让牛站稳，最后举起穆莱塔向牛说再见，再把穆莱塔放低卷起，用剑瞄准高处，朝那对巨大的牛角中间完美地刺了进去，牛终于死在他的手里。与此同时，观众疯狂了。牛协会长批准割下两只牛耳。阳面的观众一拥而上，翻过低矮的斗牛场围墙，把安东尼奥和海梅扛在肩上绕场一周。刚开始，安东尼奥还不愿意，可是观众们不由分说，还是把他举了起来。人们都能看出，这场游行是即兴行动。在场的人那么多，他们都热情似火，欣喜若狂。

我们那天晚上住在科尔多瓦城外群山环抱的梅尔梅里托侯爵府里。那里原是德瓦帕莱索·德圣赫罗尼莫的修道院的真正所在地，同时也是西班牙的观光景点之一。一路攀登而上的美妙感觉真是语言都无法描绘的。汽车走在那古朴简陋的路上，在黑暗中看出中世纪的简单朴素，在修道院单人房改成的房间里醒来，眺望窗外的科尔多瓦平原，在阳光下参观那些园林、小教堂和具有重大历史意义的房间。

府里的主人都不在家。旅馆都是预定好的，佩普斯·梅里托早就说过要我们一定留在那里，还从马德里给看房子的人打电话，吩咐他把我们照顾好。我们原本计划在那里留宿一夜，谁知玛丽夜里发起烧来，早晨还没好，不能继续赶路，于是，我们只得从镇里请来一位医生，这样就拖到第二天中午才上路。佩普斯从马德里一直不停地打电话过来，把一切都安排得井井有条，我们都待得很舒适，很安宁，很快乐。作为一个住宿处，那里真是好极了，假如没有那幢大宅邸，就像露宿在王宫。在民间生活，能有这样的居住条件真是难能可贵。

第二天中午刚过，我们就顶着暴风骤雨出发，奔赴塞维利亚。到了塞维利亚，我们住在阿方索十三世大饭店，这家饭店古老而豪华，却不舒适。然后到卡萨·路易斯吃饭，那顿晚餐非常可口，但接下来的那场斗牛却很差劲。

牛的质量都很差，往前冲的时候都犹豫踌躇，都被斗牛长矛扎死了。长矛手使用长矛和矛杆的方法没有问题，刺杀牛的方法也合理合法。他们恰如其分地让牛在合适的位置站得稳稳当当，一下子就挡住了奔牛，连矛杆都没有转动。只是长矛的结构多少有点儿不对头，所以刺进牛身的是整个铁制矛头，连木制矛杆也带了进去。铁制矛托原本是用来阻挡矛头刺进的长度不超过 $7\frac{3}{8}$ 英寸的，不料却全刺进了牛身，连矛杆也带了进去。当牛受的刺伤不轻不重，即长矛手的半柄剑深度的时候，牛的血会流尽，牛会半死不活冲到剑杀手面前，大家都不知道剑杀手怎么对付这样的牛。刺牛的长矛都是经过当局检查之后密封起来，再由一位政府官员发放到长矛手手里的，所以不应该责怪对长矛手发号施令的剑杀手。然而，自从法国那些黑暗岁月以后，我还没有看到这样使用长矛的。以前在法国，赞助人买了六头长着沉重长角的体型高大的牛，莫名其妙的是，长矛尖上的那圈光彩夺目的钢有时候竟是用橡皮做的（橡胶上涂了铝漆）。正如橡皮匕首无法刺进人肌肉，那些光彩夺目的橡皮圈或者斗牛圈也不会阻挡矛尖或者矛杆整个刺进牛身。就这样，牛被长矛手刺得半死不活的时候，才落到剑杀手的手里。对于这些诡计，我都十分清楚。我们中间有些人发动了一场运动，坚决反对这种行为以及法国南部地区以前使用长矛的其他陋习。

那天在塞尔维亚斗牛之前,玛丽的烧虽然退了,但身体还是不对头,感到精疲力尽,所以,我在到处寻找玛丽,没去下面的围场和马厩仔细检查那些长矛。我以为都检查过了,也都通过了检查,应该没有问题,谁料却对牛造成了可怕的伤害。

安东尼奥在那场斗牛结束以后说,他用来刺第二头牛的长矛,刺中了牛的一跟血管。这话不假,事实是长矛刺得很深,刺中了不止一根血管。倘若长矛手最后没把长矛拔出来的话,会刺中一根大动脉的。实话实说,从那个锯齿状的伤口涌出的殷红鲜血从牛的肩部留下来,顺着牛腿流到沙土上,凝结成一条又一条的血块。

我清楚,安东尼奥对付什么样的牛,就会有什么样的斗牛方法,所以对付任何牛都会有伟大的表现。我在圣诞节给他写信说,我打算回美国去,把他的工作和在斗牛圈里的地位这些真而又真的实际情况记录下来,这样就会有一份永久性的记载,一件我们百年之后可以传给子孙万代的记载。他回信说同意我的提议。他清楚,自己有能力对付牛栏里冲出的任何一头牛。当时,由于某人的过错,他有整整两天,都跟一些不成熟的牛搏斗,每次都让他不开心。科尔多瓦的那头长着大角的牛就让他损失了四万比塞塔。塞尔维亚的那次斗牛结束以后,大家都闷闷不乐。

因为路易斯·米格尔有一天要在格拉纳达表演,而安东尼奥也要在另一天在格拉纳达表演,所以,天刚蒙蒙亮,我就和比尔驱车回马德里。女人们要多睡会儿,然后开着那辆大众牌小轿车穿过那条漂亮的大路,穿过西班牙的安特奎拉镇到马拉加去,再从那里向上开,到格拉纳达与我们会合。玛丽睡觉的时候已经不烧了,我盼望经过一天的休养生息,再加上"领事馆"的阳光,让她康复痊愈。日程安排得挺紧,不过到了格拉纳达以后,我们接下来要看的几场斗牛表演,都在距我们所在的马拉加不是很远的地方。

天上云层低垂，大雨滂沱，我们驱车赶赴马德里，只有在大雨间歇的时候才能看看田野。天气不好，我们对这几场斗牛的感觉也不好，对有人想方设法偷偷摸摸把体重不够、成熟度不够的公牛放进去的做法也感觉不好。比尔对这个斗牛季节也很悲观。我们两个都不喜欢塞维利亚，而这在安达卢西亚的斗牛中，这是歪理邪说，因为关注斗牛的人都认为，应该对塞尔维亚心存神秘感。然而，多少年的事实让我相信，以进行过的斗牛而论，塞维利亚的斗牛比任何其他城市都要恶劣。

在雨中，我们看到有大群大群的鹳鸟在飞，优雅地觅食，还有各种各样的鹰出现在荒野中。而鹰的出现总是让我开心。在狂风暴雨的天气里，地面上的鸟儿总是藏匿在掩体里，而习惯于在这时出现的鹰，寻找食物就很艰难。从巴伊伦再往前，我们将来会那么熟悉的那条路向中央高原方向中断了。期间，风雨消歇的时候，向北行驶的过程中，可以看到麦田里被吹得东倒西歪的古堡和白色的小村庄，因为四面八方无遮无拦，受到风吹雨淋。与我们三天前去南边时相比，葡萄树好像又长了半只手那么高。

我们停车加油，在加油站的酒吧喝了杯葡萄酒和一点儿黑咖啡，吃了几片干乳酪和几枚橄榄。比尔开车的时候从来都是滴酒不沾，而我却总是在冰袋里带瓶坎帕纳斯的冰镇低度罗莎多，吃面包还要搭配一片很厚的曼契甘乳酪。我爱这片田野的四季风光，在穿过最后一道山口，进入拉曼查和卡斯蒂列时，虽然气候恶劣，却很开心。

在我们到达马德里之前，比尔认为吃东西会让他在路上犯困，所以不肯吃，还有一个原因就是我们清楚以后要夜以继日地开车，所以他开始提前训练自己，以适应这样的作息生活。他热爱美食，有鉴赏美食的能力，在任何国家都能找到美食，在这一点上，我认识的人当中，没有谁可以跟他相提并论。他刚到西班牙的时候，跟安妮一起，以马德里为据点，开车走遍了西班牙的每一个省份。他了解西班牙的每一个镇市，他了解哪里的酒最好喝，哪个地方的烹调最出色，他了解大大小小所有的市镇可以吃的特产和可以吃的去处。他开车开得果敢坚定，也是我的一个非常好的旅伴。

我们抵达马德里，正好来得及，可以在卡列洪吃顿时间比较晚的午饭。卡列洪是一家空间狭小、顾客盈门的餐馆，我们相信它天天为市区供给最精美的美味佳肴，所以没有同行者的时候，总在那里吃饭。它每天都会提供一道不同地区的特色菜，一直在提供市场上最好的蔬菜、鱼、肉和水果以及朴实一流的烹调技术。那里有大中小不同规格的酒罐，里面盛满了质量上乘的廷托酒、红葡萄酒和巴尔德佩尼亚斯葡萄酒。

我们几杯巴尔德佩尼亚斯葡萄酒下肚以后，比尔的胃口调好了。我们当时正站在餐厅的酒吧门口等位，那几杯酒是从那里的大酒桶里打出来的。菜单上有一条须知，说任何一道菜都够顾客吃饱。于是，他就点了一盘炙烤鲷目鱼，接下来又点了阿斯图里亚斯地区特色菜，这样一来，就像菜单上写的那样，起码足够两个人吃的。他吃了口菜，说道，"这里的菜挺好吃。"

他喝完第二罐巴尔德佩尼亚斯葡萄酒以后，又说道，"酒也挺好喝。"

我点了份大蒜油煎小鳗鱼，鱼放在一个深深的盆里，菜烧得很嫩，吃起来感觉鱼煎得像竹笋一样，两头稍稍有点脆，鱼肉却挺润滑，特别开胃。但吃完以后，对于跟你同处一个牢牢封闭的房间里的人，甚至包括你在户外遇见的人来说，那味道可是呛得不能再呛人了。

"鳗鱼非常好吃，"我说道。"酒还不好说。你愿意尝点鳗鱼吗？"

"可能点一份就行啦，"比尔说道。"喝口酒，尝一尝，你可能会喜欢的。"

"请再上一大罐酒吧。"我对服务员说道。

"好的，欧内斯特先生，给你，我早就打好了。"

店老板走了过来。

"我们今天的牛排做得很好吃,来一客牛排好不好?"他问道。

"留着今天晚上吃吧。来点儿芦笋好不好?"

"非常好,"他答道。"是从西班牙阿兰胡埃斯城运来的。"

"明天我们就要去阿兰胡埃斯城看斗牛。"我说道。

"安东尼奥最近怎么样?"

"挺好的。他昨天晚上从塞维利亚开车过来了,我们是今天早晨过来的。"

"塞维利亚怎么样?"

"还行。牛都没有价值。"

"今天晚上你和他还来这里吃饭吗?"

"恐怕是不能来了。"

"你们要是愿意的话,我可以把那间包房给你们留着。这顿饭你们吃好了吗?"

"吃得挺好。"

"祝你们在阿兰胡埃斯好运。"

"谢谢你。"我说道。

后来的事实证明,我们在阿兰胡埃斯的运气一点儿也不好,可是当时的我一点先兆和预感都没有。

安东尼奥前一天在塞维利亚表演的时候,路易斯·米格尔正跟安东尼奥·别恩维尼达和海梅·奥斯托斯在西班牙的托莱多表演。那天天气闷热,阴雨绵绵。整个斗牛场观众席坐得满满的。牛个个体形硕大,争强斗狠,只是程度不同而已。据我听到的报道说,牛角都削得很低。路易斯·米格尔与第一头牛斗得非常漂亮。与第二头牛斗得更漂亮,优雅地周旋之后,还割下了一只牛耳。他刺的时候若是更走运的话,其实是可以得到两只牛耳的。

没能看到路易斯·米格尔的表演,特别是在接下来的那天我们还会错过他在格拉纳达的表演,我感到非常遗憾。不过,当时的日程就是那么安排的,我手头有一份他和安东尼奥表演的准确时间表,我知道,不久我们就会追上他。我知道,他们很快就会在一些镇市和一些集市日同时斗牛。然后,他们的名字就会出现在同一份节目单上。我知道,接下来他们不可避免地要单挑独斗。与此同时,我从一些观看米格尔表演的信得着的人那里,尽可能多地了解米格尔的进展情况。

第五章

阿兰胡埃斯的血。安东尼奥第十二次受伤。他是在跟历史竞争。在西班牙,痛苦简直就成了人人都得接受的东西。

对于阿兰胡埃斯的牛群来说,5月30日是个好日子。大雨过后的市镇在阳光下显得干干净净的,草木青翠,鹅卵石街上尘土还没有飞扬起来。有很多穿着本省黑罩衫的居民,有穿着硬得像铁一样的灰色条纹裤子的村民,也有一群人是从马德里来的。我们来到一家绿树浓荫下的古老的咖啡馆兼饭馆,望着河水和河上的游艇。由于阴雨连绵,河水变成一片棕黄,水位也上涨了许多。

接下来,我们的两位客人到河上游参观王家御花园去了。我和比尔过了一座桥,到那家饭菜美味可口的古老大酒店去见安东尼奥,还从他的持剑助手米格利略手里要了赠票。票一共是四张,我把观众席第一排座位的票钱给了米格利略。一个年轻的西班牙记者正在为马德里的一家报纸写介绍安东尼奥的系列文章,我告诉他此时不要打扰安东尼奥休息,还解释了原因。然后,我走到床前跟安东尼奥说了几句话,就赶忙离开了,也是以行动告诉他的随从不要打扰他休息的意思。

"你们是中途不停,开车直奔格拉纳达呢,还是在路上停一下,睡一宿再走?"

"我本来计划在曼萨纳雷斯睡一宿的。"

"巴伊伦更好,"他说道。"我给你们开车,咱们可以聊一聊,然后在巴依伦吃饭。吃完饭,我再坐那辆梅塞德斯车到格拉纳达去;路上可以睡上一大觉。"

"咱们在哪里会面？"

"等斗牛结束以后，还在这里。"

"那好，等到那时咱们再见。"我说道。

他露出了笑容。我看得出，他感觉很不错，很安心。我叫上《人民报》的那个年轻记者，让他跟我们一起出了房间。米格利略正在布置便携宗教物品：把肩衣和圣母画像前点的油灯摆好，把重重的雕花皮剑套靠到墙上，梳妆台的旁边。

古老完备的斗牛场却没有那么舒适，而且在一天天地腐烂。斗牛场附近的泥地越来越干，尘土开始飞扬。我们进了场，找到了我们的座位，俯瞰着眼前这片熟悉的沙土地。

安东尼奥斗的第一头牛是桑切斯·科巴莱达的。那头牛是个黑大个，一对大角虎虎生威，角尖锋利。安东尼奥自信优雅地挥动披风，以低沉、大幅度的或疾或舒的贝罗尼卡动作把牛吸引过来以后，再逼近牛，控制牛的冲刺动作，逐渐放慢自己的闪躲动作，站在牛角触手可及的位置。然而这里的观众却没有像马德里的观众一样欢呼起来，于是他做了一个不很危险，不很优雅，却十分精致而又夸张的塞维利亚式的奇奎洛动作：把披风冲着牛，高高地提到齐胸的位置，然后慢慢地转过身来，让披风包裹着自己的身体。牛一次次地冲刺，他一次次地旋转着进入险境，又一次次地旋转脱离险境。这个动作看起来很好看，可基本上就是一个花把式，并不是一个闪躲动作。牛冲过来，到斗牛士身边的时候，斗牛士慢慢地旋转着闪躲开。观众喜欢这个动作，我们也不例外，这个动作一直很好看，可实际上却没有什么价值。

安东尼奥的牛忽而从左，忽而从右地向穆莱塔冲过来，情况相当危险。安东尼奥为了让牛挺直身体，充满信心，像在科尔多瓦那样，把穆莱塔放得很低地撩拨着。不知道牛是怎么想的，也可能是那个奇奎洛动作让牛回过味来了，我亲见了这一幕。所以安东尼奥只好从远处激励牛，让牛重新向前冲。不是牛看花了眼，而是牛在那十分钟里所受的教育起了作用，这一环是教授牛怎么去死。

安东尼奥给了牛以信心，让牛把右腿当做一个竖起的牢固的目标，再让牛认识到：追随这个诱惑物一点也不吃力，完全可以猎取这个诱惑之物。

接下来，他和牛都用单只手一起玩这个游戏，一个回合接着一个回合，忽高忽低。那就来吧，牛啊。乖乖地围着我转吧，牛啊。再试试看，牛啊。再试试看。

安东尼奥正在让那头牛围绕着自己转的时候，牛生出了一个卑鄙的念头。闪躲这么长时间，它看到了人的身体，突然停止了游戏，冲了过来，只差 $\frac{1}{100}$ 英寸牛角就挑刺上了，在擦肩而过的时候，牛头撞到了安东尼奥。安东尼奥回头看了看牛，再次使用穆莱塔促动牛，让牛贴近自己的胸部冲过去。

然后，他把"教导"的内容又重复了一遍，再让牛两次险些挑刺到自己。此时的观众已经完全拥护他了，他正在按照他们演奏的音乐节拍行动。他最后把牛剑杀了，剑刺得干脆利落，正刺到神经中枢外面的光亮处。全场观众都不停地挥舞着手帕，要求把那只牛耳给他。可是牛已经像被合情合理剑杀了的牛应该表现的那样，倒在地上，嘴角在流血，于是，斗牛协会会长不理会还在不断挥舞手帕的观众，不同意割下牛耳，牛最后被拖出了斗牛场。

安东尼奥只好两次出来，绕场一周，向观众致意。他进来以后，神情里有愤怒、淡漠和超然。米格利略递给他一杯水，他说了一句话。他喝了一小口水，目光茫然地望着外面，接着漱了漱口，把水吐到沙地上。我后来问米格利略，他跟他说了什么话。

"他问我，怎么做才能得到一只牛耳。唔，其实他已经做到了。"

第二个出场的剑杀手是奇奎洛二世。他现在呢，换句话说，他过去也是身高不足五英尺二英寸，五短身材，生就一张庄重的面孔，表情忧伤，为人正统。他大概比大多数人，比獾，比其他动物，都要勇敢。他刚刚参加斗牛活动时是一名见习斗牛士，1953年和1954年从那个可怕的非正规斗牛士学校毕业以后，成了一名剑杀手。那些非正式斗牛在卡斯蒂列和拉曼查的一些乡村广场上举行，这样的活动在其他省份开展得不那么广泛。非正式斗牛在盖不起斗牛场的镇市和乡村进行。用大车围成一圈，把广场的出口堵住。向观众出售牧羊人或者放牛人用的结实的尖头长棍，业余斗牛士要逃跑的时候，就可以用尖头长棍把他们撵回去或者狠狠地打一顿。在这些地方，当地的小伙子和希望成为真正斗牛士的走穴斗牛班子跟多次斗过的牛搏斗。这些牲口都在非正式斗牛中久经沙场，挑刺死过十几个人。

奇奎洛二世在25岁之前，是非正式斗牛的明星。在马诺莱特时代以及以后的日子里，当那些赫赫有名的斗牛士面对着公牛、半公牛和被剪短了牛角的三岁公牛的时候，他却一直在跟各种各样牛角原封未动的七岁以下公牛搏斗，而这些公牛中有很多以前都有过跟人搏斗的经历，所以跟世界上其他野生动物一样危险。他以前表演的村庄里没有医生，没有医务室，也没有外科医生。为了活下来，他只能去了解牛性，学会靠近牛，却又不会被牛挑刺。他知道怎么跟那些每次都有机会刺死他的牛搏斗才能生还，他也学会了所有花把式闪躲动作和所有的杂耍技巧。他还学会了干脆利索的杀牛方法。在他突然趋前杀牛的时候，他用那灵巧的左手护着自己，让牛头彻底低下来，来补救自己五短身材造成的缺陷。此外，他不仅勇敢过人，还幸运过人。

这个季节，因为他除了斗牛之外，做什么厌恶什么，所以他从退隐状态中走了出来。他之所以退隐，是因为他清楚自己幸运过人，也清楚自己也只能赌这么多次。他重出江湖，是因为觉得做其他事没有乐趣。此外，还有一个始终存在的问题，那就是钱。

他抽中了一头合适的牛，体型硕大，跟自己的五短身材相比，像一个庞然大物，还有两只锋利的角。奇奎洛二世"教授"着他的那门值得肯定的课程：斗牛场上的生存法则，时间花在让自己神智比别人更清醒地接近牛上面。他全神贯注，神志清醒，反应迅速，加上过人的幸运，做了许多出色的真实闪躲动作和书上记载的花把式闪躲动作，还有所有的杂耍技巧，每个动作都精彩。把牛从远处引过来，巧妙地闪躲，这样的动作会更危险。奇奎洛所做的动作都是在可接受的范围之内倒退着做的。他伸直胳膊，让牛从胳膊下面冲过的时候望着观众，让人想起了马诺莱特。马诺莱特跟他的经纪人合力，把斗牛推入第二个大低潮。然后他就被戳死了，死亡让他永远地辞谢，让他成为一个备受尊敬的人物。

　　观众喜欢奇奎洛二世，这是非常合情合理的。他跟观众相濡以沫，让他们看到老人们所说的那种他们深信不疑的斗牛，此外，他斗的还是真正的牛。他这么做需要凭借运气，也需要凭借渊博的知识和高度纯粹的胆量。他有一次冲上前去杀牛，却刺到了骨头。他再刺，刺到的位置很高，接着他跳起来，身体扑到两个牛角之间，用灵巧的左手把刀拔出来，牛已经死了。

　　牛协会长把两只牛耳都给了他。他拿着牛耳绕场一周，神情既庄重又快乐。我愿意回忆那一年整个夏季的情景，回忆他好运散尽之后的种种是毫无意义的。

　　安东尼奥斗的第二头牛神气活现地冲出来了，这头牛又黑又亮，英俊漂亮，性情凶悍，牛角锋利。我看到安东尼奥随即就要开始跟牛搏斗，就在他挥动披风的时候，一个面庞秀美的小伙子身手敏捷地从我们左侧朝阳的看台上跳了下来，翻过围墙，在牛的面前展开了自己的穆莱塔。他头戴软帽，身着浅色衬衫和蓝色裤子，是一个渴望做斗牛士的人。见此情形，安东尼奥的三个短标枪手——弗雷尔、霍尼和胡安，一起向他跑去，想要抓住他交给警察，以免他挑刺牛，破坏这场表演。小伙子做了三四个出色的闪躲动作。他利用牛与生俱来的活力，一面斜对着冲过来的牛，一面躲避三个跑过来抓捕驱赶他的男人。

自发的斗牛士闯进斗牛场斗牛，会在最短的时间内把牛彻底毁掉，这就是给剑杀手带来的恶果。斗牛士的每一次闪躲，都会让牛学到一些东西，所以出色的斗牛士每做一次闪躲动作，事先都会指向一个明确的后果。斗牛的基础就是牛的天真纯洁，可是，假如牛一开始就把斗牛士困住，用角戳伤了斗牛士，牛也就此失去了以往与步行的人接触时的天真纯洁。可我看到的却是安东尼奥注视着小伙子动作干脆、技术娴熟的闪躲动作。小伙子使得安东尼奥很容易遭受灾难的侵袭，而安东尼奥却毫无戚色，相反，他在仔细观察牛，从牛的每一个动作上获取信息。

霍尼和弗雷尔最后终于把小伙子抓住了，他安静地回到了第一排的观众席上。安东尼奥拎着披风跑到他面前，急促地说了几句话，还跟他拥抱了一下。接着，他拿着披风退回场上，接手了那头牛。此时的他已经对这头牛有了全面的认识，了如指掌了。

他开始做的几个闪躲动作从容不迫、优雅漂亮，具有不可模仿性。他对着牛挥动着披风，闪躲的动作好像是连贯的。观众明白，现在自己正在观看一场前所未有的斗牛表演，一招一式都是真把式。观众从来没见过哪个斗牛士会祝贺和宽恕可能把他的牛毁了的人。此时，他们正在欣赏在斗第一头牛的时候也看到过，然而却没有欣赏到的技艺——安东尼奥挥动披风的方法是前所未有的，从来没有哪个当代斗牛士运用过这种方法。

他把牛引到一个萨拉斯兄弟面前，告诉他用长矛刺，还说，"注意，按我说的刺"。

健硕凶悍的牛在长矛下疯狂地向前冲，长矛干脆利落地刺了进去。安东尼奥再次把牛引开，再次重复有疾有舒、优雅漂亮的贝罗尼卡动作。

牛被长矛结结实实地刺中以后再次冲刺，这次把萨拉斯撞得人仰马翻，人撞到观众席前面低矮围墙的木板上。

他的兄弟和心腹——短标枪手胡安认为牛还是很健硕，还得往脖子上的肌肉用长矛刺两下，才会疲乏得垂下牛头，这样才容易刺杀。所以建议让牛再向马冲过来。

　　安东尼奥对他说道，"用不着你来教训我，我就让它这样。"

　　安东尼奥对斗牛协会会长打了个手势，请求允许改用短标枪。用完短标枪以后，他又请求允许用穆莱塔把牛引过去。

　　他用穆莱塔把牛引过去的动作是那么的优雅、简洁、流畅，使得每个躲闪动作都像一个雕塑。他把传统的闪躲动作都做了个遍，然后，好像是为了让动作更优雅，线条更简洁，也为了更危险，他刻意减小了纳图拉尔动作的幅度，把胳膊肘折回来，让那头牛擦着自己身体更近地冲过去，比任何一头牛都要近，而那头牛却是一头体型高大、身体健硕、牛角锋利、性情凶悍、原封未动的牛。最后，安东尼奥跟牛来了几个我从来没看见过的最全面、最出色的精彩回合。

　　接着，等一切都做完了，准备杀牛的时候，我想他是疯了。他竟做起奇奎洛二世做过的马诺莱特动作，为的是让要观众看到应该怎么做。他在场内的那片沙地上撩拨着牛，前面的那三头牛都是在那里被长矛刺中的，沙土被牛蹄划得一道一道的。他做了一个叫做希拉尔迪利亚的闪躲动作从后面引诱牛向他冲过来，经过他身边的时候，牛右后蹄一滑，牛身一歪，右牛角不偏不倚扎进了安东尼奥的左半边屁股。最不浪漫、最危险的部位莫过于此，这个伤是他自找的，他清楚。他也清楚这伤有多重，心里厌恶，也厌恶自己可能无法杀牛雪耻。牛把他扎了个结实，我看见牛角扎进去，扎得安东尼奥跳了起来。可是他后来还是两脚着了地，没倒下来。

　　此时，血出如浆，于是他好像要把血止住似地，把屁股靠到斗牛场四周低矮围墙的红色木板上。当时，我目不转睛地注视着安东尼奥，没看见是谁把牛拉走的。第一个翻过围墙的是小米格利略，他抓着安东尼奥的一只胳膊把他搀起来。这时，他的经纪人多明戈·多明吉和他弟弟佩培也翻进了斗牛场。大家都看得出来,牛角扎伤得很重。他的哥哥、经纪人和持刀助手都把他抓得紧紧的,想把他撑起来,送到医务室去。安东尼奥大发雷霆,甩开大家,对佩培喊道,"你还自称是姓奥多涅斯吗?"

他出去走到牛的面前,血流不止,暴跳如雷。我以前也不是没见过他在斗牛场上大发雷霆,他常常是在好运、理性、雷霆震怒的伴随下进行表演。现在,他清楚:他要是不手脚麻利地把牛杀掉,就会血流不止,直至昏厥。所以,他要像平时一样,干脆利索地把牛杀死。

他先让牛站好,我看见他把穆莱塔越放越低,瞄准了牛肩胛骨中间上方的致命之穴,准确地刺了进去,再从牛角上抽了出来。然后,他对着牛抬起了一只手,命令牛倒下,跟着他放置在它体内的死亡一起倒下。

他站在那里,流着血,不允许任何人碰他。等牛摇晃了一下翻身倒地的时候,他依然站在那里,流着血。他的手下人听了他说的话,谁也不敢去碰他。斗牛协会会长给了那些不停地挥舞手帕、大声喊叫的观众一个回答,发信号让人把牛尾、两只牛耳、一只牛蹄都割下来。他等待着那些战利品,我看见他站在那里,流着血。我此时急忙穿过人群,向斗牛场的入口处走去,入口处通向医务室。接下来,他转过身去想绕场一周,结果走了两步就静静地倒进了弗雷尔和多明戈的怀里。他的神志非常清醒,也清楚自己在流血,他已经把该做的都做了。那个下午到此结束,他只有做好日后复出的准备这一条路可走了。

在医务室里,塔马梅斯医生检查了伤口,看到了需要处理的伤口,了解了伤势的严重程度,立刻采取了相应的措施,封闭了伤口,以最快的速度把安东尼奥送到马德里的鲁贝尔医院进行手术。那个跳进斗牛场的小伙子在医务室门外哭泣。

我们到达鲁贝尔医院门诊部的时候,安东尼奥刚刚注射了麻醉剂出来。伤口有六英寸,在左腿的臀肌肉上。牛角刺到了直肠旁边,差一点就碰到了直肠，肌肉撕裂到了坐骨神经处。塔马梅斯医生告诉我，假如伤口再向右延伸 1/8 英寸的话，就会穿过直肠，进入大肠了。假如不到 1/8 英寸，就会碰到坐骨神经。塔马梅斯切开伤口，做了清洗，修复了伤口，把伤口缝合起来，留下一个口子放引流管。引流管按照一个时钟装置的设置进行引流，滴答滴答的声音就像节拍器。

安东尼奥对这种声音非常熟悉，这已是他第 12 次被牛角刺伤了。他脸上的表情很严肃，双眼却含着笑意。

"欧内斯特，"他说道，他说的是安达卢西亚方言，结果说成了"艾尔内斯特托"。

"疼得厉害吗？"

"现在还不算厉害，"他说道。"完了会越来越疼的。"

"别说了，"我说道。"尽量放宽心，好好歇着。马斯洛说没问题。他对我说什么，我都会告诉你。假如不可避免地受伤的话，没有比这更好的地方了。那我走了，放宽心啊。"

"你什么时候再来呢？"

"明天，等你醒了以后。"

卡门一直握着他的手，坐在他的床头。她吻了吻他。他合上了双眼，实话实说，实际上他还没有清醒，真正的痛苦还没有开始。

卡门跟我走出病房，我把塔马梅斯对我说的话转述了一遍。他的父亲是斗牛士，他的三个哥哥是斗牛士，如今，她也嫁给了一个斗牛士。她长得很美，人也很可爱，遭遇意外事故和灾难的时候，总是镇定自若，细心周到。此时，最可怕的遭遇已经过去了，而她的工作刚刚开始。自从嫁给安东尼奥以来，她每年都要承担一次这样的工作。

"是怎么回事？"她问我。

"没道理，不应该呀，他没必要退着斗牛啊。"

"你得告诉他啊。"

"他又不是不知道，不用我来告诉他呀。"

"你一定要跟他说说，欧内斯特。"

"他倒犯不着跟奇奎洛二世竞争，"我说道。"他是在跟历史竞争。"

"我知道，"她说道。我知道她在想什么，她的丈夫不久就会跟她心爱的哥哥竞争，而历史就会袖手旁观。我还记得三年以前我们跟他们在他们的房间共进晚餐时曾经谈及这个话题，当时就有人说，假如路易斯·米格尔可以重出江湖，在斗牛场上跟安东尼奥一争高下的话，那场景该有多好看，还有他们可以赚多少多少钱什么的。

"不要再提这茬儿啦，"她当时就这么说过。"他们会两败俱伤的。"

当天晚上，她说道，"再见，欧内斯特。但愿他能睡好。"

我和比尔·戴维斯在安东尼奥没有脱离危险之前，一直待在马德里。第一夜过后，果然疼开了。后来越来越疼，到达并且超过了容忍的极限。那个像时钟装置似的引流管不断地吸着伤口里的脓，可是包扎过的皮肤还是肿了，把绷带绷得紧紧的。我不愿意看着安东尼奥忍着疼，不想眼睁睁地看着他疼痛难忍的样子，在疼痛像浦福风级一样逐渐递增的时候，不想看着他为了自尊而苦苦挣扎。我要说，我们等着塔马梅斯把第一次包扎拆掉的那天，正如我们在家估量疼痛的时候所说的那样，若比做风暴大概有十级或者十级过一点。抛开可能出现的并发症不论，我们知道，这是一决胜负的转折点。假如伤口干净，没有毒疮，那我们就赢了。伤口如果是这样的情况，你的英雄在三个星期或者不到三个星期的时间就可以重新上场表演，不过，这与他的意志品质和个人训练也大有关系。

"他在哪里？"安东尼奥问道。"他11点该到了呀。"

"他在别的楼层。"我答道。

"盼只盼他们能把这个滴滴答答的机器关上，"他说道。"我什么都能忍，就是忍不了这个滴答声。"

对于挂彩以后想尽快重回斗牛场的斗牛士，会给他们服用最小剂量的镇静剂,这么做所依据的理论是,一定不能在他们心里存在影响他们的神经系统和反射作用的东西。在美国医院,他们有"雪藏"之说,他们可能会让他摆脱痛苦。在西班牙,痛苦简直就成了人人都得接受的东西。至于服用了止疼麻醉剂是否会让人的神经暂时缓解,大家想都不想。

"你能不能给他吃点让他镇静的药?"我曾经问过马诺斯·塔马梅斯这个问题。

"我昨天晚上已经给他吃了一点儿药了,"塔马梅斯回答道。"他是个斗牛士,欧内斯特。"

不错,他是个斗牛士,而马诺斯·塔马梅斯是一位出类拔萃的外科医生,也是一位忠实的朋友,可是看到这种理论付诸实践的时候,却觉得这个理论太残酷。

安东尼奥要我跟他在一起。

"好点儿了没?"

"特别难受,欧内斯特,特别难受,特别难受。也许他打开伤口以后,能把那根管子挪一挪。你猜他现在在哪里?"

"我派人去找找看。"

室外万里无云,凉爽宜人,一阵微风从瓜达拉马斯山吹了过来。安东尼奥黑乎乎的病房里阴凉而舒适,可他却疼得汗出如浆。他的嘴唇苍白,紧紧地抿着。他不想开口求救,他的眼神却一次次地流露出要找塔马梅斯的愿望。外面的房间里坐满了人,大家都默默无语或者窃窃私语。米格利略在接电话。安东尼奥的母亲在房间里进进出出,一会儿坐在角落里扇着扇子,一会儿走到床头坐下。她形容美丽,气质端庄,皮肤黝黑,头发直直地向后梳着。卡门不是坐在床头,就是去接电话。在外边的走廊里,长矛手和短标枪手有站着的,也有坐着的。来探视的人来了又去了,留下了一些口信或者名片。米格利略让除了家属之外的人都在病房外待着。

塔马梅斯终于来了,两个护士尾随着。他们让大家都离开病房,不让大家看到接下来的一幕。他一如既往的粗鲁,一如既往的老练,一如既往地搞笑。

"你怎么啦?"他对安东尼奥说道。"你觉得我只有你一个病人吗?"

"过来,高贵的同事。"他对我说道。"站在这儿,把他的身子翻过去。你自己翻过身去,你,趴好。你跟我和欧内斯特在一起,不会有危险。"

他把包的那个大块敷料剪下来,把纱布塞揭开,立刻闻了闻,然后递给了我。我闻了一下,丢进护士端的盆里。纱布塞上没有毒疮的味道,塔马梅斯看了看我,咧开嘴笑了。伤口挺干净,缝线的那条地方的周围有些肿胀,不过看起来非常好。塔马梅斯把橡皮导管剪掉,只剩下短短的一小截。

"不会再有滴答声了,"他说道。"让你的小神经静一静。"

他快速做了清洗,仔细检查以后,重新包扎,还叫我帮着把敷料包扎好。

"说到你疼,你这伟大的疼,"他说道。"一定要把敷料包扎好。伤口肿胀,是很自然的,你明白不?把一个比锄头把还要大的东西扎到屁股六英寸深的地方,伤了肌肉,留下的伤口怎么可能不疼不肿呢?敷料让伤口收缩,伤口就更难受。不过,现在敷的这块敷料还是挺舒服的,对不对?"

"对。"安东尼奥答道。

"那咱们不要再说疼了。"

"还有比这更疼的呢,你没有经受过,那才是最厉害的,"我说道。

"你也没有经受过,"塔马梅斯说道。"挺幸运的。"

我们向房间的角落走去,家属们重新回到床边。

"还需要多长时间,马诺洛?"我问道。

"假如不出现并发症的话,三个星期以后他就可以重返斗牛场了。这个伤口可不小,欧内斯特,造成的伤害也不小。他受了这么多罪,我很难过。"

"他是受了不少罪。"

"他打算到马拉加你的住处去休养休养,恢复健康吗?"

"他有这个打算。"

"好的,那就等他,只要他一能出门,我就把他送出来。"

"要是他不发烧,没事了,我明天晚上就走,我还有不少工作要做呢。"

"好的,他不需要你陪的时候,我会告诉你的。"

我留下口信,说我们黄昏时分再回来。此时,家属和老友来得可不少。我知道现在已经没什么问题了,我不想闯进去。我想跟比尔一起到外面去,到阳光下的小镇去。趁着天光还亮,时间还够,到普拉多博物馆去,那里一天中的不同时段,都有最灿烂的阳光普照。

安东尼奥和卡门在马拉加令人愉悦的小飞机场落地以后,安东尼奥就拄着手杖脚步沉重地走着,我只好搀扶着他穿过候机室,出去上了汽车。此时距我离开医院里的他是一个星期。这次旅行把他和卡门累坏了,于是,我们静悄悄地吃了顿晚饭,我就扶着他进了他们的卧室人,让他们休息。

"你醒得挺早吧,欧内斯特?"他问道。据我了解,他外出斗牛的时候,一般都会睡到中午,通常还会更晚。

"对啊,你起得可不早,你尽可能多睡呗,好好休息。"

"我想跟你一起出去走走,我在牧场的时候起得早。"

园里的朝露还没有干,他就拄着拐杖上楼梯,穿过走廊,到我的房间来了。

"你要出去散散步?"他问道。

"可不是。"

"咱们走吧,"他说着,把拐杖放到了我的床上。"不用拐杖啦,"他说道。"留给你吧。"

我们走了大概半个小时,我小心翼翼地搀着他,怕他跌倒。

"好大的花园,"他感叹道。"比马德里的植物园还大呢。"

"房子倒是比埃斯科里亚尔建筑群略小些,不过,里面没有国王的坟墓,你可以随意喝酒,唱歌啊。"

几乎西班牙的所有酒吧和小酒馆都会挂个牌子,说明禁止唱歌。

"咱们就是来唱歌的。"他说道。我们走了一段路,我估算着再继续走他的身体就承受不住了,于是停了下来。他说道,"塔马梅斯写给你一封信,上面列出了治疗方法,要我们照着做,信在我这里。"

我希望必备的药品和维生素不缺,否则我还得在马拉加买或者去直布罗陀去找。

"现在咱们回屋吧,我要看看他的信,这样就可以马上开始治疗了,我们可不愿意浪费时间。"

我在走廊里丢下他,他一只手扶着墙,极力保持着平衡,往他们的房间走去。过一会儿,他拿着一个写着我名字的小信封回来了,小信封里装着名片。我拆开信封,把名片取出来,只见上面写着,"赫赫有名的同事,我把我负责的病人安东尼奥·奥多涅斯托付给你照管,倘若你为了获得疗效的话,可以使用强硬稳妥的办法。马诺洛·塔马梅斯亲笔签名。"

"欧内斯特,咱们应该开始这种治疗吗?"

"我想咱们可以喝一杯玫红色的坎帕纳斯药水。"我回答。

"你认为有明确的指示吗?"安东尼奥问道。

"一般不会在这样的大清早喝,不过作为一种温和的泻药也没什么。"

"咱们可以游泳吗?"

"等午间水暖和以后再游吧。"

"也可能冷水对身体有好处呢。"

"也可能你的嗓子会疼的。"

"我的嗓子已经不疼了,咱们去游泳吧。"

"咱们等阳光把水照得暖和以后再游吧。"

"那好吧,咱们再走几步。把发生的事情都讲给我听。你写得挺好吧?"

"时好时坏。"

"我也是。有时候根本写不出,可人家花了钱来看,所以要尽量写好。"

"你最近写得一直不错。"

"是的,可有些天却打不起精神来,你知道我的意思。"

"知道,可我总是逼迫自己集中精神,我用大脑自控。"

"我也是。不过,真地全神贯注写起来的时候,感觉妙极了,好得不能再好了。"

他总是喜欢把斗牛称为写作。

我们海阔天空,无话不谈:艺术家在自己生活的世界里遇到的各种各样的问题;技术性的事务与业务中的秘密;资金筹措;有时候还谈经济和政治。有时候还谈女人,常常谈到女人,以及我们应该怎样做个好丈夫。接下来可能还会谈到女人,谈到别人的女人,以及我们的日常生活和存在的问题。我们整整一个夏天和一个秋天都在谈啊谈,自己斗牛结束以后去看别人斗牛的时候也谈,吃饭的时候,还有康复期间的一些奇怪的时刻也谈。后期,我们见了人以后,就像推测牛似地推测人,我们把这当做一种玩笑和一种游戏。

抵达"领事馆"的第一天,我们因为受伤已成往事,已经开始重新工作,所以说说笑笑,东拉西扯,非常开心。第一天,安东尼奥在水里游了一小会儿,伤口还有点抽着疼,我给他换了个小敷料。第二天，他小心翼翼地走，没有一瘸一拐，也没有摇摇晃晃。日复一日，他的身体越来越强健。我们做体操，去游泳，在马厩后面的橄榄园里用枪打扔出去的飞碟。训练卓有成效，玩得开心，吃喝也很可口。后来，有一天，他练得过了头，不顾风大浪高下海游泳，结果汹涌的、挟裹着沙子的海浪把伤口冲得裂开了。我给他清洗了伤口，看到伤口倒是愈合得挺好，肉长得挺好，于是给他包扎起来，用胶布粘好。

看到安东尼奥和卡门就像度蜜月似的，大家都为他们俩高兴。安东尼奥被牛扎伤以后，需要休养生息，健康恢复，所以反而在这个短暂的六月，给他们提供了一个过正常婚姻生活的机会，尽管他付出了血的昂贵代价，收入也减少了，但他们却充分利用了这段时光。日复一日，卡门越来越美丽。

最后，他们走了，到他们自己的牧场去了。他们的牧场在巴尔卡加多，加的斯城南面梅迪内-西多尼西亚乡下绵延起伏的群山环抱里，至今还在分期付款中。为了这次出门，我给他贴了最后一块敷料。他们坐了一辆雪佛兰中型货车改成的旅行车走的，那辆车原本是运送助手们的设备的。大家纷纷道别，安东尼奥开着车出了大门。

第六章

阿尔赫西拉斯。米格尔的表演。
安东尼奥自傲得像一个魔鬼,深信自己作为斗牛士,
比路易斯·米格尔还要伟大。

　　安东尼奥在阿兰胡埃斯受伤以后,路易斯·米格尔做过四次斗牛表演,所有的报道都说,他很伟大。我见过米格尔,他在格拉纳达大获全胜,到医院来看望安东尼奥的时候,我曾经跟他交谈过,所以急切地盼望看他斗牛。他要到阿尔赫西拉斯去做两次表演,所以我对他允诺,要到那里去看他斗牛。
　　我们沿着海滨大道驾车向阿尔赫西拉斯驶去,那天阳光灿烂,风儿阵阵,一路欢畅。我担心风会影响斗牛表演,不过,针对他们称之为"莱班特"的强劲东风,阿尔赫西拉斯斗牛场当初在选址和建造方面都加强了防护设施。这种风,跟普罗旺斯的密史脱拉风一样,是沿海的安达卢西亚人诅咒的对象,可是,尽管斗牛场旗杆顶上的旗帜在神经兮兮地飘扬,斗牛士却没有因此而发愁。
　　事实证明,路易斯·米格尔确实像对他的报道中所描述的那样出类拔萃。他很自信,却不自大。在斗牛场上,他平静安详,收放自如,一切尽在掌握。看他对牛指挥若定,看他挥洒聪明才智,委实是一种享受。与一切伟大的艺术家一样,他也具备对工作全心全意的敬畏和心无旁骛的特质。
　　我记得他以前挥舞披风的动作不如现在漂亮,可是他的贝罗尼卡动作并没有让我感动。不过,他千变万化的闪躲动作都灵巧、完美,

让人赏心悦目。

他这个斗牛士用起倒钩短标枪来熟练自如，他往牛身上刺进了三根短标枪，那技术水准可以与我见过的最优秀的短标枪手媲美。他没有拗造型，没有进行杂技表演，没有见牛就刺，而是先吸引牛的注意力，诱敌深入，用一套几何形的体操导引着牛，待到牛角向他戳过来的时候，他高举木棒一下就准确地刺进了合适的部位。

他挥舞穆莱塔的动作既饶有趣味又卓有成效。他会做各种各样的闪躲动作，传统的闪躲动作做得尤为出类拔萃，他会充分利用这些动作。他牛杀得得心应手，还不会把自己暴露得过多。我能看出，只要他愿意，他可以把牛杀得出神入化。我还能看出，他之所以可以多年来稳踞西班牙和全世界（西班牙人就是这么划分地方等级的）斗牛士第一把交椅的原因。我能看出，对于安东尼奥来说，他是一个多么危险的竞争者。在观看路易斯·米格尔斗他的两头牛的时候，他斗第二头牛比斗第一头牛还要精彩，我对那场搏斗的结果深信不疑。当我看着路易斯·米格尔用穆莱塔让牛准备好，接受他使用的技巧的时候，我已经心知肚明。接下来，他把穆莱塔和剑一扔，赤手空拳地在牛角面前，在牛的视线里，小心翼翼地跪了下来。

观众特别喜欢这部分，我看了两遍以后，我明白是怎么完成的了。我还看出了另外一个状况：路易斯·米格尔的牛的牛角尖无一例外地修剪过，又削成正常的形状。我能看出牛角上的亮光是曲轴箱油发出的亮光，涂上这种油以后，修剪后的牛角就会发出光泽，类似于正常的牛角健康光泽。不会看牛角的人，还以为这种牛角很锋利呢。

路易斯·米格尔是一位伟大的斗牛士，具有广博的知识，良好的风度，不论是在斗牛场内，还是在斗牛场外，都魅力无限，所以是一个非常危险的竞争者。他的状态非常好，现在是斗牛季节的早期，他的眼前有一张任务艰巨的日程表，而他的状态却好得出奇。可我还知道，在这场决斗的这个阶段，安东尼奥却有一个显著的优势：我看见他在马德里跟没有削过角的牛搏斗过，还在科尔瓦多跟长着巨大牛角的牛搏斗过。而现在米格尔正对付的是削剪过角的牛。

我们周围坐的人当中，那些见多识广的人也心知肚明，可他们是来看热闹的，所以不在意。还有一些人是干这行的，他们觉得这是这行必不可少组成部分，所以也不在意。而大多数人并不知情。我了解这个情况，我在意。我看着米格尔，相信他对牛的感觉和知识都伟大，可以斗败各种各样的牛，跻身于真正伟大的斗牛士行列，有可能与何塞利托平起平坐。但是，对付削过角的牛，会导致他的防御方法改变，使得他在不得不面对真正的牛时出现不适，让他永远感到莫名其妙。

这场斗牛结束以后，我们见到了米格利略，他是来接我们到安东尼奥的牧场上去的。我们摸着黑驱车出了市区，上了大道。大道背向大海，蜿蜒而上。我们离开了欧洲西部荒芜的大山像扶壁似的突出部分，开进了有溪水、干涸的环礁湖和绵延起伏的田野，穿过高居于崇山峻岭间的那座迷人的白色小城贝哈尔，然后绕过群山，上了通向安东尼奥牧场的乡间大道。等到了牧场，天色已晚，所以半夜才吃晚饭，然后就上床休息了。这个牧场占地约3000英亩，拥有良好的天然牧草资源和丰富的水源。安东尼奥养了育种牛、一岁的小牛犊、两头种牛、为一场斗牛准备的六头小公牛、六头成年牛，其中有一头随时准备上场。牧场和圈牛的地方以前从来没有养过斗牛，所以很干净。牧场上有一块肥沃的土地，安东尼奥用来种了谷物，此时正在收割。大清早，我们就坐着路虎越野车出去仔仔细细地都看了一遍。

我们回到粉刷得白白的牧场大房子，谷仓、马厩、养鸡场、庭院和储藏室跟生活区都或多或少地连着。我们这时才听说，路易斯·米格尔、海梅·奥斯托斯和两个养牛人都要来与我们共进午餐。

这个午餐饭菜丰盛，气氛热烈，耗时很长。幽暗、阴凉的大餐厅——日光浴室的一张桌子上坐着安东尼奥、四位来宾、我和鲁珀特，我们的夫人、安东尼奥和卡门的老朋友——一对巴伦西亚夫妇和比尔坐在另一桌。不知为什么，这让我想起了曾经参加过的几次宴会。记得司令部的一个将军要宴请另一位将军，以前他们在西点军校时曾经相互不睦，而现在却要一面在非常热情友好的气氛中共进午餐，一面却留意对方有没有出现新的不足，特别盼望对方有衰老迟钝、心神不宁的迹象和证据。这顿午餐很丰盛，大家都开别人的玩笑，只是开得既小心翼翼又咄咄逼人。我跟路易斯·米格尔之间都很粗鲁，不过却是小心翼翼地粗鲁。我们大家都是朋友，说实在的，我是大家的朋友，他也是大家的朋友。只是他跟安东尼奥之间的紧张关系持续了好一段日子。他这是第一次到安东尼奥的牧场上来，他很友好，卡门很开心，对此非常赞赏。

我们于三天后告辞，回"领事馆"去了。那几天过得很好。我知道安东尼奥心里已经不再想受伤的事了，不仅如此，他的睡眠也很不错，康复得也很快。正好四天以后路易斯·米格尔又要在阿尔西拉斯表演，所以，我们计划届时在那里再会合。星期一的那场斗牛结束以后，我们要去龙达旅游。接下来，他回到牧场，跟那些试验中的种牛一起训练。我们则翻山越岭，到下面的"领事馆"工作，等他再出来斗牛。

路易斯·米格尔在阿尔赫西拉斯斗的那几头牛是巴勃罗·罗梅罗牛，这几头牛都不错，牛腿和牛蹄发育健康，跑的速度很快。而安东尼奥在马德里斗的那几头牛也是巴勃罗·罗梅罗牛，却体重过重，牛腿微跛，反应迟钝。整个下午，路易斯·米格尔的表演都很精彩，也许是由于上次斗牛之后得以休息了一周的缘故吧，他不像一星期前那么紧张了。他双膝跪倒，在沙土地上迎接第一头牛的攻击，还做了一个优雅的拉尔加动作。他挥舞披风的动作美妙极了，他的贝罗尼卡动作也做得空前的精彩。他把那头牛献给了我和玛丽，呼喊着玛丽的名字,声音洪亮清晰,这样玛丽就会知道是献给她的,就会站起来。我们坐在看台上1/3的位置,座位在通往斗牛场木制围墙的入口处的上方,所以站起来以后反而听不清楚他在说什么,只好注视着他黑黝黝的面庞,看他蠕动的嘴唇。玛丽心潮澎湃,满脸潮红。然后,路易斯·米格尔像个棒球运动员似地把他那顶沉重的帽子抛了上来,我接住了,递给玛丽。我们又坐了下来,看着他在下面用穆莱塔做了一个出色的收尾回合,动作优雅得非语言可以形容,从而适应了那头牛的习惯和速度。他在异彩纷呈的全套节目中,长时间地用穆莱塔控制着牛,动作或疾或舒地、优雅地闪躲着牛。杀牛的时候,他两次突入刺中了骨头,每次都突入得那么出色,真是名副其实的刺击。他第三次刺进去的时候,观众因为他前两次刺牛表现出的诚实品质,要求斗牛协会会长给他一只牛耳,却遭到了拒绝,于是,愤怒的群众让他绕场两圈。

路易斯·米格尔在第二头牛身上表现得更加精彩。这头牛也是野性十足,发育健全,而米格尔一下子就看出来了,所以,脚没离地地一连做了六个贝罗尼卡动作。他插了三对一模一样的倒钩短标枪,位置一一对称。然后像上次表演那样,贴近牛以后引诱牛向自己奔过来,等自己和牛结结实实都撞上以后,轻松自在地在牛角前一闪而过,那些用来保持平衡的短标枪于是直直地向下,刺进了应该刺入的长一公分的空穴里。他这个斗牛士,把倒钩短标枪用得出神入化,我对他印象深刻,为他的技巧、知识和艺术才华深深打动了。他的动作,他的一切都从容不迫,优美雅致,信心十足,既有乐趣,又胜券在握。

然后,他像我以前看到的那样,把展开的穆莱塔放在牛眼前慢慢晃来晃去,牛被晃得头晕目眩,一时间呆立着一动不动,进入了睡眠状态。你也可以对一只鸡这样,只要把鸡头扭转塞在翅膀底下,提着鸡前前后后地晃上个六七次就行。然后,把鸡放下,保证鸡头还藏在翅膀底下，鸡就会躺在那里睡半个小时，你不弄，鸡就不会醒。这是一个室内游戏技巧，在东非获得了很大的成功。有时候，十几只鸡在乞力马扎罗山脚下的村子里的小屋门廊上一字排开，睡得天昏地暗，纹丝不动。所以我们急需什么东西，就要使用魔法去获取。

路易斯·米格尔用晃动的催眠动作让牛进入睡眠状态，然后扔掉了剑和穆莱塔，在牛面前，在牛可以看到的范围内，背对着牛跪下。我和安东尼奥把这个动作称为诀窍。这是一个好诀窍，不过，毕竟是一个诀窍而已。路易斯·米格尔的动作本来就出类拔萃，非比寻常，其实用这个诀窍纯属多此一举。可是，他志在必得，为了万无一失，为了避免斗牛协会会长和观众的非议，还是用了这招。

他把牛唤醒，让牛站稳，等着宰杀，然后手起剑落地刺了进去，用杀牛剑只一剑就切断了牛脊髓。牛就像被切断了电流似地轰然倒下，观众席上挥动的手帕如暴风雨一般，斗牛协会会长用手势做了反应，米格尔的倒钩短标枪手把两只牛耳割了下来，观众觉得还不够。

斗牛结束以后，我们来到了充满欢声笑语的阿尔赫西拉斯古老的玛丽亚—克里斯蒂娜大酒店。我们与路易斯·米格尔在一起待了一会儿，玛丽这才得知他把牛献给我们的时候说的是什么："玛丽和欧内斯特，我谨以这头牛的死敬献给我们永恒的友情。"我们俩都若有所思，这让情况更加复杂微妙。在对路易斯·米格尔和安东尼奥的评价上，我力图做到绝对公正，可这场竞争却像一场内战一样，刚刚拉开序幕。保持中立越来越艰难。由于路易斯·米格尔是一位伟大和多才多艺的斗牛士，加上当时的状况非常之好，我可以预见当他和安东尼奥同台献艺的时候，安东尼奥的困难有多大。

路易斯·米格尔要保住自己的地位，号称第一斗牛士的他很富有，这对斗牛士的临场发挥是有相当影响的，不过，他也确实真的热爱斗牛，斗牛场上的他也会忘却自己是富有之人。还有，他盼望形势对自己有利，而削去锋利的牛角，就会形成对自己有利的形势。他还盼望每场斗牛拿到的钱都比安东尼奥多，正因为这一点，他们之间才出现了那场你死我活的搏斗。安东尼奥自傲得像一个魔鬼，深信自己作为斗牛士，比路易斯·米格尔还要伟大，而长期以来也确实是这样。他清楚，不管牛角是否削过，自己都可以斗得伟大。路易斯·米格尔的待遇要比安东尼奥高，我知道，倘若他们俩同台献艺的时候，出现这种情况，安东尼奥内心奇特火热的秉性就会迸发，只有当所有人，特别是路易斯·米格尔心悦诚服地认为他才是最伟大的斗牛士，才会罢休。安东尼奥一定会这样的，否则毋宁死去，而当时的他却不想死。

去龙达旅游是一次翻山越岭的壮丽攀缘，既有启发意义，又有趣味。安东尼奥就诞生在那座闻名遐迩的小镇上。镇上拥戴他的俱乐部粉丝计划向他赠送一件绣着金线的披风。他说要带我去看看，给我讲讲。我问他接受披风的时候，准备穿什么衣服。

"我们就以斗牛士的身份去好啦，"他回答道。这种装扮在当时相当于穿了一件马球衬衫却没打领带。捐赠仪式结束的时候，安东尼奥说了句老生常谈的"非常感谢诸位"以后，转身对我说道，"现在，你去领你的奖品吧。"

"我什么，你……"我张口结舌地问道。

"市长要在市政厅给你颁发金质奖章。"

"就穿这身去吗？"

当时的我穿了一件灰色针织马球衬衫，幸好是刚刚洗的，还算干净，只是领口扣不起来。

"这件衬衫挺干净的，"他说道，"我们是斗牛士，对吧？"

我们列队在街道上游行，他当地的粉丝身穿盛装前呼后拥着。奖章是为了纪念佩德罗·罗梅罗一百周年制作的，此前龙达市只颁发给过五个人。看到市长和一些权贵政要身穿正式服装，而我们却一身斗牛士装扮，安东尼奥非常开心。对于塞维利亚的底层社会或者流浪者和无赖来说，"斗牛士"一词具有双关意义，其中有一个意义粗俗不堪。

那天是个艳阳天，我们在那个陌生又可爱的镇上见到了安东尼奥那些忠诚友善的朋友，受到了他们的热情款待。我们离开了那个斗牛士的摇篮和高利贷的堡垒，蜿蜒向上出去了。最后又向下上了那条窄窄的山路，顺着一条清澈透明的漂亮山涧到达西班牙的马尔韦利亚城下面的海滨地区，沿海滨大道抵达马拉加。在马拉加那家灰蒙蒙树木掩映的邮局里，我们打开邮箱取出邮件，急急忙忙地翻阅了一遍，就出了城，再次驱车上山。车行驶在群山中的那条树木葱笼的山道上，我们看到，刚过去的那年冬天的一场暴风雨挟裹的巨石把一些树木砸折了。我们穿过两扇大铁门，开上"领事馆"的鹅卵石车道上的时候，大狗小狗欢迎回来的叫声此起彼伏。推开沉重的大门，我们进入"领事馆"云石铸就的既阴凉又热情的内环境。这一天下来，我们都疲惫不堪了。

五天以后，安东尼奥和路易斯·米格尔将在一个斗牛场同台献艺，这也是七年前的一月路易斯·米格尔在哥伦比亚的首都波哥大负伤退隐以来的首次出山。

第七章

萨拉戈萨的对决。
黑夜中前往阿利坎特。关于内战的回忆。

这场决斗性的竞争在萨拉戈萨开战。所有的斗牛爱好者,所有负担得起路费的人都悉数赶到,马德里的评论家也齐聚一堂。吃午饭的时候,金碧辉煌的大饭店里挤满了养牛人、赞助人、上层权贵、名流显要、原来马匹的承包人、安东尼奥的一小队粉丝。路易斯·米格尔的粉丝众多,包括政界官宦和军界高官。我和比尔在他常去的一家酒馆吃午饭。我们上楼到安东尼奥的房间去看他,发现他心情愉快,只是有点事不关己的样子。我了解他,从他转头时脖子变得僵硬的样子,从他那变得更重的安达卢西亚口音上,都能看得出他心情是否紧张。他说他睡得挺好的。这场表演结束以后,我们这些人都要开车到西班牙特鲁埃尔省的首府特鲁埃尔去吃饭。我说,我和比尔要从斗牛场直接过去,安东尼奥坐的梅塞德斯牌车没问题,可以追上我们。这情景让我忆起在阿兰胡埃斯斗牛前的那次谈话,可是他让我们这么做的。我们走的时候,他神情自然地咧嘴一笑,还眨了下眼睛,好像我们有心照不宣的秘密似的。他不紧张,只是稍微有一点儿不放松。

我到路易斯·米格尔的房间里停留片刻,祝愿他抽签的时候抽到几头好牛。他也有点儿不放松。

六月的阳光很烈,那天天气燥热难耐。路易斯·米格尔的第一头牛神气活现地冲进了斗牛场,毫不迟疑地向长矛手迅猛地冲了过去。路易斯·米格尔像我们上次看到的那样,一开始就把牛彻底引开,用披风表现出一贯优雅的形式、盛气凌人的做派和尽在掌握的气势。牛再次向一个长矛手冲过去的时候,安东尼奥用披风把牛引了过去。他把牛引到了斗牛场的中央,闪躲的时候,动作那么缓慢,那么贴近。每次闪躲,每次自己都像雕像似的站得笔直。不仅如此,他的动作一次比一次慢,时间拖得一次比一次长,最后,人们甚至都无法相信挥舞披风可以带来这样的效果。此时的观众和路易斯·米格尔都明白,他们俩挥动披风的差异已经是尘埃落定。

路易斯·米格尔干脆利落地刺进了两对倒钩短标枪,最后还出色地追加了一对。他把牛唤醒,等候着,在最后的关头突然转向一边,标枪长驱直入,然后把身体完全转过来。他这个斗牛士,用起倒钩短标枪来真是得心应手。

不久,他就用穆莱塔控制住了另一头牛,做了许多出色机敏灵动的闪躲动作来引诱牛,可这些耗时很长的动作却毫无魅力可言。安东尼奥正在把自己的那头牛引开了去,可那头牛并不简单,他只好拿出手段来。为了宰杀牛,他突入了两次,可他两次都不够果断,运气也不够好。接下来,他第三次突入,这次比前两次强,半截剑直直地插入了高处坚硬的死亡之穴。而路易斯·米格尔却把穆莱塔在沙地上展开,巧妙地诱使他的那头牛的牛头和牛嘴垂到了穆莱塔上面,然后手起剑落,剑尖所到之处,牛当场毙命。观众喝起彩来,他绕场一周致意,薄薄的嘴唇上露出了一丝淡淡的笑意,我们那年夏天看到了太多他这样的笑意。

安东尼奥的第一头牛神气活现地奔进斗牛场。安东尼奥接手了这头牛,每闪躲一次,就迫近牛一点儿,与此同时,适应着这头牛的习惯,用一贯的令人意乱神迷的节奏挥动着披风。

他让牛与长矛手交手,期间,他毫发未伤。倒钩短标枪刺进去以后,他用了一个一个月以前在阿兰胡埃斯做精彩表演时没用过的招数,这次他还是毫发未伤。被牛扎伤,一点也没有削弱他的斗志,只给了他一个教训。他用自己的纯洁风格开始了斗牛的最后几个精彩的回合，使得牛亦朋亦友，使得牛竟去可爱地助他一臂之力，他则以尽可能的最危险的方式，在可控制的情况下，闪躲牛角。最后，在牛付出了所有的一切以后，安东尼奥步法轻盈地从牛角上方突进，把牛宰杀。我觉得这是不够档次的技法，而观众和斗牛协会会长却比较欣赏。他割下了一只牛耳。

我和比尔都感觉释然。他重归斗牛场，就仿佛从未离开过斗牛场一样。这点非常要紧，身体的疼痛和内心的震惊并没有给他带来阴影，只是看得出眼圈有些疲惫的痕迹，仅此而已。

路易斯·米格尔的第二头牛牛腿没劲儿。他想方设法地调整着，最初的几个精彩的回合过后，牛损失了一只牛蹄。米格尔请求自费买头牛来代替这头残牛，等安东尼奥斗完了他的牛之后，自己再重新开始。接下来，他杀了那头断了牛蹄的可悲的牛。

安东尼奥的最后那头牛出来了。这头牛看起来并不魁伟，开始的时候动作还很迟疑，不像一个适合壮观的斗牛场面的牛。这头牛需要人来控制，用穆莱塔牵制，最后迅速宰杀。然而，安东尼奥并没有这么做，而是去调理牛，把牛造就成为一头真正的牛。他优雅地用披风闪躲着，运用自己的勇气和知识推测牛的缺陷，弥补牛的缺陷。看到他所作所为，令人赏心悦目，可也不免担惊受怕，所有的短标枪手都神经紧张，我看见米格利略脸色惨白，忐忑不安。

安东尼奥估计自己已经用穆莱塔让牛挺直了身体，不料他从远距离吸引牛过来的时候，牛冲着冲着却半途而废，改向穆莱塔下面安东尼奥的身体冲来。安东尼奥用穆莱塔把自己包裹起来，摆脱了牛。结果牛又尝试了一次。这下安东尼奥明白了，自己对这头牛枉费了心机和信任，所以对牛做了那些必要的闪躲动作，准备杀牛。他让牛摆好姿势，从牛角上面一刺到底，剑柄末端没入牛脖子下方靠前的那个合法顶点。

路易斯·米格尔接手了替代残牛的那头牛，这是一头体重有些超重的萨穆埃尔·弗罗雷斯牛，牛角锋利，却没有恶意。路易斯按照自己的方式撩拨牛，插了四对马西制造的精良倒钩短标枪进去，没有使用第一次使用的造价昂贵的倒钩短标枪。他泰然自若、有条不紊、精细巧妙地挥动着穆莱塔。然后，他把观众喜欢的技巧表演了个遍，动作干脆利落。他第一次用剑刺的时候，有些踌躇犹豫。第二剑则对着插入点的最高处，把半个剑身都刺了进了主动脉区，动作又稳又准。他注视着牛出现了冠状动脉心脏病的症状，随即用宰牛剑一剑结果了牛。他们把两只牛耳和一条牛尾悉数给了他。

比尔说道，"假如路易斯·米格尔以每次 40000 比塞塔的代价跟安东尼奥决斗的话，他这个赛季的花销可小不了。"

正是这样，虽然从表面上看，好像是路易斯·米格尔大胜安东尼奥，可是抽签选牛凭的是运气，或者说大家都相信是凭运气。而安东尼奥在两头牛上都得以胜出。路易斯·米格尔是凭借加的那头牛才使得比赛结果对自己有利起来的。

"今天的表演对人很有启发，"我说道。"路易斯·米格尔很聪明，所以安东尼奥把牛引开，这个动作会给他带来影响，你会看到，这一影响会一直留在他身上。安东尼奥在马德里对可怜的阿巴里奥也是这样做的。"

"你记得吧，他总是在路易斯·米格尔的后面斗牛，"比尔补充道，"这也是一个非常有利的条件。"

"咱们要搞清楚那些替换的牛，"我说道。"可能咱们还要见不少这样的牛呢。"

"我觉得这事不会拖那么长时间，"比尔说道。

"我认为也不会。"我赞同他的观点。

这场斗牛，还有我们的所见所闻所感，都让我疲劳不堪。我历来不喜欢在斗牛以后开车，可是第二天五点钟，我们要去地中海海滨的阿利坎特城看一场斗牛表演，在第三天六点钟，到巴塞罗那观看斗牛表演，在第四天的五点钟到布尔戈斯城观看斗牛表演。假如你没有在等高线地图上看过这些地方之间的距离，不了解这些道路的路况，你就不会明白这意味着什么。此前，我们先从马拉加开车到了马德里。那天，我们又从马德里开车抵达萨拉戈萨。

内战以后，通往特鲁埃尔的好长一段路段一直没有认真修复过，而那条路却是我们到地中海海滨的唯一通道。沥青路面高低不平，狭窄难行，夜间行驶时，不论多慢都有危险。我们摸着黑，把车速控制在安全允许的范围之内，或者略快些。大家是在特鲁埃尔北区的政府招待所碰的头，当时天色已晚，不过他们为我们准备的晚餐是一顿美味佳肴，有冷盘、牛排、蔬菜和色拉。

"你感觉好不好？"我问安东尼奥。

"挺好的，这条腿不碍事，只是在那小段路上的时候有点乏。你感觉好不好？"

"一场那样的斗牛过后，我总是觉得累得够呛。"

"我要稍等片刻，才能平静下来，"他说道。"我吃了份火腿三明治，喝了杯啤酒，可我有时候对啤酒却没胃口。这顿饭还不错。"

"再往前走，你能睡得着吗？"

"当然能啦，我要把座位放倒，一路睡到阿利坎特。对我来说，晚上坐车，白天睡觉，才是最好的。晚上睡觉会被惊醒，要是醒来一看是白天，那多开心。"

他哈哈大笑。我们开始跟别人开起玩笑来。从那时候开始，我们一般就不在吃得晚的晚餐桌上谈斗牛了，相反，我们开玩笑，开的玩笑很糙。于是，安东尼奥的一个忠实粉丝，安东尼奥斗牛时一直追随着的一个长得滚瓜溜圆、嗜酒如命的巴斯克人查尔里，便充当起古老的莎士比亚戏剧里的小丑的角色。他讲了不少滑稽故事，自己也成了众人的笑柄。可笑的人和可笑的事多之又多，因为斗牛的狂热追捧者，神智大多不很清楚，而斗牛士的粉丝，甚至容易受到攻击。

子夜过后，三辆车一起进发，摸着黑向阿利坎特驶去。我和比尔让别人在天亮的时候把我们叫醒。凛冽的薄雾笼罩着市区和河床，我们上路了。我们沿着河床向前，太阳升起来了，烧去了那层薄雾。汽车经过以前曾经战斗过的地方，我也不想给比尔描绘那场军事行动或者攻防战斗，只指点着种种地势特征，这样，他心里清楚以后，只要听到真实的描述，就会了解那场战斗。正如通常感觉的那样，路途距离短了许多，要命的寒冷和大雪也不见了。不过，我看到许多地方那一览无余的赤裸，依然让我震惊，让我恐惧。

看到那一地区，并没有让人忆起过去的战斗，因为那回忆就从来不曾离开过。然而，像惯常的那样，看到那一地区，或多或少地有助于你摆脱大地上发生的一些事，让你认识到，这些事对于那些干枯的小山的影响是多么微乎其微，而这些小山当时对于你来说却是那么的重要。那天清早，汽车沿着大路向塞戈尔贝城行驶的时候，我想到一辆推土机对一座小山的破坏，怎样超过了一个旅的士兵的牺牲所造成的破坏。那些留守一座高地的一个旅的士兵非常有可能全部捐躯，短时间内，土地会因他们而肥沃起来，还给小山增加一些有价值的矿物盐和一定数量的金属，然而，这种金属根本没有矿产来得丰富，而施肥的功效，也会由于春秋两季的雨水和冬季大雪的冲刷，从那块贫瘠的土壤里消失。

我们要经过其他地方，我也想去看一看。我相信，因为时间匆忙、事务紧迫、战火中视觉受到的歪曲，我对这些地方的回忆一定有失真之处，而我们或迟或早地就要再见了，届时，我可以修正一下回忆中的错误。有些地方太令人匪夷所思了，我倒愿意指给比尔看，就像博物馆里会陈列出战争中不可能出现的事物给人看一样。可我还是把通往阿维拉大道上的山口、瓜达拉马村上方道路两旁的阵地指给他看。显而易见，坚守这些阵地非常荒谬，所以他不肯相信我的话，我也不怪他。尽管对这些昔日阵地的回忆比任何照片都要清晰，可等我亲眼看见以后，连自己都不敢相信。

到达塞戈尔贝以后，我非常开心。这是一座古老幽静，没有受到战争破坏的城市啊！以前我曾多次从这里路过，却一直没有时间驻足停留。比尔和安妮曾经在那里生活过，对镇里的所有地方都很熟悉。我们吃了一顿丰盛的早餐，有咖啡、乳酪和水果。我们买了一些好吃的樱桃，放在酒囊里冰镇着。我们还买了几根精工细作的木手杖，是乡下人在山区使用的那种，我以前也只在非洲见过。

我们向下驶出山区和丘陵地带，途经伊比利亚镇市萨贡托，该城地势险峻，乱糟糟的，古老的灰白色城墙高高耸立。从远处看，萨贡托好像总是摇摇欲坠的样子，就像一个惨遭破坏的陡峭屋顶上的石板瓦一样。到了镇上再一看，城的上半部好像被一些仙人掌拽住了一样。城内有古罗马人和摩尔人的联军征服者强加给的建筑物和漂亮的中世纪风情市区。我本想留下，在城里走走看看，登上古堡，可我们要去阿利坎特看斗牛，所以只好驾车穿过周日拥挤的汽车、摩托车、自行车车流，向巴伦西亚驶去。那片田野从海滨延伸到山间的丘陵地带，是一片富饶的滨海平原。我们的车穿过深色的大树和色差不一的绿橘树、柠檬树和绿中带银白的橄榄果树园。房舍被粉刷成了一色的白，为棕榈树和一行行柏树所环绕。这片田野是这么的富饶，农田与农田之间相隔甚远，所以，这块地方竟像是要辟为花园，而不是农田似的。路上车满为患，都是周日驾车出游的。而平均大约每五六英里，就会有一辆小型摩托车发生事故。

我们绕过巴伦西亚，沿着环礁湖外面的滨海大道走，让荒芜的海滩和意大利五针松树林在我们的左边飞逝。风声正紧，汹涌的海浪拍打着海滩，绿油油的稻苗在风中摇摆，斜帆的小船在环礁湖上航行。极目远眺，环礁湖的那一边是高低不同的黄褐色小山丘和粉白色的村庄。岸边和河道边上，有不少钓鱼的人，不少小型摩托车上都配有钓鱼竿和齿轮装置。小型摩托车发生车祸的比率没增也没减。我们沿着通往阿利坎特的海滨大道离开了巴伦西亚以后，车祸减少了。而我们走进那座城市的时候，车祸又增多了。

滨海海岸比马加拉以南更为陡峭，蓝蓝的海水拍打着岩石，留下白色的浪花朵朵。虽然因为是星期天，车来车往的，看不到这一景象，然而，沿着滨海大道驰骋还是饶有兴味的。汽车进入阿利坎特的市区，只见到处都是欢乐祥和、繁荣兴旺的景象，让人心旷神怡。市区有一家新开业的优质旅馆，名叫卡尔顿大饭店。虽然当时那个星期城里正好举办集市，我们还说斗牛后马上走，卡尔顿大饭店还是为我们提供了一个阴凉舒适的房间，前面还有一个大阳台。

安东尼奥走一路，睡一路，到了旅馆之后上床又继续睡，睡到中午才起来。他感觉良好，信心十足。好多事务都在办理之中，巴伦西亚斗牛场的赞助人正在跟他谈，询问他想要哪几头牛。我们告辞，出了客房。埃德·霍奇纳刚刚从纽约飞到马德里，现在或是坐飞机或者是坐汽车就要到了，不过到得太迟了，来不及观看萨拉戈萨的斗牛表演了。

我和比尔跟多明戈、巴伦西亚斗牛场的赞助人还有阿利坎特斗牛场的两个赞助人一起吃午饭。巴伦西亚斗牛场的赞助人是我的朋友，他们给巴伦西亚集市制定了一个以安东尼奥和路易斯·米格尔的斗牛为基础的计划，其中有一场斗牛是路易斯·米格尔与安东尼奥的正面交锋。比尔说，"那个星期天非同寻常。"

正在这时，满脸雀斑、百折不挠的霍奇坐着一辆出租车一路颠簸到了，我们给他要了点吃的。总之，情况有点乱，不过，等我们告诉他，我们三个马上就要通过斗牛场的过道去看斗牛，他一下子就把一路的辛劳抛到了九霄云外。

"牛要是跳进过道，那我可怎么办呢，老爹？"他问道。

"你就跳进斗牛场。"

"牛要是再跳回斗牛场呢,我又怎么办?"

"你再跳回过道来不就完了?"

"这是基础知识,"霍奇说道。"这根本就不是问题。"

胡安·佩德罗·多梅克那天下午的五头牛,其中四头都很好。安东尼奥对自己的两头牛都信心满满,心情大好。一开始,他先把自己具有权威性的定论给观众表演出来:应该用第一个贝罗尼卡去斗牛,用剑最后一刺,作为收尾。他割下了第一头牛的两只耳朵和尾巴,还有第四头牛的一只耳朵。他的每个动作都是绝对一流的,做得完美无缺,同时拒绝冷漠。他对牛是深情款款的,他导引、控制牛的动作优雅漂亮,宰杀的动作干脆利落、无懈可击。在过道这么近的地方观看他完美的表演,听他在斗牛过程中对牛和他的助手说的话,真是美妙之极。

这场斗牛表演结束以后,我们按照事先的约定在港口北面沙滩上的巴伦西亚大饭店的露天大餐厅集合,然后坐一夜车赶往巴塞罗那。旅馆不让我们付住宿费,车行离别之际,我碰见了一些老朋友和两三个幸存下来的老战友。他们在斗牛场发现了我们,现在是来跟我们道别来了。我对他们说,下个月我们去参加巴伦西亚集市日的途中还会路过阿利坎特,做短暂停留的。我们就要进入加泰罗尼亚地区的那条路,其中的一段委实难行。

"你怎么想起看斗牛呢,欧内斯特?"一个老朋友问我。

"为了看安东尼奥啊。"我回答。

"这倒是值得一看,"他说道,"不过,除了他,都是低劣的表演。"

"我在考察,"我说道。"等结束以后,我就了解真相了。"

"那好,祝你好运吧,"他说道。"我可能在巴伦西亚还会见到你。安东尼奥要在那里表演几场呢?"

"可能是五场吧。"

"巴伦西亚见，"他说道。

暮色茫茫，大道上黑漆漆的，度假的人正走在驱车回家的路上，道路拥挤，我们驱车前行。路上的小型摩托车比原来要少，基本上没有车祸发生，我确信那些二把刀司机在早些时候就被消灭了。此外，小型摩托车怎么说也不适合夜行，所以早就回家了。

比尔不想轮班，他要一个人开车。他喜欢开汽车、骑自行车，喜欢所有不带灯的车。他不喜欢轻松安逸地做事。以前，他读过一本乱七八糟、无聊之极的书，内容是关于斗牛，还有他们从一场斗牛走向一场苦难和恐怖。那本书的作者，我们都知道，可我们对他早已不上心了。不过，我们却错误地以为，是他开车驶出了那么宽阔的荒蛮之地。比尔却正确认为，倘若这个子虚乌有的人物可以不眠不休地连夜开那么远距离的车，那么酷酷的自己要超过他应该绝非难事。霍奇察觉并且意识到这是个运动比赛项目，认为如果比尔有开车开到死的想法，确实不得了，我们可以据此写本书。

"咱们从早晨六点就上了路，现在又站在斗牛场的过道里，你一点儿也不累吗？"我问道。

"午饭的时候，咱们就是坐着吃的呀，"比尔说道。

"他骗人，"霍奇说道。"我们就让他站着吃的。"

"咱们要不要停下来喝点咖啡？"我问道。

"我认为这不是运动家的范儿，"霍奇说道，"假设说比尔是一匹马的话，咱们可不能给马服用麻醉剂。"

"你认为到了佩皮卡以后，他们会对他进行唾液检测吗？"

"我哪里知道他们会有什么检测设备呢，"霍奇说道。"我在佩皮卡又没吃过饭。不过，我确信佩皮卡跟巴伦西亚大小差不多，他们应该有唾液检测设备。"

"那是在巴伦西亚港口，"比尔忧心忡忡地说道。

"打起精神，比尔，"霍奇说道。"咱们到了巴塞罗那以后，会进行一次正当测试的。"

在佩皮卡吃的那顿饭真是美妙极了。那是一家干净整洁的露天大餐馆，食客可以把烹调的全过程尽收眼底。食客可以选择整洁爱吃的东西，交给他们炙烤或者烘焙。海滩上最美味可口的食物就是海鲜和巴伦西亚米饭了。那场斗牛结束以后，大家的兴致都很高，也都饥肠辘辘的，所以吃得都很香甜。这是一家人开的餐馆，大家互相之间都熟悉。食客可以听见海水拍打着沙滩发出的涛声阵阵，明亮的灯光映照在湿润的沙滩上。我们喝了装在大罐子里送上来的桑格里厄汽酒，即掺了新鲜橘子汁和柠檬汁的红酒。我们先是吃了当地的香肠、新鲜的金枪鱼和新鲜的明虾，还有吃起来味道就像龙虾似的油煎脆皮章鱼触须。接下来，有人吃了牛排，有人吃了烘烤的鸡，搭配橘黄色的米饭，里面还加了灯笼椒和蛤蜊。以巴伦西亚的标准而论，那顿晚餐很有节制并不奢靡。餐厅的老板娘非常担心，就怕我们没吃饱就走了。席间，没人提到斗牛。从那里到巴塞罗那还有382公里，所以我们离开那家饭店的时候，我对安东尼奥说，我们可能要在途中某地留宿，然后再到旅馆和他会合。

在车上，比尔头脑很清醒，说自己可以开一夜车，还说吃了顿饭，非但没有让他打瞌睡，反而让他更精神了。我提议我们在沿海岸上行约130公里的贝尼卡洛港停下来。比尔说只要他有一点点困意，他就会从大道上下来，假如我们要在贝尼卡洛港停下来，他就停下来，可是根本就没这个必要。我随即睡着了。等我醒来一看，我们已经驶过了贝尼卡洛，正向比纳罗斯驶去。当时，大约再过半小时左右天就要亮了，所以，我们在一家24小时营业的卡车司机小酒馆停了下来，吃了夹着乳酪的三明治，我还给自己的三明治加了几片生洋葱。我们喝了咖啡，还跟一些根本就没打算睡觉的人品尝了一下当地的酒。这些人从比纳罗斯例行假日星期日开始喝酒，到现在还在喝。

一个见习斗牛士割下了牛耳,而牛角还在酒吧的后面。这副牛角够大的,没有人能割下来。沿海的空气凉爽得很,让我觉得肚子好饿。我想看看前面的田野,我最后一次看到这片田野是在西班牙独裁者佛朗哥的叛军国家主义党突袭海滨,我们险些被围困的那天。于是,我们等到了天亮,驱车驶过安波斯塔的埃布罗河的下游,太阳这时才刚刚升起。

那天开始的时候,道路难行,天气恶劣,海上吹来一阵风,还笼罩着一层薄雾,田野在灰蒙蒙的光线里显得忧郁伤感,曾经一度对我们像马恩河或者埃纳河一样至关重要的埃布罗河,此时也显得没有任何重大的历史意义,只有河水还是永远的黄褐色,在缓缓地流淌。

对于我来说,那天的一开始就让人触景生情,伤感忧怀,可我尽量不把这种情绪传染给别人。我们按时到达巴塞罗那那家热情好客的大旅馆,完全可以痛痛快快地补上一大觉。斗牛士,完全可以在大白天高卧酣睡的呀。

第八章

巴塞罗那。布里戈斯。安东尼奥的表演都是出神入化。

窗外,狂风撼动着悬铃木的树枝,天在时断时续地下着雨,看起来他们可能不得不暂时叫停这场斗牛表演了。可是,票预售出去了好多,我知道他们会坚持举办,除非沙土过于潮湿,到了规定的斗牛时刻还是不能进行才会罢休。比尔都不肯小睡一会,反而跑出去买报纸看。我想打个盹,却也没睡着,这倒也没什么,反正我半夜以后在车上已经沉沉地睡了一觉了。我只是为比尔担心,他还得一直把车开下去呢。我去看了看持剑助手米格利略,他说安东尼奥睡得正酣呢。

后来,我见到安东尼奥,他说天气烦人,热烈地期盼着这场斗牛如期举办,如饥似渴地盼望着与路易斯·米格尔二次交手的机会,而在阿利坎特,自己那条伤腿并不碍事。

"我们在佩皮卡过得多快活啊,那顿晚饭吃得多顺口啊,"他说道。"没错吧,比尔?"

"没错儿,"比尔说道。

"比尔坚持得怎么样啊?"

"我的比尔是一匹高头大马,"我说道。

那天有风又有雨,那场搏斗很艰苦,路易斯·米格尔和安东尼奥的表演都精彩绝伦。安东尼奥·别恩维尼达不愧是一个资深的斗牛士啊。他抖擞精神,做了一些挥动披风的优雅动作,与此同时,露出了并不快乐的微笑,这微笑好像包括两个放不开的动作:先咬紧牙关,再张开嘴唇，最后再露出牙齿。他表演的用牛，都是塞普尔维达·德耶尔特斯的牛，每一头都难对付，而他斗的成功的地方就在于，他使得这些牛显得更难对付。

路易斯·米格尔抽中了两头最好的牛，他跟这两头牛斗得精彩极了。他很清楚，自己在贝罗尼卡动作上是无法与安东尼奥抗衡的，可是他尽可能地做得跟以前一样的精彩，就像我以前看到那样。他把披风放到背后，表演了优雅的墨西哥高纳式闪躲动作，动作完美无瑕。他以自己最出色的方式往每头牛的身上插了三对倒钩短标枪。他挥舞穆莱塔的动作灵巧、高贵、优雅，而且贴得非常的近，让人觉得在那个绝妙的安全范围之内，悲剧随时随地都可能发生。他把其中一头牛宰杀得干脆利落。最后那头牛宰杀得无懈可击，两只牛耳和牛尾悉数割下。观众狂热起来，他也理应得到这么热烈的欢迎。

安东尼奥优美地挥舞着披风，把别恩维尼达的第一头牛引开的时候，观众对他赞赏有加。那头牛是头不引便不冲的牛，是他让那头牛看起来仿佛没有这个问题。

安东尼奥在斗自己的第一头牛，也是本次斗牛表演中的第三头牛的时候，雨，而且还是倾盆大雨，忽然从天而降。那头牛开始的时候本来还不错。安东尼奥把对付牛的时间安排得非常妥当。他一直迎着牛向前，通过恰如其分的优雅漂亮、舒疾有致的动作，在冲刺过来的牛的面前摆动着被雨水浸透的沉重的披风。此时的斗牛场地已经全都湿了，牛的行动也随之迟缓下来。本来那头牛也不凶猛，倾盆大雨把它的勇气和向前冲刺的愿望也冲淡了。安东尼奥用穆莱塔把牛撩拨得坚强起来，进而把牛控制住了。然而，那头牛只肯从右上方神气地挑刺几次。大雨中的安东尼奥明白自己已经没有可斗之牛，随即让牛站在合适的地方，干净利索地把它刺杀了。

路易斯·米格尔大获全胜之后，观众对上头牛依然兴趣盎然，议论声像一阵沙沙声的骚动似的还在继续。就在这时，雨停了，门一下子打开了，下一头牛，也就是第四头牛冲了出来。

我观察着那头牛，接下来，我注意到安东尼奥也在观察着那头牛，思考着。他的哥哥胡安把披风放在地上一拖来引诱牛，牛跟了过去。我不喜欢这个人，我清楚这一点，却不知道原因。安东尼奥看他做了三个动作以后，也明白了他的意图，知道他要干什么。尽管如此，安东尼奥还是接受了这头牛。在靠近牛的时候，他都撩拨着牛向前冲刺。他靠得一次比一次近，同时用披风测量着牛的速度。等牛不再小心翼翼的时候，把牛控制住，把牛调整得和谐、有节奏感，与此同时，随着每一次的闪躲动作，让牛角越贴越近，最后牛冲到了他理想的位置并转身向自己冲过来以后，自己就走开了。

牛向长矛手冲过去的时候，牛的缺点已经昭然若揭，任何人一看便知。米格尔抽中了两头好牛，表演得精彩纷呈。安东尼奥也抽中了两头好牛，甚至比米格尔的还要好，表演得得心应手。这两个人只要有好牛在手，一定会有伟大的表现，他们都是一个等级的，这种表演对于他们来说不算什么。然而此时，安东尼奥手里的这头牛犹豫再三，不肯向前冲刺，而牛所在的场地非常危险，在那里引牛冲刺起来，再靠挥舞红布彻底把牛控制住，以免牛突然停住脚步，用牛角戳人。

安东尼奥走了出去，顺着牛的走势接受了牛。如果非从危险之极的位置开始的话，那就从这里开始吧，不过是心知肚明的开始，不是误打误撞的开始。如果他非得深入牛的地盘，温和舒缓地用穆莱塔控制牛，让牛的目光追随着穆莱塔的速度，如果因为斗牛士都想把面对危险的漫长时间缩短，就加快挥动穆莱塔的速度，最后到了牛的目光跟不上穆莱塔的地步，如果他非得保持自己的绝对巴赫式的纯粹风格和时间安排，用这个带缺陷的乐器胜过路易斯·米格尔的话，那他是可以做到的。如果他被戳杀，对他来说，那一刻根本不算什么。

他确实这么做了，他控制着牛，教导着牛，最终使得牛开始喜欢这样，还开始配合。观众席上响起了嘟嘟哝哝的声音，接下来，随着每一次漂亮得令人难以置信的闪躲动作，出现了喝彩声。于是，安东尼奥随着音乐的节拍把一切完成，让所有的动作都如数学般纯粹，如爱情般的温暖、刺激、激动人心。我知道他特别爱牛，像科学家似地了解牛。他与抽到的这样一头牛相斗，是令人难以置信的精彩回合。我见过其他斗牛士使用过百种以上的办法，目的是或多或少不失尊严地摆脱这样的牛。而他非要完胜路易斯·米格尔不可，这头牛就是他借助的牛，他达到了目的。

最后，他开始宰杀，于是干脆利索地刺了进去，两次刺中骨头，剑没到红色的剑柄护手盘处。尽管观众要求给他两只牛耳，可是他们给了他一只。可他两次都刺到骨头上了。

观众把他们两个人扛到肩上，扛出了斗牛场。这就是巴塞罗那。

回到旅馆上了楼，安东尼奥感到疲劳不堪，主要不是因为表演，而是因为被观众扛的。他躺在床上，盖上被单，露出了淡淡的欢喜的微笑。

他用西班牙语问我，"满意吗，欧内斯特？"

我用西班牙语回答道，"非常满意。"

"我也满意，"他说道。"你看见他的具体情形了吧？你看见他的所有动作了吧？"

"我想是的，"我说道。

"咱们去弗拉加吃饭吧。"

"好的。"

"路上当心。"

"那就弗拉加见，"我说道。

路易斯·米格尔在另一家旅馆住，我们所住的旅馆外面聚集的群众里三层外三层的，我们出不去，没有办法祝贺他。这两家旅馆的入口处都被群众堵塞得水泄不通，首次重现了昔日伟大岁月的情景。

我们终于迎着踏上回程的大批车辆出了城，那些车上的人都是利用星期日和圣彼得节日这两个双休假日到乡村度假的。我们迎着对面耀眼的车灯，踏上黑暗潮湿的道路，越过加泰罗尼亚，进入阿拉贡境内。在弗拉加，安东尼奥的全套班子追上了我们。弗拉加是一个可爱的古老镇市，像西藏一样在河上高高地悬着，仅凭这一点，就值得走一遭，看一看。然而，实际上我们在镇市上只看到了一条湿漉漉的街道、一家货车司机暂时歇脚的镀锌大酒吧。大酒吧楼上的餐厅已经打烊，卖的酒也不好喝，我们只好从车上搞来一英制夸脱上等直布罗陀威士忌。每个人都喝了威士忌和矿泉水，每人两杯，是为了夜晚御寒。店里帮我们找到了一些非常不错的里脊肉，煮了些鸡蛋，还端来了一盆汤。

安东尼奥有点累，可他很开心。他不愿意被人扛在肩上，把他的伤口颠裂了。我们这顿饭吃得挺快，也吃得很开心。我们就像赢了一场重大比赛的运动团体，胜利归胜利，心里清楚第二天还要继续比。我们商量好了停留的最佳地点，大家一致赞成，布哈拉罗斯的猎人小屋是第一选择。

"我帮你把伤口包扎起来吧？"我问安东尼奥。

"不用啦，也没什么。米格利略用胶布粘得很紧，你可以明天看一看。"

"好好睡上一大觉。"

"我会的，从这里往前走的路都是好路。你怎么样啊？"

"很好。非常满意。"第二句话我是用西班牙语说的。

他咧开嘴笑了。"让比尔睡吧，"他说道。"就当他是一匹高头大马，自己的马，不也得照料好？"

"我们就喂他点燕麦。"

"让他睡吧，"他说道。"你自己也要睡。布尔戈斯见。"

待到我们穿过萨拉戈萨，进入外面地势平坦的田野以后，尽管左边的伊比利亚山脉上依然云遮雾罩,但天气已经开始转晴。我们沿路而下,车速很快,埃布罗河及河畔的白色山地在我们的右边。接下来,车行景移,纳瓦拉的第一批大山出现在我们的眼前。

车过洛格罗尼奥,我们绕着纳瓦拉的边缘离去,经过奥哈葡萄酒乡的边缘地带,然后经过德曼达达山脉的丘陵地区,向上攀缘,透过长满了石南的荒野和低矮的栎树,从最高处向下俯瞰卡斯蒂列高原和下面遥远的大道,这条大道道两旁种有白杨,通往布里戈斯。

每次进入布里戈斯都让人大吃一惊,因为开始的时候,你还以为是山谷里的一座寻常小镇,等你看到大教堂的灰色塔楼的时候,转眼之间,你已经进了教堂,你这才恍然大悟,知道自己身在何处。我们是到那里观看斗牛的,因此,我接受了教堂沉重的大石头及其历史对我造成的影响。比尔走到星期日车水马龙的街上寻找停车处,我则上楼寻找斗牛的那班人马。

在旅馆外面,我们见到了几个短标枪手霍尼、弗雷尔和胡安。弗雷尔和胡安刚从抽签选牛会上回来,说牛看起来都挺好,认为我们抽中的是最好的那对。大家都觉得挺好的,就是累坏了。整班斗牛人马从巴塞罗那一路赶来,旅途确实艰苦,好在斗志依然高昂。他们就是被雇用来吃苦的。这四天的巡回旅行,只是八九月里的繁忙季节的一次牛刀小试。

安东尼奥的状态挺好的,他在汽车上和旅馆里都睡好了。

那几头科巴莱达牛尽管都很棘手,都很危险,而安东尼奥有一头牛还只能从右边撩拨,但那场斗得依然非常精彩。这头牛的左角像一把砍东西的镰刀似地追赶斗牛士,因此,安东尼奥用右手优雅地诱引它,随即三下五除二地把它宰杀了。

他的第二头牛也很棘手,而他像对付前一天在巴塞罗那那头牛一样对它进行改造。他像往常那样,把披风挥舞得出神入化,做了一个绝妙的传统斗牛回合，把剑高高举起，手起剑落把牛杀了。他演出得精彩得不能再精彩了，牛这么棘手，他竟从头到尾就根本没有让观众看出来。他们给了他两只牛耳。

这场斗牛结束以后，我们开车赶赴马德里，在那里正赶上在卡列洪吃了顿比较晚的晚饭。比尔不容分说，独自开车，全程自驾。我们想方设法计算都翻过了多少山，估算走过了多少里程，最后不算了，只要曾经走过，多少又如何呢。

安妮和玛丽于七月二日晚上从马拉加赶来了，为了秀给我们看，她们只用了一天时间。我们重新漂泊回了文明的边缘，过了两天家庭生活，接着启程取道布尔戈斯，奔赴潘普洛纳。我们在布尔戈斯停下来看米乌拉斯的一场斗牛。在那里，我见识了本斗牛季节我见过的最优秀、最出色的牛，其中有一头是我多年来都不曾见过的最漂亮、最完美的牛。这头牛完成了所有动作，就差最后倒下时没帮助短剑手把剑刺进自己的身体了。我们在维多利亚停留并留宿，接下来驱车前往潘普洛纳参加圣费尔明集市日。

第九章

圣费尔明集市。
潘普洛纳就不是一个应该陪太太去的地方。
曾经的年轻的面孔,都跟我一样,变成老态。
这就是我们每天都要面对的安东尼奥和死亡的定期约会。
任何人都可以面对死亡,然而,把死亡承担下来,做着经典动作,尽可能地贴近死亡……这可要比单纯地面对死亡要复杂得多。

  潘普洛纳就不是一个应该陪太太去的地方,在那里,她可能生病,受伤,受到伤害,最少是被撞倒,被酒当头泼下,或者你索性就失去了她,也可能你这三样都摊上,种种可能,全都可能发生。如果还有人在潘普洛纳还能平安无事的话,那就是非卡门和安东尼奥莫属,而安东尼奥又不肯带卡门来。这是个男人的周日,女人的到来会带来麻烦,自然也不是她们故意要带来麻烦,可她们几乎总是带来麻烦或者遇到麻烦。我以前曾经写过一本书讨论这个问题。当然,假如她会说西班牙语,理解人家不是侮辱她,而是跟她开玩笑的话,假如她能没白没黑地喝酒,跟邀请她的随便任何一群人跳舞的话,假如她不介意人家把什么液体泼到她身上,假如她喜欢没完没了的嘈杂声和音乐,还喜好鞭炮,特别是距离她很近的,或者烧到她衣服的鞭炮的话,假如她认为自己为了开玩笑,为了放肆,险些被牛挑死也没什么不合情合理的话,假如她被雨淋了却不会感冒,还欣赏尘土,喜欢胡吃海塞、不定时吃饭,根本不需要睡觉,没有自来水依然可以一尘不染的话,你可以带她来。而带来之后,你还非常可能失去她,被一个比你优秀的男人横刀夺爱。

潘普洛纳历来是一个粗野的地方，镇上熙熙攘攘的人群里有观光客、名人，还有纳瓦拉最优秀的核心人物。有一个星期，我们在纳瓦拉战鼓的敲打声、古老曲调的吹奏声、舞蹈演员的旋转和跳跃的身影的笼罩下，每天晚上平均只有三个小时的睡眠。以前，我曾经描写过潘普洛纳，具有永久性。那里的情况历来如此，都有叙述，不过还要把四万观光客加进去才够完整。四十年前，我第一次去的时候，那里的观光客还不到20人。而他们说现在有些日子，镇上的观光客会多达近十万人次。

7月5日，安东尼奥要去图卢兹表演，而他七日还要出现在第一次赶牛进场的仪式上。他原本计划在潘普洛纳表演，可是该季节开始的时候，他改换了管理机构，跟了多明吉兄弟，结果合同被搞乱了。他喜欢这个节日，要我们陪他去参加，我们也真地陪他去了，一去就是五天五夜。后来，7月12日来临，他只得到圣玛利亚港去，跟路易斯·米格尔和蒙德诺一起用贝尼特斯·库布雷拉的牛表演。他和路易斯·米格尔同台献艺的那一场，也是那一年里米格尔胜过他的唯一一场。

我后来问他是怎么回事，他说路易斯·米格尔抽到的牛比他的好，而他自己的状态也不如本季节的其他场次。

"我们确实在潘普洛纳没有训练。"我说道。

"可能吧，我们偏偏没有进行该进行的训练。"他赞同我的意见。

确实，我们在潘普洛纳并没有训练过，不过，我们的计划也不包括他在早晨跑步的时候被巴勃罗·罗梅罗的一头牛抵了一下，右小腿被牛角抵伤。包扎以后没有绷紧伤口，打了破伤风预防针以后就不管不顾地通宵跳舞，然后第二头早晨还要跑步，就为了向潘普洛纳表明自己因为不喜欢那些牛，就拒绝参加这几场表演。因为不愿意让别人以为他很在意这个伤口，也为了不让卡门闹心，所以他一直都没有查看伤口。我后来发现伤口化脓以后,我们的一个朋友,从美国森瓦利来的一个医生乔治·萨维尔给他清洗了伤口,妥善地包扎起来,保持伤口清洁。可是,安东尼奥去圣玛利亚港斗牛的那天,伤口还没有完全合拢。

其实,我在圣玛利亚港从朋友那里了解到,路易斯·米格尔抽中了两头绝好的、理想的牛,跟它们斗得十分漂亮,然后,还把所有的花把式耍了个遍,甚至还亲了亲牛的脸。安东尼奥得的两头牛毫无价值可言,第二头反而还有危险。他宰杀第一头牛的时候不走运,可是在第二头恶劣的牛身上,他却尽可能地得到了可以得到的一切,宰杀动作干脆利落,获得了一只牛耳。不过,那一天一直是路易斯·米格尔胜。

我们在伊拉蒂河游泳的时候,玛丽在石头上滑了一下,脚趾磕破了,疼痛难忍,就挂着一根拐杖,痛苦吃力地走着。所以,我当时就一直待在潘普洛纳没走。也许那个节日有些太恣意任性了吧。第一天晚上,我和安东尼奥注意到一辆款式时尚的法国小轿车上坐着一个十分美丽的姑娘,陪伴者竟是一个法国人。安东尼奥见状,跑到车篷旁,嚷着停车,佩吉·多明吉在旁边守着。车上的人一下车,我们就对那个法国人说他可以离开,而那个姑娘是我们的俘虏了。因为我们没有交通工具,所以还要他把汽车也留下。那个法国人很和气,说那个姑娘是美国人,他只是把她护送到朋友的住处,她的朋友正在那里等候。我们说一起都在我们的意料之中,用法语说就是:法国和油炸土豆万岁!

比尔对潘普洛纳的所有街道都了如指掌,一下子就把那个姑娘的朋友找到了,而她的朋友比我们的俘虏还要美丽,上哪儿说理去?安东尼奥知道老城区有个可以唱歌跳舞的地方,要带我们去,于是,我们深更半夜在老城区挂着旗帜的、黑洞洞的狭窄街道上前行。最后,我们假释了我们的俘虏。最早的鼓手和舞者去广场的途中,被我们俘房到乔科酒吧,这些清新、可爱、齐整的姑娘在当月月底巴伦西亚的周日,一直是忠诚可爱、中规中矩的俘虏。

押着两名俘虏出现,通常都会受到已婚者的抵触,可是,这两个俘虏这么可爱、这么良善,适应环境能力这么强,在被俘期间始终喜气洋洋的,快快乐乐的,因而得到了所有妻子的赞许。甚至卡门在"领事馆"内举办的我和她的生日宴会上见到她们,也没有对我们疑神疑鬼。

与此同时,为了避免节日侵蚀,摆脱我们中间那几个德高望重的人神经兮兮的鼓噪,我们生出一计,即在中午到来之前就离开,驱车到奥伊斯上面的伊拉蒂河的上游去野餐、游泳,然后按时开车回来观看斗牛表演。我们每天都沿着那条盛产鲑鱼的小河向上开,进一步向伊拉蒂的大片原始森林进发,而从德鲁伊特时代起,那片森林就是现在这副模样。我以前曾经预测它会遭到破坏,树木被伐尽,然而,它现在还是中世纪幸存的最后一片森林,森林里有直入云霄的山毛榉和遍地的苔藓。这片苔藓有数百年的历史,躺在上面,比躺在什么东西上面都要柔软、舒适。我们一天比一天深入,观看斗牛的时间一天比一天晚,最后那天,我们索性没去看最后那场见习斗牛表演,而是深入到一个地方,这个地方我暂时不想说得太细,因为我想再去的时候,不想看到 50 辆小汽车或者吉普车已经停在那里。沿着那条林中大路走,从伊拉蒂河步行,爬到龙塞斯瓦列斯山口,我们就能到达我的《太阳照样升起》一书中提到的那些地方,尽管我们只能步行或者侧着身体才能挤进去。

看到那片田野没有遭到破坏,自己可以再次享受,还能跟当年七月聚会的人们一起享受,我感到前所未有的快乐。潘普洛纳的现代化的种种状况和拥挤的人流,全都没有了关系。从前,我们在潘普洛纳有一些秘密去处,比如马塞利安诺餐厅。从前,上午的时候,在牛被赶进斗牛场以后,我们总到那里吃吃喝喝,引吭高歌。马塞利安诺餐厅的木桌和木楼梯总是擦得像游艇上的柚木甲板似的一尘不染,只是餐桌上会有酒渍,倒也无伤大雅。那里的酒还跟你 20 岁时一样香甜,菜肴一如既往的美味,餐厅里演奏的歌曲一如当年,也会有劈劈啪啪的新歌谣,瞬间压倒了鼓声和管乐声。曾经的年轻的面孔,都跟我一样,变成老态,可大家都还对我们当年的情景记忆犹新。眼睛还没有变,没有人发胖。不论眼睛看到过什么,没有一张嘴有怨恨,嘴周围的法令纹是战败的初痕。没有人遭受过挫折。

　　从前,我们的公共生活一直是在乔科酒吧度过的,这家酒吧在胡安尼托·金塔纳开的旅馆外面拱顶走廊下面。就是在那家酒吧,一位年轻的美国新闻记者说过很多话,他曾经告诉过我,如果时间倒退 30 年,他倒是愿意跟我们一起待在潘普洛纳,因为"那时候,你们经常深入田间地头,了解当地的人民。那时候,你们常常跟西班牙人在一起,关注他们的人民和他们的国家,也关注写作,而不是在酒吧里消磨光阴,寻求阿谀奉承,对谄媚你的人说些带有反讽性质的俏皮话,在纪念册上签签名。"我替他从一个倒卖票证的老朋友手里买过一些票,而他没有去拿,而那位朋友每个周日都在工作。我为此责怪他,于是,他就把说的话都写在了一封信里。这位记者年仅 23 岁,他在本世纪 20 年代会像 50 年代一样刚正不阿。他并不清楚,这片田野一直在那里,人们看得见,而他在要我把潘普洛纳的情况讲清楚之前,他那年轻英俊的脸上在上唇的周围,已经现出了清晰的、哀怨的法令纹。什么都在那里,他应邀到了那里,他却视而不见。

　　"你为什么要在那个不相干的人身上浪费时间呢?"霍奇问我。

　　"他可不是不相干的人,"我答道。"他是《读者文摘》未来的编辑。"

　　潘普洛纳象征着一段快乐时光。后来,安东尼奥到法国的蒙的马松表演了两次,他在那里的表演非常精彩,可因为牛角是修过的,所以他甚至跟我对那些场表演只字不提。最后一次斗牛结束以后,他坐飞机南下来到马拉加,参加玛丽为我和卡门举办的那场生日宴会。正是由于玛丽把那场宴会办得那么隆重,那么愉快,我才发现自己已经到了耳顺之年,而那场宴会也让我对 60 岁印象深刻。

自从安东尼奥在阿兰胡埃斯身受重伤,接下来扔掉拐杖,开始进行训练以来,日复一日,我们变得越来越轻松愉快(按照这个词的最好的意义来表述)。我们曾经谈及死亡,却没有对死亡不寒而栗。我曾经对安东尼奥谈到过对死亡的看法,可因为我们都对死亡一无所知,所以,我的那些看法也就毫无价值可言。我可以真诚地不去尊重死亡,有时还把这种不尊重传给别人,可我目下应对的却不是死亡。安东尼奥每天至少要让自己疲惫不堪,常常是一周里天天都是如此。他长跑就是为了达到这一目的。他每天都把危险引向自身,不仅如此,还通过自己的斗牛方式,把这种危险延长到正常的承受范围以外。他这样的表演,只能在精神放松、心中无碍的情况下进行。原因在于,他之所以可以采取这种不耍花把式的斗牛方式,取决于他对于这种危险的理解,并且采用适应牛冲刺速度的方法来控制这种危险。缺乏这一点的时候,他就靠自己的手腕把牛控制住,而手腕则是受他的肌肉、神经、反应能力、视力、知识、本能和勇气支配的。

如果他的反应能力出了什么偏差,那他就不能去斗牛。如果有那么短短的瞬间,他的勇气支撑不住,那么魔法就会被打破,他就会被抛出去,或者被牛角抵伤。此外,他还要控制住自己的肠胃中的气,一旦失控,就可能暴露在牛冲刺的范围之内,随时都会莫名其妙地命丧黄泉。

对于所有这一切,他都清楚得不能再清楚,态度也是冷静的。我们面临的问题是,尽管他不能不想的这一切,而我们要把他的这一思考过程缩短到最短,让他在进场之前有所准备,从而能够面对这一切。这就是我们每天都要面对的安东尼奥和死亡的定期约会。任何人都可以面对死亡,然而,把死亡承担下来,做着经典动作,尽可能地贴近死亡，面对死亡，一遍又一遍地重复，最后举起剑来，亲手宰杀自己心爱的、半吨重的牛，这可要比单纯地面对死亡要复杂得多。作为一个具有创造性的艺术家，每天要面对演出，与此同时，作为一个技术熟练的杀手，必须履行自己的职责。宰牛的时候，安东尼奥不得不既干脆利索，又宅心仁厚，既要每天至少两次侧身从牛角上一掠而过，又要留给牛充分的挑刺机会。

在斗牛场上，大家在斗牛过程中总是互相帮助。虽然存在着竞争和怨恨，场上依然有最亲密的兄弟手足之情。只要斗牛士才清楚自己冒了怎样的风险，清楚牛会用牛角给自己的身心带来怎样的后果。大凡缺乏斗牛真本领的人，不得不夜夜陪牛睡觉。可是，在斗牛之前，谁也无法直接帮到斗牛士，因为我们无法减少极端焦虑的时刻。我比较喜欢"极度痛苦"和"有节制的痛苦"这两个词，而不喜欢用"焦虑"这个词。

安东尼奥总是等来祝福的人和粉丝都走了以后，在斗牛前的最后一刻，在自己的房间里做一次祈祷。在斗牛场上，如果还没到时间，几乎所有的人都会在入场式开始之前去小教堂做祈祷。安东尼奥知道我为他祈祷，从来没为我自己祈祷过。表演的又不是我，我在西班牙内战时期，因为目睹了别人的种种遭遇，所以就不再为自己祈祷了，我觉得为自己祈祷是自私的表现。祈祷也可能不生效啊，为了防患于未然，也为了保证祈祷的人可以胜任这个工作，我替卡门和安东尼奥在美国的新奥尔良耶稣会神学院基金联合会领了会员证。因为当时正好有一个班的学生即将毕业，等他们承担起圣职以后，他们就会天天为卡门和安东尼奥祈祷了。

因此，我们把想到死亡的时间减少到最少。我们在表演和进入斗牛场前即将进入准备的时间段里，一直都是轻松愉快的。在潘普洛纳也非常轻松愉快。这队人回到"领事馆"以后，就更加轻松愉快。玛丽在园里设立了一个令人神往的地方，就是从一个旅行游艺团租借的一个摄影棚。1956年，意大利司机马里奥在手里夹着好几只香烟，站在大风中，我用一把口径22厘米的来复枪一枪就把点燃的烟头全都打掉了。安东尼奥当时吃惊不小。在那次宴会上，安东尼奥嘴里叼了好几只香烟，要我开枪把烟灰打掉。我们用射击场用的小步枪射击了七次，结果就是他吸一口烟，吐一口烟，看能把香烟吸多短。

末了，他对我说，"欧内斯特，我们已经做到极限了，最后那支刚过我的嘴唇。"

我在领先的时候就见好收了，因为乔治·萨比埃斯是全屋唯一的医生，所以我拒绝向他射击。宴会在继续，又延续了很久。三天以后，我们沿海岸向上行驶，抵达巴伦西亚，准备观看那个集市日的第一场斗牛。

第十章

巴伦西亚。
从六年前我在潘普洛纳首次看安东尼奥斗牛以来,他挥动披风的动作一直让我心花怒放,而今天,他更是前所未有的了不起。

巴伦西亚天气炎热,所有旅馆全都人头攒动,尽管我们在阿利坎特确认过预订房间,可皇家大饭店已经没有空房了。于是,我们以最快的速度在古老的、装潢精美、阴凉舒适的维多利亚旅馆找到房间,安置好全部装备,把皇家的有空调的大酒吧定为集合地点。对于姑娘们来说,这种炎热未免太残酷。于是,我们教给她们步行穿行市区的各种各样的方法,沿着狭窄的小巷和高楼大厦走,这样可以避免挨晒。

第一场斗牛是一场不太严重的灾难。那几头巴勃罗·罗梅罗的牛虽然还是一贯的体型硕大、神气十足,腿却大多不够强壮,没多久就垮了。安东尼奥·别恩维尼达的第一头牛只会跐着碎步跑,一直只守不攻,安东尼奥无计可施,也坚持守势。就这样,双方互相防范,最后安东尼奥在防御中出手,一剑刺中了牛,牛随即被拖了出去。我希望巴克·拉纳姆将军不要以为这就是斗牛,他是为了我的生日和这个周日专程飞到西班牙来的,脸上一直是不置可否、无可奉告的表情。

路易斯·米格尔的第一头牛迅速奔了出来,这头牛勇猛剽悍。路易斯·米格尔在沙土地上双膝跪倒,凑近围墙,以三对倒钩短标枪和挥动披风的大幅度动作把这头牛全面处理了,其中两对标枪插得很干脆。我看出此时的巴克已经进入状态了。假如不下任何评判的话,倒钩短标枪是最容易讨喜于观众的。路易斯·米格尔做的时候好像在一步步地做着解释，而你可以看着他用脚一步步地做出来。接下来，当穆莱塔挥动起来的时候，牛因浑身燥热、身体发沉而窒息。牛猛冲了几次，已经奔得筋疲力尽，进入了守势，感觉也钝化了。路易斯·米格尔轻车熟路地把半个剑身刺了进去，宰杀了它。

海梅·奥斯托斯在斗第三头牛的时候表现得非常无畏。这头牛蠢笨之极，生性不好斗，只是时不时地用右角刺探，这样一来，牛的右边就险象环生。海梅用左手从牛身上获得了能获得的一切。他用剑扎了两次，两次都倒霉。最后，他痛快地把牛杀了。

路易斯·米格尔抽到的第二头牛是一头真正的牛。他把所有招式都对这头牛做了个遍。他在阿尔赫西拉斯处于巅峰状态时，我们看见他做过这些招式。我想，他斗这头牛再次登上了本次集市的最高峰，在风格上他也做到了自己的极致完美。他开始挥动穆莱塔的时候，牛蹄已经不完整了，然而奇怪的是，牛却没有变成一瘸一拐的样子。路易斯·米格尔导引着牛做了五个系列的闪躲动作，每一次都会引起观众的欢声雷动。在音乐的伴奏下，他完成了与前半部一样动人心弦的后一半。然后，他耍出了所有的花把式，最后，什么花把式也不耍了，而是干脆利索、优雅漂亮地在高处把牛宰杀了。

他把能做的都做了，还做得完美无缺，他的胜利是全面的胜利，绝对的胜利。他绕场两周，嘴唇紧紧地抿着笑着，近来这微笑变得有一丝忧伤。他并不妄自尊大，他举着两只牛耳，他的斗牛班子尾随其后，把女人的手袋、鞋子、鲜花、酒囊和草帽扔回去的时候，他似乎心不在焉。他们把观众的雪茄留了下来。在斗牛场的阳面，有一大片空位，身穿黑色长罩衫，戴着灰蒙蒙贝雷帽的乡下人却没有进场坐在那里。我心里嘀咕，米格尔一脸忧伤地走过去，是不是因为想到了这一点。或者，就是他心里也犯嘀咕，与安东尼奥同台献艺的那一天，在那紧要关头，自己还能比上次多做些什么。

第二天，安东尼奥·奥多涅斯、库罗·希龙和海梅·奥斯托斯一起出场，阳面坐席上的空位更多了，整个斗牛场上的观众也刚刚过半。天气跟前一天一样酷热难当，还有一股强风从非洲刮了过来。安东尼奥一进斗牛场的沙土地上，就不再在意或者根本不再想场上观众只有一半的这件事了。自从他入行以来，别人就一直在赚钱，这并不是悲剧。尽管他也非常需要钱，清楚从事这一行当艰难，持续下去困难，为了他和卡门简单而体面的计划，他们也非常需要钱。可是，他一进场，一看到观众，就把观众刚刚过半这一点抛到九霄云外了。

这场斗牛表演中，只有两头好牛。安东尼奥的第一头牛毫无价值可言。我们在红色木板围墙里注视着，他的第二头牛出场了。这头牛神气活现，牛角锋利，全身健全，冲刺迅速。胡安挥动着披风引诱牛，牛的一侧反应灵敏；弗雷尔从另一侧试了试，反应也很迅捷。这时，安东尼奥提着披风跑了出去，对弗雷尔说道，"你退下。"他要一个人处理这头牛。牛冲上来以后，仿佛有一种低沉音乐他和牛能听到，而别人听不到的，安东尼奥俯下身体迎着牛，做了个悠长缓慢、连续不断地闪躲动作。从六年前我在潘普洛纳首次看他斗牛以来，他挥动披风的动作一直让我心花怒放，而今天，他更是前所未有地了不起。他在前一天曾经认真地看过易斯·米格尔的表演，而此时，他在让观众、他自己、我们和历史清楚，米格尔要击败对手胜出，非得拿出绝活不可。

他用了一根长矛，牛却毫发无损，于是他改用倒钩短标枪，密切关注着霍尼和弗雷尔把标枪刺进去的动作。接下来，他持剑出来，向牛走了过去。

他把牛控制住了以后，单膝跪地，用四个低低的闪躲动作让牛头低下，然后用穆莱塔做精彩回合与牛周旋，这几个回合是第一流的，是我到那时为止见他做过的最出色、最笔直、最优雅、最完整的，不仅展现了他以往表演的全部美妙，更有滔滔流水从水坝或者瀑布一泻而下的恢弘气势，整个动作一气呵成，每个闪躲动作都像雕塑。观众开始低语呢喃，最后如激流淙淙，轰然而起，淹没了铜管乐声，就像他表演过的那些了不起的回合一样，今天的回合空前精彩。最令人匪夷所思的是，那天在刮风。

安东尼奥用穆莱塔表演完以后，四次突入杀牛，每次都对准了高处的死亡之穴，却都击中了骨头。然后，他终于把剑刺了进去，剑深入的时候，他趴在了牛的身上。被狠狠刺中的牛终于死掉了。虽然他四次突入，四次刺中骨头，危险性相当于宰杀，但他们只给了他一只牛耳，假如他第一次刺没能刺中骨头的话，谁能知道他们又会给他什么？

当天晚上在佩皮卡海滩举办盛大宴会，浪花拍打着海岸，我们个个开心愉快。那场斗牛唤起了我们的热情，谁也无法冷却下来。我们就像一个刚刚突袭成功或者进行过一场大屠杀的部落似的快乐，桑格里厄汽酒一罐接一罐地喝，迅速被喝个精光。平时，我们会为了安东尼奥早早吃饭；平时，我们总是在半夜就让安东尼奥睡觉了，宴会后的第二天还要进行严格的训练，我们还要按照正常的起居时间和习惯生活；而此时，他为了第二天跟路易斯·米格尔和奥斯托斯一起表演，已经坐车到纳瓦德的图德拉去了。

那一天，路易斯·米格尔在帕尔玛—德马略尔卡表演。他那天没看到安东尼奥做的动作，我很欣慰，假如他看到了的话，他会心绪不宁的。我很喜欢他，但以我在巴伦西亚所看到的推测，我可以肯定在这次竞赛中，他不能取胜。

此时的情况已经昭然若揭，根据他们强迫承办人索取的高价门票分析，要想客满，斗牛场上必须同时出现安东尼奥和路易斯·米格尔两个人的名字才能实现。万一这两个人中的任何一个出了事，就会把满满一篮子金蛋全部打碎。可是，有一个事件或迟或早总会发生的，以前我对任何事情还不曾这么肯定过。我还十分肯定的是，安东尼奥也胸有成竹。到了晚上，我会常常想，不知道卡门怎么样了，因为在我们这班与这场生死和金钱有关的人中，卡门是关系最直接、最忠诚的，表现得最有理性、最出色。而且不论结局怎样，她无论如何都不会赢。我很高兴能请到一些权威人士为她祈祷。

巴伦西亚的第四场表演，是安东尼奥与路易斯·米格尔于本赛季第五次在斗牛场相遇。那天乌云满天，天气闷热。那个周日，场上的门票首次全部售罄。所有的牛都由塞缪尔·弗洛雷斯提供，第三位斗牛士是格雷戈里奥·桑切斯。路易斯·米格尔的第一头牛犹疑踌躇，每次冲着冲着就会忽然停下来，总想转攻为守。米格尔撩拨着，动作细致入微，态度沉着冷静。牛不停地把尖嘴往沙地里扎，米格尔则挑逗牛抬起嘴来，使它准备接受剑杀。这头牛，换哪个斗牛士都不好对付，于是米格尔第二次尝试了未果以后，就迅速干脆利索地把它杀了。观众花钱可不来看这样的场面的，可还有什么办法呢？大多数观众都懂的，于是鼓掌表示支持。米格尔走到场地中央，行了个礼，然后紧抿着双唇回到围墙边上。

安东尼奥的牛进场了，他用披风把牛引了过去，做了一贯的舒缓、笔直、优雅、悠长的闪躲动作。在整个斗牛季节，对所有肯向前冲的牛，他都如法炮制，这不是给特别的牛的特殊待遇，而是对被迫往前冲的每一头牛都要做的挥动披风的标准动作，不过每次他都要进行改进，让披风挥动得更贴近、更舒缓。

路易斯·米格尔在那边，把披风披在背上，做了一系列古老漂亮的高纳式闪躲动作，把牛从马前引开了去。

安东尼奥用穆莱塔做了一个精彩绝伦的动作，这个动作完全可以与他在巴伦西亚第一场表演所做的那个动作媲美。甚至比那个动作还要精彩，因为这头牛不如那头牛，他还得用穆莱塔安抚、控制。我在围墙的旁边注视着，看到他一直彻底控制着牛，让牛动起来，却不让牛角碰到那块红布。他还恰到好处地依照牛的速度摆弄它，让牛先转半圈，再转半圈，绕着自身转，转整整一大圈。观众为每一次闪躲动作而欢呼。我注意地看米格尔的脸，他一脸淡定。

安东尼奥做了可以跟牛做的一切传统、优雅、真正危险的闪躲动作，然后更加精彩地悉数重复了一遍，最后把牛杀了。观众的欢呼声持续了好一会儿，斗牛协会会长把两只牛耳都给了他。

路易斯·米格尔斗第二头牛的时候不遗余力地想取胜。他在沙土地上双膝跪倒，用披风做了个被称为"拉加坎比亚达"的闪躲动作，把牛引了过去。这个美妙的动作就是用一只手挥动披风，看起来优雅壮观，可是，从哪方面说，都不如两手握着披风舒缓地在牛面前挥动危险。可观众喜欢这个动作，也是合情合理的，况且米格尔做这个动作又是行家里手。

他在倒钩短标枪的使用上令人叫绝。他插进去的那对简直令人难以置信。那头牛紧挨着围墙在等着他，两胁一起一伏的，长矛刺伤的伤口在流血，从一侧肩上往下淌，双眼注视着缓缓走近的米格尔。米格尔展开臂膀握着标枪，尖尖的标枪头直直地向前。到了他应该挑逗牛，到了让牛冲刺的地方，他过去了；到了这样把标枪刺进去还算安全的地方，他过去了；到了牛还在注视他，可以有绝对把握击中牛的地方，他过去了；接下来，牛向前冲了三步，米格尔做了个假动作，身体向左一闪，等牛头跟过来以后，手起枪落，刺了进去，再把标枪一转，标枪尖从另一只牛角旁边露了出来。

他用穆莱塔把牛引到距离围墙木板很近的地方，然后做了几个向右旋转的闪躲动作躲过了牛。我都能听见他对牛说话，能听见牛的喘息声，还有牛在穆莱塔下面掠过米格尔的胸部时，倒钩短标枪的咔嗒咔嗒声。这头牛虽然只被长矛只刺中过一次，但刺得很深。牛颈部的肌肉很发达，但失血过多，力气越来越小。米格尔正在让牛高昂着头，让牛的肌肉疲劳，这样在低头以后，就容易宰杀。

米格尔细心地对待牛，把牛从围墙边引出去的时候，轻轻地闪躲,可是他还是在失去它,那头牛最后像一张留声机唱片似地停了下来。牛不愿意玩了,可米格尔却兴致盎然,他摸了摸牛角,一只胳膊倚在牛的前额上,装着在电话里跟牛聊天的样子。那头牛本来就绝对回答不了,况且血液快流尽了,喘息不止,就更没有可能回答。米格尔试试探探地领着它做了几个动作,握住牛角帮它集中思想,还亲了亲它。

此时,他对这头牛能做的都做了,就差提议举办一场体面的婚礼了。唯一没做的就是杀了它。而他用倒钩短标枪赢得它的时候,也是失去它的时候,只是当时它还没有表现出来罢了。

现在,这头牛已经没有冲劲儿帮助米格尔用剑了。这时的米格尔要跟安东尼奥竞争,只能费九牛二虎之力从高处把剑猛刺进去,但他做不到,他刺了五次,五次都没能猛地刺进去。他都没有击中骨头,他确实不能把剑刺进去。观众正眼睁睁地看着一个人身上发生的不可思议的事,观众沉默得出奇。

我想,是安东尼奥用披风和穆莱塔把他葬送了。我为他难过。接着,我忆起了他在图德拉遇到的麻烦。在那里,他被一个酒瓶打了一下,可能那件事影响了他的下意识,造成了一个思想障碍,使得他不能用剑刺进去,就像一个畏畏缩缩的射手一样。可是,他再也不能妥帖地把剑刺进去杀牛了。他刺了五次,牛垂下了头,血液快流完了。他把穆莱塔扑在沙土上,让牛嘴垂得更低些,用宰牛剑刺入牛的颈部,把牛杀死了。

安东尼奥抽中了一头牛,跟这头牛玩不出什么花样。他证实了这一点,而在证实的过程中,换任何一个人都会被牛角抵伤或者给搞糊涂了。他随即干脆利索地把这头牛杀了。

表演结束的那天晚上,安东尼奥在楼上的房间里待着,淋浴过后躺在床上盖着被单,问我,"你怎么看?"

"咱们胜了他。"我答道。

"你满意了吗?"

"Socio。"我用西班牙语说道,这个词的意思是伙伴。我们为了不带感情色彩,总是这么相互称呼。

"我明天安排了一个惊喜。"他说道。

"什么惊喜?"

"在海边的沙滩上开一个小型野餐会。"

"今天晚上早点吃饭、睡觉。"

人们在斗牛的间歇时间不会担忧,不知道是什么原因,反正那年的夏季前后,这样的消遣方式可不少。虽然那一罐又一罐的桑格里厄汽酒确实很凉爽,会在那夜以继日又干又热的风中,迅速喷出泡沫,但我们也不是老喝酒。大决战即将来临,我们都很开心。开始的时候,我们先吃了一盘新鲜的绿色沙拉。我们吃了从海上新捕上来的大箬鳎鱼,西班牙人这么叫大马哈鱼,真是美味可口,还有一平锅西班牙海鲜饭,里面有多种多样的海鲜食品和带壳的水生动物。甜点吃的是西瓜,那个季节是晚了,但西瓜却正当时。返回镇里的路上,我们还看到了空前壮观的烟火。当天夜里,大量合奏的哗啦啦的管乐器和咚咚咚的皮鼓都闪闪发亮。接下来,伴随着隆隆的雷声,感伤的、闪闪发亮的柳树在天空上伸展枝丫。最后,北极光照亮了集市的大街。一切都结束了。在灯光点亮之前,在黑暗中,落下来好多棍棒。

我不知道路易斯·米格尔在巴伦西亚第一场决战前干什么了,也不知道他那天晚上睡得怎么样。人们告诉我,他那天晚上熬到很晚才睡,人们总是在出事以后说闲话。我只知道他对决战担忧,而我们并不担忧。因为他知道我隶属于安东尼奥的阵营,所以我没去打扰他,也没有问过他什么。我们还是好朋友。我既然看过他表演,也研究过他怎样对付各种各样类型的牛,我深信他是一个伟大的斗牛士,而安东尼奥则是一个前所未有的伟大的斗牛士。我深信,只要安东尼奥进攻得不要那么猛烈,只要他们降低票价,两个人同薪同酬的话,他和米格尔都会赚不少钱。只要安东尼奥得到的酬金跟米格尔不一样,他就会加快脚步,直到米格尔为了和他平起平坐或者胜他一筹而丧命或者身受重伤,无法继续演出才罢休。我知道,安东尼奥冷酷无情,有着古怪的、苛刻的自尊心,尽管这自尊心与利己主义并没有关系。后面的情况很复杂,而且有黑暗的一面。

路易斯·米格尔有着魔鬼式的自傲和绝对优越的感觉,这种优越的感觉在许多时候也是合情合理的。很久以前,他就曾经自称是最出色的斗牛士,对此,他自己深信不疑,而且这种感觉还会继续下去。这不仅仅是他相信的问题,这是他的信仰。现在,受了致命的重伤后彻底复原的安东尼奥严重伤害了他的自信,除了那次跟他同台表演以外,每次都那么表演。令路易斯·米格尔欣慰的是,每次同场表演的除了他们两个,总有第三个斗牛士,这样就不存在绝对的比较,自己无论如何都会比那个第三强。现在不一样了,他不得不单独跟安东尼奥在场上待了。以安东尼奥的表演方式而论,哪里有其他的斗牛士的立足之地?若是你得的酬金比他多,那就更难以立足。安东尼奥表演的时候有如河水泛滥,他前一年,以及今年一整年都是如此。

决战前一天清早,我出门绕着那座可爱的市镇漫步的时候,把情况总结了一下,就是这样。那天怎么过,我们都怀着听天由命的侥幸心理,结果却达到了目的。我们在一座古老、质朴、舒适的乡间房舍和猎人小屋里度过了那一天。冬季时节,那里会举行一些世界上最大的猎鸭集会。那里距市镇约 30 英里,坐落于大海与阿尔武弗拉湖稻米种植区与大片环礁湖中间的橘子种植园内,穿过橘树林来到海滩上,接下来的是绵延五英里的金松林白沙地,一间房舍都不见。狂风还在呼啸,惊涛拍岸。

在海滩上度过的那一天开心美妙。一整天,除了不吃东西或者踢足球,其余的时间都是在游泳。下午的时间过了一半的时候,我们决定不去斗牛场了,于是象征性地点了一堆篝火,把门票都烧了。然后，我们又断定这样可能会倒霉，于是踢了一会足球，游泳一直游到黄昏。我们往前游，游到离岸边的浪涛很远的地方，最后只好迎着向西退去的一股强大的海流游回来。大家都累得要死，于是，像身强力壮的野蛮人在精疲力竭之后一样，早早上床，倒头便睡。

安东尼奥睡得很香甜，很舒畅，充足的睡眠过后再醒来，心情愉快。我去选牛，刚刚回来。都是些来自伊格纳西奥·桑切斯和巴尔塔萨·伊班的漂亮牛，拥有真正的牛角。运气对于双方来说都是均等的。晚上起风了，白天又阴云密布。镇外的风比较大，不像是在七月末，更像秋季里的暴风来袭。

"你身体僵硬吗?"我问他。

"一点儿也不硬。"

"你脚没事吧?"我的右脚由于光脚运球踢球肿了。

"我的脚没事儿，我从来没感觉这么好过。今天天儿怎么样?"

"刮风，"我回答道。"风也太多啦。"

"也可能变小呢。"

风并没有变小，直到斗牛开始，路易斯·米格尔的第一头牛奔进场内的时候，大风还在劲吹，天空阴沉，像是暴风雨就要来临，看不见太阳。表演开始之前，我曾经进去看望过路易斯·米格尔，祝他好运。他还是一如既往地友好地微笑着，散发着那种熟悉的魅力，我每次进去都能感受到。可是，他跟安东尼奥在入场式上向斗牛协会会长敬礼，走过斗牛场的沙土地，来到围墙前面，他的表情一直严肃得不能再严肃了。

路易斯·米格尔的第一头牛冲了出来，这头牛体型高大，却没有超重，外形俊美，身体强壮，动作敏捷，两只牛角锋利、有效。它向马大力冲刺，看起来似乎是一头为米格尔准备的好牛。谁料被倒钩短标枪插入以后，它竟衰弱起来。米格尔试图以围墙为掩护撩拨它，可牛却不情愿待在那里。米格尔把它往外引了一点，一阵风刮过，穆莱塔被吹成了平面。米格尔动作熟练地调理着它，等它冲到一半路程的时候，运用智慧控制着它。他用牛做了一些精彩的闪躲动作以后，干脆利索地把它杀了。他刺入得还过得去，但我看得出他还是有障碍，他自身的技术被破坏过，还没有修复，不过，这点技术足够支撑他干脆利索地把牛杀掉。

安东尼奥的第一头牛比米格尔的第一头牛棘手。这头牛强壮有力、体型高大、双角锋利，却踌躇迟疑，爱冲着冲着就半途而废。安东尼奥迎着它闪转腾挪，让它不管有风是没风，都成长成为一头真正的牛。他以围墙木板为掩护，利用穆莱塔，通过忽而自我暴露着向它迎去的方式，让牛喜欢待在那里。就这样，牛情绪高昂起来，安东尼奥迫使牛集中注意力，不让注意力降低减弱，他左手低低的闪躲，让牛转过来，在胸前优雅地挥动穆莱塔，引诱牛角从自己胸前掠过。他把这些动作串起来，让牛误以为能挑刺到他，其实却恰恰是按照他的节律在进行。他的动作舒缓而优雅，堪称一个精彩回合。然后，他让牛摆了个标准姿势，卷起穆莱塔瞄准牛，猛地刺了进去，牛就像中了子弹似地随即倒下，送了命。剑刺中了高处的致命凹口的触点，可他们只给了他一只牛耳。他拿着牛耳绕场一周，第一回合他胜出。

伊格纳西奥·桑切斯提供的两头牛中有一头的牛角不好，被退回去了。兽医们选了巴尔塔萨·伊班牧场的一头牛来替代，这就是路易斯·米格尔的第二头牛。一开始，这头牛表现得很好，路易斯·米格尔的披风挥动得也很出色。他决意要赶超安东尼奥，于是对牛发起了猛烈的攻击。可是，到了应该使用倒钩短标枪的时候，观众要求路易斯·米格尔亲手插进去，他却不肯。我不清楚其中的原因，在我看来，长期以来，在他各种各样的表演动作中，这是他的拿手好戏。不知道是由于他的骄傲自大，要在自己的表演中击败安东尼奥，还是由于他在这头出现了迟缓征兆的牛身上觉察出了什么异常，我不得而知。观众非常失望。

米格尔这么做好像没错,因为这头牛迅速衰弱起来,而米格尔抢先一步,用穆莱塔非常精彩地挥动了一下,先是一个雕塑般向右闪躲动作,接着是一系列的纳图拉尔,一系列低低的、优雅的向左转的闪躲动作。把当时大风造成的困难和牛的状况考虑进去的话,他的这些动作令人钦佩。然后,他耍了几个马诺莱特式的小把戏,又赢得了观众的心。此时他应该做的就是杀牛,割下一只牛耳。就在他试图猛地刺进去的时候,原来的麻烦又出现了,身上的技术还是发挥不出来。他刺了四次,才把牛刺死。现在,他已经落后了许多,而天色更暗,风更劲了。大洒水车开进了斗牛场,把吹起的沙土打湿。在休息时间里,过道里没人多说话。

我们都为两位斗牛士而痛苦,为他们在大风中经受的考验而痛苦。

"这对他们俩都不人道,"路易斯·米格尔的哥哥多明戈对我说道。

"还越来越差啦。"我说道。

"他们应该把灯点上,"路易斯·米格尔的另一个哥哥佩培说道。"都完了以后,天就彻底黑了。"

米格利略正在把安东尼奥要用的斗牛斗篷弄湿,这样斗篷在风里就会重一些。

"太残酷了,"他对我说道。"多么残酷的风啊。不过他很坚强,扛得住。"

我沿着围墙走了过去。

"我不知道我用剑出了什么问题,"路易斯·米格尔靠在红漆木围墙上,说道。"我刺得太差劲儿啦。"他看起来很超脱,就好像评论的是别人,或者是一种让他迷惑的现象似的。"还剩一头,可能剩下的这头没问题吧。"

有几个朋友在跟安东尼奥说话,他充耳不闻,望着外面的斗牛场。他其实什么也没看,只是在想这大风。我跟他一起靠在围墙上,默默无语。

休息完了以后,安东尼奥的牛进场了。这头牛浑身乌黑,体型高大,牛角锋利,看起来很愚蠢。它没有兴趣追随披风。安东尼奥把它引到长矛手萨拉斯面前以后,它像马奔了过去,而每次长矛一刺到它,它就快速逃走。假如路易斯·米格尔和安东尼奥都被牛抵伤了的话,就会要求把牛引开,替补斗牛士只好上场杀牛,结果立刻就被牛挑刺,扔到了地上。安东尼奥用披风救了他。他的裤子被牛角扯开,一只鞋也丢了,胡安从沙地上把那只鞋捡起来,扔过围墙。

那头牛被倒钩短标枪刺中以后,变得更差劲儿了,无论如何也不肯冲刺。安东尼奥只好在风中握着鼓得像帆似的穆莱塔来撩拨它,让它转身站稳,好杀了它。因为穆莱塔被剑挑开以后,鼓得像一面帆,所以要杀牛,就全凭腕力了。我知道多年来,他的右手手腕一直不行,斗牛前总要用带子扎上,这样剑就不至于折断。此时,他并没有注意到手腕,可是他突入杀牛的时候,手滑脱了一点,剑没有笔直地刺进去。把牛杀死以后,他走进围墙,站在我身旁,脸紧绷着,脸色很难看,手腕像一个筋疲力尽的投手的胳膊似地垂着。灯火通明,我看到他的眼里闪过一丝狂热,这可是以往我在场内外从未见过的。他欲言又止。

"你想说什么?"我问道。

他摇了摇头,向外望着几头骡子把死牛拖走的方向。15 分钟以前刚刚被淋湿的沙土,被风吹成一道一道的,现在又吹起来了,在灯下看得出来。

"欧内斯特,这股风真是可怕,"他用一种刺耳的、奇怪的声音说道。在斗牛场上,除了生气的时候,我从来没听他的嗓音变过,而他生气的时候,声音是低沉的,从来也没有这么高亢过,这次的声音其实也不是高亢或者抱怨的。他是想证实一件事。我们都知道要出事,可是这一刻，也是我们唯一不能确定这件事会发生在谁身上的时刻。这一刻持续了片刻，只够说你一句话的。他从米格利略手里接过一杯水，喝了一口，吐到沙地上，没理会自己的手腕，直接伸手去拿那件沉重的披风。

在灯光下，路易斯·米格尔的最后一头牛冲进了斗牛场。这头牛体型高大，牛角锋利，速度很快。它在追赶一个短标枪手，把短标枪手追得跳过围墙，还撞破了防护板，用左角把木板撞成碎片。他还想越过围墙，但没有成功。长矛手进场以后，它冲得更猛，把马都撞翻了。路易斯·米格尔沉稳、谨慎地挥动着披风。风把他贝罗尼卡动作的主要弱点暴露无遗，所以他无法做出把披风挥过肩头的轻快动作。此时牛紧张万状，还想略略自控一下，所以用后腿刹住了脚步。米格尔不想把倒钩短标枪插进去，而观众却坚持要他插进去，比第一头牛坚持得还要厉害，然而他却拒绝了。观众可不喜欢他这么做，他们花了高价来看的场面之一就是，他把倒钩短标枪插进去。他正在失去观众的心，可他相信可以用穆莱塔让牛的情况好转以后，再做一个精彩的回合，就可以重新赢得观众的心。他在斗牛场里靠近围墙木板的地方尽最大努力找到了一处风最小，最容易撩拨牛的地方，拿着一个被水浸湿，沾满泥沙的穆莱塔走了出去。他叫人给他再往穆莱塔上洒点水，在沙地上拖了拖这块红哔叽布，让它更重些。

牛神气十足地冲了过来。他一手握剑，一手握着穆莱塔，对着牛做了两个雕塑般的动作。米格尔把红布提起来的时候，牛横着从布低下冲了过去。他看得出，牛还不在自己的掌控之中，所以做了四个很低的向右旋转的闪躲动作，惩罚了牛，把牛引了过去。接下来，看到牛好像在围墙木板避风的地方要醒过味来的样子，他把牛从那里引了出来。路易斯·米格尔又做了两个向右旋转的闪躲动作。此时的牛的状态似乎好起来了。然后，他开始做第三个闪躲动作，风吹开了穆莱塔，把他暴露出来。牛冲到红布底下，好像用右角挑中了他的腹部。

他飞到了半空中，牛用另一只角戳中了他的胯部，把他仰面朝天地扔到了地上。安东尼奥提着披风飞奔过去，想把牛引开，可是，还没等任何人赶到米格尔面前，牛趁机把躺在沙地上的米格尔刺了三下。我看得真切，牛的右角刺进了米格尔的腹股沟。

安东尼奥终于把牛引开了。路易斯·米格尔被牛刺到的那一刻，多明戈就跳过了围墙，此时正在把他拖开。多明戈、佩培以及那几个短标枪手把他抬起来，急急忙忙地送到围墙边上。我们七手八脚地把他抬过围墙，一路快跑，过过道，出看台下的大门，穿过走廊，直奔手术室。我托着他的头，路易斯·米格尔双手捂着伤口，多明戈用大拇指按着伤口，没有大出血，我们知道牛角没有刺中动脉。

路易斯·米格尔淡定自若，对每个人都客客气气，彬彬有礼。

"非常感谢，欧内斯特，"他把他的头托起来的时候，他说道。接下来，我们帮他脱衣服，用垫子把他的头垫高。塔马梅斯医生把他伤口处的裤子剪开。只有一处伤口，恰恰在右腹股沟。伤口呈圆形，约两英寸宽，边缘发青。此时的米格尔既然是仰卧着，那么出的血就都是内出血。

"你看，马诺洛，"路易斯·米格尔把一根手指放在伤口上的一个地方上，同时对塔马梅斯医生说道。"牛角从这里刺进去，从这里这么往上挑。"

他从自己的腹股沟到下腹部用手指画出了牛角挑刺的路线。"当时刺进去的时候，我都能感觉得到。"

"谢谢你，"塔马梅斯用西班牙语说道，语气既严厉又务实。"我会找出挑到哪里的。"

那间医务室就像一个烤箱，一丝风都不透，大家都汗出如浆。摄影记者无处不在，镁光灯闪个不停。从门口不断地涌进新闻记者和好奇的人们。

"我们现在马上就要动手术了，"塔马梅斯说道。"让这些人都出去，欧内斯特。"他接着又放低声音对我说道,"你也出去。"

现在,米格尔舒舒服服地躺在了手术台上,我对他说我会回来的。

"那就回来以后见,欧内斯特。"他说完,还微微笑了笑。他面色苍白,汗流满面,他的笑容温柔,充满爱意。房门口有两个民警,外面也有两名。

"让所有人都出去,"我说道。"不要让任何人进来,再派两个人守住门口,把门开开,好让屋里透点儿风。"

我并没有权利发号施令,可他们哪里会知道,而他们却正在听候命令。他们敬了个礼,开始清理手术室的人。我慢慢走了出去。到了看台下,便飞速向过道入口跑去,而头上,喝彩声一浪高过一浪。我到了外面黄色灯光里的红色围墙边上,安东尼奥正在挥动披风,闪躲一头体型高大的红牛,披风挥动得比我以往看到的还要贴近,还要舒缓,还要优雅。

他已经完全控制了那头牛,但只允许他用一根长矛。那头牛速度快捷,身体健硕,高昂着头。是安东尼奥要它快跑的,他等不到把倒钩短标枪插进去的时候。那头牛委实勇猛,而他却深信自己可以让牛把头低到一个合适的程度。此时的他,已经不在意什么大风,什么也不在意了。在这个集市日里,他得到了一头真正勇猛的牛。这是最后一头牛,任是什么也不能毁了它。他即将对牛所做的一切,都将留在观看的人的心中,成为终生难忘的记忆。

他把这头牛献给了胡安·路易斯,我们的前一天是在他的乡间房舍里度过的。他把帽子扔给胡安,咧开嘴笑了笑。然后,他对这头牛做了一个最伟大的斗牛士所能做的一切,并且做得比他们还要精彩。他以米格尔的那种向左、向右的旋转闪躲动作开始,双脚却纹丝不动,让闪躲动作的线条更加纯洁化,让牛在穆莱塔的柔和的舞动下腾空而起。牛角没有掠近他的可能。接下来,他改换成纳图拉尔,低缓优雅的、向左旋转的闪躲动作,让牛围着他一圈一圈又一圈地转个不停。观众对他的每一个闪躲动作都报以热烈的掌声。

他秀了自己可以多么舒缓,多么优雅以后,开始走近牛,开始秀自己可以让牛多么贴近,多么危险地冲过去。他已经出离理智,好像是在压抑着怒火表演。这情形简直太美妙了,可是他已经超过了不可能的极限,正在一个接一个连续不断地做着任何人都做不来的动作,并且做得轻松愉快。我想让他停下来,把牛杀了,而他却正陶醉其中,不仅如此,他还是在自己挑选的一块地方做的,系列与系列相连,动作与动作相连,闪躲动作环环相扣。

最后,他让牛摆好姿势,好像依依不舍道别的样子。他卷起穆莱塔,挥剑猛刺,刺中了骨头,剑也震弯了。我正为他的手腕担心的时候,他却已经让牛站好,把剑收拢起来,再次从高处挥剑猛刺,剑没到了剑柄。他站在这头红牛身旁,举起了一只手,面无表情地注视着牛,直到牛倒下来,死了。

他们把两只牛耳都给了他。他到围墙边取帽子的时候,胡安用英语对他大声喊道,"你太过分啦。"

"米格尔怎么样啦?"他问我。

有人从医务室捎来话说,牛角刺得一直伤到腹肌,腹膜被刺得裂开了,不过没刺到肠子。路易斯·米格尔麻药的药效还没过,没清醒过来。

"他没事儿,"我说道。"牛角没刺穿肠子。他现在还没醒过来。"

"我去把衣服穿上,咱们一起去看看他,"观众冲进场来,向他奔去,要把他抬出场,他要把他们推开,可是他们人多势众,终于把他扛到了肩上。

斗牛场里那间刷得雪白的医务室有三张床位,闷热得像西非的塞内加尔监狱的牢房。他们用担架把路易斯·米格尔从那里抬到皇家大饭店有空调的房间,准备第二天清早再用飞机送往马德里。安东尼奥换好衣服以后，我和他立刻就去斗牛场看米格尔。

"我是见习斗牛士的时候，我们三个斗牛士在这里睡过一夜，"安东尼奥说道。"当时跟现在一样热。"

我们在斗牛场医务室见到路易斯·米格尔的时候，他身体虚弱、疲惫不堪，不过精神挺好。为了不让他累着，我们随即就离开了。他开玩笑，提起我对民警发号施令那件事。多明戈说，他从麻醉状态清醒过来以后，说的第一句话就是，"欧内斯特要是只会写作的话，他会是一个什么样的人呢？"我们三天以后又会在马德里的鲁贝尔疗养院团聚了，安东尼奥住三楼，路易斯·米格尔住一楼。他们15天以后要在马拉加进行他们的第二场决斗。那一年的情况就是这样。

翌日清晨，自潘普洛纳开始就一直在一起的人们要各奔东西了，这令人伤感，谁也不愿意分离。安东尼奥第二天要去帕尔玛—德尔略尔卡表演，第三天要在马拉加表演。我们剩下的这些人驱车向阿利坎特驶去，接下来，穿过椰枣树林和穆尔西亚平坦、富饶、拥挤的农场与果树地区，经过洛尔卡城，向上进入荒凉的深山山区，沿着一个个人迹罕至的峡谷，以及粉刷成粉白颜色的房屋和一群群一路扬起尘土的绵羊、山羊向前，最后在黑暗中向下驶出丘陵地带，经过他们枪毙了弗雷德里科·加西亚·洛尔卡的那个山谷谷口，望到了格拉纳达的点点灯火。我们在格拉纳达过夜。清晨，阿尔汉布拉宫里的空气既清新又凉爽。我们及时赶回了"领事馆"，正好可以吃顿饭，然后下去到马拉加观看斗牛表演。

第二天的早晨，我和比尔驱车进入马拉加的时候，听说安东尼奥在帕尔玛—德尔略尔卡受了伤，右大腿被牛角挑刺，抵伤，可他用穆莱塔出色地完成了任务，突入后干脆利索地把牛杀了。他们给了他一只牛耳。斗牛结束以后，他们用飞机把他送到了马德里。

我们想方设法给马德里打长途电话，却延误了五个小时或者不止五个小时。当天晚上飞往马德里的飞机没有空座,第二天上午有没有空座也说不好。我有一种强烈的预感,他的伤势要比听到的严重。比尔说道,"你要是不放心,我们为什么不吃完午饭就开车过去呢?说到底,我们现在对这条路也熟悉啦。"

于是我给卡门发电报说我们第二天上午到,还替大家传了口信,带了好。比尔的理论是,尽管西班牙的路危险的转弯和下坡路多,我们此行还要翻越四座山脉,但是夜晚行车反而会比较安全,因为这个时段路上几乎没有往来的大车,也没有牛群和羊群,更不怎么会出现私家车。从地中海往首都运鱼的大卡车以及其他开夜车的卡车司机都是业务技术熟练的驾驶员,用灯适度,对其他司机有益无害。由于我们都喜欢观赏乡村景色的缘故,所以我们通常会想方设法白天行车,可是比尔的夜间行车理论有理有据。于是,我们及时赶到了马德里搞了点东西吃,还睡了一会儿,等到安东尼奥一醒,就到医院去看他了。

安东尼奥在悠闲自在地休息,见到我们很快乐,一副兴高采烈的样子。

"我就知道你们会来,"他说道。"卡门没收到电报之前,我就肯定你们会来。"

"怎么回事?"

"伤口比他们预测的要深,往上进了肌肉,比我预想也要深。对于康复不利的是刺进了已经结痂的旧伤疤,还在正中间。"

"你当时干什么来着?"

"总是你的错,可我却没猜错。"

"因为风吧?"

"就是,不过是在另一个斗牛场上。"

他不想多说,只说了伤口治疗的技术细节,还有治愈需要多长时间。

"慢慢来,"我说道。"我去跟马诺洛和卡门说说,下午再来看你。"

"我给米格尔送个信儿吧,我来写,卡门可以把它系在一根绳子上从窗外吊下去。"

卡门非常高兴,如释重负的样子,因为安东尼奥只是受了点轻伤,她哥哥的伤口也很侥幸,恢复得也很好,所以她表面看起来,跟我们生日那天一样的兴高采烈。

安东尼奥写完了口信,卡门和持剑人米格利略用一根绳子把它用绳子扎起来,绑到一个开瓶器上,往下放到米格尔的窗口。口信的内容如下:"作家海明威先生恭敬地敢问一声,斗牛士路·米·多明吉是否同意接见他。"口信有了回音,上面写着:"倘若斗牛士安·奥多涅斯不怕这一见被路·米·多明吉传染上荨麻疹的话,那就来吧,热烈欢迎。"

路易斯·米格尔身体状况很好,温柔亲切,兴高采烈。他的夫人端庄娴静,美丽迷人。我认为,不管他原来为什么心事沉重,现在已经如释重负。他看透了,原来的信心又回来了。安东尼奥也负伤了,这让他振奋起来,现在一点也不忧心忡忡了。

马拉加周日的那就场斗牛是以路易斯·米格尔和安东尼奥为基础的,所以他们只得竭尽全力进行补救,把节目安排好。然而,路易斯·米格尔和安东尼奥的阴影却笼罩着他们,在他俩缺席的情况下,所有的斗牛士都出来想胜过他们,大概这也是他们选出的胜过他们的最佳地点。

第十一章

马拉加。又一次对决。
安东尼奥让每一个闪躲动作仿佛进入了永恒。
……把死亡变成自己的伴侣一般。

　　马拉加集市结束了,"领事馆"内又恢复了往日的平静,令人愉悦。每天傍晚,斗牛表演结束以后,我们从斗牛场或是步行、或是坐一辆马车,回到米拉马酒店。那里的酒吧和露台面朝大海,傍晚时分总是坐满了夏季游客、本市的有钱人,以及斗牛粉丝、斗牛士的追随者、斗牛士、经纪人、养牛人、新闻记者、观光客、垮掉的一代、夏季双性的变态、熟人、朋友、贵族、可疑分子、摩洛哥丹吉尔来的走私商人、穿牛仔裤的正派人、穿牛仔裤的不正派人、老朋友、过去的老朋友、卖饮料的小贩和一些人物。这种生活跟潘普洛纳的健康可爱而又火热,以及我们在巴伦西亚的淳朴生活大相径庭,但在某种程度上,这种生活是滑稽有趣、兴味盎然的。我只喝酒吧服务员放在酒吧后面的一个冰桶里冰镇的坎帕纳斯酒。每当周围谈话的声音到达动物园鸟笼的分贝时,我们就会看我们认识的两个小孩在低一点的平台的木地板上跳舞。那里的餐桌一直延伸至大海。不过,结束的时候,我们还是感觉如释重负,没人来,或者向你打听,或者像更常见的那样,没人跟你讲那些你见过然而却不想谈论、不想解释的事,这本身就是一个乐趣。

　　安东尼奥已经出院了。他到路易斯·米格尔的牧场上的斗牛场进行训练。我们听说如果路易斯·米格尔状态好的话,会在 8 月 14 日进行下一场斗牛表演,还听说安东尼奥要在那场斗牛前下来,到"领事馆,进行训练,此外,我们一无所知。

距演出还有三天的时候,安东尼奥和他的朋友伊格纳西奥·安古洛来了。这是一个讨人喜欢的年轻人,来自巴斯克,跟他年纪相仿,我们都管他叫纳特乔。安东尼奥说自己那条腿不碍事,只是瘢痕上的伤口恢复得比平时慢。他迫不及待地要跟路易斯·米格尔进行下一场对抗赛,不过他不愿意去想这场对抗赛,不愿意去想斗牛,不愿意去谈斗牛。他意识到了在巴伦西亚斗牛前夕在海滩上度过的那一天的好处,于是我们到那里把那天没过完的时间补上。接下来,吃完了几顿乐乐呵呵、逍遥自在的午餐和耗时很长的快乐晚餐,游完泳大睡一觉以后,已经是对决的前一天了。谁也没有提到过斗牛,还是安东尼奥终于开了口,"我明天要去市里的旅馆换衣服了"。

那是我所见过的最伟大的决斗之一。路易斯·米格尔和安东尼奥都来参加了,也都把这场对决看做是他们人生中最严肃的大事。路易斯·米格尔经过巴伦西亚重创的历练,伤口恢复得多么侥幸,还让他找回了信心,曾几何时,他的信心在安东尼奥完美得令人难以置信的表演和雄狮般的冲动和勇气下受到了伤害。而安东尼奥在帕尔玛—德马喀尔卡被牛戳伤一事说明,他也不是金刚不坏之身。非常幸运的是,路易斯·米格尔并没有看到安东尼奥在巴伦西亚与最后那头牛搏斗的时候所用的绝招,假如他看见了的话,我真会认为他就不会愿意与他同台献艺了。路易斯·米格尔虽然很爱钱,也爱钱可以买到的一切,但他并不需要这笔钱。对于他来说,更重要的是他自认为自己是当代在世的最伟大的斗牛士。其实,他已经不是最伟大的斗牛士了,但那天他是第二伟大的斗牛士,他的确非常伟大。

安东尼奥带着在巴伦西亚赢得的全部信心来参加这场斗牛。在马喀尔发生的事情,对他来说是鸡毛蒜皮,那只是他犯的一个小小的错误,他提都不想跟我提及,以后也不会重蹈覆辙了。很久以来,他都十拿九稳，作为斗牛士，自己比路易斯·米格尔优秀。而上次在巴伦西亚，他已经证实了这一点，他迫不及待地要在明天再证实一下。

　　牛都是从胡安·佩德罗·多梅克的牧场上运来的，除了第一头牛以外，没有什么明显的差异。不过，有两头对于除路易斯·米格尔和安东尼奥以外的斗牛士来说可能会很棘手。路易斯·米格尔斗第一头牛的时候，看起来面色苍白、疲乏、憔悴。这头牛很危险，用角朝两边乱顶乱刺。路易斯·米格尔虽然很疲乏，却还是优雅地控制住了它。这不是一头可以让他显示出自己优秀的牛，而他还是运用自己的聪明才智和熟练的技术把它应付得很好，根据这头牛的条件，尽其所能地做了一些闪躲动作。杀牛的时候，他刺得很稳，可是剑却向旁边滑了出去，剑尖从牛肩胛后面鼓了起来。一个短标枪手把披风一挥，把剑拔了出来。路易斯·米格尔用杀牛剑第一次突入就把牛杀了。我在围墙边上看着，为米格尔的脸色而担忧，但愿他下次用剑的时候更有效，虽然这次是个意外，可我还是忧心忡忡。

　　还有一件让我忧心忡忡的事，那就是在场的众多摄影记者和电影制片人。他们以前没有在斗牛场工作的经验，不知道在斗牛士撩拨牛的时候，牛看到的一切风吹草动都会让它分心、冲刺，同时使得牛不受斗牛士的红布控制，使斗牛士不明就里。对此，围墙过道里的人都懂，所以从头到尾小心翼翼，走动的时候，头都不会从围墙上冒出来。一旦直面牛的时候，绝对纹丝不动，一声不吭。若有缺德或者无耻的斗牛士靠在斗牛场的围墙上，只须似乎漫不经意地一撩披风，就会把牛的注意力转移到正准备突入杀牛的另一个斗牛士身上。

　　安东尼奥的第一头牛出场了。他用披风把它引了过去，好像他在创造斗牛，而这一创造从一开始就是绝对完美的。整整一个夏天，他一直在这样斗牛。在马拉加的那天，用猎取、搜索、寻觅、紧贴牛的身体等充满诗情画意的动作，再次超越了自己。接下来，他用穆莱塔轻柔舒缓地做出雕塑般的闪躲动作，把这一漫长的回合做成了一个诗篇。他只一剑就完美地把牛杀了，剑锋所刺之处，在死亡凹口下一英寸地方。他们给了他两只牛耳，观众要求把牛尾也给他。

路易斯·米格尔的第二头牛快步小跑着进场了。我想命运改变了，他现在运气可真差啊。让这头牛稳稳地站一会儿再向马冲刺都难，牛身上刺进的长矛都稳不住它。我站在米格尔的角度，觉得情况每况愈下，而他却无怨无悔地承受着。他不能跑过去插短标枪，可他指挥手下往哪里插，指令明确。那几根标枪让牛略微稳定了一点点。

路易斯·米格尔用两边旋转的又低又慢的闪躲动作把牛引了过去，开始用穆莱塔教导它。他终止了牛快步小跑的倾向，束缚着它只从一个地方向前冲，然后循着他为它创造的节奏跟随着红布行动。他在红布下，高高地闪躲着牛，然后右手握剑，从髋部斜斜地伸出去，开始以低低柔柔、摇曳的纳图拉尔闪躲动作撩拨牛。

路易斯·米格尔身材修长，身体笔直，面无笑容。他在自己选定调教牛的位置纹丝不动，把穆莱塔调整到牛视线的正常范围内，这样牛就不会缩脖子了。他开始让牛围着他转，这种纳图拉尔动作，是何塞利托会记录在案的天才动作。他用了一个漂亮的胸前闪躲动作结束了这一回合，这个闪躲动作就是让穆莱塔的皱褶从牛角到牛尾扫过牛的全身。他让牛摆好姿势，用木棒卷起穆莱塔，瞄准了高处，用尽全身力气完美地刺了进去。这是本次斗牛过程中一剑索命的第三头牛。米格尔跟这头牛斗得很美。他只好撩拨牛来与他斗。现在，他把剑收回来了，也收回了他的全部自信。他带着一种不以为然的微笑进来了，态度谦虚地接受了牛尾和两只牛耳，拿着它们绕场一周。我注意到米格尔走的时候拖着被第一头牛踩踏过的右脚，不过他却毫不掩饰。我知道他走路的时候右脚疼，他也不觉得它完全靠得住。他当时表演得太绝妙了，我从来都没有像那天那么钦佩他。

我当时以为，安东尼奥这次挥动披风的动作不会超过他斗第一头牛时的动作，然而他却超过了。我在围墙那里注视着他，设想他是怎么做到的，怎么会一直做得到，怎么做得那么优美动人。是贴近和舒缓，刻画出的形象；是贴近和舒缓，让每一个闪躲动作仿佛进入了永恒。不过，让动作如此动人的，是他注视着死亡从他身旁走过时的全然自然和传统纯朴的神韵，仿佛他正以一体化的、不断上升的节律俯瞰着死亡，帮助着死亡，把死亡变成自己的伴侣一般。

　　这次一开始，他用穆莱塔做了四个伟大的、低低的闪躲动作，做的时候把右膝和右腿都在沙土地上伸开，以此来控制牛。每个闪躲动作都是实践的典范，而不是冷冰冰的动作。动作做得这么贴近，所以每一次的闪躲过后，牛角都在离他大腿或者胸部不足毫米的地方掠过。而牛角过去以后，他的身体也从来没有靠到牛身上过。这里并没有什么花招，每一次闪躲都让注视着斗牛士和牛的观众屏息静气半晌。安东尼奥挥动披风，我不担心。虽然每一次闪躲对于斗牛士来说确实是极其困难和危险的，然而在这个绝妙的回合过程中，我的心放得很宽。这头牛很好，比米格尔的要好得多。安东尼奥跟它斗得很愉快，于是来了个完美无瑕、精彩绝伦、感天动地的回合。他没有让这种状况延续太久，只用完美的一剑，就把他的朋友杀了。

　　迄今为止，四头牛都是一剑杀死的，而这次斗牛是一个耗时漫长，一步步走向高潮的过程。他们给了安东尼奥牛尾和两只牛耳，一条带牛蹄的下半段牛腿。他绕场一周，逍遥快乐的样子就像我们在游泳池旁边似的。观众要求他再接受一次欢呼，他请路易斯·米格尔和这些牛的饲养员胡安·佩德罗·多梅克先生跟他一起出去。

　　现在轮到路易斯·米格尔了，他双膝跪倒，用一个拉尔加—坎比亚达动作把牛引了过去，让牛的一只角差一点就刺到他，再用披风彻底摆脱了牛。这头牛很好，路易斯·米格尔充分利用了它。长矛刺得很好，路易斯·米格尔把倒钩短标枪也迅速刺了进去。我在围墙边，觉得他看起来疲惫不堪，而他却对自己的身体状况全然不在意，一点儿也不跛了，并且以同样的热情撩拨牛，就像一个初入斗牛行如饥似渴的小伙子似的。

他用穆莱塔把牛引到围墙靠外一点的地方,自己被贴着围墙的木板,人坐在围墙里的边沿上,所谓边沿就是环绕围墙内部的一圈木板,斗牛士踏着这些木板,就可以翻越围墙。他闪躲了五次牛,让牛从他伸出的右胳膊下面冲过去,右胳膊用那块展开的红布给牛指明了冲刺的道路。牛每次都呼哧呼哧地喘着粗气冲过去,身上的倒钩短标枪咔嗒咔嗒地响,牛蹄重重地踏着沙土地,牛角贴近米格尔的胳膊掠过。这情形看起来像是自杀性的,而对于一头勇往直前的好牛来说,不过是一个相当危险的花招而已。

然后,米格尔把牛往外引,引到斗牛场的中央,可是用左手做一些传统的闪躲动作。他看起来很疲惫,然而却信心十足,动作做得非常好。他左手握着穆莱塔,用优雅的风格做了两套八个纳图拉尔闪躲动作,然后向右闪躲了一下,牛从后面向他冲了过来,刺到了他。从我靠着的围墙边看去,好像是一只角刺中了他的身体。牛把他甩到足有六英尺或者更高的空中,他的四肢大张,穆莱塔和剑全甩出去了,头朝下摔了下来。牛踏到他的身上,两次想把角刺进去,两次都没有刺着。所有的人都展开披风,冲进了场内。这次是他的哥哥佩培翻越围墙,把米格尔拖开了。

他随即站了起来,牛角并没有刺进他的身体,而是从他的两腿间穿了过去,把他抛了起来,他毫发未伤。

米格尔对于牛的所作所为并不在意,只是挥挥手让大家都走开,自己继续做连续劈刺的动作。他把牛抵到他的时候做的闪躲动作又做了一遍,随后又重复了一遍,仿佛是要给自己和牛一个经验教训似的。接下来,他以数学般的精准贴近牛做了一些其他闪躲动作,对牛刚才的所作所为根本没放在心上。他的闪躲动作更加深情款款,还带了些许小把戏,观众更喜欢这些。而他的搏斗干净利落,根本没有卖弄打电话那样的花招。然后,他杀牛杀得很精彩,猛地一剑致命,就好像他这一生用剑从来没有过麻烦似的。安东尼奥得到的，他们也都让他得到了，他确实也应该得到。他绕场一周，此时腿已经僵硬，要掩饰腿瘸已经不可能了。他把安东尼奥喊出来，跟他一起站在斗牛场中央向观众致意。斗牛协会会长下令把牛也抬着绕场一周。

五头牛被五剑刺中，当场毙命。此时，最后一头牛进场了，安东尼奥拿着披风向前逼近，开始做那些长长的、舒缓的、绝妙的闪躲动作，观众席上的喧闹声立刻沉寂下来，每个闪躲动作都会引来观众的欢呼声。

牛被长矛刺中以后，虽然刺得很合适，牛却好像有点瘸，我想是牛在试图突破五大三粗的保护人向马冲刺的时候，一条前腿碰到了长矛上受了点轻伤。弗雷尔和霍尼把倒钩短标枪插进去以后，牛的腿也不瘸了，或者说至少是缓解了。可是安东尼奥用穆莱塔把牛接手以后，牛在冲刺的时候还有点儿忐忑迟疑，有用前蹄止步不前的趋势，没有做到勇往直前。

我靠在围墙的木板上，注视着安东尼奥怎么解决这个问题。他贴近牛接下了牛的短暂冲刺，然后熟练地延长牛的冲刺。他用穆莱塔舒缓的动作让牛动起来，裹进红布里，几乎在不知不觉间延长了牛的冲刺，最后，牛从较远处朝那块红哔叽布凶猛地冲了过来。观众对这一过程一点也没看见，他们只看见一头踌躇迟疑，不乐意冲刺的牲口，瞬间变成了冲刺得完美无缺，好像非常勇敢的牲口。他们并不明白，假如安东尼奥像大多数斗牛士那样，为了让观众看到是牛不肯冲刺，所以只在牛的正面撩拨的话，那么牛就绝不会冲刺，斗牛士也只能做些半闪躲动作或者突然转向。相反，他却教牛好好冲刺，整个角都掠过他。他教牛做真正算得上危险的事，然后再把险情控制住，绝妙地运用自己胳膊和手腕的控制力把牛的冲刺延长，直到他能够像对那两头容易控制的牛一样，做出同样雕塑般优雅的闪躲动作为止。所有这一切，观众都没能看出来。在他对牛做完了所有的了不起的闪躲动作，以同样纯洁的线条和富有感情色彩的贴近，适度的危险完成这些动作以后，观众还以为他又抽中了一头伟大的、高贵的牛呢。

他与牛完成了一个最后完美无瑕、充满感情的回合，在这些长长的、舒缓的闪躲动作中掌控了牛。不过，每一次的闪躲动作，假如他太心急，稍微鲁莽一点点，牛都会在冲刺中突入，抛开红布，戳到他。这是世界上最危险的斗牛方式，他在斗最后这头牛的时候，全面教授了这一方法。

现在要做的只有一件事了，他要把牛无懈可击地杀了，即放弃自己的优势，尽管剑刺的位置稍微放低或者稍微放偏一点的话，剑还是能够刺进去的，只是危险性不及刺中骨头强。为此，他卷起穆莱塔，用剑瞄准肩胛骨之间的凹口高处，从牛角的上方刺进去，左手放低，用红布导引着。他与牛合成了一个牢固的物体。他从牛角上撒手以后，长长的、致命的钢剑没到了剑柄，牛的主动脉已经被切断了。安东尼奥注视着牛四腿痉挛，摇摇晃晃、重重地倒在地上，尸体滚了几滚。第二场对决结束了。

观众的歇斯底里还没有结束，牛耳、牛尾、牛蹄、牛都被抬着绕场一周。两个斗牛士，以及从多梅克牧场把牛送到斗牛场的主要养牛人也以胜利者的身份绕场一周，现在正被观众扛在肩上，送往米拉马酒店。接着，就是庖厨解牛，还有大型斗牛结束后空虚、净化了的情绪，我们对彼此所说的话，以及当天晚上在"领事馆"的晚餐。翌日清晨，我们搭乘一架包机到法国的巴荣纳斗牛场去，如果运气好的话，把这套表演再重演一遍。电报和无线电早已把统计资料传了出去：十只牛耳、四条牛尾、两只牛蹄。然而这一切都毫无意义，重要的是，这对姐夫和小舅子进行了一场近乎于完美的斗牛，没有人耍弄阴谋诡计，没有经纪人或者赞助人使阴招，他们没有深受其害。

第十二章

巴荣纳。雷亚尔城。
安东尼奥在口袋里揣着死亡到处走。

大清早,从马拉加起飞,越过群山和拉曼查与卡斯蒂列的高原,景色十分美丽。然而,看到那些陡峭险峻、高低不同的山脉,让我意识到,假如驱车自驾游的话,这条路该是多么好看。在我们还没有在马德里着陆,动身去法国之前,飞机的正、副驾驶员让路易斯·米格尔和安东尼奥坐在他们的座位上,而据我所知,他们俩都没有飞机驾照。我不知道还有哪个国家会发生这样的事情。这理论支撑很显然就是:斗牛士无所不能。本来在那段时间里,我应该欣赏黄色的田野上一条条的道路和褐色的镇市的。我竟然汗流浃背地在各种各样的高度上飞,飞机突然发生偏离的时候则俯瞰着下面冷漠的地面,直到飞行员接手过去。

比亚里茨机场是新近建成的,设计合理,绿化得很好,很美观。当时正下着大雨,还有一股来自比斯开湾的暴风。下午,太阳出来的时候,巴荣纳空气清新,一切都是新洗过的。镇上人头攒动,旅馆利只有一间房,我和安东尼奥同往。他斗牛结束离开以后,我就接着住那间房。他次日要到西班牙西海岸的桑坦德去表演,然后到雷亚尔城去。8月18日,他和路易斯·米格尔即将在那里再次进行面对面的决斗。我要在巴荣纳待一晚,观看路易斯·米格尔斗牛。与此同时,安东尼奥在桑坦德斗牛。然后跟米格尔一起飞往马德里,再到雷亚尔城去。

斗牛场的门票几天前即已售罄。虽然阳光灿烂，天却灰蒙蒙的，沙土地又湿又沉。根据第一流牛的标准来看，那些牛体型都矮小。有些牛角被削得很短很厉害，然后重新削尖、磨光，让它们看起来好像是天生的，所以，我不可能把这场斗牛视为这两个人之间的真正检验。

路易斯·米格尔因为在马拉加被抛起来，摔得膝部发僵。那天夜里，僵硬得更厉害了，乘飞机长途旅行也没有缓解。他对自己的腿没了信心，内心也没有了安全感，对此，他也心知肚明。他只能装出正常杀牛的样子。他的两头牛都很棘手，而他也没有了斗牛的熟练技巧。他的第二头牛格外出色，于是他抖擞精神直面危险和痛苦，把披风挥舞得出神入化，又跟牛表演了一个绝妙的回合，还以观众喜爱和期待的那些花招作为这一回合的结束。他表演了这一切，看起来身体状况很好。他很快就变成了真正的悲剧，虽然当时知道的人寥寥无几，可是他还是努力绝对不一瘸一拐，也不在任何一头牛身上找借口。路易斯·米格尔弯着胳膊几乎垂直着刺进去，把他这头唯一的好牛杀了。他的剑刺得非常准确到位，他们把两只牛耳都给了他。对于自己的最后那头牛，他没有作为，只是勇敢地承受，竭尽全力独自承受。我相信马拉加是他的巅峰状态，他再也无法到达那种状态了，我为他而难过。

安东尼奥在斗自己的三头牛时毫不留情地打败了米格尔。他有两头牛比米格尔的好，而米格尔跟一头劣质牛表演得让人难过以后，安东尼奥却像赛车手似地加倍努力，超越了一个丧失能力的竞争对手。他用披风、穆莱塔和剑又做了一场才华横溢的表演。他割下了两只牛耳。路易斯·米格尔以在接下来的那头牛身上卓越表演来回应他的表演，也割下了两只牛耳。安东尼奥在下一头牛身上加大了力度，表演得让任何一个斗牛士都无法望其项背，米格尔也只能甘拜下风。他付出的努力，比需要击败米格尔需要付出的多了四倍。他只一剑就刺中了牛,再次割下了牛尾和两只牛耳。我在围墙边上可以看到,为了刺准,他把剑稍微放低了一点,而他的侧面靠得很近,张开嘴深深地吸了一口气,从牛角上方猛地刺了进去。

最后,米格尔在最后一头倒霉的牛身上栽了,而安东尼奥却更加冷酷无情了。他对自己的最后一场精益求精,让这场更加稳定可靠,更加危险,还加了几个他知道会讨喜观众的招式,最后努力刺入致命凹口最高处。他刺中了骨头,又尝试了一次,又刺中了,这头牛像前一天最后那头牛似地死了。他把两只牛耳都割了下来。我回到房间的时候,他已经动身去桑坦德了,浴室地上扔着一双沾满泥的斗牛鞋。

第二天傍晚,暮色苍茫,我们和米格尔,以及前一天午餐时我见到的米格尔的一些老朋友,坐在迷人的比亚里茨机场的露台上喝了好长时间的酒,然后乘包机飞往马德里。接下来的那天,路易斯·米格尔和安东尼奥即将在雷亚尔城再次面对面地决斗,雷亚尔城在拉曼查边界,距马德里以南196公里。这些搏斗无一例外都是激烈的搏斗,而这一场会很惨烈,是这四天之内第三场面对面的对决。接下来的那天,安东尼奥要到西班牙遥远的北方巴斯克乡下的毕尔巴鄂表演,而米格尔隔一天也要到那里表演。大家都疲惫不堪,我们都沉沉入睡了,感觉飞机在巴拉哈斯降落了才醒。

从潘普洛纳开始,霍奇和安东尼奥一直在转换身份,安东尼奥对于自己拥有两个截然不同的身份洋洋自得,这两个身份一个是普通人,一个是斗牛士。他在私人生活中想要休息的时候,他就会跟霍奇对换一下身份,他管霍奇叫佩卡斯或者埃尔·佩卡斯,就是"雀斑脸"的意思。他很欣赏霍奇,而霍奇也非常喜欢他。

"佩卡斯,"他总是这么说。"你就是安东尼奥。"

"好吧,佩卡斯,"霍奇就总是这么回答。"你最好给老爹的故事写个电影剧本。"

"告诉他，我现在正在写，已经写了一半了，"安东尼奥就会对我说道。"我今天写了一整天呢，还打了棒球。"

斗牛当天子夜时分，安东尼奥总会说道，"现在，你又是佩卡斯，我又是安东尼奥了。你愿意从此以后只做安东尼奥吗？"

"你告诉他，他可以做安东尼奥，"霍奇总是这么说。"我绝对一点儿问题都没有，不过我们最好把表调准，这样就可以十拿九稳了。"

我们要去看雷亚尔城面对面对决的那天，时间已过子夜。安东尼奥想让霍奇在自己的房间换上一套自己的衣服，把他作为替补斗牛士，带进斗牛场。假如路易斯·米格尔和安东尼奥双双负伤的话，替补斗牛士就得把牛杀掉。安东尼奥想让霍奇在斗牛那天和斗牛过程中当一天，或者好歹当一会儿安东尼奥。这绝对是不合法的。我不知道要是有人看见了这样的霍奇，会怎么重罚。当然，霍奇也不会真地去做替补斗牛士，可是安东尼奥要他以为他就是替补斗牛士。他会进场给安东尼奥做一个额外短标枪手，而大家都会以为他是替补杀手。

"你愿意这么做吗，佩卡斯？"安东尼奥问霍奇。

"自然愿意啦，"霍奇说道。"谁会不愿意呢？"

"这才是我的佩卡斯。你知道我为什么喜欢佩卡斯吗？谁会不喜欢呢？"

这家古老、昏暗的旅馆楼梯狭窄，房间里既没有淋浴设备，也没有浴缸，我们在人头攒动、人声鼎沸的餐厅吃了一顿美味的农家饭。雷亚尔城人山人海，到处都是从附近村庄赶来的人。该城坐落在一个大酿酒区的边缘地带，人们热情嗜酒。霍奇和安东尼奥在安东尼奥的小房间里换衣服，米格利略在帮他们。这是我所见过的最轻松的准备工作。

"我究竟应该做什么呢？"霍奇问道。

"我们等候出场的时候，我做什么，你就做什么。胡安会安排你,照顾你,保证你不出问题。然后像我们一样进场,我怎么做,你就怎么做。然后,到围墙后面去,跟老爹待在一起,不折不扣地按他说的去做。"

"假如非得让我杀牛的话,我怎么办?"

"这是什么态度?"

"我就是想了解一下。"

"老爹会用英语告诉你应该做什么。你怎么会有一丝一毫的困难呢?不论我和米格尔做错了什么,老爹都会明察秋毫,这是他的老本行,他就是这么赚钱的。然后他会告诉你我们错在哪里,你认真听,不重蹈覆辙就是。然后,他会告诉你怎么杀牛,不折不扣地照他说的去做就是。"

"切记,你决不能第一次出场就丢斗牛士的脸,佩卡斯,"我说道。"那样是不友好的,起码要等你加入了工会以后再说。"

"我现在可以加入工会吗?"霍奇问道。"我钱包里有钱。"

"不要往钱上想,"我翻译完了以后,安东尼奥说道。"不要为工会或者任何商业性的组织而担忧,只想着你多么伟大,还有我们为你而骄傲,对你充分信任。"

最后,我下楼去看看别人,留下他们两个在那里互表忠心。

他们下楼以后,安东尼奥是一如既往的斗牛前的脸——阴沉、矜持、聚精会神,眼睛半睁半闭,不看外人。霍奇那张满是雀斑的脸和第二守垒员似的侧脸,就像一个见过世面的见习斗牛士面对着第一个大机遇似的。他忧郁地对我点了点头,安东尼奥的衣服他穿得正合适,谁也看不出他不是斗牛士。

接着,我们进了斗牛场,在红色大门前面粉刷成白色的砖墙旁,拱形看台下等候。霍奇背对着砖墙,站在安东尼奥和路易斯·米格尔之间,看起来相当像模像样。

即将开始的表演对安东尼奥产生了一定的影响,但他在尽量让自己像以往一贯的那样，在大门打开之前进入若无其事的状态。很久以来，所有的斗牛表演都给路易斯·米格尔带来负面影响，自马拉加开始，他更紧张了。

我绕了一圈，看看长矛手怎样上马，于是明白自己必须走出大门，从过道绕着斗牛场，到应该与米格利略会合的地方去，因为他总是把用具放在那里，我得等入场式结束以后，在那里等候安东尼奥和霍奇。我对短标枪手、路易斯·米格尔和安东尼奥说了几句话。

有人向我走来，问道，"谁是替补斗牛士？"

"埃尔·佩卡斯。"我答道。

"哦，"他点了点头。

我用西班牙语对霍奇说，"祝你好运，佩卡斯。"

他轻轻点了点头，也力图进入若无其事的状态。

我绕着斗牛场走，来到了目的地，米格利略和助手正在摆斗牛披风和没出鞘的剑，把穆莱塔卷起来，把螺丝转进穆莱塔木棒。我喝了一口水壶里的水，发现斗牛场可能不会满座。

"佩卡斯好吗？"米格利略问我。

"在小教堂里为别的斗牛士祈祷呢。"我说道。

"照顾好他，"多明戈·多明吉对我说道。"任何一头牛都有可能跳起来。"

入场式开始了，我们都注视着佩卡斯。他大踏步走着，神态适度谦逊、平静、自信。我把目光转移到米格尔身上，看他是不是还有点跛。他没有。他看起来身体很好，信心十足，可他看到斗牛场上那些空座位的时候，面露忧色。安东尼奥进场的时候，仿佛是一个征服者。他看到了那些空座位，也不以为意。

霍奇进了过道，被我拦住了。

"我现在做什么呢？"他低声问道。

"寸步不离地跟着我，要看起来很智慧，是有备而来的，但不要太急切。"

"我跟你熟吗?"

"不太熟,我看过你斗牛,可你不是老伙伴。"

路易斯·米格尔的第一头牛冲进场来,他从大、中、小几头牛中先挑了一头体型中等的牛出场。他握着披风闪躲着牛,似乎没有顾及自己那条负伤的腿。观众对他的每个闪躲动作都报以欢呼。

路易斯·米格尔在我们前面用穆莱塔撩拨着那头牛。开始的时候,很不错,风格很好,越来越好,就要变得非常好的时候,牛由于中矛次数太多,失血过多,开始在他面前衰弱下去。虽然中矛让牛失血,却没有让牛的颈部肌肉疲劳,米格尔只好连刺七次,最终用杀牛剑在第二次的时候把牛刺死。

"这是怎么回事?"霍奇问道。

"原因是多方面的,"我说道。"部分是牛的错,部分是他的错。"

"他以后是不是就成了这样,不能再杀牛了?"

"我不知道。牛对他没帮助,可他也不能让左手总这么低,他不能猛刺啊。"

"为什么让左手低就那么难呢?"

"有生命危险。"

"我懂了。"霍奇说道。

安东尼奥的第一头牛出来了。他用披风撩拨它,动作舒缓、优雅。可他先斗的是他的小牛,所以观众没有认真对待。那天的牛都是由萨拉曼加的加梅罗·西维科斯提供的,这群牛大小不一样,有两头小的,一头相当大的,三头中等的。安东尼奥看到自己用披风做一流的撩拨动作,让观众看到真正的闪躲动作以后,观众还是不买牛的账,于是改用马诺莱特闪躲动作。该动作会让任何牛都显得出色,他做了全套马诺莱特常规动作,在闪躲牛的时候,还向外看着观众。他向旁边一侧,低低地一剑刺进,把牛杀了。他们给了他一只牛耳。

路易斯·米格尔接下来的这头牛体型巨大，强健有力。它第一次冲刺就撞翻了马。长矛手竭尽全力抑制它的冲力和斗志。牛受了重伤，却只插进去一对倒钩短标枪。

路易斯·米格尔把这头半残的牛接了过来，努力跟它表演了一个出色的回合。他做了几个上乘的闪躲动作，可是，除去几个旋转动作，他没能把这些动作连贯起来，而他在导引牛转圈的时候，站立不稳，好像差点靠到了牛身上。

路易斯·米格尔收尾收得很好，他的剑没到了剑柄，用杀牛剑只一剑就割断了牛的脊骨。他们给了他一只牛耳。他拿着牛耳绕场一周，然后站在斗牛场中央向观众致意。有一部分观众不热情，也表现出来了。

安东尼奥在外面的沙土地上，用披风做起了舒缓、绝妙的动作。牛冲得很快很直，他考究地拿着披风，在飞速冲过来的牛前面只有几毫米的地方，披风一下子被吹开鼓起来，在摸索探究的牛角前一闪而过。安东尼奥小心翼翼地跟长矛手配合，小心翼翼地使用倒钩短标枪。他用穆莱塔先做了四个闪躲动作，身体笔直，双脚并拢，俨然是一尊雕塑。从牛第一次冲刺，到牛角第四次在穆莱塔下面掠过安东尼奥的胸部，安东尼奥的双脚始终纹丝未动。音乐声响起来了，他开始让牛围着他转，先是1/4圆，然后是半圆，最后是完整的圆。

"这么做根本不可能，"霍奇说道。

"他能让牛转一圈半。"

"他没给路易斯·米格尔留多少余地。"

"米格尔腿好以后就没问题啦。"我安慰他，也希望这变成现实。

"可这对他有影响啊，"霍奇说道。"你看他的表情嘛。"

"这头牛棒极啦，"我说道。

"那是另外一码事，"霍奇说道。"安东尼奥可不是凡人，他做的事都不同凡响。你看路易斯·米格尔的表情。"

我看了，那张脸谦和忧伤，苦恼万分。

"他见鬼啦，"霍奇说道。

安东尼奥表演结束，让牛摆好姿势站定，瞄了瞄准，深深地吸了一口气，从牛角上方一剑刺去，穆莱塔低低地拖着。他一剑致命，剑没到了剑柄的圆头。牛身体一翻，倒地身亡。他们割下了牛尾和两只牛耳，都给了他。他走到我们身旁，咧嘴对我笑了笑，又看了看霍奇，仿佛视而不见的样子。我走过去跟他说话。

"告诉卡佩斯，他看起来很伟大。"最后这句话他是用英语说的。"你告诉他怎么杀牛了吗？"

"还没说。"

"告诉他。"

我回到霍奇身旁。我们看着路易斯·米格尔的牛出场，那是他的一头小牛。

"安东尼奥说什么了？"

"他说你看起来很伟大。"

"这很容易，"霍奇说。"还说什么了？"

"让我告诉你怎么杀牛。"

"了解这个很有用。你觉得用得着我去杀牛吗？"

"我认为用不着你，除非你想花钱把后备牛杀了。"

"那得多少钱？"

"四万比塞塔。"

"我能用就餐俱乐部的卡付吗？"

"在雷亚尔城不行。"

"那我顶好还是放过这个机会吧，"霍奇说道。"我身上带的现金从来都没超过20美元。大家在沿海都学会了这么着。"

"我可以借给你钱。"

"没关系，老爹，我也只是在为安东尼奥杀牛的时候才会杀。"

路易斯·米格尔一个人在距我们几步远的地方撩拨着牛。他和牛都在竭尽全力,可是安东尼奥表演完了以后,他和牛只能得到自己私人朋友的关注,而牛的私人朋友还不在现场。牛只是让观众看到了一头膘肥体壮、合乎标准的萨拉曼卡良种牛应有的行为。米格尔则让观众看到了他和曼诺莱特以前在米乌拉牛把脖子伸得过长要曼诺莱特命的时候,总用那个事先准备好的东西把牛吓得恢复常态。牛厌倦了这一套,从半斗牛状态陷入疲惫和绝望状态。它伸出了舌头,执行了契约中它应该遵守的义务,此时它需要一柄剑作为礼物来结果它。可是路易斯·米格尔逼迫它又做了四个曼诺莱特动作,然后才让牛站稳摆好姿势,把它剑杀了。他拖着一条腿,突入得不够自信,结果剑掉了下来。他抖擞精神,刺得很好,牛在疲惫和绝望中倒下,还感受了一件稀罕事:剑只刺入了一截。他做了天生就会做的一切,所有的人都很失望。

"路易斯·米格尔看起来状态不太好,"霍奇说道。"可他在马拉加那么不同凡响。"

"他今天不该来斗牛,"我说道。"可他是想通过斗牛来摆脱这种状态。他在巴伦西亚就差点儿丢了命,在马拉加也是。今天那头大牛差点儿要了他的命。他现在心理负担有点重。"

"他有什么心理负担?"

"死亡,"我说道。如果说话声音不大,又是用英语说的,没事的。"安东尼奥在口袋里揣着死亡到处走。"

安东尼奥带着他的那头最大的牛来斗最后这一场,对米格尔一如既往地没有同情心。他挥舞的披风具有一如既往的魔力,而且越舞越近,越舞越慢,越舞越令人难以置信。观众并不懂,但他们却深信不疑,任凭别人再怎么挥舞披风,对于他们来说都再也不会具有同样的意义了。安东尼奥让牛保持良好的状态,接受穆莱塔的撩拨。然后,他给观众表演了所有伟大的闪躲动作,告诉他们怎么做这些动作。他让这些动作越来越贴近,最后,好像没有什么人可以让牛角那么贴近自己的身体了。他让牛围绕着他的身体转,最后他的身体都被牛的血浸透了,牛冲过去时候,他把一只胳膊伸展出去控制住了牛。米格尔做过的那些闪躲动作,他也都做了个遍,把伴随着马诺莱特在利纳雷斯城消失了的那种危险和感情全带回来了。他也知道这些动作没有过去那些闪躲动作那么危险,不过,他把原有的都灌注进去,还有所增加。

安东尼奥在牛面前把穆莱塔慢慢地卷了起来,用剑瞄准了两个肩胛骨之间的最高位置,原本噘起的嘴唇现在张开了,深深地吸了一口气,稳稳地、狠狠地从牛角的上方刺了进去。待他的手掌心碰到牛的黑色肩头时,牛已经毙命。他脱身出来,看着牛,抬起了右手。牛的腿一弯,身体晃了晃,砰地一声倒下了。

"嗯,不用你去杀啦。"我对霍奇说道。

米格尔站在那里,目光掠过斗牛场,却什么也没看。观众出现了常见的歇斯底里,带手帕的人都在挥舞手帕,直到两只牛耳都割了下来,接下来又割下了牛尾,最后还割下了一只牛蹄才罢休。一只牛耳通常意味着斗牛协会会长把这头牛给了斗牛士,让他把牛肉卖掉。把其他部位割下都是额外的,只是作为判定胜利的程度之用。这一点,跟好多对于斗牛毫无益处的东西一样,已经确定下来了。

安东尼奥招手叫霍奇过去。

"出去,跟全体人员一起走一趟,"我说道。霍奇迈着大步慢慢地跑了出去,与霍尼、弗雷尔和胡安一起,跟在安东尼奥后面绕场一周,态度谦和,举止得体。这有点不合常规,可安东尼奥还是邀请了他。为了保持一个替补斗牛士的尊严,他既没有把帽子扔回来,也没有把雪茄烟留下。绝少有人会怀疑,假如刚才有必要的话,他,"埃尔·佩卡斯,会具备接着斗牛,把牛杀死的能力。这一点,从他那长有雀斑的诚实的脸上可以闪耀出来,从他走路的样子上可以看出来。

整个广场上这么多人，只有路易斯·米格尔注意到他没有戴辫子。不过，假如他开始跟牛搏斗起来，只要牛动过一次，就不会有人注意他戴不戴辫子了，他们会以为他第一次跳起来的时候，把辫子弄掉了。

　　我和比尔上了楼梯，进了那个旅馆的小房间的时候，安东尼奥已经浸在牛血里了，他的长燕尾服亚麻衬衫已经湿透，重重地粘在肚子和大腿上，米格利略正帮他脱裤子。"穿衬衫可真难受，老爹。"安东尼奥对我说道。

　　当天夜里，他在马德里吃完饭，就要开车去毕尔巴鄂，在那里睡觉，次日下午表演。我们在毕尔巴鄂的卡尔顿大饭店会合。

　　现在，安东尼奥想到毕尔巴鄂去。在西班牙，毕尔巴鄂的观众最严厉、最苛刻，最难讨好，毕尔巴鄂的牛最大，所以，没有人会说1959年这个斗牛季节有可疑、不可靠、不诚信的地方。他在这一季的表演都是跟真正的牛搏斗，而自何塞利托和贝尔蒙特以后，就没有这样的表演了。如果路易斯·米格尔也想去的话，那也好，不过那将是一个危险的旅程。如果路易斯·米格尔让他的父亲，而不是那两个好哥哥当经纪人的话，他是绝对不会去毕尔巴鄂把自己毁掉的，因为他的父亲智慧精明、玩世不恭识时务，而他的两个哥哥需要从他跟安东尼奥的每一次的表演中抽取10%的收入。

第十三章

毕尔巴鄂。
悲悯在斗牛场是没有容身之地的。如果你看过安东尼奥在毕尔巴鄂的表演，那么，谁是最优秀的斗牛士就不再是什么问题了。

　　我们从马德里走的时候已经很晚了，可是，我们称之为"拉巴拉塔"，即"便宜货"的那辆兰西亚车却神奇地为我们争取了时间，很快就跑完了那条北上的路。我们在布尔戈斯的那家老客店停了下来，好让我们原来的司机品尝一下镇外卡斯蒂列群山山涧里的鳟鱼。在雷亚尔城的那场面对面的对决前，马里奥开着那辆兰西亚从意大利的乌迪内来。鳟鱼闪闪发亮，鱼身上斑斑点点，鱼肉肥美、结实、新鲜。人们可以到厨房去挑选自己喜欢的鳟鱼和山鹑。酒是盛在石罐里端上来的。我们还吃了香浓美味的布尔戈斯干酪，我以前从西班牙坐火车三等车厢回家的时候，总给巴黎的格特鲁特·斯泰因带这种干酪。

　　从布尔戈斯到毕尔巴鄂，马里奥一路飞速行驶。他是个赛车手，所以理论上讲，他开车还是安全的，不过，我看着速度记录表的时候，却让我汗流浃背。"拉巴拉塔"上有三种喇叭，一种表示加速，我们即将通过。这个效果相当不错，可是等我们过去的以后，我会看到毛驴、山羊和它们的主人还在看着等待火车通过。

　　毕尔巴鄂坐落于一条河畔的杯形山谷里，是一个工业和造船业市镇。该城规模大，富庶又稳定，气候既不湿热，也不湿冷。城外有美丽的乡村和可爱的小河，这些小河的潮水会倒灌，河水流入乡村。这是一座金融和运动大城。我在这座城里有许许多多的朋友。八月期间，除去科尔多瓦,它是西班牙首屈一指的最热的城市。我们去的那天天气虽热,却也不算酷热,天气晴朗,宽阔的大街看起来喜气洋洋的。

我们住在卡尔顿这家上等旅馆的一个上好的房间。毕尔巴鄂的假日是充实、忙碌和费钱的,西班牙的其他城市都没法比。斗牛士们都个个穿外套,打领带,我们在街上走了那么长时间,走进那间时尚小门厅的时候都觉得不合时宜,还是"拉巴拉塔"挽救了我们的社会地位,这车是全城最漂亮的车。

安东尼奥的心情跟我们离开他时一样快乐,他喜欢毕尔巴鄂,天气闷热和富庶华美一点也不让他烦心。在这里,任何人都不得进入斗牛场内的过道,他们甚至把前一天在那里斗过牛和第二天即将在那里斗牛的斗牛士也带出去。显而易见,与西班牙其他地方相比,这里更讲究法制和权威,因此,虽然以往的惯例显然更切合实际,但是警察还更喜欢让我们徒步绕场一周。

我们终于找到了我们的位置,不能在围墙边,只能坐在座位上看斗牛,感觉怪怪的。跟在整个斗牛季节所做的一样,安东尼奥把所有招式和盘托出,一一上演,把两头牛也都撩拨得精彩绝伦。他把两头牛四只牛耳全都割了下来,在毕尔巴鄂,最多也只能割这么多了。他的表演无懈可击、纯粹自然,所以所有过程都看起来简单轻松,轻而易举,他杀牛的动作同样轻松自如、果断坚决。

安东尼奥让观众神魂颠倒,大为感动。坐在我旁边的一个男子说道,"他把我对斗牛久违了的感情又带回来了。"安东尼奥对自己的这些牛很欢喜,也有能力把这份欢喜传递给观众,让观众与他一起全身心地同欢喜。仿佛一切都变得美好而简单了。

路易斯·米格尔第二天的表演令人大失所望。开始的时候,他表演得很好,用披风做了几个闪躲动作,这几个闪躲动作做得不仅过得去,其实是相当不错。然后,他又做了两个漂亮的贝罗尼卡。在跟安东尼奥的竞争过程中,他挥动披风的动作也在不断地改进,而在这场斗牛的初期，他看起来身心健康，镇定自若。那头牛大小中等，不难撩拨，却不是天赐的好牛。米格尔看起来既不快乐，也并非不快乐。他两次都刺到骨头上了，刺得很好，然后把剑刺进了约 3/4，牛死了。

他的第二头牛体型硕大，牛角锋利。路易斯·米格尔披风挥舞得依然很好，但这头牛却很棘手，具有极大的潜在危险。他向马冲刺的时候迟迟疑疑，而长矛手在刺牛的时候也迟迟疑疑。最后，牛好像要扬着头向路易斯·米格尔冲过来，非常棘手，其实还没有被长矛刺过。于是，最后那个长矛手把牛接了过去，实际上是靠在牛身上，用尽全身力气拼命地让牛旋转，拼命地刺牛。没有得到指令，他不可能这么做。

牛来到路易斯·米格尔面前，比第一次面对马的时候还棘手，但路易斯·米格尔却应对得很睿智，而他的腿却也让他烦心起来。他试图把牛控制住，让牛站稳，再杀了它。牛一直在红布下面寻找他。路易斯·米格尔两次小心翼翼、试试探探地突入。信心不足。在做闪躲动作的时候，路易斯·米格尔拖着那条腿。他在第三次尝试的时候，把大半截剑身刺了进去，但刺中的却是致命的位置，牛倒地身亡。观众很失望，也表现出了失望。

我们大家都为路易斯·米格尔感到难过，而他的医生塔马梅斯更是难过极了。米格尔在巴伦西亚受伤，伤口一直困扰着他。伤口疼痛、麻木、时断时续地发作，都让他想起伤口，想起受伤时的环境气氛。他在马拉加的信心没有了，在马拉加抛起后摔伤的那条腿是越用越糟糕。塔马梅斯正试图用超声波给半月形的软骨消炎。伤口在半月形的软骨里，就像一个足球运动员被人从侧面猛地撞了一下，或者像一个穿着钉鞋棒球运动员把一条腿伸进一个垒又被人扔出来那种。假如炎症得不到控制，反而越来越严重的话，膝盖有可能被锁住，那可就要了米格尔的命。假如把那块软骨取出来，那他三到六个星期就都不能走动,他的斗牛士生涯也就结束了,虽然这种可能性不大,但确实存在。到那时为止,那块软骨还没有严重恶化,也没有由于使用和刺激严重损害腿上的两根主要骨头,导致立刻锁住。不过,伤口很疼,伤口也毁掉了路易斯·米格尔的自信心。

我特别担心路易斯·米格尔。可是他坚持要跟安东尼奥把对决进行下去。看了他最后这次表演,回忆起自巴伦西亚那场对决以来,他们之间每一场对决所出现的情况,我肯定对决的结果就是路易斯·米格尔丢了性命或者作为斗牛士被彻底毁了。看着安东尼奥斗牛的方式,以及他百分百的自信和精湛的技艺,我不能不承认,他不会再被牛抵伤了。我总是一直为他捏着一把汗,直到最后一刻,但他现在却没有被抵伤。差不多所有的抵伤事件事先都会有预兆,可我从他的心理、生理和策略上看,都没看出这种预兆。毫无疑问,他正处于涨潮、泛滥、才华"横溢"阶段。不过,才华横溢是他现在的正常状态,他所做的都是按照规则的规定应该做的。即完美的斗牛,就是动作舒缓优雅,总是极其危险。而他却能驾驭所有的牛,所以一切对于他来说似乎都是轻而易举,抛开了对死亡的恐惧,他获得的某种东西好像把他武装起来了。

安东尼奥在毕尔巴鄂有太多的达官贵人、各界显要朋友,毕尔巴鄂的社交生活也太丰富多彩。虽然并非马德里那种阴险的社交生活,但他晚上熬夜熬得太厉害,完全没有时间做让人疲劳的有效体操,或者不做这样的体操,去做让人精疲力竭的短途旅行,来帮助斗牛士提高睡眠质量。因此,毕尔巴鄂集市日对于安东尼奥来说危险万状。

这从他和路易斯·米格尔的最后对决前一天的表演中已经露出了端倪。他的两头牛都不好,最后那头在表演过程中差不多全瞎了,所以冲进场的时候,其实是两眼一摸黑。两头牛都不适合精彩的披风挥舞动作,也不适合用穆莱塔配合表演规定的会合动作。第一头牛非常危险,喜欢慢跑,一直在红布下面搜寻斗牛士。这头牛用披风撩拨时让人信不着。可是,安东尼奥用披风闪躲牛的时候,他与牛之间的空隙要更大些，假如他半夜就能上床睡觉的话，就不至于这样。

毕尔巴鄂有两天的上午一直在下雨，一到斗牛时间就又晴了。毕尔巴鄂斗牛场的排水系统很好，他们在建斗牛场的时候，就考虑到当地的气候因素和沙土类型来满足自己的需要。那一天中午看起来，就好像下午的表演会因为下雨而取消了似的，而太阳最后还是出来了，天气变得湿热异常，天上有流云飘过，斗牛场的地表湿归湿，却不滑。

塔马梅斯对路易斯·米格尔进行治疗以后，米格尔觉得身体好多了，可他还是忧伤难过，心神不宁。一年前的今天，他身患癌症的父亲在承受了极大的痛苦之后辞世，此时的米格尔在想这件事，还有好多别的事情。他还是一如既往地谦逊有礼，只是在逆境中变得更加温和了。他十分清楚，在最近几次与安东尼奥的重大对决中，自己险些丢了性命。他清楚这些帕尔阿斯牛与以往的大相径庭，以往的帕尔阿斯牛都是超级优良的米乌拉斯牛。他也清楚这个城市不是利纳雷斯城。可是许许多多的事情都堆积起来，而他的运气也不好起来。做本行业活着的头号斗牛士，终生以此为唯一真正信仰，这是一码事。而每次出场要证明这一点都几乎丧命，知道自己最有钱和最有权的朋友、大量漂亮女人和25年都没到西班牙看过一场斗牛的巴勃罗·毕加索依然相信这一点，却是另外一码事。最重要的是他自己要相信。只要他自己相信，并且用事实证实，别人就会回心转意。他现在身心俱伤，今天可不是一个证实的好日子。不过他想尝试一下，也许在马拉加创造的奇迹会再现。

安东尼奥在房间里镇定自若，轻松自在地盖着被单，像一头豹子一样躺着休息。我想让他休息，所以我们只停留了几分钟。而此时像整个那个夏天一样，都很快乐。

楼下最主要的那层楼上，酒吧间和餐厅人满为患，还有不少人在餐厅等位。我们最后终于跟新老朋友在一张大餐桌上吃开了。多明戈·多明吉告诉我，他认为这些帕尔阿斯牛会比巴伦西亚的那些牛要强得多。有两头体重略轻些，不过体型看上去比实际的要大。搭配得比较均匀。路易斯·米格尔先接下了他较小的那头牛。斗牛场内坐得满满登登的，大量政府高官都已到场。国家元首夫人卡门·波洛·德·佛朗哥带着从圣塞巴斯蒂安来的那伙人，坐在总统包厢里。

路易斯·米格尔的第一头牛迅速冲进场来，这头牛英俊漂亮，牛角锋利，体型看起来比实际的要大。路易斯·米格尔用披风把它引了过去，做了几个精彩的闪躲动作。他开始把牛从马前面引开的动作也很精彩，那条负伤的腿一点儿也没有连累他。但是，他靠近木围墙的时候，好像很难过。

他在距牛很近的地方用穆莱塔撩拨牛，做了几个向右旋转的闪躲动作。他继续做的时候，动作越来越精彩，对这头牛也充满了信心。我一直关注着他脚上的动作，心里担着心，不过，看起来一切都好。路易斯·米格尔用左手握着穆莱塔，做了一系列纳图拉尔动作。这些动作对于任何别的斗牛士而言，也都不会有问题，而且看起来也不像在马拉加表演的那样，所以场内只有高票价座位那一侧有掌声。他们要求演奏音乐。路易斯·米格尔做了一系列侧面闪躲动作，这种动作是从马诺莱特流行起来的，他的动作做得非常好。接下来，他用两三个摇晃的闪躲动作把牛的头抬高，进入被催眠状态，然后在牛的前面双膝跪倒。

有些观众喜欢这个动作，有些不喜欢。安东尼奥一度曾经教会了他们对这种东西不感兴趣。路易斯·米格尔并没有挂着穆莱塔的棒子，就站起身来，那条腿行动自如。他看起来嘴唇抿得紧紧的，好像明白过来了。他向前突入，剑刺得笔直，动作干脆。剑刺入的位置很高，而牛嘴却流出血来，轰然倒下，一只牛耳也没有给米格尔。在我看来，那一剑刺的位置很准确，剑在很高的位置割断动脉的情况下，牛嘴通常会流血的。欢呼声很大，于是路易斯·米格尔走出来向观众致意。他面色阴郁,没有笑容。不过他的腿很听使唤,否则他绝对跪不下来。

安东尼奥的牛出场了。这头牛跟路易斯·米格尔的那些牛几乎一模一样,体型大小也相差无几。它的两侧都很灵活。安东尼奥从自己前一天停下的地方把它接了过来。那就是我们在整个斗牛季节都能看到的宏伟壮丽、优雅美丽的挥舞披风的动作,从观众中突然爆发的呼喊之间的窃窃私语中,人们可以感受到那份久违的欢乐。

一对倒钩短标枪插进去以后,他请求允许把牛接过来。他开始用穆莱塔撩拨牛,这牛冲刺的时候速度有点慢,安东尼奥不得不向上突入一点儿。他用一系列的向右旋转闪躲动作给予牛以自信以后,乐声响起来了,这些闪躲动作并不是对牛的惩罚,而是让牛越来越近,最后到了最近。安东尼奥把牛领了出来,用左手的穆莱塔在一定的距离以外招引牛。此时,他已经让牛斗志昂扬起来,冲刺的距离也延长了。

牛在一定的距离以外看得分外清楚。安东尼奥让牛冲过来。接下来导引着牛,用手腕让红布以正好可以吸引牛的速度慢慢地移动,做了一系列贴近、舒缓、完美的纳图拉尔。最后,他以一个牛角掠过胸膛的闪躲动作收尾,我注视着穆莱塔的红布掠过牛角,再慢慢扫过牛脖子、牛肩膀、牛脊骨和牛尾巴。

最后,他把牛杀了,用力一刺,剑没剑柄。刺入的位置恰到好处,大概是在致命凹口上面偏左一英寸半处。安东尼奥站在牛的前面,举起右手,用吉普赛人的深色双眸注视着牛。那只手举起来是向观众昭示胜利的,他的身体盛气凌人地向后转去,面对着观众,然而双眼还像外科医生一样注视着牛,最后牛的后腿颤抖起来,快要不行了,倒地身亡。

然后,他一下子转过身来,看着观众,那种外科医生似的眼神随即消失得无影无踪,脸上洋溢着对自己的所作所为开心快乐的表情。斗牛士永远也看不到他正在创造的艺术作品,他没有机会像画家或者作家那样修改自己的艺术作品,也不能像音乐家一样来聆听自己的音乐作品,他只能感受自己的艺术作品,听观众对自己艺术作品的反应。当他感受到了这一点,知道自己的表演很伟大的时候,这种感觉把他攫住了,让他觉得这世界上的一切都不重要了。他在创造自己的艺术作品时,自始自终都清楚一定不能超越自己的技术和掌握的牛的知识的范围。那些时刻把这些牢记在心,同时明显地显示出来的斗牛士,都被称为冷漠之人。安东尼奥不冷漠,观众的心都在他一边。他抬起头来,谦逊而不是谦卑地让他们知道,他清楚这一点。他手持一只牛耳绕场一周的时候,他望着毕尔巴鄂各个阶层的人们。毕尔巴鄂是他热爱的城市。他所经之处,他们都站了起来。他为自己拥有他们而开心快乐。我看着米格尔在围墙里目光茫然地向外望着。我不知道今天是不是末日,也许会是别的日子。

海梅·奥斯托斯在斗牛时表现得极佳。他的那头牛比前两头牛略略大些,是一头撩拨起来极佳的牛。他挥舞披风的动作极佳,挥动穆莱塔也既合情合理,又才华横溢。观众为他的表演大为感动,所以,尽管他用剑遇到了困难,还是把一只牛耳给了他。

海梅手持牛耳绕场一周以后,今天表演的这三个斗牛士走上去,到总统包厢向卡门·波洛·德·佛朗哥夫人致敬。路易斯·米格尔是大元帅即国家元首女婿的朋友,还陪国家元首打过猎,此前已经派人去致过意,道过歉。而他现在腿的感觉很好,完全可以到高处的包厢去。或者就算腿感觉不好,他还是得上去,然后还是得下来,下一场就轮到他了。

这是一头黑牛,比他的第一头牛大一点儿,双角锋利,进来的时候强壮而勇敢。路易斯·米格尔提着披风走了出去,做了四个舒缓的、令人遗憾的贝罗尼卡动作,然后做了一个中等的贝罗尼卡,让牛绕着他的腰部转。

然而,路易斯·米格尔并没有一直令人遗憾下去。一直以来,他的一个最大的优点就是懂得怎样控制表演,懂得怎样在斗牛过程中导引自己的牛的一举一动。他要从这头牛身上获取所能获取的一切。他用披风接过了牛,就让牛在他让牛向长矛手冲刺的位置站稳。长矛手走上前来,举起了长矛,牛开始冲刺,长矛手打马的同时也打了牛,好像是要在牛二次冲刺时调整一下长矛的位置。路易斯·米格尔把牛引了过去,又做了四个舒缓的、令人遗憾的贝罗尼卡动作,结尾很是郑重其事。

然后,他把牛引了回来,让它站在合适的位置上,好再次冲刺。这是斗牛中最简单的动作之一,他已经做了几千次了。他想把披风轻轻一抖,让牛站稳以后,前腿站在彩绘的圈外。他正在马前面走着,面对着牛,背对着马和长矛手。长矛手手握长矛向前伸着,牛向马冲了过来,路易斯·米格尔就在牛冲刺的路上。牛理也不理披风,把牛角低下来,刺进了路易斯·米格尔的大腿,把他用力朝马扔去。路易斯·米格尔还在空中的时候,长矛手就用长矛刺中了牛。牛在半空中又把路易斯·米格尔接住,他掉下来以后,在沙地上又戳了他几下。他的哥哥多明戈越过围墙,把他拖走。安东尼奥和海梅·奥斯托斯都提着披风进了场,想把牛引开。大家都清楚这是次受伤严重,看起来牛角已经刺进了腹部。大多数人认为他受的伤是致命的。假如他被顶在垫子覆盖的马背上,那就几乎可以肯定是致命的,牛角都有可能把他刺穿。他们抬着他从过道出去的时候,他的脸色灰白,双唇紧咬着,两只手横着放在小肚子上。

我们坐在第一排,那里没有去医务室的通道。警察也不允许任何人在过道上停留,我只得继续坐着观看表演。安东尼奥已经把路易斯·米格尔的那头牛接过去了。

通常情况下,如果一头牛让一个斗牛士受了这么重的伤,并且看起来还可能是致命的伤,那么,接过这头牛的另一个斗牛士就会简单地撩拨,以最快的速度把牛杀了。而安东尼奥却没落俗套。这是一头好牛,他不想浪费了。观众是花了钱来看路易斯·米格尔的,他却以愚蠢的方式被淘汰了,这是他的观众,如果他们看不到多明吉的表演,他们可以看到奥多涅斯的表演。

我宁愿这么猜度这件事,要不然就是他在代替路易斯·米格尔执行合同。不管是什么动机,他只知道伤口在右大腿的根部,而且伤得很重,但并不知道路易斯·米格尔伤势有多重。他现在精神放松,镇定自若、安安静静地上了场,就像上次斗牛一样,撩拨着刚刚把路易斯·米格尔抵伤的这头牛。掌声响起来了,音乐声响起来了,安东尼奥对这头牛产生了兴趣,开始以令人难以置信的近距离做起了闪躲动作。他做了一个绝妙的连续劈刺动作,然后迅速把牛杀了。他的动作干脆利索,不过剑距那个高处的凹口还差整整两英寸。观众对他报以热烈的掌声,但他清楚自己为了迅速杀牛,瞄准的是什么位置。

手术室传来口信说,伤口在右腹股沟的下部,跟上次在巴伦西亚手伤的部位一样。伤口向上延伸到了腹部,但是是否有穿孔的地方,他们还不知道。路易斯·米格尔已经打上了麻药,他们正在给他做手术。

接着,安东尼奥的牛出来了。这是迄今为止最大的牛,双角锋利,跑出来的时候瞪着眼睛左顾右盼,小步快跑,似乎没有什么价值。安东尼奥给它看披风,它吓得躲闪开来,快速翻过围墙,进了过道,然后跌跌撞撞,一路用牛角东挑西刺,到了敞开的大门口,顺着大门又回到了场内。可是长矛手一出来,牛刀反而勇敢地向马冲了过去。长矛手成功地抵挡住了牛的冲刺。牛在长矛下面奋力向前冲,牛蹄刨地,向钢制的长矛尖猛冲。安东尼奥从远处靠近它,用披风惊动它,然后闪躲它,就像它没有缺点似的。他正以毫米为单位测量着牛冲刺的速度,调整披风适应这一速度,控制牛。然而在观众看来,这些闪躲动作起来一如既往的轻而易举、奇异迷人、晃动舒缓。

从倒钩短标枪上,你就会看出牛是怎么学会让人感到棘手和危险的。我认为,我意识到牛就要垮了,觉得安东尼奥应该用穆莱塔和剑把牛杀了，而安东尼奥这样拖延，让我为他捏了一把汗。虽然我在座位上听不到他对弗雷尔和霍尼在说什么，但我看得出他也捏了一把汗。

我们注视着，观众对每个闪躲动作都惊诧不已，他每做一个闪躲动作，观众都迸发出一阵大喊大叫；他每做一个系列，观众就报以热烈的掌声。这头牛原本好像只是傻大傻大的，精神紧张，粗暴无礼，毫无价值，然而在音乐的伴奏下，安东尼奥导引着这头牛做了一个人能够对一头勇敢的牛能够做出的全套传统、优雅的动作。现在，牛角擦过他的身体的时候，他与牛之间根本没有间隙。他总是用牛选定的速度来吸引牛，他的手腕控制着下垂的红色哔叽布形成一个可塑的人体形状，就这样，这个庞然大物与这个笔直、柔软的人体就融为一体，完成他们的旋转动作。接下来，就会转动手腕，让这头沉重的大黑牛以及牛角上所附带的死亡，在最后、最危险、最艰难的塑像过程中，又一次掠过他的胸膛。看到他一次又一次做这种胸前闪躲动作，我肯定了他要做什么。这一切让人感觉像伟大的音乐，但这本身并不是结局。他正在让牛做好准备，等牛冲上来，好从正面一剑剑杀。

如果牛还能冲刺的话，最伟大的杀牛方法就是等牛冲上来，从正面一剑剑杀。这是最古老、最危险、最漂亮的方法，因为斗牛士并不突入杀牛，而是安静地站着，挑逗牛向前冲刺，在等牛冲过来以后，用穆莱塔导引着牛从自己身边冲过去，向右转，与此同时，把剑刺进牛肩胛骨之间的高处。这很危险，因为假如穆莱塔没有把牛彻底控制住的话，牛一抬头，斗牛士的胸部就会被抵伤。通常情况下，斗牛士突入杀牛的时候，牛抬起头来，牛角总会把斗牛士的右大腿刺伤。斗牛士如果想恰到好处地等牛冲上来，从正面一剑剑杀，一定要等牛冲刺结束，如果他等牛继续迫近一两英寸的话，他就会被牛抵到。如果他挥动红布的时候向外偏，或者给牛的出口过宽过大的话，剑就会向一侧跑偏。

"要等到牛快要抵到你的时候，"是这种杀牛方法的原理。等到最后的人却寥寥无几，此外，还要有一只伟大的左手，能够把牛低低地、顺畅地引过去。对于牛来说，这基本上与胸前闪躲动作无异。正因为这个原因，安东尼奥此前才用那些闪躲动作，一是让牛有充分的准备，二是确认牛是否还有冲力，会跟着红布冲刺，而不会抬起头来，或者在交战的时候半途而废，犹豫不决。他看到牛完好无损，准备完毕以后，他让牛在我们下面站稳，准备剑杀了。

我们夜里驱车跑长途的时候，曾经谈到过这种杀牛方法，大家达成了共识，即对于安东尼奥的左手而言，这易如反掌。棘手的是不利因素，这个不利因素就是：牛角会像匕首一样插进胸膛。这把匕首的面积可以大得像一个扫帚把，以牛头部的肌肉力量驱动刺入，可以挑起、抛起一匹马，或者把围墙上两英寸宽的木板刺裂。有些时候，这些牛角尖会像剃刀一样划破披风的丝绸面。有些时候，这些牛角尖本身也会裂开，这样的牛角尖造成的伤口跟你的巴掌一样宽。如果你能安静地看着牛向你冲过来，知道你不得不等到牛感觉到钢制的剑刺进了身体，牛就抬起头来，牛角就会从下面戳进你的胸膛，那你做起来就会易如反掌。对此，我们达成了共识。

因此，现在安东尼奥抖擞精神，顺着剑身瞄准了一下，在向牛晃动穆莱塔时，右膝跪倒。大牛冲了过来，剑在牛肩胛之间的高处刺中了骨头。安东尼奥向牛俯身过去，剑扣住了，本该结合在一起的两个雕塑分开了。穆莱塔一挥，牛彻底转了过去。

在我们当代，没有人会等着牛二次冲上来从正面刺杀，这种杀牛方式属于佩德罗·罗梅罗时代，那是多年以前另一位伟大的龙达斗牛士时代。可是，只要牛肯冲刺，安东尼奥就必须以这样的方式把它杀掉。所以，他又一次让牛摆好姿势，顺着剑身瞄准了一下，用腿和红布再次引诱它，把它引到了他要除掉它的位置，也许它的头会抬起来的位置。剑再次刺中了骨头，那组雕像再次混乱起来，分开了。穆莱塔再次把大牛及其牛角引开。

此时,这头牛的行动已经缓慢下来,可是安东尼奥知道,它还能干脆利索地冲刺一次。他非得知道这一点不可,可是除了他以外,没人知道。观众都不敢相信自己的眼睛。安东尼奥要做的就是在这头牛身上大获全胜,就必须把剑正当体面地刺进去,剑身部分不能露出太多。他要为自己这一生中利用不正当手段杀死的每一头牛做补偿,而这样被杀死的牛还为数不少。他愿意的话,这头牛已经有两次直接戳他胸膛的机会了,现在,他要给它第三次机会。而这头牛每次冲上来的时候,他完全可以把剑略微放低些,或者偏向一边刺进去,在他采用安静地等牛冲上来,正面剑杀的方法时,没有人会据此攻击他。他知道哪里柔软,知道迅速刺进去看起来很不错,或者说相当不错,怎么说也还过得去。在这些年的斗牛生涯中,大部分牛就是这么杀的,大部分牛耳就是这么得的。可是今天,让这种杀牛方法见鬼去吧!今天,他要为自己曾经用不正当手段剑杀牛付出代价。

他让牛站好站稳,斗牛场上鸦雀无声,我身后有个女人把扇子折起来,那声咔嗒声我都听得一清二楚。安东尼奥顺着剑身瞄了瞄准,左膝跪倒,对着牛摆了摆穆莱塔。牛冲过去的时候,他等候着,就在牛角要戳到他的那一瞬间,剑尖直刺进去,牛顶着剑向前突来,牛头低着跟着红布。安东尼奥用摊开的手掌推着剑柄的圆头,剑身在肩胛骨顶端上面的高处慢慢滑入。安东尼奥的双脚纹丝未动,此时他和牛合二为一了。他摊开的手摸到黑色牛皮的顶部时,牛的角掠过了他的胸部。牛在他的手下面死了。那头牛还没弄清楚,看见安东尼奥站在自己面前举起了一只手,不是在炫耀胜利,而是在跟自己道再见。我知道他当时在想什么,可是在那一瞬间,我很难看见他的脸,牛也看不见他的脸,可是那却是我所认识的最陌生的小伙子的最陌生友好的脸。这张脸这次,也是唯一的一次,在斗牛场上露出了悲悯,而悲悯在斗牛场是没有容身之地的。现在,这头牛知道自己已经死了,它的双腿支撑不住了,它的双眼呆滞失神。安东尼奥注视着它倒下。

这就是安东尼奥与路易斯·米格尔那年的对决结束的过程。对于当时在毕尔巴鄂的人来说，已经不会再有真正的竞争了，这个问题已经解决。从技术层面上讲，倒是可以复制的，那只能是在文字上，或者是为了赚钱或者从南美观众身上获利。不过，如果你观看过这些场斗牛，如果你看过安东尼奥在毕尔巴鄂的表演，那么，谁是最优秀的斗牛士就不再是什么问题了。不错，因为路易斯·米格尔的一条腿负了伤，那么，安东尼奥只是毕尔巴鄂最优秀的斗牛士。也许可以根据这些假想赚些钱来，但假如想在西班牙的斗牛场上，在一群内行的观众的眼皮底下，用生有真正牛角的真正的牛来验证一下的话，那无疑是太危险，太要命了。这个问题已经解决。从手术室传来话说，牛角虽然刺进了路易斯·米格尔的腹部深处，这次肠子也没有刺穿，我听了很欢喜。

当天夜里，安东尼奥换好衣服以后，我和他开车出去看路易斯·米格尔。安东尼奥开车。他还没有从斗牛中平静下来。我们刚刚在他的房间里谈了这次斗牛，现在又在汽车里接着谈。

"你怎么能知道那头牛会有足够的气力冲第二次和第三次呢？"

"我知道。"他答道。"你一般靠什么进行推测？"

"可你当时能知道什么呀？"

"到了那个时候，我对那头牛已经非常了解了。"

"对它的听觉非常了解了吗？"

"对它的一切。我了解你，你也了解我，就像这样。莫非你当时不认为它会冲吗？"

"当然，只是我坐在看台上，离得很远。"

"只有六到八英尺，可真像一英里，"他说道。

路易斯·米格尔在门诊部自己的病房里，看起来很痛苦。牛角刺进了在巴伦西亚受的伤的旧伤疤组织里，而旧伤疤还没有彻底长好，现在又被划开，沿着旧伤口的走向刺进了腹部。病房里有六个人，路易斯·米格尔忍着剧痛,对他们仍然礼貌有加。后半夜,他的太太和姐姐会从马德里乘飞机赶过来。

"抱歉,我当时没法儿去医务室看你,"我说道。"疼得怎么样啊?"

"还好,欧内斯特,"他轻轻柔柔地说道。

"马诺洛会止痛的。"

他温和地笑了笑。"已经在止痛了。"他说道。

"我可以让这些人出去一些吗?"

"可怜的人们,"他说道。"你上次已经带出去了那么多人。我想你。"

"我会到马德里看你的,"我说道。"可能我们走的话,他们有些人也会走。"

"我们在凹版图画副刊上的合照看起来那么美好。"

"我会到鲁贝尔去看你。"鲁贝尔是他即将入院的医院名。

"我已经订好了房间。"他说道。

海明威（右一）幼年时的全家福，当时他们一家住在伊利诺伊州的橡树园（Oak Park）

海明威幼时故居，439 N. Oak Park Ave., Oak Park, Illinois

5个月的海明威，伊利诺伊橡树园　　　　　　　　18个月的海明威，伊利诺伊橡树园

青年时的海明威在一艘前往密歇根州的渔船甲板上

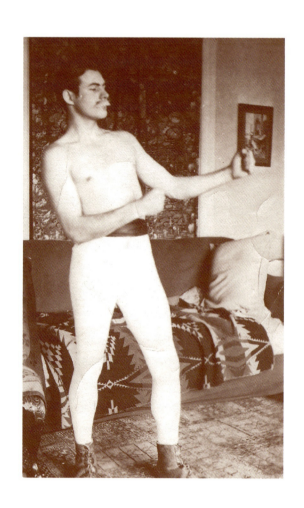

海明威贴着假胡子,模仿拳击手

豆蔻年华的海明威

海明威在1918年一战期间作为红十字会的志愿者负了伤,被送往米兰的 ARC 医院休养

1921年,海明威与第一任妻子伊丽莎白(Elizabeth Hadley Richardson)在密歇根州霍顿湾举行的婚礼,1927年二人离婚

1923年海明威的护照

1921—1924年海明威与伊丽莎白在欧洲生活，图为他在瑞士 Gstaad 滑雪

在巴黎的海明威

伊丽莎白和海明威的长子约翰(布比、Bumby),1923年出生于巴黎,此图摄于奥地利施鲁恩(Schruns, Austria)

海明威与第二任妻子波琳（Pauline Pfeiffer）在巴黎，
二人于1927年结婚

海明威与波琳在西班牙的Pamplona观看斗牛

1930年代海明威一家像候鸟一样，夏季居住在怀俄明或爱达荷，
冬季则享受佛罗里达或古巴的阳光。
海明威和妻子波琳以及三个儿子约翰（布比）、帕特里克（小老鼠）、
格里高利（奇奇）在巴哈马的Bimini享受捕鱼时光。
波琳与海明威的婚姻止于1940年，他们生育了帕特里克和格里高利两个儿子

海明威在佛罗里达的Key West 群岛

海明威与波琳在Key West的别墅

海明威在古巴哈瓦那附近的Finca Vigia家中

1937—1938年西班牙内战期间,海明威积极参与了左派力量对抗佛朗哥独裁政府的战斗。
此图为海明威和摄影师Joris Ivens以及两名士兵

海明威和第三任妻子玛莎（Martha Gellhorn）在1940年结婚，
此图为他们在爱达荷州的太阳谷

1940年代,海明威和第三任妻子玛莎常在爱达荷消夏。
此图为海明威在爱达荷猎野鸭

1941年，海明威和玛莎在日本侵华战争期间来到重庆，与宋美龄见面。
海明威在二战结束的同年与玛莎离婚，并在第二年与玛丽结婚，开始了他第四段也是最后一段婚姻

1944—1945年二战期间,海明威在英国和欧洲大陆军中服役

1947年海明威在古巴的Finca Vigia惬意地过冬

1952—1959年,海明威和玛丽去非洲狩猎,这是海明威第二次来非洲。
二人相拥在非洲原野上

在第二次非洲之行中,海明威夫妇先后遇到两次飞机事故,二人受到骨折和烧伤。
海明威伤势更重,并使其日后饱受各种后遗症之折磨,
其酗酒的加重和最后抑郁自杀也与此有一定关系。
当时 Daily Mirror 上刊登的海明威夫妇非洲空难的错误消息

海明威的飞机失事现场

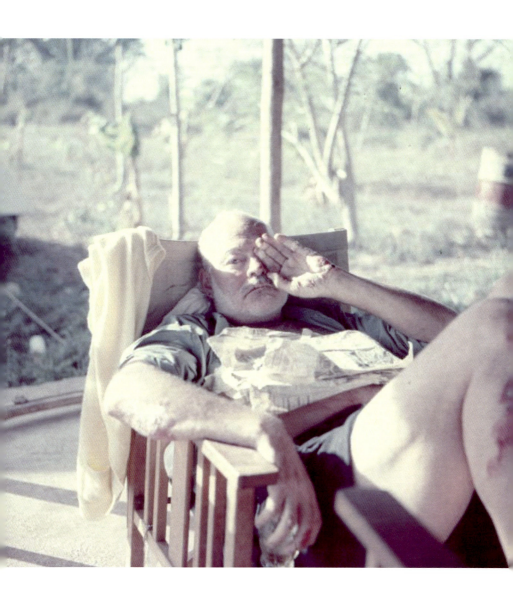

海明威在第二次飞机失事后受伤严重,
图中可见其头部、面部、手臂多处烧伤,膝盖、肾、肝也受到重创

海明威与远处的非洲之巅乞力马扎罗火山

海明威与当地女人

海明威和玛丽在非洲。1953—1954年

海明威在非洲的大湖边

1933年海明威和波琳第一次非洲之行时猎杀了
一头雄狮

海明威第二次来到非洲狩猎，猎杀了一头野牛（Cape buffalo）。
此时陪在他身边的不再是波琳，而是玛丽

摄影师Earl Theisen在给海明威拍照

海明威与Phillip Percival以及非洲原住民

1950年代海明威仍然喜爱古巴和佛罗里达。
此图为他在古巴的一家俱乐部里（de Cazadores del Cerro in Rancho Boyeros, Cuba）

海明威早在1934年就购买了一艘船,驾船巡游加勒比海。
身后远处是古巴的哈瓦那

海明威在古巴 Finca 家中，慵懒地躺在床上，
由于老病伤痛渐深渐重，卧病在床是海明威晚年的常事

海明威在佛罗里达Key West的别墅

海明威在船舱里。哈瓦那

海明威与儿子格里高利（奇奇），
在古巴的俱乐部里练习射击（Club de Cazadores del Cerro in Rancho Boyeros）

海明威与三个儿子（从左至右：帕特里克、约翰、格里高利）。
古巴的Cazadores俱乐部

海明威在哈瓦那的佛罗里达酒吧（Floridita Bar）

海明威与瑞典驻古巴大使Per Gunnar Vilhelm Aurell在古巴的家中，展示他1954年获得诺贝尔文学奖的证书

在古巴Finca家中海明威与玛丽款待 Adeline Beehler Welsh（可能）、
Juan Sinsky Dunabeitia, Gianfranco Ivancich 等朋友。
由于后来古美关系剧变，海明威不得不考虑转移自己在古巴的财产。
1960年他永远离开古巴回到爱达荷州

1948年海明威与玛丽在威尼斯的一条运河岸边,
二人在50年代多次游访欧洲

海明威在威尼斯的圣马可广场，身上落满鸽子

海明威在欧洲旅行,与A.E. Hotchner以及另一个身份未详者

海明威旅行西班牙期间在住所的阳台上

雕塑家Toni Lucarda 为海明威塑胸像，
威尼斯Torcello Island

海明威从年轻时就对西班牙斗牛深为迷恋,直至晚年未有丝毫衰减。
海明威与斗牛士Antonio Ordonez 在西班牙马拉加戴维斯庄园("领事馆")的泳池边

海明威与Antonio Ordonez在后者农庄中。
 Valcargado，Cádiz

海明威、Antonio Ordonez 以及朋友在 Ordonez 的农庄

海明威与 Adamo Simon (司机) 在桥边溪畔喝酒，
西班牙

海明威在溪畔写东西。
西班牙的 San Ildefonso

海明威与朋友在马拉加戴维斯庄园午餐

1959年夏海明威与 Lauren Bacall 在西班牙 Pamplona 的一家咖啡馆

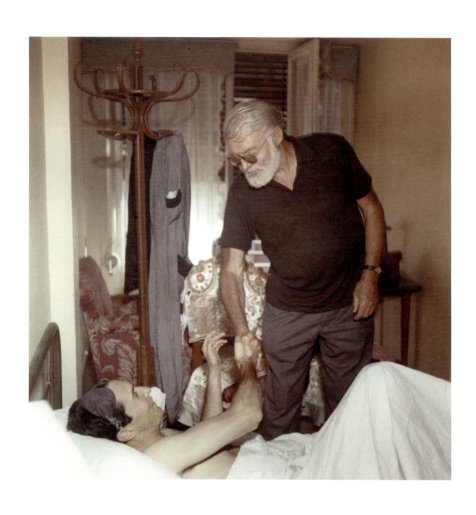

海明威去探视受伤的斗牛士 Luis Miguel Dominguin

海明威与Luis Miguel Dominguin, Eva Gardner 等一干朋友在 Costa dol Sol 午餐

海明威在戴维斯庄园的卧室里读信

海明威与玛丽在太阳谷

海明威与玛丽在太阳谷

海明威与Lloyd Arnold和Tillie Arnold在爱达荷太阳谷野餐

太阳谷的海明威雕像

"拉过。"

"行啦，行啦，"老爹说道。"我们找小夫人去，吃点早餐吧。我倒是不想吃。"

"我想吃，"我说道。"我从前天起就没吃过东西。"

"可你喝了啤酒，不是吗？"

"啊，是的。"

"啤酒也是粮食嘛，"老爹说道。

我们找到了小妇人和老卡尔，吃了顿非常非常快乐的早饭。

一个月以后，P. O. M.、卡尔，还有在巴勒斯坦的海法跟我们会合的卡尔的太太，正背靠着加利加海旁的一堵石墙，沐浴在阳光里，吃着午饭，喝着葡萄酒，眺望着湖面上的鹬鸼鸟。湖面水平如镜，看起来凝固了一般，倒映着群山。有大量的鹬鸼在水里游动着，划出的尾流呈扇形铺开，我数着数着，不明白《圣经》里怎么就没提到它们呢。我断定书的作者不是博物学家。

"我不想在水面上行走，"卡尔一面说，一面眺望着这单调的湖面。"已经有人走过了呀。"

"你也知道，"P. O. M. 说道，"我想不起来了。我想不起杰·菲先生的五官长相了。不过他很漂亮。我想着他的种种，想啊想啊，可就是想不起他的长相。真讨厌。他长得不像照片里的那样。再过一小会儿，我就彻底记不起他了。我已经想不起他的长相了。"

"你一定要记住他。"卡尔对她说道。

"我记得他，"我说道。"完了我要给你写点东西，把他也写进去。"

"真是棒极了，"P. O. M. 说，"我们再去看看。"

"你会永远铭记打到它们的过程。这才是你真正的收获，"老爹说。"这是两只超棒的大弯角羚。"

可是我感觉痛苦，整整一夜都感觉痛苦。可是到了早上，我的痛苦没有了。彻底没有了，我再也没有为此痛苦过。

我和老爹起了床，早餐前去看那两只大弯角羚羊。那是个天空阴霾的灰蒙蒙的早晨，天气很冷。雨季快到了。

"这三只大弯角羚都很棒。"他说道。

"今天早晨它们跟这只大的放在一起，看起来还挺不错的，"我说道。真奇怪，它们确实挺不错的。我现在心里已经接受了这只大的，看见它很开心，也为卡尔打到了它而开心。你把他们并排放在一起，它们看起来很合套。真的很合套。它们都很大嘛。

"你感觉好些了，我很开心，"老爹说道，"我自己也感觉好些了。"

"我真地为他开心，"我实打实地说。"我自己打到的已经让我心满意足了。"

"我们拥有非常原始的情绪，"老爹说。"没有竞争心是不可能的。不过，竞争心也会把一切搞砸的。"

"我彻底看开了，"我说。"我又恢复原状了。你也知道，我的这次旅行收获颇丰。"

"可不是。"老爹说。

"老爹，他们跟你握手的时候拉拉大拇指是什么意思？"

"那是表示同胞兄弟似的情谊，只是没有那么正式就是。谁跟你这样了？"

"除了卡乌乌，都这样过。"

"你快成大名人了，"老爹说道。"你一定会成为这里的一个老前辈的。告诉我，你真是个了不起的追猎者和射鸟大王吗？"

"见鬼去吧。"

"姆科拉也跟你拉过大拇指？"

"它是个奇迹。"我说道。我当时那么烦恼，我本来可以表现得更好些，可这骗不了任何人。

"你也打到了，我们非常开心，"卡尔说道。"那两对角美轮美奂。明天早晨我想听你讲讲打到它们的全部过程。我知道你今天晚上累了。晚安。"

他离开了，一如既往的善解人意，所以我们如果愿意的话，是可以谈谈这个的。

"过来喝一杯吧。"我喊道。

"不了，谢谢，我有点头疼。我想最好还是上床睡觉吧。"

"晚安，卡尔。"

"晚安。晚安，可怜的老妈妈。"

"晚安。"我们异口同声地说道。

我们坐在火堆旁，喝着兑了苏打水的威士忌，我们聊着天，我给它们讲述了这次追猎的整个过程。

"也许他们会找到那只公的呢，"老爹说道。"我们要悬赏奖励找到角的人。把它们送到猎物部。你最大的那对角多大？"

"52 英寸。"

"弯曲部分算进去了吗？"

"算进去了。也许实际上更大点儿。"

"尺寸大小不意味着一切，"老爹说。"两只超棒的大弯角羚羊啊。"

"的确。可是他为什么把我胜得这么惨呢？"

"他走运，"老爹说。"天哪，多棒的大弯角羚啊。我这辈子只见过一个人射杀了一个 50 多英寸的。那是在卡拉尔山上的时候。"

"我们离开那个营地的时候就知道他打到了。是卡车司机过来告诉我们的，"P. O. M. 说道，"我把所有的时间都花在为你祈祷上了。你问问杰·菲先生。"

"你永远也不会知道，看见卡车开进营火光里，看到那两对超棒的角在车外翘着，对我们来说意味着什么。"老爹说。"你个老混蛋。"

的时候我们正从大路上拐了下来，在一条林间小道上行驶，营地的篝火在前面闪亮。接下来，我们的车灯照到了绿色的帐篷上，我大喊大叫起来，我们都大喊大叫起来，喇叭声声响起，我开了一枪，火光刺破了黑暗，声音很大。接着我们被拦住了，我看见老爹从他的帐篷走了出来，身穿晨衣，身材魁梧结实，然后他用双臂拥住了我的双肩，说道，"你是个了不起的猎大公弯角羚的猎手。"我拍着他的背。

"看看它们的角，老爹。"

"我看见了，"他说道。"卡车车厢后部都装满了。"

然后我紧紧地抱住了 P. O. M.，她的身体在那条被子样的晨衣里显得娇小玲珑，我们说着悄悄话。

接着卡尔走了出来，我说道，"嗨，卡尔。"

"我都要开心死了，"他说道。"这些角妙不可言。"

此时姆科拉已经把大弯角羚羊的角卸下了车，他和卡乌乌正举着呢，好让大家借着火光看清楚。

"你打了什么？"我问卡尔。

"也是这种东西。你怎么叫它们来着？大弯角羚。"

"太好啦，"我说道。我知道我们打到的是无敌的，我希望他打的也是只好的。"你那只多大啊？"

"哦。57 英寸吧。"卡尔说道。

"我们去看看。"我嘴上这么说着，心里拔凉拔凉的。

"它在那里。"老爹说道，于是我们走了过去。那是一对世界上最大、最宽、最黑、弧度最大、最结实、最令人难以置信的大弯角羚羊的角。突然，我中了妒忌的毒，再也不想看见我的那两对大弯角羚羊的角了。永远不想了，永远不想了。

"太棒了，"我说道，话从我的嘴里吐出来，欢快得像呱呱叫的蛙鸣。我又尝试了一次。"棒极了。你是怎么打到的？"

"当时出现了三只，"卡尔说道。"都跟这只一样大。我看不出那只是最大的。我们当时正在兴头上。我打了它四五枪。"

要跟老板[1]走。"

姆科拉和卡乌乌只得把他紧紧抓着绳子的手掰开，把他拽下车，重新装车，而他还在大叫，"我要跟老板[2]走！"

他们摸黑装车的时候，他拉住我的胳膊，用我听不懂的语言跟我说话，声音很低很低。

"你已经得到钱了嘛。"我说。

"得到了，老板[3]。"他说。他说的不是这个问题。钱没问题。

接下来，我们开始上车的时候，他突然松开了我，从后面爬到了车上，爬到了货物上。加利克和阿布杜拉把他拽了下来。

"你不能去了。没地方了。"

他又轻言细语地跟我说起话来，又是乞求，又是恳求。

"不行啊，没地方了。"

我想起我有一把袖珍折刀，于是从口袋里把它掏出来，放到他手里。他把折刀塞回我手里。

"不要，"他说。"不要。"

然后，他默默地站到了路边。可我们的车一开，他就开始跟着汽车跑，我听见他在黑暗中尖声叫道，"老板[4]！我要跟老板[5]走！"

我们继续赶路，跟我们以往去过的地方相比，此时车灯照出的大路简直就像一个林荫大道。我们顺着这条大路在黑夜里走了 55 英里，一路平安无事。我一直都没睡，我们驶过路况差的路段，即那段长长的黑色松软的、有深深的车辙的平地，车灯透过灌木丛照出了小道，接着路况好些了以后，我才睡着了，睡的过程中还时不时地醒来，看见车头灯照着一堵高高的树墙，或者一条光秃秃的河岸，或者在我们挂着低挡嘎嘎地爬上一道陡坡的时候，灯光向上斜斜地照着前方。

最后，当里程计上显示 50 英里的时候，我们把车停下，进了一个土著的小屋，把土著叫醒，姆科拉问他营地的位置。我又睡着了，醒来

---

[1] [2] [3] [4] [5] 原文为斯瓦西里语。——译者注

孩子惊慌失措，武士欣喜若狂。武士们跟着我们跑了很长一段路程，但此时大路从公园一般的乡野中穿过，路况很好，我们又要赶时间，所以我们没多久就向他们最后那拨人挥手告别，只见身材高大的他们笔直地站在那里，身穿褐色的兽皮衣服，粗大的辫子耷拉着，脸上涂成了红褐色，倚着长矛，面带微笑，目送着我们远去。

太阳差不多已经落下去了，因为我认识路，于是让那个送信人到前排来，坐到万德罗博—马萨伊人旁边，给卡乌乌指路，我则跟姆科拉、加利克坐在后排。太阳落下去以前，我们驶出了公园般的乡野，踏上了稀疏灌木点缀的干燥的平原，我又喝了一瓶德国啤酒，注视乡野的时候，突然看见所有的树上都栖息着白色的鹳鸟。我不知道它们在迁徙的途中呢，还是在追猎蝗虫，然而在夕阳的暮色中，它们看起来是那么的美丽可爱，我大为感动，把剩下的足有两指高的啤酒一股脑都给了老头。

喝下一瓶啤酒的时候，我彻底把老头给忘了，等到都喝光了才想起了他。（树上还栖息着鹳鸟，我们看见右侧还有一些格兰特瞪羚在吃草。有两只灰色狐狸样儿的豺一路小跑着穿过了大路。）所以我让姆科拉再开一瓶啤酒，我们穿过平原，爬上长长的斜坡，向大路和村庄开去，现在能看见那两座山了，天已经几乎全黑了，冷得可以，我把酒瓶递给老头，他蹲在车篷下面，如获至宝，慢慢地喝了起来。

到了村庄，我们把车停在路上，在黑暗中按照送信人带来的纸条上所写的数额给他付酬。我按照老爹说的数额给老头付酬，还加了份奖金。接着，这些人中间爆发了一场激烈的争执。加利克要到主营地去取他的酬金。阿布杜拉不信任加利克，坚持要跟他一起去。万德罗博—马萨伊人料定别人会在他那份酬金上蒙他，我对此也深信不疑。所以他可怜巴巴地坚持也跟着去。剩下的这点汽油是为了备不时之需，所以无论如何都要带上。我们的车已经超载，前面的路况如何，我也不清楚。尽管如此，我想还是可以带上阿布杜拉和加利克，让万德罗博—马萨伊人也挤进来。打发老头走不成问题。他已经得到了酬金，对数额也没意见，可他现在就是不想下车。他蹲在一捆捆的东西上面，手抓着绳子说道，"我我见到好地方，就能看出来。这里有猎物，有大量的鸟儿，我还喜欢这里的土著。我可以在这里射猎，垂钓。这些，再加上写作，读书，看电影，是我最爱做的事情。我看过的电影我都记得。我还喜欢看其他的，可我喜欢做这些事情。这些，还有滑雪。可是我现在腿跟不上了，不值得再去花费时间找好的雪地了。你看看现在滑雪的人有多多？

此时，汽车在河岸处拐了个弯，穿过一片茅草丛生的绿油油的田地，我们看到了马萨伊人的村庄。

马萨伊人一看见我们就跑了出来，我们停下了车，在围栏下面，我们被他们团团围住。这些人当中有曾经跟我们赛跑的青年武士们，而现在他们的妻儿也出来看我们了。孩子们尚且年幼，而这些男男女女似乎都是同龄人。没有老人。他们好像都是我们的好朋友一般，于是我们成功地举办了一个聚会，用我们的面包当点心，他们一边吃，一边开怀大笑，笑声不断，先是男人笑，然后是女人笑。我吩咐姆科拉打开两盒肉糜罐头和葡萄干布丁罐头，我把这些切成一份一份的，传给他们。我听人说过，也从报纸上读到过马萨伊人赖以生存的食物是兑了牛奶的牲畜血，他们近距离向牲畜射箭，然后从静脉的伤口抽血吸食。可是，面前的这些马萨伊人一面香甜地吃着面包、冷肉糜和葡萄干布丁，一面不停地开怀大笑，开着玩笑。一个个子高挑，相貌英俊的男子一直在问我什么问题，我没听懂，接着就有五六个人也参与进来。虽然没听懂他们说的是什么，可我看出他们非常想得到这个东西。最后，还是那个身材最高挑的人做了一个非常奇怪的鬼脸，发出了一个声音，那声音就像一头快死了的猪。我终于恍然大悟。他在问我们是否有一头快要死的猪，于是我按了一下汽车喇叭。孩子们一边尖叫一边跑，武士们笑了又笑，最后，卡乌乌应众人的要求，把喇叭按了又按，我注视着女人们脸上的陶醉和狂喜的表情，我知道就凭这喇叭，他就可以得到这个部落里的任何一个女人。

最后，我们非走不可了，于是把空啤酒瓶、瓶子上的标签，还有姆科拉从地上拾起的瓶盖分发给他们，我们走了，喇叭按得女人陶醉痴迷，他们把疟疾叫发热或者打摆子。在我曾经住过几个月的托尔图加斯群岛，曾有一次有上千人死于黄热病。在白人后来发现的新大陆和岛屿上，只要一听到蛇嘶嘶地叫，你就会惊恐万状，怕染上什么疾病。这条蛇可能也是有毒的。你把它们都杀光了。真该死，我一个月前得的那种病，如果是在以往，在特效药还没有研制出来以前，我肯定就没命了。也许我就没命了，也许我会康复也未可知。

在一个条件好的地区采取简单的预防措施来保证身体健康，比在一个谎称已经不可救药但其实完好如旧的地区要容易。

我们到哪个大陆，哪个大陆就会迅速老化。当地土著与大陆共同生活，和谐共处。然而，外国人大肆破坏，砍伐树木，抽干河水，供水系统被改变，表土被翻开，土壤露出地面，接下来土壤被风吹走，每个老地区都是如此，我看见加拿大也开始出现这种状况。土地已经被开发得够够的，一个地区被开发以后，如果人们不把剩余的东西和牲畜都还给这个地区的话，这个地区就会迅速衰竭。当人们不使用牲畜，而是使用机器的时候，土地就迅速胜出了。因为机械无法再繁殖，机器也不能肥沃土壤，机器的食物无法种植。一个地区应该保持我们发现时的原貌。我们是闯入者，等我们死后，我们可能已经把它毁了，然而它依然还在那里存在着，我们不知道接下来会发生什么变化。我推测它们的结局会与蒙古一样。

我会重返非洲，但不会靠非洲谋生。我会靠两只铅笔和几百张最便宜的纸谋生。不过，我会回到我欢喜的地方去生活；去真正地生活。不是浪费生命。我们的祖先到美国去，那是因为当时的美国值得去。美国曾经是一个好地方，可是我们把它搞得乱七八糟，因此我现在要到其他地方去，因为我们永远都拥有到其他地方去的权利，而且我们终归是要去的。你永远都有回来的权利。让那些不知道为时已晚的人去美国吧。我们的国人见证了它最辉煌的时期，也在值得为它奋斗的时期为它奋斗过。而现在的我要到其他地方去了。以往我们常常到其他地方去，况且总有好地方可去。

石的后面，久久地凝视着山腰上的它们，这样它们就会永远属于我了。没问题，只要加利克不把他那个辛巴老板[1] 带回那里，把那个地区的动物杀光就可以了。不过，假如他真地这么做了，我就到山的另一侧去，那里也会有这样一个地区，只要人有时间生活在那里，就可以在那里生活，在那里打猎。卡车能去的地方，他们都会去。不过，那里一定到处都有这样的小盆地，那是谁也不熟悉的小盆地，是车辆在路上都会路过的小盆地。他们都在同样的地方打猎。

"要啤酒吗？"姆科拉问道。

"要。"我说道。

的确，你的确无法在那里生活。大家都给你讲过原因。飞来的蝗虫会把你种的庄稼吃掉，季风不到，雨就不下，万物都会枯萎，死亡。那里的虻蝇和苍蝇会毁坏庄稼，蚊子会让你感染热病，搞不好你还可能得上黑尿病。你的畜群可能会死掉，你的咖啡可能不会有人开价。只有印度人才能在剑麻上赚到钱，然而在沿海地区，每一个椰子种植园都证明：谁想在干椰仁上赚钱，谁靠干椰仁赚钱，谁就是自毁。一个白人职业猎手每年工作三个月，喝酒却能喝 12 个月，而政府为了维护印度人和当地土著的利益把这个地区毁了。他们就是这么跟你讲的。的确如此。可我并不是想赚钱。我只想在那里生活，有时间打猎。上述的疾病，我已经得过一种，每天不知道多少次用肥皂和水清洗三英寸长的直肠，完了再把它塞回原处。这种病还是有特效药的，还是可以治疗的，就我的所见所闻和去过的地方而言，有这样的体验还是非常值得的。再说，我是在马赛开出的肮脏的船上染上的这个病。而 P. O. M. 就一天也没病过。卡尔也没有。我热爱这个地区，我有一种宾至如归的感觉，就像在家一样，一个人对故乡以外的某个地方有如家的感觉，这个人就应该到那里去。还有，在我祖父生活的年代，密歇根州还是一个疟疾肆虐的地方呢。

---

[1]　原文为斯瓦西里语。——译者注

的活靶子啊。要想射中它，我只能把它的全身都当做靶子。是的，你这混账东西，可那只母貂羚又会怎么说呢？你两次都没射中，一次是在它趴着的时候，一次是在它侧立着的时候。莫非这也是移动靶子吗？不。假如我昨天晚上早点睡觉，我就不会做出这样的事来。或者，假如我擦过枪管，把枪管里的油腻擦掉了，我第一次开枪以后，那只母貂羚就不会跳得那么高。我也就不会趴在地上，第二枪也就不会打到它的肚子上了。假如你明白事的话，你就应该知道所有的倒霉事都是咎由自取。我以为我的真正猎枪射击水平比我表现出来的要高，为了证实我的看法，我损失了大量金钱，我的步枪射击水平不比世界上任何一个混蛋差。我绝对可以做到这一点。可尽管如此又如何？我毕竟打中了的一只公貂羚的肚子，却还是给它逃逸了。我的射击水平是否有我自以为的那么高呢？答案是肯定的。可我为什么也没打中那只母貂羚？见鬼，好马也有失蹄的时候呀。你却没有好马失蹄的该死理由。真该死，你算那根葱啊？你是我的良心？你听着，我问心无愧。我清楚我是哪种王八蛋，我也清楚我的特长。假如我不是被迫离开，被迫撤离这里的话，我一定会打到一只公貂羚的。你知道罗马人是一个好猎手。那里还有一群貂羚哩。我为什么只能住一晚就走呢？这可算是射猎之道？见鬼，不是。我要想方设法赚点钱，等我们回去以后，我们要开着卡车到老头的村庄去，再载上那些脚夫，这样就不必为那该死的车担惊受怕了，把他们送回去，在罗马人家上面小河上游的森林里设营，在那个地区不紧不慢地射猎，住在那里，每天外出射猎，时而休息休息，写上它一个星期或者半天的，或者每隔一天写一写，最后对那个地区逐渐熟悉起来，就像熟悉我们从小长大的那个湖附近的情况一样。我会看见水牛在它们生活的地方吃草，当大象从山中走出来的时候，我们可以看到它们，我们注视着它们碰断了树枝也不开枪，我会躺在落叶上，注视着大弯角羚到外边来吃草，除非我看见了一只比车厢里这只还要好，否则我是绝对不会朝它们发一枪一弹的，我不会再整天去追踪那只肚子上受了重创的公貂羚，相反，我会躺在一块岩斯托克奥尔普湖垂钓以后穿越瑞士的罗讷河谷，我和钦克坐在瑞士的埃戈尔的紫藤棚下面，木桌上放着黑啤酒，这里的七叶树上的花儿正在怒放，我们再次讨论起写作问题，关于你是否可以把这些花丛称作上过蜡的枝形大烛台。天呐，我们讨论的内容多文学啊；当时正值世界大战刚刚结束之际，我们对文学爱好得不得了，后来半夜三更的，从巴黎马戏场看了马斯卡对勒杜或者罗蒂斯对勒杜的拳击赛回来，或者从任何一场伟大的拳击赛上回来，你在那里喊哑了嗓子，兴奋得不愿意回家睡觉，所以去利普酒店喝杯上等的啤酒；不过，在跟钦克参加了世界大战以后到山区垂钓的那些年，一般都喝啤酒。明火枪手喜欢旗帜，爬山高手喜欢悬崖峭壁，英国诗人喜欢啤酒，我喜欢烈性啤酒。当时钦克就是这么说的，就是在那个时候，引用了罗伯特·格雷夫斯[1]的诗句。我们在一些国家待得腻味了，就到别的国家去，但啤酒永远是无敌的传奇妙物。就连老头都清楚这一点。他第一次看我喝酒的时候，我就从他的眼神里看出来了。

"给你啤酒。"姆科拉说道。他已经打开了酒瓶，于是我随即向外面鹿苑似的乡野望去，靴子下踩的汽车引擎热得发烫，身边的万德罗博—马萨伊人已经健壮如常，卡乌乌却在盯着绿色草泥上的车辙，我把穿靴子的双腿伸出车门耷拉着，让双脚凉快凉快，喝着啤酒，心里想着，要是老钦克在身旁该有多好。国王陛下第五明火枪团荣获十字勋章的埃利克·爱德华·多尔曼-史密斯上尉。假如他现在在这里，我们就可以讨论怎么描绘这片鹿苑般的乡野，把它称为鹿苑是否足以体现出它的特色。老爹和钦克何其相似乃尔。老爹比钦克年龄大，因为上了年纪，所以更宽容，两个人都一样，都是好伙伴。我和钦克曾经一起漫游了大半个世界，后来我们分道扬镳了，而现如今我在老爹手下学习。

可那该死的公貂羚。我当时是应该把它射杀了的；可它是个移动

---

[1] 罗伯特·格雷夫斯（1895—1985），英国小说家、诗人、评论家，著有历史小说《克劳狄乌斯一世》和一些爱情诗等。——译者注

孩子找打屁股一样。他在扮演一个追猎凯旋的向导。卡乌乌和姆科拉都在笑话他。他不能戴他的鸵鸟头饰，我想可真是一个极大的遗憾。

一次我们遇到障碍停车以后，我正挥动着铁锹开路的时候，他俯身疯狂地给人支招、吆三喝四，于是我举起铁锹，装作不经意的样子，使劲儿地捅了一下他的肚子，他一屁股坐到了地上。我看都没看他一眼，而姆科拉、卡乌乌都不敢看对方，唯恐笑出声来。

"我受伤了。"他错愕地说道，从地上爬了起来。

"千万不要靠近拿锹的人，"我用英语说。"危险死了。"

"我受伤了。"加利克捂着肚子说。

"揉揉吧。"我对他说，还给他示范了一下怎么揉。我们又都上了车，我开始觉得对不起这个可怜的、该死的、没用的、有戏剧范儿的混蛋，于是对姆科拉说，我想喝瓶啤酒。他从车厢后部那一捆捆的东西下面掏出了一瓶，现在我们正穿行在那片鹿苑一般的乡野上，我打开酒瓶，慢慢地呷起来。我回头一看，就见加利克现在已经没事了，嘴里又信口开河地说了起来。他揉着肚子，好像在跟别人吹自己是个多么不得了的人，根本都没感觉。我喝啤酒的时候，感觉到老头在车篷底下注视着我。

"老头。"我说道。

"在，老板 [1]。"

"送你个礼物，"我把酒瓶喝剩下的酒递了过去。酒瓶里所剩无几，只剩下一些泡沫和一点点啤酒了。

"要啤酒吗？"姆科拉问道。

"上帝作证，要。"我说道。我的思绪回到了那年的春天，我们走在通往贝恩斯德阿利兹的山路上，还有在喝啤酒比赛中败北，没有赢到小牛犊，当天夜里绕着山路回家，月光洒在草地上大片大片的水仙花上，我们喝得酩酊大醉，谈起怎么描绘那片单色花卉上的月光，还回想起在

---

[1]　原文为斯瓦西里语。——译者注

加利克正在神气活现地跟罗马人的两个妻子大喊大叫。根据我所能听懂的内容判断，他在用空汽油跟她们交换一样什么东西。

"你过来。"我叫他。他走了过来，自我感觉很精明。

"听着，"我用英语对他说道。"假如我在这次游猎结束之前还没有揍你的话，你将是一个该死的奇迹。而我一旦揍了你，我要打碎的是你该死的牙床。就是这样。"

我的话他倒是没听懂，但我的语气把我的意思表达得再明白不过了，比我从词典里查出词再对他说还要明白。我起身示意那两个女人，这些汽油桶和汽油箱她们可以随便拿。我如果任由加利克调戏她们却不帮助她们的话，那我可就万劫不复了。

"上车，"我命令他。"不，"他开始把一个汽油桶递过去的时候，我又说道，"上车。"他往卡车前走去。

我们现在都收拾好了，准备出发了。大弯角羚的角被捆在一捆捆的东西上，在车尾弯弯地伸了出去。我们给罗马人留了一些钱，送给那个男孩一张大弯角羚的皮。我们随后上了卡车。我和万德罗博——马萨伊人坐在前排。姆科拉、加利克和那个送信的人坐在后排，送信人是老头同村的人，就是那个路旁的村庄。老头蹲在车厢后面一捆捆的东西上面，头都快贴着车篷了。

我们挥手道别，踏上了归程，从罗马人更多的家人身旁经过，一些年纪更老些、长相更差些的人正在从沿河边向上穿过玉米地的小道旁用原木生火烤成堆成堆的肉。我们顺利过了河，河水浅，河床干，我回首遥望那片玉米地、罗马人的一个个小茅屋、我们曾经设营的围栏和在万里乌云的天空下显得黑沉沉的蓝色小山，由于没有见到罗马人，对他解释我们这么离去的原因，我心里特别难过。

接着我们顺着那条熟悉的小道穿过树林，力争抓紧时间赶在天黑之前走出树林。我们在沼泽地段遇到了两次麻烦，加利克好像处于一种极度歇斯底里的状态，当我们披荆斩棘，铲除路障的时候，他指手划脚地指挥着大家，搞得我下定决心非揍他不可。他是在找打，就像爱作秀的的火堆周围枝条上的肉收拾起来。

"你不想吃吗，老板 [1]？"卡乌乌问我。

"不了，"我说道。然后用英语说道，"累惨了。"

"吃吧。你还饿着呢。"

"等会儿，上车吃吧。"

姆科拉拿着一包东西走了过去，那张又长又扁的脸上又恢复了茫然。这张脸只有在谈射猎和开玩笑的时候才会有生气。我在火堆旁找到了一个铁皮杯子，于是叫他拿威士忌来，那张表情茫然的脸的眼角和嘴角又绽开了笑意，从他的口袋里拿出扁酒瓶来。

"最好兑点儿水，"他说道。

"你个中国黑鬼。[2]"

他们都在手脚麻利地干活，罗马人的妻子们走了过来，站在不远处看搬东西，装车。她们两个人，容貌美丽，身材漂亮，看起来羞答答的，却很感兴趣的样子。罗马人还没有回来。我觉得没跟他解释解释就这么走了，感觉特别不好受。我非常喜欢这个罗马人，对他很是敬重。

我喝了一口兑了水的威士忌，看着靠在鸡棚似的小屋墙上的那两对大弯角羚羊的角。这两对角从收拾得干干净净的白色脑壳上伸出，微微向上呈螺旋状，向两边叉开来，一圈又一圈地盘旋，最后精致地向里弯曲，两个角尖滑滑的，如象牙一般。一对角比另一对要窄，要高，靠在小屋旁。另一对比第一对高度差不离，但叉得更开，主干更结实。它们是黑胡桃肉色的，看起来美轮美奂。我走过去，把斯普林菲尔德枪靠着小屋的墙立在两对角之间，角的尖比枪口还要高。卡乌乌把一包东西送到车上返回来的时候，我吩咐他去取照相机，接着让他站在大弯角羚的旁边，我照了张照片。然后他把大弯角羚的头提起来，送到卡车上去，每颗头都不轻。

---

[1]　原文为斯瓦西里语。——译者注

[2]　直译为黑皮肤的中国人，是一种对中国人的蔑称。——译者注

通常的话，回家走新路，路会显得短一些，可是这次回家的路却好像漫长了许多。我累得骨头架都散了，头晕目眩，好像这辈子都没有这么渴过。不过天气突然间凉了下来，原来是在穿过树林的时候来了一块乌云遮住了太阳。

我们出了树林，向下到了平地，刺人的围栏遥遥在望。此时，太阳在一大片乌云后面，又过了一会儿，整个天空都被乌云笼罩了，阴霾沉闷的天，随时都有可能下雨。我猜测，这可能是最后一个晴朗的酷热日子了；这种酷热是雨季到来之前的反常现象。开始我还以为，天上下了雨，地下就会留下脚印，我们就能跟那只公貂羚耗着；接下来，我看着那又厚又密、羊毛似的乌云迅速笼罩了整个天空，想我们要开着卡车走十英里远的黑色松软道路到汉德尼，与大队人马会师的话，最后马上出发。我指了指天空。

"不妙。"姆科拉同意我的意见。

"去姆库瓦老板[1]的营地?"

"那更好。"接着毅然决然接受了这个决定，"好。好。[2]"

"我们走吧，"我说道。

回到那个刺人的围栏和小屋，我们迅速拆营。有个送信的从我们上次驻扎的营地过来，带来了 P. O. M. 和老爹出发以前写的一张便条和我的一顶蚊帐。便条上并没有更多的话，只说他们要出发了，祝我们好运。我喝了点帆布袋里的水，坐在一只汽油桶上，望着天空。凭良心说，我不敢冒险留下来。假如这里下起雨来，那我们就连大路都上不了。假如大路上的雨下大了，我们这个季节都不能离开这里到达海岸。那个奥地利人和老爹都说过这话。我不能走了。

这件事就这么决定了，再说我多么想留下也没用了。一天的劳累促使我们很自然地做出了这个决定。东西都装上了车，大家把已经熄灭了

---

[1] [2]　原文斯瓦西里语。——译者注

们一无所获，没有踪迹，没有脚印，没有血迹，我对姆科拉说我们回营地吧。罗马人的弟弟和那个丈夫上山谷的顶端去取我们打的那只母貂羚的肉。我们被打败了。

我和姆科拉打头，其余的人尾随着，大家穿过旷野上的长长的热浪，往下跨过干涸的水道，向上进入树林，走到小道的树荫里，倍感舒适。为了走捷径，我们不走小道，而是在斑驳的阳光和阴影里，在平坦而又弹性十足的林间土地上穿行，就在这时，我们看见前面不到100码的树林里有一群貂羚在看着我们。我往后一拉枪栓，挑选最好的那对羚角瞄准。

"公的，"加利克用斯瓦西里语低声说道。"公的大貂羚！"

我顺着他手指的方向看过去。那是一只巨大的母貂羚，深栗色的皮肤，白色的肚子，健硕的体格，脸上有白色的斑点，还有一对曲线优美的角。它对着我们侧身而立，转过头来看着。我仔仔细细地观察着这群貂羚。清一色的母的；显而易见，我打伤了并遗失了的那只公貂羚属于这个群，他们翻过小山，在这里再次聚集起来。

"我们回营地去吧。"我对姆科拉说道。

我们往前走的时候，那群貂羚惊跳起来，从我们面前跑了过去，跨过了前面的小道。每看到一对漂亮的角，加利克都要说，"公的，老板。大的公貂羚。开枪啊，老板。开枪，哦，开枪！"

"清一色的母的。"当它们惊慌失措地穿过阳光斑驳的树林跑过去的时候，我对姆科拉说道。

"就是。"他同意我的看法。

"老头。"我说道。老头走了过来。

"让向导拿这颗头。"我说道。

"老头从自己的头顶上把母貂羚的取下来。

"不要。"加利克说道。

"要，"我说道。"该死的，就要。"

我们继续在树林里穿行，向营地走去。我感觉好点儿了，好多了。我一天都没有想过大弯角羚羊了。现在我们要回家了，大家都在那里等候。

不下脚印，我们也再也没能找到血迹。这只公貂羚会往哪里去，我们有各式各样的猜测，我们按照这些猜测去追踪，可这个地区也太大了，我们没有那份运气。

"不顶事。"姆科拉说道。

我直起身来，走进一棵大树的阴凉里。那里阴凉似水，微风透过我湿漉漉的衬衣，皮肤感觉凉丝丝的。我在想那只公貂羚，对上帝祈祷，但愿根本对它开过枪。现在，我伤了它，还失去了它。我相信它一直在咬紧牙关逃跑，跑出了这个地区。它根本没有显示出要转个圈走回头路的迹象。它今天夜里就会死掉，那些鬣狗会把它吃掉，或者在它死掉之前发现它，把它扯趴下，活活地把它的五脏六腑拉出来，这样就更糟糕了。发现貂羚的第一条鬣狗会穷追不舍，直到最后找到貂羚。接下来，这条鬣狗会把其他鬣狗招来。我觉得打中了它，却没有打死它，真够混账。杀什么，杀什么动物，我都不在意，反正它们早晚都有一死，只要杀得干脆利索就行，而我却绝少参与一直盛行的夜间狩猎和季节性狩猎，所以我不存在一丝一毫的负疚感。我们吃动物的肉，收藏动物的皮和角。可是对于这只大公貂羚，我却觉得心烦意乱到了极点。此外，我想拥有它，我特别渴望拥有它，我想拥有它的心情非语言能够形容。算了，我们对它已经竭尽全力。一开始它下山的时候，那是我们唯一的机会，可我们给错过了。我们失去了那个机会。不对，我们的最佳机会，一个步枪手所能得到的唯一机会，是我有那么一枪可打，可我没有指哪儿打哪儿，而是向它的全身打去。这是我自己犯下的让人恶心的错误。由于信心满满，有十足的把握做成这件事，结果反而遗漏了做这件事的一个步骤。我竟然打中了它的肚子，我可真不是个东西。算了，我们失去了它。我想，在这样的酷热难当的时候，这个世界上怕是连条狗都不会去追踪它了。不过话又说回来，这也是唯一的机会。我掏出词典，问老头那个罗马人家里有没有狗。

"没有，"老头说道，又用斯瓦西里语重复了一遍，"没有。"

我们绕了一个大圈，我派罗马人的弟弟和那个丈夫也绕了个圈。我

176　非洲的青山

"要威士忌吗？"他把扁酒瓶递给我。

"你个混蛋。"我用英语说道，他轻声地笑着，还摇了摇头。

"不喝 [1] 威士忌？"

"你个蛮子。"我用斯瓦西里语说道。

我们继续追踪，姆科拉摇着头，觉得好玩极了，过了一会儿，草高了些，追踪也容易了些。我们穿过整整一片散落着稀疏树木的旷野，这个旷野我们早晨在山腰上见过的，下了一个山坡，那些脚印又返回了高高的草丛。在这片高高的草丛里，我发现半睁着眼睛都能发现它在草丛中穿行时肩部留下的痕迹，所以不用追踪血迹就能快速追踪，这让姆科拉大吃一惊，可重新回到低矮草丛和岩石堆以后，追踪又变得最困难不过了。

此时它流的血不多了；炎炎烈日已经把它的伤口烤干了，我们只能在多岩石的地面上发现一些斑斑驳驳的血迹。

加利克追了上来，有两次竟奇迹般地发现了血迹，完了就在一棵树下坐了下来。我看见在另一棵树下，可怜的老万德罗博—马萨伊人还在履行扛枪人的职责，这对于他来说是第一次，也是最后一次。老头坐在另外一棵树下，各式各样的装备挂在肩上，身边的母貂羚的头像撒旦的崇拜者举行渎神的弥撒时所供奉的某种象征物。我和姆科拉在缓慢而艰难地继续追踪，跨过长长的多石的山坡，再返回来，往上踏上另一片草木稀疏的草地，穿过草地，走进一块长长的，尽头堆着一堆堆漂石的空地。我们在这块空地的中部却根本找不到它的踪迹，就这样转着圈搜索了快两个钟头，最后才又找到了血迹。

还是老头帮我们在那对漂石下面右侧半英里的地方找到的血迹。老头对于貂羚会有什么举动有自己的看法，按照这个想法，他带头往下面走来到了那里。老头是个好猎手。

接下来，我们追踪它，速度慢得不能再慢了。可是到了一英里以外的一块坚硬的多石的地面以后，我们却追踪不下去了。地面太硬了，留

---

[1]　原文为斯瓦西里语。——译者注

有点用处。罗马人的弟弟很明显不是猎手，那个丈夫也不是很感兴趣。他看起来也不是个猎手。我们追踪的速度很慢，太阳已经把地面晒得干硬干硬的，此时貂羚的血迹已经成了这些短草上黑色的斑斑点点，罗马人的弟弟、加利克和万德罗博—马萨伊人相继掉队，在稀疏的树木阴凉底下坐下了。

烈日灼人，因为只能猫着腰追踪，所以虽然我把一块手绢遮在脖子上，可还是能感觉到头疼，血管都突突地跳。

姆科拉稳稳当当、慢慢悠悠地追踪着，满脑袋都是这个问题。他的秃脑壳汗津津的，锃光瓦亮，一有汗水流进他的眼睛，他就拔起一根草，左右手倒替着用草把额头和光秃秃的黑脑瓜上的汗刮掉。

我们慢吞吞地继续追踪。我一直跟老爹诅咒发誓地说自己追踪的本领比姆科拉高强，可现在我才意识到，我才知道姆科拉比我不知要强多少倍，作为一个追猎手，他也比我强。要把这个告诉老爹，我想着。原因就是我过去在血迹消失，后来失而复得的时候一直像加利克似的，现在慢慢悠悠地追踪，酷热难当，顶着个不折不扣、实实在在的毒日头，感觉到它在迫害你的脑袋，根本就是要把它煮熟似的，而干硬的地面上矮草上的血迹就像叶片上的一个已经干了的黑疱子，追踪时很难看得清楚；你一定要找到下一个黑色小斑点才能继续追踪，这个小斑点也可能在 20 码以外，一个人看着最后发现的黑色小斑点，另一个人去寻找下一个，然后在继续追踪，每个人沿着小道的一侧走；用草茎指着血迹，这样就不用开口说话了，一直到血迹再次消失，你用眼睛瞪着最后那道血迹，两个人东瞅瞅，西望望，想要重拾血迹，找到以后，举起一只手作为信号，我的嘴干到说不出话的程度，你为了缓解脖子上的疼痛直起腰向前看的时候，地面上一股热浪袭来。

就在这时，姆科拉开了个玩笑。我嘴干得说不出话来。

"老板。"他用斯瓦西里语看着我说道，我这时已经直起了腰，正在往后倒仰，来缓解脖子痉挛的痛苦。

"什么事？"

吓跑，所以我可以肯定我们是没有把它惊起的机会了。我本来计划带着姆科拉一起向前包抄，让其余的人追踪，因为我们的速度很迅速，石头、落叶和草茎上的血迹还很新鲜，可那些小山太陡，我们无法实现包抄计划。我都搞不清楚怎么会找不到它。

后来，它的脚印又把我们引到了上面一片岩石遍地、沟壑纵横的地区，我们在这里爬行困难，追踪的速度也减慢了。我想，我们也许能在这里的哪条冲沟里把它惊起，可血迹现在已经不新鲜了，循着这些血迹绕过漂石，越过岩石向上，再向上，在一个砂矿边沿基岩突出的狭长部分，我们发现血迹消失了。它一定是下山了。这座山太陡，它不能翻越山顶。这里只有下山的路，在没有其他出路，可它是怎么下的，从哪条峡谷下的？我派他们去它可能走的三条路上和砂矿边沿基岩突出的狭长部分看看是否有它的踪迹。他们没有发现血迹，接着，万德罗博—马萨伊人在右下方喊着说他那里有血迹，于是我们爬了下去，在一块岩石上发现了血迹，沿着一条很陡的斜坡下去，上了一条通向草地的路，时而看见几摊干了的血迹。看到它下了山，我倍受鼓舞，草丛浓密，有膝盖那么高，茅草擦着它的肚皮，你只有把腰弯成 90 度，把草拨拉开，才能看清它的脚印，不过从草茎上可以非常清楚地看到血迹，又回到草丛里了，追踪又容易起来。但是现在血迹已经干了，不再新鲜了，我现在才明白它把我们带到山上的砂矿边沿基岩，我们浪费了不少时间。

最后，它的足迹在我们那天清晨第一次看见草地的地方附近跨过了干涸的水道，转入对面树木稀疏的坡地。天上万里无云，我现在感觉到了太阳的力量，不仅仅是炎热，还像是一种死沉死沉的重量压在我的头上，我还渴得不得了。天气是很热，可让人烦的不是炎热。是太阳的重量。

加利克已经不再认真追踪了，只在我和姆科拉追踪不下去的时候，才作秀似地做点贡献，把血迹找到。他不愿意做常规性的追踪，只要休息，然后心血来潮地猛追一通，让人生气。万德罗博—马萨伊人就像一只没用的有冠蓝背樫鸟，所以我就让姆科拉把长枪让他扛着，这样才让他也

"在哪儿？"我问道，同时向山另一侧老头所在的地方飞奔。

"那儿！那儿！"他一边喊一边指着另一侧山谷顶端的树林。"那儿！那儿！往那儿跑了！那儿！"

我们死命地飞跑，而那只公貂羚还是跑进了山坡上的树林里，找不到了。老头说它体型庞大，皮肤黝黑，长着一双巨角，从距他十码的地方经过，有两处枪伤，一枪在腹部，一枪在臀部的靠上的位置，伤势很重，可跑得却不慢，跨过了山谷，从漂石中间穿过，上了山坡。

我击中了它的腹部，我想。接下来它逃逸的时候，我的第二颗子弹击中了它的臀部。它倒在地上，昏了过去，我们走过路过错过了它。我们走过去以后，它又跳了起来。

"走吧。"我说道。现在大家都兴奋起来了，也乐意走了，老头一面咕哝着这只公貂羚的事，一面把母貂羚的皮叠好，把头骨顶到自己头上，我们穿过岩石堆，一直上行，从斜地爬上山坡。到了老头指的地方，发现了一道巨大的貂羚脚印，蹄子印与蹄子印之间的距离很大，一直向上进了树林，那里有斑斑血迹，大量的血迹。

我们快速追踪，希望能把它惊起，然后开上一枪，而且在树荫里顺着大量血迹追踪也不难。可是看得出它一直在向上爬，绕着山向上爬，跑的速度很快。我们一直跟着新鲜湿润的血迹追呀追，可却怎么也追不上。我想也可能在它回望的时候，或者在它往下或者穿过树林和小山的时候看见它，所以我并没有只盯着血迹进行追踪，而是不停地看着前面，姆科拉和加利克在追踪，其他人都在助他们俩一臂之力，老头除外，他正用花白的头顶着母貂羚的头骨和头皮摇摇晃晃地走着。姆科拉把空水壶挂到他身上，加利克把电影摄影机也给他背上。老头举步维艰。

有一次，我们赶到了那只公貂羚曾经歇过脚的地方，侦察它是否走过回头路，在一个灌木丛后面它站过的一块岩石上有一小摊血，显然风在我们到来之前就把我们的气味吹送到了这里，我诅咒起来。此时微风吹得正紧，在我们赶到之前，我们的气味足以把任何还能动弹的动物都

"就是，"姆科拉同意我的意见。"我看见了。你向它开了枪。"

我又重复了一遍。"七只母的。击中了最大的。15只母的，一只公的。击中了公的。"

一时间，他们都相信了，于是转着圈搜索起来，可是酷热的阳光和被风吹拂的高高的草丛又让它们的信心得而复失了。

"全是母的。"加利克说道。万德罗博—马萨伊人点了点头，嘴巴大张着。我感觉到自己也失去了信心，也感觉到了因此带来的舒适感。不顶着烈日在没遮没盖的小盆地和陡峭的山坡上追猎，这样会轻松许多。我对姆科拉说，我们可以从山谷的两边向上搜索，等母貂羚的头皮剥完以后，我和他两个人可以单独下山去搜索那只公貂羚。他们不相信的话，你就不能让他们去追猎。我原来没有机会训练他们；你没有权力约束他们。假如没有法律的约束的话，我会射杀加利克，而他们要么去追猎，要么给我走人。我想那样的话，他们还是愿意去追猎的。加利克并不受欢迎。他简直就是毒药。

我和姆科拉回到了山谷的下面，像猎鸟犬似地到处搜索，一圈一圈地绕，一道一道脚印地跟踪检查。我酷热难当，口渴难耐。此时的太阳成了大问题了。

"没有，"姆科拉用斯瓦西里语说道。我们找不到它。不管它是公还是母，总之我们把它给丢了。

"也许它是只母的。也许这都是幻想。"我这么想着，把怀疑当成安慰。我们计划到右边的小山上去搜索，然后把所有地方再检查一遍，把那只母貂羚的头带回营地，看看罗马人有什么收获。我快要渴死了。我们要回营地再取点水。

我们开始往小山上爬，我在一个灌木丛里惊起了一只貂羚。我差点开枪射击，却及时发现它原来是母的。我想，原来动物是这么隐藏自己的。我要集合全体人马，把这个地方重新彻底搜索一遍；就在这时，老头发出了一声疯狂的叫喊。

"公的！公的！"一声高亢、尖利的叫声，说的是斯瓦西里语。

我再也没能找到血迹，所以他们现在都是在半心半意地追踪。唯一可行的办法就是一英尺一英尺地搜遍高高的草丛和冲沟。此时天气酷热难当，他们只是做做样子罢了，并没有真的去搜。

加利克过来了。"都是母的，"他说道。"没有公的。只有最大的母貂羚。你杀死的是最大的母貂羚。我们找到了它。小一些的母貂羚逃走了。"

"你这被风吹的狗娘养的，"我说着，接着扳起指头来。"听着。七只母的。接着是 15 只母的和一只公的。公的被击中了。在这里。"

"全是母的。"加利克说道。

"一只大的母貂羚被击中了。一只公的被击中了。'

我的语气斩钉截铁，所以他们都同意了，这样就接着搜索了一会儿，可我看得出来他们对找到公貂羚已经失去了信心。

"要是我有一条好狗就好了，"我心中暗想。"只要有一条好狗就行。"

接着加利克走了上来。"全是母的，"他说道，"特大的母的。"

"你才是母的，"我说道。"特大的母的。"

正要露出愁眉苦脸表情的万德罗博—马萨伊人听罢不禁笑开了怀。我看得出来，那个罗马人的弟弟对能否找到公貂羚将信将疑，而那个丈夫此时对我们谁也信不着了。我认为他对昨晚发现的大弯角羚也没有信心过。算了，经过这次射击，也难怪他会这么想。

姆科拉走了上来。"没有。"他神色忧郁地用斯瓦西里语说道。然后又说道，"老板 [1]，你射中了那只公的了吗？"

"射中了。"我说道。那一刻，连我自己都开始吃不准是否真的有过那么一只公的了。接下来，我仿佛又看见了它那魁梧结实，肩隆高高的黑色身体，和那向后弯弯地、高高地翘起的双角，通体乌黑乌黑的它跟其他貂羚成群结队奔跑的时候，肩膀比它们要高，我看见的同时，野蛮人对没有再见到的东西是不会相信的，而姆科拉透过了这一迷雾，竟然也看见了。

---

[1] 原文为斯瓦西里语。——译者注

我们走到它身旁，只见这个深栗色的大貂羚躺在那里，差不多是黑色的，双角也是黑色的，向后面优美地弯翘着，口鼻处和眼睛旁边有一块白斑，肚皮也是白色的；却偏生不是公的。

姆科拉还将信将疑的，于是摸了摸它那些还没有发育成熟的短小乳房，用斯瓦西里语说道，"是母的。"然后难过地摇了摇头。

这就是加利克第一次给我们指的那只大"公"貂羚。

"公的在下面，在那里。"我用手指着说道。

"就是。"姆科拉说道。

我想，如果它只是受了点伤的话，我们就应该等一等，把它的身体耗虚弱以后再下去找它。所以，我让姆科拉用刀在这只母貂羚的头皮上划了几道口子，也好把头皮剥下，然后把老头留下来剥头皮，我们下山去追那只貂羚。

这么又是飞跑又是爬山的，我口干舌燥，而此时太阳已经升起，天气热了起来。我喝了几口水壶里的水。接着，我们从刚才追踪这只母貂羚的山坡上下来，这个山坡在山谷的对面，我们在这座山下高高的草丛里分成几组，开始寻找这只公貂羚的踪迹。我们没找到。

那些貂羚是成群结队从草丛里跑出来的，每只貂羚的脚印都跟别的貂羚脚印混在一起或者被踩没了。我们在开始打中它的地方的草茎上发现了一些血迹，可后来血迹却不见了，然后又找到了，那里还有一道通向其他方向的血迹。后来，貂羚们呈扇形散开了，脚印也就散开了，它们爬上了山谷和小山，我们就在也找不到了。最后，我在山谷上部大约50码的地方一个草叶上发现了血迹，我把草叶拔起，举了起来。这么做是一个错误。我应该叫它们过来看看这个草叶。除了姆科拉，大家对追踪那只公貂羚都已经失去了信心。

它不在那里。它失踪了。它消失了。也许它压根儿就没存在过。谁能说它就是一只真正的公貂羚？假如我没把那个带血迹的草叶拔起来，也许我还能让他们有点信心。长在地上的草叶上有血迹，这就是证据。而一拔起来，除了对我和姆科拉以外，就不能证明什么了。可除此之外，凹凸不平、地形复杂的地段，长的茅草高矮不一，从齐腰到没过我们的头顶都有。我们马上就发现了一道血迹向左跨过水道，爬上左侧的山坡，通向山谷的顶端。我以为是第一只貂羚留下的血迹，可它这里的脚印间距比我们在山上和树林里看到的要大。我转了一圈，想找到那只大公貂羚的脚印，可是脚印太多无法分辨，在高高的草丛和凹凸不平的地段也很难判断出它的去向。

大家都在寻找血迹，这就像让一群缺乏训练的猎鸟犬疯狂地急于追踪剩余的那窝鸟的时候，反而让它们去追踪一只死鸟一样。

"公的！公的！"我用斯瓦西里语说道。"大公貂羚！公貂羚。那只大公貂羚。"

"对的，"大家都同意我的意见。"这里！这里！"只见血迹跨过了水道。

我最后还是沿着这条血迹追了下去，心里想着我们一次应该对付一只才对，既然我们已经知道这只伤得不轻，那么另一只就可以完了再说。不过，话又说回来，我也可能搞错了，也可能这只正是那只大公貂羚，可能我们往下飞跑的时候，它在高高的草丛里掉过头来，从这里经过。我记得我以前类似的事也曾搞错过。

我们飞速追踪，又是上山坡，又是进树林，只见血迹溅得到处都是；我们向左转弯，爬上了陡坡，一只貂羚在山谷顶端的一些大岩石间受惊之后在岩石堆里又是爬又是跳地逃逸了。我立刻看出它并没有被打中，我看到分明，虽然它的角是深色，弯弯地向后翘起，但它的皮肤却是深栗色的，证明它的母的。多亏我在开枪以前发现了这个问题。当时我正要拉枪栓，发现以后放下了枪。

"母的，"我用斯瓦西里语说道。"是只母的。"我又改用英语说道。

姆科拉和纳两名罗马向导同意我的看法。我刚才险些开了枪。我们往前又走了大约五码的距离，又惊起了一只貂羚。可这只疯狂地摇着头，就是走不出岩石堆。不容易瞄准，可我不急不躁、小心谨慎地开了一枪，打断了它的脖子。

向山谷的顶端的。

"天哪。"我心中暗叫。这些貂羚看起来跟我打中的那只一模一样，而我却要挑一只大的。它们看起来大同小异，都挤在一起往前跑，接下来，那只公貂羚出现了。尽管在暗处，它已经是死黑死黑的了，阳光一照，更是乌黑发亮，它的角翘得高高的，向后弯过去，不仅黑，而且大，形成了两个巨大的弧线，差不多都要碰到背脊中央了。毫无疑问，这是只公貂羚。上帝，多好的公貂羚啊。

"公的，"姆科拉凑近我的耳朵用斯瓦西里语说道。"公的！"

我向它开了一枪，它应声倒地。我看见它又爬了起来，其余的貂羚从它的身旁跑过去，四散开，又聚集到一起。我没有打中。接着，我看见它差不多是直奔高高草丛中的山谷斜坡，我又向它开了一枪，我看不见它了。这群貂羚队形分散着迅速往山谷顶端的那座小山上爬，往我们右侧的小山上爬，往山谷对面的树林里的那座小山上爬。既然我看到了一只公貂羚，那么我就知道了其余的都是母的，我已经打中的那只也是母的。那只公的却再也没有出现过，不过我坚信我们绝对能在它走进的高高的草丛里找到它。

大家都爬上来了，我与他们一一握手，拉大拇指，接着我们穿过树林，越过树林的边缘，向草地飞奔。我的眼睛里，我的头脑里，我的全部内心都被那只公貂羚的黑黑的肤色和弯弯的双角的雄姿填满了，我感谢上帝，在它出现以前，我把步枪又装满了子弹。可我是在兴奋状态下射击的，从始至终我完全是在兴奋的状态下射击的，我并不为此自豪。当时的我兴奋过度，并没有瞄准合适的部位，而是全身打哪儿算哪儿，我为此而惭愧；然而此时整个团队都兴奋得如醉如痴。我倒愿意走过去，可我挡不住他们，我们飞跑的时候，他们就像一群狗。我们跑过那片草地，我们就是在那片草地上第一次看见了那七只貂羚，我们跑过了那只公貂羚在我们的视线中消失的地方，那里的草突然比我们的头还要高了，我们只好放慢了脚步。那里有两条 10 到 12 英尺深的冲沟，是被冲刷出来的隐形冲沟，原本看起来像一个平缓的绿草青青的盆地，现在变成了一个可以用望远镜把它们的角看得清清楚楚，还能看到三只。其中最大的那只躺着，从侧面看，它的那两只角比那几头弯得更高，向后伸得更远。我研究着，注视着它们，激动得忘了高兴，这时我听到姆科拉低声用斯瓦西里语叫了声"老板"。

我把望远镜放下一看，只见加利克没有采取任何隐蔽措施就手脚并用向我们匍匐前进。我伸出手来，掌心冲着他，挥手示意他下去，而他却理也不理，继续手脚并用地爬，吸引眼球的程度可以与有人在大城市的大街上爬行相提并论。我发现有只貂羚在看我们，或者说，是在看他。然后另外三只也站起身来。那只大貂羚站起身来侧立着，头向我们转了过来，就在这时，加利克爬到我们身边用斯瓦西里语低声说道，"打，老板！打！公的！大公貂羚！"

现在我已经别无选择。它们肯定已经受到了惊吓，于是我趴在地上，胳膊穿过枪带，双肘撑地，右脚趾抵地，瞄准那只大公貂羚的两肩的中部扣动了扳机。而我从子弹的呼啸声就听出这枪没打好。我打高了。它们都跳了起来，站在那里东张西望，不知道哪来的动静。我又朝着那只公貂羚开了一枪，结果尘土溅了它一身，它们都开始跑。我站起身来，在它跑动的时候开了一枪，它被击中倒下了。接着它又爬了起来，我又开了一枪，再次击中了，而中了弹的它还在跟其他几只一起跑。它落后了，我又开了一枪，结果打得太后了。接着，我又打中了它，它逐渐地被其他几只拉下了，我知道我已经把它控制住了。姆科拉把子弹递给我，我一面把子弹压进斯普林菲尔德那见了鬼的、糟糕透了的、此时摇摇晃晃的弹仓，一面看着那只貂羚吃力地跨过水道。我们把它控制住了。我看得出它伤得不轻。其他的貂羚正在往上面的树林跑去。对岸的阳光照在它们身上，使得它们的颜色看起来比较淡，而我打中的那只的颜色更淡。它们看起来是深栗色，而我打中的那只几乎深得像黑色了。不过，其实它并不是黑色的，我感觉到有点不对头。我把最后一颗子弹压进弹仓，加利克正要抓住我的手祝贺我的时候，我们脚下的那片开阔地上的貂羚开始惊慌失措地逃逸。我们看不见的那条冲沟就是从这片开阔地通离足有 300 码。我知道假如我趴着或者坐着开枪的话，可以打中一只，可我却说不好能打到什么部位。

接着，加利克又用斯瓦西里语说道，"打，老板！打！"我转身对着他，好像要扇他的嘴巴似的。假如可以扇的话，那可是一个极大的安慰。我刚刚看到貂羚的时候其实并不紧张，是加利克把我搞得紧张起来。

"太远。"我对姆科拉低声说道，他也爬了过来，就趴在我身旁。

"就是。"

"开枪吗？"

"不。用望远镜看看。"

我们都小心翼翼地用望远镜观察着。我只看见了四只。那里曾经有过七只。假如这只真像加利克所说的是公的话，那么它们就都是公的。因为是在阴暗处，所以它们的颜色看起来都是一样的。在我看来，它们的角都很大。我知道，公山地野绵羊平时总是跟公山地野绵羊待在一起，直到冬日将尽的时候，它们才会跟母羊在一起活动；而在夏日将尽的时候，你会发现公驼鹿与公驼鹿在发情期前也待在一起，再到后来它们还会聚集在一起。在塞雷尼亚，我们曾经看见过二十几只公黑斑羚待在一起。那么，这么说它们可能都是公的，而我需要一只好的，而且是最好的，我努力回忆曾经读过的关于貂羚的文章，可能记得的只有这么一个荒唐的故事，说有那么一个人每天早晨都在同一个地方看见同一只公貂羚，却从来没有接近过它。我能记住的只剩下我们在阿鲁沙猎场看守人的办公室里看见的那对漂亮的角。现在貂羚就在眼前，我一定要打好，打到最好的。我做梦都没想到加利克根本没有见过貂羚，他对貂羚的了解并不比我和姆科拉多。

"太远了。"我对姆科拉说道。

"就是。"

"跟上。"我说道，接着挥手让其他人下去，我们开始往上爬，计划爬到小山的边缘。

我们终于趴到了一棵树的后面，我观察着树周围的情况。现在我们羚看不见树林里的我们，也闻不到我们的气味。

最后，我有十足的把握我们已经爬到了貂羚的上方，它们一定经过了树林里阳光普照的树木稀疏的地方，来到了我们的脚下，在小山边缘的下面，就在我们的前面。我检查了一下瞄准器，看到孔径里面很干净，我把眼镜擦干净，把额头上的汗珠擦干，不忘把用过的手绢放进左边的衣袋，这样就不会再用它来擦眼镜，也不会把镜片擦模糊了。我、姆科拉和那个丈夫开始往树林的边缘走去；最后差不多爬到了山脊的边缘。在那里，在我们与下面开阔的草地之间还有一些树木遮挡，此时我们已经躲藏到一小丛灌木和一棵倒下的树后，在那里，我们可以看到 300 码以外草木覆盖的空地上的貂羚，在阴影中显得格外的黑，格外的大。我们之间隔着一道开阔的冲沟，冲沟里长着稀疏的树木，树木上洒满了阳光。我们注视着的时候，有两只貂羚站立起来，好像也在看着我们似的。倒是可以开枪，可该死的距离太远，没有把握，我趴在那里继续注视着的时候，感到有人碰了一下我的胳膊，一看，原来是加利克爬了上来，用沙哑的、低低的声音，用斯瓦西里语说道，"开枪！那是一只公貂羚！"我回头一看，只见全体人马都在那里，有的肚皮贴地，有的手脚着地，万德罗博—马萨伊人像条猎鸟犬似地颤抖着。我不禁勃然大怒，示意他们都下去。

原来真是一只公貂羚，嗬，比我和姆科拉看见的躺在那里的那只还要大得多。两只貂羚正在注视着我们，我垂下了头，以为它们会看见我眼镜上的反光。等我手搭凉棚重新异常缓慢地抬起头来，发现那两只貂羚已经不再注视我们，而是吃草了。不过，其中一只再次紧张地抬起头来看了看，凝视着我们，就这样，我看到了这只身体结实的深色貂羚，两只弯刀似的角向后弯着。

我没有见过貂羚。我对貂羚一无所知，既不知道它们是不是像公羊一样目光敏锐，不论看它的人距离有多远，它都会看见对方，也不知道它是不是像公鸵鹿一样，就算你离它只有 200 码的距离，你不动，它就看不见你。我也说不准它们有多大，不过根据我的判断，我们之间的距向上伸展到山里的冲沟，这座山挡住了山谷的顶端。

现在我们知道我们应该采取什么行动了。为了避免让貂羚看见，我们必须回去，在远处穿越草地，在另一侧进入树林，克服困难爬到貂羚的上方。在进行猎物追踪之前，我们要先要确认我们即将穿越的树林和草地里还有没有别的貂羚。

我把手指弄湿，然后举了起来。有一侧感觉到凉丝丝的，我据此推断微风是向山谷的南方吹的。姆科拉捡起一些枯树叶，揉碎以后往风里一撒。树叶落地的位置靠我们更近些。风向挺好，现在我们一定要用望远镜观察树林的边缘地带，好好检查一下。

"没有。"姆科拉最后用斯瓦西里语说道。我也没看见什么动物，可我的眼睛被八倍望远镜擦得生疼。我们可以在树林里尝试一下。我们也许会撞上什么动物，会把貂羚吓跑，可我们非得在树林里尝试一下，绕个圈子，爬到貂羚的上方去。

我们往回走，下了山，把计划跟其他人讲了。为了不让它们从山谷的上部看到我们，我们可以从他们所在的地方跨过山谷，所以我们把帽子摘下，猫着腰，径直进入草地上高高的草丛，跨过下沉得很厉害的水道，水道往下流，从草地中央穿过，我们越过水道的岩石陆架，爬上草木覆盖的对岸，一直沿着山谷的褶皱边缘的下方走，进入树林的掩蔽之下。然后我们弯着腰形成一列纵队，在树林中穿行北上，试图爬到貂羚的上方。

我们前进的速度要快，也要悄无声息。我以前追踪大角羚羊的次数确实不少，绕过山肩的时候总以为它们会依然待在原地，谁知它们吃完了草就无影无踪了，而它们只要一进了树林，就再也看不到了，我一直认为要紧的是我们尽快赶到它们的上方，同时我也不至于上气不接下气，双手颤抖，连枪都打不成。

姆科拉的水壶和他衣袋里的子弹相撞发出了声响，我停下脚步，吩咐他把水壶给万德罗博—马萨伊人拿着。看来这次一起射猎的人是太多了，可他们都像蛇一样蹑手蹑脚的行进，而我也是过分自信。我相信貂看见貂羚在青草覆盖的山谷对面的山坡上吃草，还说它们不是在山谷的这头就是在山谷那头吃草。我们坐在树荫下面，派万德罗博—马萨伊人到山谷下面去寻找脚印。他回来报告说没有通向我们脚下的山谷和西面的脚印，于是我们清楚了，它们原来是在草地山谷的高处吃草呢。

现在的问题是怎样利用地形找到貂羚，走过去，在不被它们看见的前提下，进入射程之内。太阳已经越过山谷顶端的那些小山，照到了我们身上，而山谷顶端的一切还笼罩在浓重的阴影里。我吩咐大家在树林里原地别动，只要姆科拉和那个丈夫跟我走，我们也还在森林里，在我们靠近的山谷这侧往上爬，一直爬到高处，这样就可以了解山谷顶端拐弯处那块小地方，用望远镜观察那里看是否有貂羚。

你可能会问，我们之间有语言障碍，在这种情况下，怎么互相理解，交换意见，制定方案呢？我要说，交换意见没有阻碍，互相理解得很准确，我们就像一种操同一种语言的骑兵巡逻队。可能除了加利克之外，我们都是猎手，所以语言都是多余的，只要用食指一点，用一只手做一个警告，就可以制定出一切计划，所有的人就都会理解和赞同。我们离开了他们，小心翼翼地向前走，回到了树林的后部，开始往上爬。等我们爬得够高够远了以后，就从树林里出来，爬到一个岩石林立的地方，我藏在岩石后面，用帽子遮住望远镜，以免镜头反射太阳光，姆科拉看到这一招很奏效，于是点了点头，嘴里咕哝了一声，我们用望远镜观察草地对面的森林边缘地带，还有山谷顶端的拐弯处那块小地方；貂羚真地在那里。姆科拉比我早一秒钟发现了，于是扯了扯我的衣袖。

"正是它们。"我用斯瓦西里语说道。接着，我屏息静气地注视着它们。它们个个骏黑骏黑的，脖子又大又粗，身体结实，角都是向后弯的。它们都在远处。有些是躺着的。有一只站着。我们能看到七只。

"公的在哪儿？"我低声问道。

姆科拉用左手指了指，竖起了第四根手指。他指的是在高高的草丛中躺着的那些貂羚中的一个，看起来确实比其余的大许多，两只角也更弯。可是因为我们面对着早晨的太阳，所以看不清楚。它们后面有一条窦，显然因为离开了那位我们都看见了的美貌贤妻而不快——她已经在我们的视线里消失了，不过还是带着我们向右拐上一条小道，这条小道很久没人走了，却依然平坦宜行，穿过与国内秋天相似的树林，在那里，随时随地都可能有松鸡被惊飞，呼呼地向其他山飞去或者一头扎进山谷。

是的，不用说，我们肯定是惊飞了一群山鹑，望着它们飞翔的样子，我心中想着：世界上的射猎区都是一样的，世界上的猎人都是一样的。后来，我们在小道旁发现了一个新的大弯角羚的脚印，再后来，我们于清晨时分从没有低矮灌木的树林中穿过去的时候，第一缕阳光穿过了树梢，我们发现了似乎是永远的奇迹——大象的脚印，每个脚印都有你张开双臂环抱起来那么大，在树林地表的土壤里踩进了一英尺深，证明有一些公象在雨后迁徙的时候路过这里。看着这些脚印一直向下穿过这个风景优美宜人的树林，我想起很久以前我们国家也有过猛犸象，那些猛犸象在伊利诺伊州南部的山区穿行的时候，也留下了这样串串脚印。不过我们国家的射猎区年代更久远，这一最大的物种已经绝种了。

我们继续沿着这座小山的正面，也就是一块突然隆起的景色宜人的高原上行走，接着来到了山的边缘，这里有一座山谷和一块开阔的长条形的草地，远端有一片树林，草地的北端有一些山形成了圆形，圆形山处有另一个山谷向左伸展。我们站在这座山正面的树林的边缘，遥望着绿草青青的山谷伸展到一个空地，在北端形成了一个周围陡峭、内部青草覆盖的盆地，后面有群山衬托着。我们的左边有一些山势陡峭、植被密集的圆顶小山，山上有露出地表的石灰岩，从我们所站的地方向上延伸到山谷的顶端，在那里成为另一道山脉的一部分，而这一山脉也是从那里发端的。我们下面的右侧，有一些山丘和片片连绵的草地，更远处有一片树林站在陡峭的山坡上，向蓝蓝的群山下延伸过去，那里就是我们见过的罗马人和他的家人所住的茅草屋的西侧。根据我的判断，我们的营地就在我们的脚下，即树林的西北方向五英里的地方。

那个丈夫站在那里，跟罗马人的弟弟说着，做着手势，说明他曾经面是身背斯普林菲尔德枪、口袋里装着蔡斯望远镜的我，再后面是一边斜挎着老爹的大望远镜，一边背着水壶，肩上扛着长枪，口袋里装着剥皮刀、磨刀石、备用子弹夹和几块巧克力的姆科拉，再后面是带着反光镜箱的老头，带着电影摄影机的加利克，还有身背弓箭、手持长矛的万德罗博—马萨伊人。

我向罗马人说再见，走出了刺人的围栏，这时阳光正透过群山间的豁口洒在玉米地里、茅草屋和远处的青山上。

罗马人的弟弟领着我们穿过茂密的灌木丛，我们全身都湿透了，接着穿过阳光林间空地，爬上陡峭的山坡，一直爬到我们营地所在的那块田地边缘的高坡上。接着，我们踏上了一个平展好走的小道，这条小道的坡度越来越低，回去以后通向那些群山，此时的太阳还没升起来，还照不到那里。我带着微微的睡意，机械地向前走着，欣赏着清早的景色，心中犯起了嘀咕：虽然大家刚刚都蹑手蹑脚的，但对于偷偷追猎来说，我们的队伍还是人员过于庞大了，就在这时，我们看见两个人向我们走来。

其中一个人身材魁梧，相貌英俊，跟罗马人长得相像，只是气质上没有那么高贵，他身穿托加袍，身背弓和箭囊，身后跟着他的太太，十分美貌可爱，十分恭顺贤良，十分温婉女人，身穿一件深褐色的皮衣，脖子上戴着用铜丝做的一圈圈同心圆的项链，手上和脚上也戴着许多同样的饰物。我们停下了脚步，用斯瓦西里语说了声"你们好"，这位黑人兄弟像是个部落的男子，一副正要进城市中心地带的写字楼做商务的样子，罗马人的弟弟就和他一问一答地快速交流起来，我趁机端详着这位清新可爱的新娘样的妻子，她在那里微微侧立，所以我看见了她那对梨形的美丽乳房和两条修长洁净的黑人腿，因为看到的约是侧影，所以更方便欣赏那妙曼的身材，后来，她的丈夫突然对她说起话来，口气严厉，接着变成了解释和温和的命令，于是她垂下了眼睛，从我们身旁绕过，孤零零地沿着来时的小道走远了，我们都目送着她的背影。看来这个丈夫好像是要与我们同行了。他在那天早晨见过貂羚，心存疑酒？"他说着，把刀放了下来。

"好啦，"我说道。"我逗你玩儿呢。"

姆科拉蹲在旁边，说着话，做着解释。我听见他提到了老爹的军衔，猜他在说老爹不喜欢这么做。老爹不想这么做。

"我刚才是逗你玩儿呢，"我用英语说，"明天打貂羚？"

"好的。"他动情地说。

此后，我和罗马人进行了一次长谈，我说西班牙语，他说他的母语，我相信我们把次日的全部行动都安排好了。

第十三章

卡尔打到更大的，最后输了竞猎，但赢了嫉妒

我不记得什么时候睡的觉，也不记得什么时候起的床，只记得在拂晓前灰蒙蒙的晨曦中手里捧着一铁皮缸子热茶坐在火堆旁，我的早餐在枝条上，看起来没有那么诱人，还沾满了灰尘。罗马人站着，面对着阳光渐渐出现的地方在滔滔不绝地发表演说，我还记得当时自己心里犯嘀咕，这混蛋是不是说了整整一夜。

两张头皮都铺好了，也腌制好了，两只带角的头骨靠在用原木和枝条搭建的房子上。姆科拉正在折叠头皮。卡乌乌把我的罐头食品都拿了过来，我让他开一个水果罐头。刚刚过夜的水果凉丝丝的，和着冷糖浆吸进去很滑爽。我又喝了一杯茶，进了帐篷，穿戴整齐，蹬上已经烤干了的靴子，我们准备停当，可以出发了。因为罗马人说过，我们要在午饭以前赶回来。

我们请罗马人的弟弟给我们作向导。我所能作出的最贴近事实的推断就是，罗马人要去侦察一群貂羚的动静，我们去搞清楚羚羊群所在的方位。我们出发了，由身穿托加袍、手持长矛的罗马人的弟弟打头，后

枝条烤了起来。

"做一顿美味可口的早餐，"我说出声来。"比肉糜强百倍。"

然后，我们谈起了貂羚，谈了很长时间。罗马人并没有管貂羚叫 Tarahalla，他听不懂这个名词。他不停地说 Nyati[1]，看来是把貂羚跟水牛混为一谈，可他真正的意思是说貂羚跟水牛一样黑。接着我们在火堆旁边的灰上用图画来说明，原来他说的果然是貂羚。它们的角都向后弯，像段弯刀似的，一直弯到肩隆上。

"是公的？"我问道。

"公的和母的都有。"

经过老头和加利克的翻译，我相信我搞清楚了，那边有两群貂羚。

"明天。"

"好的，"罗马人说道。"明天。"

"姆科拉，"我说道。"今天，大弯角羚。明天，貂羚、水牛、狮子。"

"水牛[2]，没有！"他说着，摇摇头。"狮子，没有！[3]"

"我和万德罗博—马萨伊人，有水牛。"我说道。

"是的，"万德罗博—马萨伊人兴奋地说。"是的。"

"这附近有很大的大象。"加利克说道。

"明天，有大象。"我说道，故意逗姆科拉。

"大象，没有！"他知道我在逗他，可他连听都不想听。

"大象，"我说道。"水牛、狮子、豹子。"

万德罗博—马萨伊人兴奋地点头。"犀牛。"他插了一句。

"没有！"姆科拉摇着头说道。他觉得开始受罪了。

"那些山里有许多水牛。"老头给罗马人翻译着，而罗马人这时已经非常兴奋，站在那里，指着比茅屋还远的远处。

"没有！没有！没有！[4]"姆科拉斩钉截铁地下了结论。"再来点啤

---

[1] [2] [3] [4]　原文为斯瓦西里语。——译者注

壳铺开。"我得了吹牛病，"我说道。"你要听我给你说说这个，看呐！"
我一个一个地指着每一粒弹壳说道，"Simba，，Simba，Fargo，Nyati，
Tendalla，Tendalla。[1] 你有什么看法？没让你一定信。看呐，姆科拉！"
我把这六粒弹壳都代表什么又重复了一遍。"狮子、狮子、犀牛、水牛、
大弯角羚、大弯角羚。"

"哇 [2]！"罗马人兴奋地大叫。

"就是 [3]！"姆科拉一本正经地说道。"就是，的确如此。"

"哇 [4]！"罗马人说着，一把抓住了我的大拇指。

"千真万确，"我说道。"确实难以置信，是不？"

"就是 [5]，"姆科拉说道，亲自把弹壳数了一遍"Simba，，Simba，
Fargo，Nyati，Tendalla，Tendalla。"

"你可以给别人讲讲，"我用英语说道。"这牛可是吹破天了。我今
夜可过了瘾了。"

罗马人接着跟我说话，我认认真真地听着，又吃了一块烤肝。姆科
拉此时正在处理那两只大弯角羚，剥其中一只的头皮，指导卡乌乌剥另
一只大弯角羚好剥的那部分。对于他们俩来说，这是一件大工程，在眼睛、
口鼻和耳朵软骨周围认真地忙活着，接下来，为了防止头皮腐烂，把头
皮上的肉都刮干净，他们就是就着火光精巧细致地干着。我不记得是几
点睡的觉，也不记得我们睡没睡觉。

我只记得把字典拿来以后，请姆科拉去问那个男孩是否有个姐姐，
而姆科拉非常肯定非常郑重其事地对我说，"没有，没有。"

"一点也不会自以为是，你也知道。只是好奇罢了。"

姆科拉很肯定。"没有，"他边说边摇头。"没有。"那口气像极了我
们那次追猎狮子进虎尾兰丛。

这样一来，我要过社交生活的机会就没有了，我要找点腰子吃，罗
马人就从他那份里匀了点儿给我，我把一片腰子夹在两片肝中间，串进

---

[1] [2] [3] [4] [5] 　原文为斯瓦西里语。——译者注

"看好了，罗马人。"我开始把啤酒往肚子里面灌，看到罗马人学着我的样子动喉头，结果呛住了，勉强缓了过来，放下了酒瓶。

"得了。哪能一晚上表演两次呢。都快惹你生气了。"

罗马人用他的母语还在说个不停。我听他两次提到"狮子"这个词。

"这里有狮子[1]吗？"

"没有，"他说道。"那边有，"他边说边像黑暗的夜色挥了挥手，我没明白是什么意思。不过听起来很好。

"我有许多狮子[2]，"我说道。"有狮子[3]的人不得了。问姆科拉吧。"我觉得自己都得了夜晚吹牛病了，可惜老爹和P. O. M.不在这里，不能听我吹。假如吹了牛，人家却没听懂，这实在谈不上过瘾，不过总比不吹强。我在喝啤酒这个问题上，肯定已经得了吹牛病。

"惊天动地。"我对罗马人说道。他继续自说自话。酒瓶底部还剩了一点啤酒。

"老头，"说道。又用斯瓦西里语说道，"Mzee。"

"在，老板[4]。"老头说道。

"这里有点啤酒，给你喝吧。你这么大年纪了，酒伤不着你了。"

我刚才喝酒的时候看到了老头看我的眼神，我就知道他也是个好酒的。他接过酒瓶，喝到连最后一滴泡沫都不剩，然后蹲在他那些烤肉枝条旁边，拿着酒瓶恋恋不舍。

"再来点啤酒？"姆科拉问道。

"好的，"我说道。"还要我的那些弹壳。"

罗马人继续滔滔不绝、不急不缓地说着。他讲的故事甚至比卡洛斯在古巴的时候讲的那个还要长。

"这个故事特别有意思，"我对他说道。"你也是个不得了的家伙。我们都是好样的。听着。"姆科拉拿来了啤酒和我那件口袋里装着弹壳的卡其上衣。我喝了一点儿啤酒，注意到老头正看着我，就把六粒弹

---

[1] [2] [3] [4]　原文为斯瓦西里语。

把雨衣铺在那里，背靠木箱，叉开两腿坐下。老头把肉串在枝条上烤。这是他精挑细选的肉，是他用他的托加袍包过来的。没过多久，其他人就开始陆陆续续地回来了，把肉和皮也带过来了，接下来，我舒展开四肢，凝望着火堆，喝着啤酒，大家团团围坐，你一言我一语，用枝条烤肉。天气渐凉，夜色明朗，我闻到了烤肉的香味，火堆的烟火味，我的那双被烤得冒气的靴子的味道，以及蹲在一旁的好人老万德罗博—马萨伊人身上的体味。不过我还记得那只大弯角羚躺在树林里时散发的气味。

每个人都有自己的肉串或者串在枝条上插在火堆四周的肉块，他们翻动着，照看着这些肉串，大家聊得兴致正浓。有两个我没见过的人是从那些茅草屋来的，我们下午见过的那个男孩也跟他们在一起。我正吃着一块烤得滚烫的肝，这是从万德罗博—马萨伊人的一根枝条上拽下来的，心中暗想那些腰子哪里去了。我正想着爬起来去拿词典，询问道腰子的下落是否值得的时候，就听姆科拉问道，"要啤酒吗？"

"要啊。"

他把啤酒拿了过来，打开瓶盖，我拿起酒瓶，一口气喝掉了半瓶，那块肝也下了肚。

"真是好生活。"我用英语对他说道。

他咧开嘴笑了，用斯瓦西里语说道，"再来点啤酒？"

他把我跟他用英语交谈视为一种可接受的玩笑。

"瞧好了。"我说道，把酒瓶倒过来，一饮而尽。这是我在西班牙学到的旧花活儿，即把皮酒囊倒过来，不带吞咽动作地直接灌进去。这招给罗马人留下了深刻的印象。他走过来，在雨衣旁边蹲下，开始滔滔不绝地说了起来。

"一点儿不错，"我用英语对他说道。"他还会开雪橇呢。"

"再来点儿啤酒？"姆科拉问道。

"我看你是看老头喝高吧？"

"是的。"他用斯瓦西里语说道，就像能听得懂英语似的。

"老板跌了一跤。"姆科拉边说边模仿我摔成嘴啃泥的样子。他们俩都咯咯地笑个不住。

我假装要打他，说道，"没规矩！"

他又模仿我摔成嘴啃泥的样子，接下来卡乌乌彬彬有礼、恭恭敬敬地跟我握手，嘴里说道，"好啊，老板！好极了，老板！"接着走到两只大弯角羚头前，两眼放光，他跪下来，摸摸大弯角羚的角，摸摸大弯角羚的耳朵，发出姆科拉曾经发出的感叹声，"呜—呜！咿—咿！"

我走进黑乎乎的帐篷，因为提灯留给了要把大弯角羚的肉带回来的人了，于是我就简单洗漱了一下，把湿衣服脱下，在黑暗中从帆布包里摸出一套睡衣裤和一件浴袍。我把这些衣服穿上，蹬上防蚊靴，出了帐篷，来到火堆前。我把湿衣服和湿鞋拿到火堆旁，卡乌乌把它们晾在枝条上，把靴子倒过来，分别插到一根枝条上，远离火堆，以免被火烤焦。

在火光里，我背靠一棵树，坐在一个汽油桶上，卡乌乌拿来威士忌扁酒瓶，往一只杯子里倒了一点，我把水壶里的水往酒里兑了一点，凝望着火堆，坐着喝酒，什么也不想，幸福无比，感觉威士忌让我暖和起来，心境平和起来，就像你要把起皱的床单捋平了似的，与此同时，卡乌乌把一些备用罐头拿过来给我看，问我晚饭想吃什么。有三罐特质圣诞肉糜、三罐鲑鱼和三罐什锦水果，还有几大块巧克力和一罐特制圣诞葡萄干布丁，我叫他把这些都拿回去，心里纳闷凯狄把肉糜当成什么了。我们两个月以来一直想着要吃这种葡萄干布丁。

"有肉吗？"我问道。

卡乌乌拿来了一长条厚厚的烤格兰特瞪羚里脊肉，那是我们在 25 英里盐碱地追猎的时候，老爹在平原射到的其中一只格兰特瞪羚的肉，卡乌乌同时还带来了一些面包。

"有啤酒吗？"

他拿来了一大瓶一立升装的德国啤酒，打开了瓶盖。

在汽油桶上坐好像太不方便了，火堆前的地面已经被火烤干了，我过来，后来，我想起了自己亲手剥下或者看着别人剥下自己射到的每一个动物的皮，还想起了每个动物在每一时刻的确切样子，而一个印象不会毁掉另一个印象，所以不看别人剥皮的想法不过是偷懒的想法，跟把脏碗碟放在洗涤槽里留着第二天早晨洗是一样的，所以姆科拉剥第二只大弯角羚的皮的时候，我给他举着手电，辛苦固然辛苦，我还像以前一样欣赏他动作迅速、干净利落、精巧地用刀割头皮，割到颈部的皮都被剥离，向后展开，他割断了大弯角羚的头与颈椎之间的一切连接，接着抓着两只角一拧，把大弯角羚的头拧松，连脖子上的皮一起从肩膀上拎起来，手电光中的脖子皮耷拉下来，很重很湿，手电光还照到他那双血淋淋的红手和肮脏的紧身卡其服上。我们给万德罗博—马萨伊人、加利克、罗马人和他的弟弟留了一盏提灯，吩咐他们把大弯角羚羊其他部位的皮都剥下，把肉包裹好，姆科拉和老头各顶着一只大弯角羚头，我拿着手电和两支枪，我们一起在黑暗中摸回营地。

黑咕隆咚的，老头摔了个四脚朝天，姆科拉哈哈大笑；然后那块脖子皮展开了，把他的脸蒙住了，几乎让他窒息，我们都哈哈大笑，老头也忍俊不禁。后来姆科拉在黑暗中跌倒了，我和老头哈哈大笑。往前又走了一小段路，我踩到某种陷阱的盖上，结果摔了个嘴啃泥，我爬了起来，就听姆科拉咯咯笑得上气不接下气，老头也不住地傻笑。

"该死的这是怎么回事？成了卓别林的喜剧片了？"我用英语问他们俩。他俩顶着大弯角羚的头哈哈大笑。我们在灌木丛中噩梦似地穿行以后，终于到了那个刺人的灌木围栏前，营地的灯光遥遥在望，姆科拉看到老头在穿过灌木丛的时候摔倒了，似乎在幸灾乐祸，老头却骂骂咧咧地爬了起来，好像拿不动大弯角羚的头似的，我用手电给他照着前面的路，照亮了围栏的出口。

我们来到火堆前，我看见老头把大弯角羚的头挨着涂泥木条屋的墙壁放下，他的脸上在流血。姆科拉把自己顶的大弯角羚的头放下，指着老头的脸一边摇头一边大笑不止。我看了看老头。他是彻底不行了，脸上都是泥浆，划得很厉害，在流血，可他却开心地咯咯笑个不停。

他是我的好伙伴，还把我最好的带四把刀片的折刀送给了他。

"我们去看第一只吧，万德罗博—马萨伊人。"我用英语说道。

万德罗博—马萨伊人点了点头，完全听懂了我的话，于是我们原路返回，到了那块小空地的边缘那只大弯角羚躺着的地方。我们围着它转了一圈，端详着它，接着我把它的肩膀抬起来，万德罗博—马萨伊人把手伸到下面去，摸到了弹孔，伸进了一根手指。接着他用这根带血的手指触了触额头，又开始了"万德罗博—马萨伊人是一个多么了不起的向导"的演说。

"万德罗博—马萨伊人是向导之王，"我说道。"万德罗博—马萨伊人是我的伙伴。"

我浑身都被汗水浸透了，我穿上了雨衣，把领子竖起来护着脖子，这件雨衣一直是姆科拉给我拿着的，现在留了下来。我现在在注视太阳，生怕它在他们把照相机取回之前落下去。没多久，就听到了他们从灌木丛中跑过来的声音，我大喊了一声，好让他们知道我所在的位置。姆科拉答应了一声，我们就这样你呼我应地喊着，我喊的同时能听见他们的说话声和在灌木丛中横冲直闯的声音，还注视着即将下沉的落日。我终于看见了他们，于是指着落日对姆科拉喊道，"快跑，快跑啊，"可他们刚刚迅速爬了一段上坡路，穿过了茂密的灌木丛，现在根本跑不动了。等我接过照相机，放大光圈，把镜头对准大弯角羚的时候，只有树梢上还有阳光了。我拍摄了六张照片，他们把大弯角羚拽到一个阳光更亮一点的位置以后，我改用了电影摄影机，接着太阳落下去了，我尽了努力拍好每张照片的责任，把照相机放回套子里面，伴随着夜色，心情转入胜利后的欣悦和轻松状态；只在姆科拉开始剥大弯角羚的头皮时，才出面指导他从哪里下刀，尽可能地剥下一张完整的皮。姆科拉用刀的姿势很漂亮，我喜欢看他剥皮，可是今夜，我只指导他在哪里下第一刀，即从大腿的下部开始，划过胸脯下半部连着腹部的位置，一直回到肩隆上，因为我想记住看到大弯角羚的第一眼印象，所以并没有看他接下来所做的一切，而是在暮色中向第二只大弯角羚走去，在那里等他们带着手电

"大！大！"我说道。"是卡尔老板的两倍。"

"咿——咿。"他低声吟唱着。

"走啊。"我说道。罗马人已经走了。

我们走捷径到了我们看见大弯角羚之后我开枪的地方，刚进灌木丛，就看见了那些脚印和齐胸高的叶子上的血迹。我们走了不到100码的时候看见了它，一动不动，完全死了。这只没有第一只大，角倒是一样长，只是要细一点儿，不过一样的异常漂亮，它侧卧着，倒地的地方的灌木都被压弯了。

我们又行起了拉大拇指的握手礼，显而易见，这是表达极度狂喜的方式。

"这是警卫[1]，"姆科拉解释道。这只大弯角羚是比较大的那只大弯角羚的警卫或者保镖。我们看见第一只大弯角羚的时候，显然它已经进了树林，在跟第一只大弯角羚一起跑来着，还回头看了看为什么对方没有跟上来。

我想拍几张照片，就吩咐姆科拉和罗马人回营地去取那两架照相机，还有我的手电筒，照相机其中一架是旗牌反光镜箱，第二架是电影摄影机。我知道我们和营地都在同一侧的河岸上，我们在营地的上方，所以指望罗马人走捷径，在日落之前赶回来。

他们走了，就在这时，在白天就要结束的时候，太阳从云层下面金光耀眼地钻了出来，我和万德罗博—马萨伊人看着这只大弯角羚，量它的角，嗅他那好闻的气味，那气味比旋角大羚羊还要芬芳，甚至抚摸它的鼻子、脖子和肩膀，为它巨大的耳朵和皮毛的光滑惊叹不已，看起来它是用足尖走路的，我们看了它长长窄窄、弹性十足的蹄子才明白是为什么，还摸了摸它的肩膀下面，寻找那个弹孔，接着再次握起手来，与此同时，万德罗博—马萨伊人跟我说他是一个什么样的人，我也对他说

---

[1]　警卫，该词原文为斯瓦西里语。——译者注

后来，罗马人搂住了我的脖子，姆科拉用一种奇怪的、高亢的、唱歌似的声音大声叫着，万德罗博—马萨伊人不停地拍着我的肩膀，上上下下地跳个不停，然后他们用一种我从未见过的奇特的方式跟我一一握手，把我的大拇指攥在他们的拳头里，攥紧，摇晃，拉拉，再攥住，期间狂热地注视着我的眼睛。

我们都注视着这只公大弯角羚，姆科拉跪下来，用一根手指顺着两只角的曲线抚摸，用两只胳膊测量两只角之间的距离，抚摸着大弯角羚的口鼻和鬃毛，嘴里低声吟唱着，"呜—呜—咿—咿，"用又尖又细的声音表现欣喜若狂的情绪。

我拍了一下罗马人的肩膀，我们又行了一次拉大拇指的握手礼；我也拉了拉他的大拇指。我拥抱了万德罗博—马萨伊人，他热情洋溢地拉了我的大拇指之后，拍了拍自己的胸脯，满怀自豪地说道，"万德罗博—马萨伊人是了不起的向导。"

"万德罗博—马萨伊人是了不起的马萨伊人。"我说道。

姆科拉的头摇个不停，看着那只大弯角羚，发出又尖又细的奇特的声音。接着他用斯瓦西里语说道，"Doumi, Doumi, Doumi! B'wana Kabor Kidogo, Kidogo."意思是说这是公大弯角羚里的公大弯角羚。卡尔那只不过是个小东西，不算什么。

他们都知道我打死了另一只大弯角羚，可我以为就是这只，其实我开的第一枪就把这只打翻在地死掉了，由于这只奇迹般的出现，相比之下，刚才那枪似乎不算什么了。可我还是想去看看那只。

"走吧，大弯角羚"我说道。

"它死了呀，"姆科拉说道，用斯瓦西里语重复了一遍，"死了！"

"走啊。"

"这只是最好的。"

"走啊。"

"量量吧。"姆科拉请求道。我用钢皮卷尺顺着一只弯弯的角开始量，姆科拉把尺子往下拉。足有 50 英寸，不多不少。姆科拉迫不及待地看着我。

正好对准了它肩部顶端下面的要害部位，随即扣动了扳机。枪一响，它就惊跳起来，向灌木丛逃逸，不过我知道打中了。它往灌木丛跑的时候，我看见树林间闪出一片灰色，随即开了一枪，就听姆科拉用斯瓦西里语大喊，"Piga! Piga!"意思是"打中了！打中了！"罗马人拍了拍我的肩，接着把托加袍撩起来绕在脖子上，裸身跑了起来，此时，我们四个也像猎狗一样全速跑了起来，趟过小河，搞得水花四溅，冲上河岸，打头的罗马人裸身在灌木丛中横冲直撞，接着俯身捡起一片带新鲜血迹的叶子，在我后背上使劲儿拍了一下，此时姆科拉用斯瓦西里语说道，"Damu!"意思是"血！血！"接下来那道印得更深的脚印向右拐去，我重新装上子弹，我们死命地追踪奔跑，当时的树林里几乎一片漆黑，罗马人在小道旁略略迟疑了一下，随即决定往右边碰碰运气，接着又发现了血迹，接着猛拉我的胳膊，又把我拽倒在地，我们个个屏息静气，就见它就站在100码以外的一块空地上回头直直地望着我们，两只大大的耳朵向两边展开，身体硕大，身上长着灰底白条纹，双角是一个奇迹，在我看来它已经身受重伤。我想，现在天马上就要黑了，我这次一定要做得有十足的把握，于是屏息静气，朝它前肩再往后一点的部位开了一枪。我们听到子弹啪的一声，看到它突然弓着背一跃而起。姆科拉用斯瓦西里语大声喊道，"打中了！打中了！打中了！"此时大弯角羚已经不见了，我们又像猎狗似地飞跑起来，差点被什么东西绊倒。定睛一看，原来是一只体型巨大、漂亮异常的公大弯角羚，一动不动，完全死了，它侧卧着，两只巨大的双角是深色的，呈螺旋形，展得很开，令人难以置信的是，我刚才开枪的时候，它躺的地方距我们只有五码。我看着它，身体硕大，四肢长长，光滑的灰底色上长着白色的条纹，双角大大的，弯弯的，又得很开，是胡桃肉的褐色，角尖是象牙白，我看着它大大的耳朵，又粗又大、鬃毛浓密的可爱的脖子，双眼间的白白的v字形前额和白白的口鼻，我俯身摸了摸它，确信这是真的。它朝中弹的那面侧卧着，身上看不见一点点伤痕，它的气味甜蜜芬芳，跟牲口的气息和雨后的百里香的味道一样。

打到一只大弯角羚，我要让自己定一定心，免得到时候紧张。还有我不想让自己着凉。再就是我就是为了威士忌而喝威士忌，我喜欢威士忌的味道，还因为，虽然我现在已经很高兴了，我要更高兴。

看见罗马人来了，我拉上靴子拉链，检查斯普林菲尔德枪利是否装了子弹，把准星上的罩拿下来，吹了吹后孔。接下来，我把汽油桶旁边地上白铁缸子里的威士忌一饮而尽，站起身，检查衬衫口袋里是不是有两块手绢。

姆科拉拿着他的刀和老爹的大望远镜来了。

"你留下。"我对加利克说。他觉得我们这么晚出去很傻，非常高兴可以证明我们的错误。所以他不在意。那个万德罗博人也想去。

"人太多了。"我说道，挥手让老头留下，我们出了围栏，罗马人手持长矛打头，接着是我，在接下来是拿着望远镜和荷枪实弹的曼利希尔的姆科拉，最后是也手持长矛的万德罗博—马萨伊人。

我们五点以后才穿过玉米地，下行到小河边，在水坝上方 100 码的地方小河比较窄，我们从那里在高高的茅草丛中横跨小河，然后小心翼翼地慢慢走，往对面青草覆盖的河岸上爬，弯腰穿过湿漉漉的草丛和蕨丛的时候，腰以下都湿透了。我们刚走了不到十分钟，正小心翼翼地往河岸上爬的时候，罗马人突然一把抓住了我的胳膊，他自己蹲下，也把我拉着蹲了下来；我一边蹲下，一边拉开枪栓，扳起击铁。他屏住呼吸，用手指着对岸树林的边缘，只见一个灰色的大动物站在那里，胁腹上有白色条纹，弯弯的巨角向后翘起，侧对着我们，头昂着，好像在听周围的动静。我举起了枪，可发现有个灌木丛挡住了视线。子弹无法穿过灌木丛，可我又不能站起来。

"打。"姆科拉用斯瓦西里语低声说道。我伸出一根手指摇了摇，决定要有十足的把握再打，于是开始匍匐前进，生怕就在这期间大弯角羚惊得突然跳起来，可还是牢记着老爹的话"悠着点儿"。躲开灌木丛以后，我单膝跪下，从瞄准器的缺口处观察大弯角羚，它看起来那么大，让我暗暗吃惊，接着想起不必在意，只要用平常心去打就好，看到准星没有人回答这个问题，却又勾起了罗马人的长篇大论，我理解为所有的大弯角羚都在他们的监视范围。

此时已经是傍晚时分，乌云满天。我身上腰部以下都湿漉漉的，袜子也都被泥浆浸透了。此外，推车加上砍树也把我累得汗出如浆。

"我们什么时候开始？"我问道。

"明天。"加利克问都懒得问罗马人，就越俎代庖地回答。

"不，"我说道。"今晚就开始。"

"明天，"加利克说道。"现在太晚了。只剩一个小时有阳光了。"他在我的手表上指出只剩一个小时的阳光。

我查完词典说道，"今晚就去搜猎。最后一小时也是最好的一小时。"

加利克比比划划地暗示大弯角羚在很远的地方。去那里搜猎以后就赶不回来了，"明天再搜猎。"

"你这混蛋。"我用英语说道。期间罗马人和老头一直一言不发。虽然雨后天气闷热，可是太阳被乌云遮住了，还是不暖和。我打了个寒战。

"老头。"我叫道。

"在，老板，"老头答道。我认真地查着词典，说道"今晚去搜猎大弯角羚。最后一小时也是最好的一小时。大弯角羚离这里近吗？"

"也许吧。"

"现在就出发？"

他们一起商量起来。

"明天搜猎。"加利克插嘴道。

"住口，你这戏子，"我说道。"老头，现在来个短时间的搜猎？"

"行，"老头说道，罗马人点了点头。"短时间。"

"好。"说着，我去翻出一件衬衫、一件汗衫和一双袜子。

"现在去搜猎。"我对姆科拉说。

"好的。"他说。

我穿上了干衬衫，换了双干净袜子和一双靴子，觉得清爽多了，于是坐在汽油桶上，边喝兑水的威士忌，边等罗马人回来。我胸有成竹会

"Campi。"姆科拉不容置疑地说道，他们都连连点头。

"Campi！Campi！"老头说道。

"我们在那里设营。"加利克盛气凌人地宣布。

"你见鬼去吧。"我笑眯眯地对他说道。

我跟那个罗马人一起向营址走去，他不住嘴地说啊说，可他说的语言我一个字都不懂。姆科拉跟我在一起，其余的人都在装车，然后坐车跟上来。我想起曾经在书里读到过的，被遗弃的土著区有虱蝇和其他有害的东西，所以绝对不可以在那里设营，我做好了据理力争的准备。我们从刺人的灌木围栏的一个缺口进去，发现里面有一间用原木和小树打桩，用交叉是树枝搭建的屋子。这个屋子看起来像一个大鸡笼。罗马人挥了一下手，意思是我们可以自由使用这间屋子和这片围场，嘴里还是滔滔不绝说个不停。

"有蟑螂。"我用斯瓦西里语对姆科拉说道，语气里透着坚决的反对意味。

"没有，"他说道，打消我的念头。"没有蟑螂。"

"可恨的蟑螂。好多蟑螂。恶心。"

"没有蟑螂。"他坚定不移地说道。

没有蟑螂赢了，罗马人还在滔滔不绝地说着，我希望谈点合心可意的话题，此时车开过来了，停在一棵大树下，大树离刺人的灌木围栏有50码左右，大家开始把设营的必需品往里搬。我的帐篷有铺地防潮布，我的帐篷挂在一棵树与那个鸡笼一侧之间，我坐在一只汽油桶上，跟罗马人、老头以及加利克讨论射猎的情况，与此同时，卡乌乌和姆科拉在搭建营地，万德罗博—马萨伊人金鸡独立站着，嘴大张着。

"大弯角羚在哪里？"

"那里，后边。"他挥了挥手。

"是大弯角羚？"

他伸开双臂，表现有多大，罗马人又开始滔滔不绝起来。

我疯狂地查词典，"他们正在看守的那只大弯角羚在哪里？"

万德罗博人跟他们说起话来。姆科拉一句话也听不懂。他对我摇了摇头。我想他们在请求对方允许我们从玉米地穿过吧。老头说完以后那两个男人走到我们跟前，我们握了握手。

我们看起来跟我见过的黑人都不一样。他们的面色呈灰褐色，最年长的那个看起来 50 岁左右的样子，长着两片薄唇，一个近乎于希腊式的鼻子，高高的颧骨和闪现着智慧的大眼睛。他泰然自若，端庄尊贵，似乎很有学问的样子。比他年轻些的那个男人的五官轮廓跟他非常相像，我认为应该是他的弟弟。他看起来大概 35 岁左右。那个男孩好看得像个姑娘，看起来笨笨的、羞答答的。他刚走过来的那一刻，我看他的脸，还以为他是个姑娘呢，因为他们都穿的是本色平纹细布做的罗马式托加袍，在肩上打了个结，腰身显不出来。

他们在跟老头交谈，此时我看老头跟他们站在一起，觉得他有几分像这块耕地上长相古典的主人，只不过老头一脸的皱纹，像是退化了似的，正如那个万德罗博——马萨伊人是我们在森林里遇到的漂亮的马萨伊人的干枯版是一个道理。

接着我们下到了小河边，我和卡乌乌在轮胎上暂时捆上绳子当履带，那位罗马长老和其他把车里的东西卸下来，在把最重的东西搬到陡峭的岸上。接下来我们把车疯狂地向对岸开去，开得水花四溅，大家都拼命地把车往陡峭的岸上推，推到一半的时候受阻。我们又是砍又是挖的，终于把车推到了河岸顶上，可我们前面就是玉米地，我想不出我们从玉米地要往哪里开。

"我们往哪里去？"我问那个罗马长老。

加利克翻译出来的话他们没听懂，还是老头把我提的问题解释明白的。

那个罗马人指了指左侧树林边缘的结实刺人的灌木围栏。

"我们坐车无法从那里过去。"

"Campi。"姆科拉说的这个洋泾浜英语的意思是我们要在那里设营。

"这是个鬼地方。"我说道。

第四部　以追猎为幸福　145

　　我们受阻的时候，只好披荆斩棘地开路，卡乌乌凭借智慧和对这个地区的良好感觉开车，极力避免再出麻烦，我们开出了这个糟糕的路段，上了一片开阔的草地，看到右边远处有一个山脉。可是这里刚刚下过一场大雨，我们只好加十二分小心避免掉进草地的低洼处，否则车轮的轮胎就会陷进草皮下的烂泥里，在滑滑的泥浆里空转不止。有两次，我们把灌木砍掉，用铲子把泥坑里的轮胎挖出来，然后吸取了教训，绝不往任何低洼处开，只绕着草地边缘的高处，接着再次进入树林。我们在树林里转了好几圈，找到了汽车能走的路，出了树林，上了一条河岸，看到一种灌木桥，像河狸筑坝一样横跨河床，这显然是为了阻挡河水而设计的。另一侧有一块玉米地，地的四周围起了刺人的灌木，有一道堤岸非常陡峭，上面种满了玉米，到处都是树桩树墩，还有一些看起来被遗弃了的场地，也是用刺人的灌木围起来的，场地里有用泥和木条盖的房子，右边有一些尖顶茅草屋从一道结实的带刺的灌木围栏上扎出来。这条小河是个棘手的问题，到了河对岸，我们也必须穿过四处可见的树桩树墩才能爬上河岸，所以我们都下了车。

　　那个老头说当天下过雨了。那天清晨他们经过此地时，水还没有漫过那道灌木坝。我心忧伤。有人看见大弯角羚曾经在那条小道上走过，我们穿过一个美丽的处女林来到这里，结果却被困在某人的玉米地里一条小河的河岸上。我哪里会预料到碰到什么玉米地，我恨它。我想，如果我们能够把车开过小河，爬上堤岸的话，我们还是要得到允许，把车从玉米地上开过去，所以我脱了鞋，赤脚从小河里趟着，用脚试探水里的情况。河底的灌木和小树被压得很硬很结实，我相信只要快速急驶，我们就可以过去。姆科拉和卡乌乌同意我的看法，于是我们上岸摸摸情况。岸上的泥土很柔软，不过下面的土却没有湿，所以我想，只要我们能够跨越那些树桩树墩，就可以用铲子铲除一条路来。在采取这一行动之前，我们要把车上的东西卸下来。

　　从草屋方向来了两个男人和一个男孩。到我们面前以后，我用斯瓦西里语说道，"你们好。"他们也应了一声，"你们好，"接下来，老头和他穿着卡其裤，即使他有辛巴老板的证明信，这些马萨伊人还是让他从内心深处感觉恐惧。马萨伊人是我们的朋友，不是他的朋友。不过，他们自然是我们的朋友。他们有那种天下一家的态度，那种虽然没有说出来，却可以立刻彻底接受你的襟怀，让你感觉不论你来自何方，你都是一个马萨伊人。这种态度你只能从最优秀的英国人、最优秀的匈牙利人和最最优秀的西班牙人身上才能看到；如果说真的存在高尚品德的话，那么这种态度就是这种品德最显著的标志。持这种态度的人本人是浑然不觉的，他们也生存不下去，但亲历这种态度让你开心，几乎没有什么可以与之媲美。

现在和刚才一样，只剩下两个人在跟他们赛跑了。他们跑得还是那么精彩，还是那么轻松，步子还是那么大，可是这辆车却是一个无情的领跑者。所以我吩咐卡乌乌加速，结束这场比赛，汽车突然提速，不会让迅速跑步的人觉得难堪。他们冲刺，没超过去，于是哈哈大笑，接着我们从车里探出身子，向他们挥手告别，他们停下了脚步，倚在长矛上，也向我们挥手告别。我们还是好朋友，可现在我们只能独行，没有路，只有一个大致的方向，我们就朝着这个方向绕过一个个树丛，顺着这个青翠的河谷走下去。

过了一小会儿，树木渐渐稠密起来，此时的我们抛下这片带有田园风情的地区，在浓密的次生森林几乎看不出的小道上谨慎小心择路而行。有时候我们的出路被挡住了，只得跳下车，把路上的一根原木拖走，或者把挡住车身的树砍掉。有时候我们不得不把车从灌木丛中倒退出来，找路绕个圈再回到原来的小道上，用那种斯瓦西里语里叫 panga 的长把灌木砍刀披荆斩棘。万德罗博人砍伐的技术让人可怜，而加利克也比他强不了多少。姆科拉用刀是个技术全面的高手，挥舞着大砍刀就像在杀仇人似的，动作迅速有力。我用得不怎么样。这需要大量的腕上技巧，非一日之功；等你的手腕乏力的时候，那把刀的重量似乎比实际重量要重。我多想手握一把磨得快快的密歇根双刃斧来砍树，而不是用这种刀啊。

轻松快乐、乐天达观的人。我们的车子终于启动以后，他们嘻嘻哈哈地跟在汽车两边跑了起来，表示他们跑得是多么轻松，接下来，路况变得越来越好，汽车开上了一个平坦的河谷，人和车之间也就演变成了一场比赛，后来一个又一个人退出，边止步边挥手微笑，最后跟着我们的就只剩下了两个人，他们是这群赛跑选手里的佼佼者，平稳而轻松地摆动着长腿，面露自豪地、毫不费力地与汽车并驾齐驱。他们也是在赛跑啊，以一英里赛跑运动员的速度在赛跑，而他们的手里还拿着长矛呢。后来，我们只得向右转，爬出平坦得像高尔夫球场轻击区似的河谷，驶进一片高低不平的草场，我们边放慢速度，边用第一档爬坡，就在这时，那群人又都哈哈大笑着追上来了，尽量不让我们看出气喘吁吁来。我们穿过了一小块灌木丛，一只小兔子蹿了出来，呈"之"字形疯狂地奔逃，此时后面的马萨伊人也疯狂地向前冲去。他们逮住了兔子，个头最高的那个赛跑者拎着兔子跑到车前，把兔子给了我。我抱着兔子，透过它毛绒绒温软的身体，感觉到它的心在狂跳，我轻轻地抚摸着它，那个马萨伊人拍了拍我的胳膊。我拎着兔子的耳朵把兔子还给他。不，不，兔子是我的。是给我的一件礼物。我把兔子递给姆科拉。姆科拉却没当回事，随手递给了一个马萨伊人。此时我们又开动了汽车，他们也又跑了起来。那个马萨伊人俯身把兔子放到地上，看见兔子拔腿就跑，他们全都哈哈大笑。姆科拉摇了摇头。这些马萨伊人给我们印象深刻。

"善良的马萨伊人，"姆科拉大为感动地说道。"马萨伊人有大量的牲口。马萨伊人杀动物不是为了吃肉。马萨伊人杀人。"

那个万德罗博人拍了拍自己的胸脯。

"万德罗博—马萨伊。"他无比自豪地说道，宣称这两个民族之间有血缘关系。他的耳朵像马萨伊人一样是卷起来的。看见他们奔跑，这么漂亮，这么开心，把我们也带动得开心起来。我从来没有见过这么快建立起来的无私友谊，也没有见过这么漂亮的民族。

"善良的马萨伊人，"姆科拉又重复了一遍，边说边点头来加强语气。"善良的，善良的马萨伊人。"只有加利克似乎不以为然。我相信，即使的幻觉，所以伸出手去摸了一下万德罗博人的耳朵。他惊得一跳，把卡乌乌逗得吃吃直笑。姆科拉在后座上用胳膊肘捅了我一下，用手指着林间空地，距离我们不到 200 码的地方，只见那里站着一头雄性大疣猪，背上的刚毛根根直立，又长又粗，白色的獠牙弯弯地往上翘着，双目炯炯，抬着头目不转睛地瞪着我们。我示意卡乌乌停车，我们就坐在车里看着它，它也看着我们。我举起抢来瞄准了它的胸脯。它看着，纹丝没动。然后我示意卡乌乌挂上排挡，我们继续前行，往右转了个弯，离开了那头一直纹丝没动，看见我们也显得毫无畏惧的疣猪。

我看得出卡乌乌很激动，回头一看，姆科拉点头表示赞许。我们谁也没见过不竖起尾巴快速逃逸的疣猪。这是一块处女地，是该死的非洲几百万英里的土地上没有人射猎过的地区。我即将在这里停留，随便找个地方设营。

虽然这里是我见过的最美的地区，可我们还是继续赶路，在平缓的草地上的大树间蜿蜒行进。后来，我们看见了一座马萨伊人的村庄的高高的围栏。这个村庄很大，跑出来一些褐色皮肤、双腿修长、步履轻快的人，他们看起来年龄相仿，头发梳成一个粗粗的棍子样的辫子，跑动起来在身后甩来甩去。他们跑到车前，把车团团围住，个个欢声笑语的。他们手持长矛，个个身材高挑，容貌俊美，牙齿洁白整齐，头发染成红褐色，在前额上编一圈刘海。他们非常乐观开朗，一点儿也不像北方的马萨伊人那样闷闷不乐、目空一切，他们想知道我们要干什么。很明显，那个万德罗博人已经告诉他们我们正急着赶去搜捕大弯角羚。他们把车围住了，我们动弹不得。有个说了句什么，三四个人连声附和，卡乌乌跟我解释说他们说的是他们下午看见过两只公大弯角羚在这条小道上走过。

"不可能是真的，"我自言自语。"不可能啊。"

我吩咐卡乌乌开车，我们慢慢地从他们中间穿过去，他们都哈哈大笑，想拦住车子，搞得车差点儿从他们身上压过去。他们是我见过的身高最高，体型最棒，容貌最英俊的人们，是我在非洲见过的第一批真正

第四部　以追猎为幸福

第十二章

打到两只大弯角羚

这条路只是一条小道，而平原看起来也让人没心少绪。我们向前走，看见了几只瘦骨嶙峋的格兰特瞪羚，在被晒得发黄的野草和树木的映衬下显得很白。在平原上走得越远，我兴奋的心情就越少，这是个典型的低劣的射猎区，所有的一切一开始就显得不可能、不实际、不真实。那个万德罗博人身上的体味很浓，我看着他那拉长的耳垂又干脆地卷回去的耳朵，看着他的薄薄的嘴唇，那张没有黑人特征的古怪面孔。他看见我在研究他的面孔，就随和地微微一笑，挠了挠胸脯。我回过头去看了看后座。只见姆科拉睡了。加利克直挺挺地坐着，戏剧化地显示他可没睡，那个老头正在吃力地看着路。

此时，前面已经没有什么路了，只有牲畜走的小道，可我们已经接近平原的尽头了。接下来，平原被我们甩到了后面，前面有一些巨大的树木，我们正在进入的地区是我在非洲见到的最可爱的地区。碧绿的野草平展整齐，像割过以后刚刚长出来的草坪，那些树木高耸入云，高大的树身很古老，树根底下没有灌木丛，只有光滑的青草皮，像一个鹿苑，我们沿着万德罗博人指的一条几乎看不见的小道穿过树荫和一块块斑斑驳驳的阳光。我不敢相信我们怎么会突然进入了这样一个美妙仙境。身在这样的仙境，就如同做了个美梦，快乐无比，一觉醒来，唯恐是易逝向下通向那个灌木丛生的干燥平原，平原在两座巨大的蓝色大山脚下绵延开来。

我们下山的时候，我回首望去，只见两个人正走在回营地的路上，一个高大魁梧，一个娇小玲珑，两人都戴着大斯泰森帽，大路上勾勒出他们的轮廓，接着，我向前面灌木丛生的干燥平原望去。

绒无袖夹克衫，身材魁伟，体格健壮。

"你要乖，做个好姑娘。"

"放一万个心。真想跟你一起去。"

"这是一出独角戏，"老爹说道。"你要迅速进入，做完这件棘手的事之后再迅速撤出。你知道担子不轻啊。"

老头出现了，跟姆科拉一起上了卡车的后座，姆科拉穿着我那件打鹌鹑的旧卡其无袖上衣。

"姆科拉拿着老头的上衣呢。"老爹说道。

"他总是喜欢把东西装在猎装口袋里带着。"我说道。

姆科拉看出来我们在谈论他。我已经把步枪带锈的事给忘了。此时又想了起来，于是对老爹说道，"问问他身上这件新上衣是从哪儿来的？"

姆科拉咧嘴笑了笑，说了句什么话。

"他说那是他的财产。"

我对他咧嘴一笑，他把秃头摇了摇，于是彼此心领神会，我也对步枪之事只字未提。

"加利克那个混蛋在哪里？"我问道。

他终于抱着毯子姗姗来迟，跟姆科拉和老头坐到了后座上。我和万德罗博人坐在前座卡乌乌的旁边。

"你的这位朋友长得挺可爱的，"P. O. M. 说道。"你也要乖乖的啊。"

我和她吻别，我们耳语了几句。

"还说悄悄话呢，"老爹说道，"真恶心。"

"再见，你这老混蛋。"

"再见，你这该死的打公大弯角羚的家伙。"

"再见，宝贝。"

"再见，祝你好运。"

"你的汽油不少，我们还会给你在这里再留一些。"老爹大声喊道。

我挥了挥手，我们的车穿过村里一条窄窄的小路向山下驶去，小路一个笔记本、一只铅笔、一把小刀、一瓶奎宁药片、一本书、两根蜡烛、钱、扁酒瓶、几架照相机、驱蚊用的香茅油、我的铅弹、替换衬衫和汗衫……

"还有别的要带的吗？"

"你有肥皂吗？带上一把梳子和一条毛巾，有手绢吗？"

"好的。"

莫罗把这些都装进了一个帆布背包，我还找出了我的望远镜，姆科拉带上了老爹的大望远镜和一只装满了水的水壶，凯狄送来一个装满了食物的食品运输箱。"多带点啤酒，"老爹说道。"你们可以把酒放在车上。我们的威士忌不多了，不过还有一瓶呢。"

"我们都拿走了，你们可怎么办？"

"没关系。那个营地里还有更多的。我们给卡尔先生送去了两瓶。"

"我只需要扁酒瓶，"我说道。"我们一起喝。"

"那就把啤酒多带些。要多少都有。"

"那个混蛋在干什么？"我指着正在上车的加利克问道。

"他说你和姆科拉在那里跟土著没法交流。你们需要个翻译。"

"算他狠。"

"不论他们说什么话，你都需要有那么个人把它译成斯瓦西里语。"

"那好吧。可你要跟他说，这里不是他做主，让他闭上他的乌鸦嘴。"

"我们陪你一起上山顶，"老爹说完，我们就动身了，那个万德罗博人挂在车子的侧翼。"去村里把那个老头接上。"

营地里的人都出来了，目送着我们远去。

"我们的盐带够了吗？"

"带够了。"

我们现在到了村里，站在路上的车子旁边，等着老头和加利克从他们的泥草屋回来。此时刚到下午，乌云满天，我看着身穿卡其布衣服，脚蹬靴子，头上斜戴斯泰森毡帽的 P. O. M.，显得那么的干净利索、镇定自若、妩媚迷人，我又看了看老爹，身穿洗晒过多而褪色到发白的灯芯

第三部 追猎与失败 137

"我们非走不可。你可以的话，明天夜里赶回来。你自己定吧。我认为这是一个转折点。你会打到一只大弯角羚的。"

"你知道这像什么吗？"我说道。"这就像我们小时候听说鲟鱼山和鸽子山的另一面的黑浆果平原上有一条从来没人钓过鱼的河。"

"那条河后来怎么了？"

"听我说呀。我们花了那么长时间才赶到那里，我们到达那里的那天晚上，正好赶在天黑之前到的，看见了那条河，那里有一个深潭，一条水道长长的、直直的，河水冰冷刺骨，手在里面多放一会儿都受不了，于是我扔进去一个烟头，结果有条大鳟鱼碰了碰它，烟头在河面上漂浮，那些鱼儿就把它吞吞吐吐的，最后咬了个粉碎。"

"大鳟鱼？"

"最大的那个种类。"

"上帝保佑我们吧，"老爹说道。"你后来又干了什么？"

"安装好钓鱼竿，把鱼饵甩下河，当时天已经黑了，附近只有夜鹰在盘旋，天气冷得要命，接下来我刚把苍蝇鱼饵放到河面上就钓到了三条鱼。"

"你把它们钓上来了？"

"三条都钓上来了。"

"你可真是个吹牛大王。"

"我向上帝起誓。"

"我相信你。等你回来再给我讲后来的事吧。那些真是大鳟鱼吗？"

"绝对是最大的那种。"

"上帝保佑我们吧，"老爹说道。"你会打到一只大弯角羚的。出发吧。"

我在帐篷里找到了 P. O. M.，跟她讲了现在的情况。

"该不是真的吧？"

"是真的。"

"还不快点，"他说道。"别说了，出发吧。"

我找出备用靴、短袜、火柴、一个急救包、一件浴袍、一件雨衣、

"我们走。"

"你们最好马上出发。车一直开，开到离那里最近的地方停下来设营，从那里开始搜索。我和夫人早晨要拆营，把装备搬走，到丹和 T 先生那里去。只要我们的装备过了那片种棉花的黑土地，就算雨追上了我们，我们也都不会有问题。你完了再和我们会师。如果你无法脱身，我们总可以让孔多瓦把车开回去，就算出现最坏的情况，还可以把卡车开到坦葛附近。"

"你不想一起来吗？"

"不想。这样的表现机会，你一个人单独去最好。去的人越多，你见到的猎物就会越少。你应该独自一人捕猎大弯角羚。我会运输装备，照看小妇人的。"

"那好吧，"我说道。"我不用带加利克或者阿布杜拉？"

"决不！带上姆科拉、卡乌乌和这两个人。我会叫莫罗给你整理东西。一定要轻装上阵。"

"天杀的，老爹。你认为这是真的吗？"

"也许吧，"老爹说道。"我们只好赌一把呀。"

"貂羚用斯瓦西里语怎么说？"

"Tarahalla。"

"我记得是 Valhalla 吧？雌性的有角吗？"

"确实有，可你却不会搞混。因为公的是黑色的，母的却是褐色的。你不会认错的。"

"姆科拉可见过貂羚？"

"我想是没见过。你的许可证上有四个指标。什么时候你都可以多打一个，去吧。"

"貂羚好射杀吗？"

"它们很棘手。它们跟大弯角羚不同。你射翻了一只以后，走近它的时候可要当心。"

"时间怎么安排？"

没有手势。

"他干什么了？打扮成这样，是想搞点侦察费吧？"我问道。

"等一下。"老爹说道。

"看这一对，"我说道。"这个愚蠢的万德罗博人和这个混账老骗子。他说什么，老爹？"

"他还没说完呢。"老爹说道。

老头终于说完了，他倚着他用来当道具的弓站在那里，他们两个人看起来疲惫不堪的样子，而我还记得当时我觉得他们看起来像一对让人憎恶的骗子。

"他说，"老爹开始说道，"他们发现了一块有大弯角羚和貂羚的地区。他已经在那里待了三天。他知道那里有只公大弯角羚，而且他现在已经派了一个人在那里看守。"

"你信他的话吗？"我感觉到感觉酒精和疲惫都从身体里流走了，而兴奋的感觉上来了。

"天知道。"老爹说道。

"那块地区离这儿有多远？"

"行军速度一天。卡车能开的话，我认为三四个小时就到了。"

"他认为卡车能进去吗？"

"还从来没有车进去过，可他认为你能开进去。"

"他们跟那个看守大弯角羚的人分手是在什么时间？"

"今天早上。"

"貂羚在哪里？"

"那边的山里。"

"我们怎么才能进去？"

"我搞不清楚，只知道你应该横跨这个平原，绕过那座大山，接下来向南走。他说还没有人去那里打过猎。他年轻的时候在那里打过。"

"你信他的话吗？"

"当然，土著们说谎总是漏洞百出，而他说得有鼻子有眼儿的。"

"这些混蛋，"P. O. M. 说道。虽然我已经在无理取闹，她依然跟我站在一起。"这帮狗娘养的。"

"你是个好姑娘，"我说道。"我没事。或者说我就会没事的。"

"这段时间可真糟糕，"她说道。"可怜的老爸爸。"

"你喝杯酒吧，"老爹说道。"你也需要。"

"我找得好苦，老爹。我向上帝发誓我说的是实话。我以前一直乐在其中，不急不躁。该死的我胸有成竹。总能看到那些该死的脚印——要是我根本没见过又如何？我怎么才他妈的能知道我们能否回到这里呢？"

"你会回来的，"老爹说道，"这你用不着担心。来吧。喝酒。"

"我只是一个牢骚满腹的混蛋，糟糕透了，可我发誓今天以前它从来没让我烦心过。"

"牢骚满腹，"老爹说道。"最好发泄出来。"

"吃午饭好不好？"P. O. M. 问道。"你们饿蒙了吧？"

"让午饭见鬼去吧。问题是，老爹，我们从来没有在傍晚见到过它们来舔盐，也没在山里见到过一只公大弯角羚。我只剩今天一个晚上了。看起来是泡汤了。我有三次十足的把握，能打到它们，可卡尔、那个奥地利人和万德罗博人把我们打败了。"

"我们没有被打败，"老爹说道。"再来一杯吧。"

我们吃了午饭，一顿非常美味可口的午饭，刚刚吃完，凯狄就来了，说有个人要见老爹。我们看见他们的影子映在照片的门帘上，然后他们绕到帐篷门前。原来是我们第一天见过的那个老头，那个老农夫，而他现在却是一身猎人打扮，带着一只长弓和一只带盖的箭囊。

他看起来更加苍老，更加寒酸，比原来还要疲惫憔悴，而他的装扮显然是一种伪装。跟他在一起的是一个骨瘦如柴、肮脏不堪的万德罗博人，向上卷的耳朵上裂了口，他金鸡独立地站着，用脚趾挠膝盖的后部。他的头往一侧歪着，一张窄窄的、愚蠢的脸，看起来人品就不正。

老头一直在急切地跟老爹说着，他直视着老爹的眼睛，语速很慢，地方，只好转身离去。在这段时间里，我一直因为步枪没擦干净气鼓鼓的，同时想也许会在灌木丛里撞上一只公大弯角羚，把它一枪撂倒，所以又渴望又高兴。可是我们却没有看到大弯角羚，此时，在这个烈日当头的中午，我们绕了几座小山转了三个大圈，最后来到一片草地，草地上到处可见耸着肩的马萨伊小牛，我们把一大片阴凉抛在后面，回身穿过中午烈日下的旷野，到了卡车旁。

坐在车里的卡乌乌看见100码以外有一只公大弯角羚过去了。它是在大概九点左右向盐碱地走过去的，而风也在那个时候开始作乱，所以，显而易见，它闻到了我们的气味，于是回到了山里。我现在筋疲力尽，汗如雨下，沮丧的感觉大于恼火，上车后在卡乌乌的身旁坐下，我们驱车回营地。现在只剩下一个晚上了，没有理由指望运气比现在好。到了营地，树荫浓密，凉爽赛池塘，我把斯普林菲尔德枪的枪栓拔下来，一声不吭地把不带枪栓的步枪递给姆科拉，看也没看他一眼。我把枪栓从我的帐篷门扔到了我的帆布床上。

老爹和 P. O. M. 正坐在用餐帐篷下。

"不走运？"老爹轻轻地问道。

"一丁点运气都没有。公大弯角羚往盐碱地走的时候从卡车旁边过。一定是被吓跑了。我们四处都搜了个遍。"

"什么动物都没看见？" P. O. M. 问道。"我们有一次还以为听到了你的枪声。"

"那是加利克在吹牛皮。派出去的人有消息吗？"

"一点儿消息都没有。我们一直在监视那两座小山。"

"卡尔有消息吗？"

"半个字都没有。"

"我多希望能看到一个动物啊。"我说道。我疲惫极了，不由得牢骚满腹。"上帝惩罚他们吧。真是该死，他为什么在第一天早晨把盐碱地闹了个天翻地覆，向一个该死的公大弯角羚的肚子开枪，还在那片狗娘养的地区东奔西突，乱跑乱追，把它吓得抓狂？"

迹发生：一只漂亮的、威风凛凛的公大弯角羚穿过开阔的矮树丛，来到尘土覆盖的灰色林中空地上。盐碱地已经被舔过，被踩踏过，出现了塌陷的痕迹，有许多林间小路通向盐碱地，任何一条小路上都有可能有一只公大弯角羚悄然而至。可是，什么动物也没有来。太阳出来了，驱散了晨雾的寒意，晒得我们身上暖洋洋的，我让臀部往尘土里陷得更深了些，靠着土坑的墙，挺胸抬头，照样可以从埋伏处的狭长窥孔观察外面的动静。我把斯普林菲尔德枪横架在膝盖上，发现枪筒上有锈迹。我慢慢地把枪拉了过来，查看枪口。枪口也生了锈，是褐色的新锈。

"昨夜下雨以后，这混蛋就根本没擦过枪，"我心里越想越愤怒，拎起枪柄，卸下枪栓。姆科拉低着头看着我。那两个人正从埋伏处像外看。我一只手举起枪，让他往后膛里看，然后装上枪栓，往前轻轻一推，让枪口朝下，一只手放在扳机上，以便随时扳起击铁，而不让它呈保险状态。

姆科拉看见了生锈的内膛。他不动声色，我也一声没吭，虽然一声也没吭，内心却充满了轻蔑，这轻蔑里饱含着指控、作证和谴责。我们就那么坐着，他耷拉着脑袋，只露出一颗秃头，我仰靠着，从狭长窥孔观察着外面的动静，我们已经不再是搭档，不再是好朋友；没有动物到盐碱地来。

十点钟的时候，原本东方吹来的微风开始转向，我们知道没戏了。我们的气味正从埋伏处吹向各个方向，就像我们在黑暗中拿着手电到处乱晃一样，什么动物都会吓得望风而逃的。我们从埋伏处站起身来，到盐碱地查看尘土里的脚印。雨水让盐碱地潮乎乎的，却没有湿透，我们看见了几个大弯角羚的脚印，也可能是夜里早些时候踩的，其中一个体型大的公大弯角羚的脚印，长长窄窄的，是心的形状；踩踏得很深，印记清晰。

我们认准了这个脚印，跟着它在潮湿的红泥地上走了两个小时，穿过了与国内的次生树林相似的茂密的灌木丛。最后走到了一个过不去的

"那些该死的趣闻轶事，"老爹说道。"夫人会把我们看成蠢东西的。"

"我还能想起一些呢。"

"喝酒比干什么都好。可喝酒为什么会让人不舒服呢？"

"你不舒服？"

"不太厉害。"

"来口挪士？"

"都是这该死的车坐的。"

"嗯，成败就在今天了。"

"切记，一定要悠着点。"

"你不至于为这个放心不下吧？"

"有一点点。"

"不要。我没为这个不放心过，一分钟都没有过。真的。"

"那好。最好出发吧。"

"要先赶一段路呢。"

我每天清晨都会站在用帆布围成的厕所前面，望着被具有浪漫主义情结的天文学家称为南十字座的那片隐隐约约、模模糊糊的星群，今天也不例外。我每天清晨都会在这个时刻，以庄重的礼仪注视南十字座。

老爹已经等候在车旁。姆科拉把斯普林菲尔德枪递给了我，我在前座就座。悲剧演员和他的追猎手在后排就座。姆克拉跟他们一起爬进了车。

"祝你好运。"老爹说道。有人从帐篷那边走了过来，是穿着蓝色晨衣和防蚊靴的 P. O. M.。"哦，祝你好运，"她说道，"一定，祝你好运。"

我挥手告别，我们出发了，车灯照亮了通向大路的小路。

我们在距盐碱地大概三英里的地方下了车，小心翼翼地向盐碱地走去，到了一看，什么也没有。一上午，一个动物都没来。我们低着头坐在埋伏处，人人都从草编的隔墙缺口负责不同的方向，我盼望着有奇

"晚安，杰·菲先生。" P. O. M. 在帐篷里大声说道。

"晚安。"老爹说道。他迈着僵硬的步子向他的帐篷走去，很搞笑，黑暗中的他小心翼翼的样子，就像一个开了瓶的酒瓶。

第十一章

盐池狩猎，一无所获

清晨时分，莫罗扯着我的毯子把我弄醒，我穿衣服，穿上了衣服，走出帐篷，洗去眼中的睡意之后，才彻底醒了过来。天还黑乎乎的，我看到火光衬出的老爹的背影。我走了过去，手里端着大清早要喝的加了牛奶的热茶，等晾凉了些再喝。

"早上好。"我说道。

"早上好。"他用嘶哑的、低沉的声音回应我。

"睡好了吗？"

"非常好。觉得身体够棒吗？"

"就是有点儿困。"

我把茶喝了，把茶叶吐进土堆。

"用那东西算你该死的命吧。"

"不用。"

早餐是在黑暗中吃的，只点了一盏提灯，吃的是带凉凉、滑滑糖汁的罐头杏肉，里面滚烫、涂了番茄酱的棕色的肉末土豆泥，两只煎蛋，还有让人满怀希望的热咖啡。我喝第三杯的时候，老爹看着我，抽着烟斗，说道，"时间尚早，我还无法面对。"

"你受不了啦？"

"有点儿。"

"我一直在锻炼，"我说道，"我吃得消。"

"我只认识一个作家，名叫图尔特·爱德华·怀特[1]，"老爹说。"一直特别喜欢他的作品。好得不得了，你是知道的。后来我结识了他。却不喜欢他。"

"你在开窍耶，"我说道。"看呐。讲文学家的趣闻轶事并不需要诀窍。"

"你为什么不喜欢他呢？"P. O. M. 问道。

"我一定要说吗？莫非这件趣闻轶事还没讲全？跟这位老先生是同样的感受嘛。"

"接着说好啦。"

"他总是倚老卖老。眼睛总是望着遥远的地方，就是那么回事。杀死了那么多该死的狮子。杀得太多才不值得夸赞啊。把它们追得飞跑，对的。干嘛杀那么多呢？该死的狮子也可以取你性命。在《星期六晚邮报》上发表的那些精彩绝伦的东西，提到的一个家伙，叫什么来着？对，叫安迪·勃内特。哦，真是精彩绝伦。可我还是特别不喜欢他。在内罗毕见过他一次，眼睛总是望着遥远的地方。在城里穿着最旧的衣服。大家都说他是个神枪手。"

"嗨，你可真是个文坛混混，"我说道。"把这也当作一件趣闻轶事。"

"他了不得，"P. O. M. 说道。"我们还要吃饭吗？"

"天哪，我还以为我们吃过了呢，"老爹说道。"说起这些趣闻轶事。没完没了啊。"

吃过晚饭，我们在火堆旁坐了一小会儿，然后上床睡觉。老爹好像心里有件事，他在我进帐篷之前说道，"你憋了这么久，一遇打枪的机会可要悠着点。你身手敏捷的，所以可以不慌不忙地打，切记，悠着点。"

"好的。"

"我会让他们早点叫醒你的。"

"好的。我现在特别困。"

---

[1]　怀特（1873—1946），美国小说家，代表作《加利福尼亚三部曲》：《黄金》、《灰色的黎明》、《玫瑰色的黎明》。——译者注

"我们要抛弃现有的一切，"老爹对 P. O. M. 说道，"一起做作家。再给我们讲一个文学家的趣闻轶事吧。"

"听说过乔治·穆尔[1]吗？"

"就是那个写'在我走之前，乔治·穆尔，为你健康最后再干一杯'[2]的家伙？"

"正是他。"

"他怎么了？"

"他死了。"

"这件趣闻轶事太让人郁闷了。你可以讲点更好的嘛。"

"有一次，我在一家书店看见了他。"

"这个好点。看他把故事讲得多么生动有趣啊。"

"有一次，我在都柏林去登门拜访他，"P. O. M. 说道，"是跟克拉拉·邓恩一块儿去的。"

"发生了什么事？"

"他不在家。"

"天哪。我跟你说，文学生活，"老爹说道，"无与伦比的精彩。"

"我讨厌克拉拉·邓恩。"我说道。

"我也是，"老爹说道。"她写过什么？"

"书信，"我说道。"你知道多斯·帕索斯[3]吗？"

"绝对闻所未闻。"

"我和他常在冬季喝加热的樱桃白兰地。"

"接下来发生了什么事？"

"最后，人们提意见了。"

---

[1] 乔治·穆尔（1852—1933），爱尔兰小说家，主要作品有《埃斯特·沃特斯》等。——译者注

[2] 这句出自拜伦的诗作《致托玛斯·穆尔》。——译者注

[3] 多斯·帕索斯（1896—1970），美国小说家，代表作有《美国》三部曲。——译者注

竖起了一个矮矮的栅栏，上午打野兔，下午我们追踪了几次猎物，打了野鸡，我打到了一只狍子。"

"这哪是文学问题啊。"

"你听我说呀。最后那天晚上，乔伊斯和他太太来和我们共进晚餐，我们吃了一只野鸡和 1/4 只狍子的里脊肉，因为我们第二天就要离开巴黎赴非洲，上帝，我们只有一个共处的晚上了，所以我和乔伊斯都喝醉了。"

"这倒是很精彩的文学家的趣闻轶事，"老爹说道。"乔伊斯是什么人啊？"

"是个不得了的家伙，"我说道。"写《尤利西斯》的。"

"《尤利西斯》不是荷马[1]写的吗？"老爹说道。

"《埃斯库罗斯》[2]是谁写的呀？"

"是荷马，"老爹说道。"不要给我设套。你还知道不少文学家的趣闻轶事吧？"

"听说过庞德[3]吗？"

"没，"老爹说道。"绝对没。"

"我知道一些关于庞德的趣闻轶事。"

"可能你跟他一起吃过一些名字听起来滑稽可笑的动物的肉，接下来都喝醉了。"

"有几次是这样的。"我说道。

"文学家的生活肯定乐和得不得了。你看我能成作家吗？"

"很有可能。"

---

[1] 荷马（约公元前 9—8 世纪，古希腊吟游盲诗人，著史诗《伊里亚特》和《奥德赛》。《奥德赛》中有个人物叫尤利西斯。——译者注

[2] 埃斯库罗斯，古希腊三大悲剧家之一。——译者注

[3] 庞德（1885—1972），美国诗人，意象派诗歌代表人物，代表作长诗《诗章》。——译者注

"可我还从来没有读过哪部作品让我对一个地区的感受我们亲身感受这么深。那些作品不是写该死的内罗毕的放浪形骸的生活，就是写自己射杀的野兽的角比别人射杀的长半英寸之类的无聊事。或者是写关于危险的废话。"

"我倒想写写这个地区以及这个地区的动物，还有这些给一个原本对此一无所知的人的感觉。"

"写写看呗。不会有什么害处的。我写过阿拉斯加之行的日记，你是知道的。"

"我很想看看，"P. O. M. 说道。"我不知道你还是个作家呢，杰·菲先生。"

"当然不是，"老爹说道，"可你要是真想看的话，我倒是可以托人捎过来。你也知道，记的都是每天做了什么的流水账，还有一个来自非洲的英国人对阿拉斯加的印象。你会觉得没意思的。"

Pom对老爹不掩示的好感。

"是你写的就不会。"P. O. M. 说道。

"小女人在夸我们啦。"老爹说道。

"不是在夸我。在夸你。"

"他写的东西我看过，"她说道。"我要看的是你杰·菲先生写的。"

"这位老先生真是作家吗？"老爹问她。"我可没见过什么实证啊。你肯定他不是靠追踪猎物和射杀飞鸟来养活你的吗？"

"哦，没问题。他是写东西的。他写得顺手的时候，人很好相处。可他在动笔之前却很吓人。他脾气变坏以后，才能写出东西来。他说作家从此以后绝对不再写东西的时候，我知道他快要动笔了。"

"我们应该多听他谈谈文学方面的问题，"老爹说道。"那个皮短裤还是个小毛头。给我们讲点文学家的趣闻轶事吧。"

"好吧，我们在巴黎的最后一个夜晚的前一天，我到本·加拉格尔的家乡索洛涅地区打猎，你知道，他有一个农场 [1]，他们在外出用餐时

---

[1]　农场，该词原文为法语。——译者注

"革命与革命之间差异很大，不过，你倒是可以把其中的一些事相提并论。我力争写一本研究革命的书。"

"那一定会有趣死了。"

"只要材料够就成。你需要大量前人已有的成果。失败者总是被贬得一塌糊涂，胜利者又总是文过饰非，所以想拿到自己没有亲见的事件的真实材料是难上加难。只要一来，你只能跟着你的母语所在地人云亦云了。你因此而受限。也就是因为这个原因，我绝对不想去俄国。既然你无法听到人们无意间说的话，去了也是白去。你能得到的只有传单，只能观光一下。在任何国家，任何一个懂外语的人都非常可能对你说谎。你应该永远都从大众百姓那里搜集情报，而如果你跟他们无法交谈，无法听到他们无意间讲的话，你也就无法得到任何有价值的情报，充其量有点新闻价值罢了。"

"如此说来你打算攻下斯瓦西里语啦？"

"我正在努力。"

"尽管如此，因为他们总是说斯瓦西里语，所以你还是无法听得懂他们无意间的谈话。"

"可是，在我对打猎了解不多的时候，要我来写打猎，那只能是幅风景画。一个人对一个地区的第一印象价值非凡。关键是这份价值对于本人比对别人更有价值。可你要把它叙述出来，只有不停地写。写出来以后怎么处理倒无关紧要。"

"大部分写游猎队的书都枯燥乏味到了极点，真该死。"

"是非常讨厌。"

"只有一本我喜欢，是斯特里特写的。他给书起的什么名字？《痛失天然之非洲》。他让你有栩栩如生的感觉。这是最佳作品。"

"我喜欢查理·科蒂斯的书。它非常真实，刻画精细，如诗如画。"

"可那个斯特里特可是再有趣不过了。你还记得他对射杀瞪羚的描写吗？"

"是很有趣。"

还在朝。"

"近期去过法国吗？"

"不喜欢法国。黑暗得像地狱。近来那里搞得一塌糊涂。"

"老天作证，"老爹说道，"你要是相信报纸的话，那一定就是这样。"

"他们搞的暴乱那才真的叫暴乱。该死，他们有这传统。"

"你在西班牙参加过那场革命吗？"

"等我到的时候已经晚了。接下来我们等待两场尚未到来的革命。接下来我们又错过了一场革命。"

"你经历过古巴那场革命吗？"

"从一开始就在。"

"怎么样？"

"好极了。后来就糟糕了。你无法想象有多糟糕。"

"不要说了。"P. O. M. 说道，"那些事情我都清楚。他们开车过去，见谁打谁。他们在哈瓦那开枪的时候，我就蹲在一张大理石桌子的后面。我随身还带着酒杯，我既没忘了带酒杯，也没把酒洒出来。孩子们说，'母亲，我们下午可以去看打枪吗？'他们对革命那么上心，我们只好只字不提了。邦比恨不得生吞活剥了 M 先生，还做恶梦呢。"

"真是不同寻常。"老爹说道。

"别逗我啦。我可不想光听革命的话题。我们看到的，听到的都是革命。我都烦死了。"

"这位老人家一定喜欢那些革命。"

"我烦死它们了。"

"你是知道的，我一次革命都没经历过。"老爹说道。

"革命是极好的。真的。在相当一段长的时间里。接着就变坏了。"

"革命都是激动人心的，"P. O. M. 说道。"我必须承认这一点。可我烦死了。真的，我对革命丝毫都不关心了。"

"我一直对革命略有研究。"

"你有什么发现？"老爹问道。

得村里来的那个老头吗？他和那个万德罗博人。他在小山的另一侧的一个地区跟他们追猎野鹅。他们已经去了三天了。"

"我们完全有理由在卡尔打到大弯角羚的盐碱地里再打一只。早一天晚一天都没关系。"

"很对。"

"不过，只剩下该死的最后一天了，而那块盐碱地可能已经被雨冲坏了。那里就是这样，只要有雨水，就没有了盐，只剩下烂泥了。"

"就是。"

"我多想看见一只啊。"

"等你真看到的时候，不要着急，搞清楚再说。不急不躁地射杀它。"

"我倒不担心这个。"

"我们说点其他的吧，"P. O. M. 说道。"这个话题让我紧张得不行。"

"但愿那个穿皮短裤的老头还在，"老爹说道。"上帝，他可真会说。他竟然让我们这位老人打开了话匣子。再跟我们侃侃现代作家吧。"

"侃你个鬼。"

"我们为什么就不能有点精神生活呢？"P. O. M. 问道。"你们这些男人怎么从来不谈谈世界大事呢？为什么要让我对正在发生的一切这么闭塞无知呢？"

"该死的世界形势一团糟啊。"老爹说道。

"真可怕。"

"美国近来怎么样？"

"我知道才叫怪呢！无非是基督教青年会那套表演吧。一群异想天开的混蛋乱花钱，别人还得付钱。跟《圣经》上面的情况正好相反。城里人都辞工去领救济金。渔民全都转行当木匠。"

"土耳其的形势怎么样？"

"吓人呐。摘下了土耳其帽。绞死了许多老伙伴。不过伊梅斯特 [1]

---

[1] 伊梅斯特（1884—1973），土耳其政治家，时任土耳其共和国总理。——译者注

我赶忙举枪，却被姆卡拉一把抓住了胳膊，"母的！"他用斯瓦西里语低声说道。那是一只公大弯角羚。可是，等我们到了它跳出来的地方一看，却没有发现别的脚印。毋庸置疑，我们刚才跟踪的脚印把我们从大路引向了这只公大弯角羚。

"超大的公大弯角羚！"我用斯瓦西里语说道，话里充满了对加利克的嘲讽和厌恶情绪，边说还边做了个动作，代表两只巨大的角从它的耳后向后伸展的样子。

"超大的公大弯角羚，"他悲痛欲绝而又嘴硬地说道。"这只公大弯角羚可真大呀。"

"你这戴着鸵鸟羽毛的讨厌的流氓，"我用英语对他说道。然后用斯瓦西里语说道，"母的！母的！母的！"

"母的。"姆科拉用斯瓦西里语说道，连连点头。

我掏出词典，查不到要查的词，就用手势向姆科拉解释我们应该绕个大圈回到大路，看能否找到其他脚印。我们冒雨回去，浑身淋得像落汤鸡一样，却什么也没发现，找到了车，看雨势稍减，路面还很结实，于是决定继续前行，一直走到天黑。雨后的山腰上挂着一团团的云彩，树上雨水还在滴答，可我们却一无所获。林中空地上没有猎物，灌木稀疏的田地里没有猎物，绿色的山坡上没有猎物。最后，天黑了，我们回营地。我们下了车，那只斯普林菲尔德枪也被淋得湿湿的，我告诉姆科拉把它仔仔细细地擦干净，好好上点油。他说他会的，我就径直进了点了一盏灯的帐篷，脱掉衣服，在帆布澡盆里洗了澡，穿上睡衣睡裤、晨衣和防蚊靴，舒舒服服、轻轻松松地走出帐篷，来到火堆旁。

P. O. M. 和老爹正在霍顿旁的椅子里坐着，看见我来了，P. O. M 起身给我调了一杯兑苏打水的威士忌。

"姆科拉都跟我说了。"老爹坐在火堆旁的椅子里说道。

"是只该死的公大弯角羚，"我对他说道。"我差点儿把它一枪打死。你看明天早晨怎么办？"

"我想还是去盐碱地。我们已经派人去监控这两座小山了。你还记了威士忌酒瓶，庄重地递给我。

"来一杯？"

"我看喝了也没什么坏处吧？"

我们两个都喝开了，老爹说道，"让他们见鬼去。"

"让他们见鬼去。"

"你们会找到一些该死的脚印的。"

"我们会把他们赶出这个地区。"

我们走在大路上，车往左拐去，向上途经那个泥土盖房的村庄，在向左转下大路，上了一条坚硬的红土小路，这条小路两旁树木繁茂，环绕着群山的边缘。此时的雨已经下得相当大了，我们慢速行驶。黏土里的沙子很多，足可以防止车轮打滑。突然，坐在后座上的阿布杜拉激动万分地叫卡乌乌停车。刹车以后，车向前滑行了一下，我们都下了车往回返。潮湿的黏土里有一个新踩出来的大弯角羚脚印。看起来踩了还不到五分钟，因为脚印形状清晰，大弯角羚蹄子的内侧带起来的烂泥还没有被雨水泡软哩。

"公的[1]，"加利克把头往后一扬，大展双臂，代表向后垂到肩隆上的两只角。"大得不得了[2]！"阿布杜拉也认为这是一只公大弯角羚；巨大的公大弯角羚。

"走吧。"我说道。

追踪不难，我们都知道相距不远。下雨或者下雪的时候更容易接近猎物，我有把握我们可以打上一枪。我们跟着那些脚印穿过茂密的灌木丛，上了一块空地。我停下脚步，擦去眼镜上的雨水，吹吹斯普林菲尔德枪后瞄器上的孔。此时的雨已经是倾盆大雨，我把帽子往下拉到眼睛上，以免打湿眼镜。我们顺着空地的边缘走着，接着前面传来一阵哗啦啦的声音，我随后看到了身上灰底白纹的动物在灌木丛中穿行逃逸。

---

[1]　公的，此句原文为斯瓦西里语。——译者注

[2]　大得不得了，此句原文为斯瓦西里语。——译者注

"这混蛋也一直在喝酒。"我说道。

"大概是的。"

"我能闻出来。"

老爹看都没看加利克，只用轻柔之极的声音说了寥寥数语。

"你跟他说什么了？"

"让他穿得得体点，准备出发。"

加利克走了，头上的羽毛一颤一颤的。

"现在哪里是他炫耀他那该死的鸵鸟羽毛的时候。"老爹说道。

"也可能真有人喜欢呢。"

"可不？还会给羽毛拍照呢。"

"难看死了。"我说道。

"真可怕。"老爹同意我的看法。

"到了最后一天我们还是一无所获的话，我可要朝加利克的屁股上开枪啦。我会因此付出什么代价？"

"可能会造成不少麻烦。你打了这个，就得打那个。"

"只打加利克。"

"那最好就不要打了。切记，你打枪，惹麻烦上身的却是我哦。"

"说着玩儿的，老爹。"

没戴头饰的加利克和阿布杜拉来了，于是老爹跟他们说起话来。

"他们说要绕着山走一条新路搜寻猎物。"

"非常好。什么时候出发？"

"随时。看起来要下雨了。你们还是吃饭吧。"

我派却罗把我的靴子和雨衣取来，姆科拉拿着斯普林菲尔德枪出了帐篷；我们向卡车走去。虽然太阳在中午以前从云层中露了一下脸，中午时候也露了一下，但天空中阴云密布，整天都是如此。雨区正在向我们移来。蝗虫也不飞了，雨马上就要下了。

"我睡得迷迷糊糊的，"我对老爹说道。"我要喝一杯。"

我们站在一棵大树下面的炊火旁，小雨滴拍打着树叶。姆科拉拿来

"不走运，不走运加上下雨。我也派人到那两座小山侦察过，一无所获。"

"嗯，不到明天夜里，我们就还没有玩完。我们离开的最后时间是？"

"后天。"

"那个该死的野人。"

"我猜卡尔正在山下大开杀戒宰貂羚呢。"

"为了两只角，我们差点儿回不了营地。你们听见什么动静没有？"

"没有。"

"为了你到打到一只大弯角羚，我打算六个月不抽烟，" P. O. M. 说道。"我已经开始了。"

我们吃了午餐，然后我进了帐篷，躺下看书。我知道明天早晨在盐碱地还有一次机会，对此，我没必要担心。然而事实上我还是担心，怕醒来以后头脑昏昏的，所以不想睡，于是从帐篷里出来，在开着门的门口放着用餐帐篷里的一张帆布椅子上坐了下来，看看某人写的查理二世的传记，还时不时地抬起头来看一看蝗虫。那些蝗虫看起来让人兴奋，我很难觉得是自然而然的。

最后，我在帆布椅上睡着了，双脚还架在一个食品运输箱上，一睁眼，看见加利克这个混蛋头戴黑白相间的鸵鸟毛大头饰站在面前，头饰松松垮垮地垂坠着。

"滚开。"我用英语说道。

他站在那里，得意洋洋地冷笑着，然后转过身去，这样我就可以从侧面观赏那个头饰了。

我看见老爹嘴里叼着烟斗从他的帐篷里出来。"看我们有什么了？"我向他喊道。

他看了一眼，说了声，"天哪。"就回了帐篷。

"好啦，"我说道。"我们不理他就得了。"

老爹终于拿着一本书出来了，我们对加利克的头饰视而不见，只管坐在那里谈天说地，任由他在那里带着头饰摆姿势拗造型。

法忍受的恶臭，我不动声色地把角递给加利克，加利克随即不动声色地递给阿布杜拉。阿布杜拉的塌鼻子的鼻翼皱了起来，不住地摇头。它们的气味确实恶心。我和姆科拉都咧开嘴笑了，加利克却还是正气凛然的样子。

开车顺着这条路走，一路走一路看有没有大弯角羚，把貌似有的林中空地都搜一遍，我判断这个主意不错。我们上了车，就实施起来，可搜了几片林中空地，却运气不佳。此时太阳已经升起，路上穿白衣服或者全裸的旅人络绎不绝，人声嘈杂，我们决定回营地去。在回去的路上，我们停过一次，蹑手蹑脚地奔向一块没去过盐碱地。那里灰蒙蒙的树丛中有一只黑斑羚，阳光把它那带斑点的皮照得红艳艳的，那里还有许多大弯角羚的脚印。我们把脚印抹平，继续驱车回营地，路上发现有大量蝗虫在往西飞，你抬头望去，天空就像一条闪闪烁烁的粉红色通道，那种闪烁与旧电影有一拼，只是不是浅灰色而是粉红色罢了。P. O. M. 和老爹迎了出来，失望极了。营地里并没有下雨，他们还以为我们回来会有收获呢。

"我的那个文学伙伴走了吗？"

"走了，"老爹答道。"去汉德尼了。"

"他跟我谈了对美国女人的看法，"P. O. M. 说道。"可怜的老爸爸，我还以为你肯定会打到一只大弯角羚呢。这该死的雨。"

"美国女人怎么样？"

"他认为她们很可怕。"

"多有眼光的人呢，"老爹说道。"给我说说今天的经历。"

我们坐在用餐帐篷的阴影里，我给他们讲了今天的经历。

"一个万德罗伯人，"老爹说道。"他们是糟糕透顶的射手。不走运啊。"

"我还以为是人们在路上看到的身背弓箭的旅行猎手呢。他看见了路边的那块盐碱地，就循着足迹找到了另外那块。"

"不太可能吧？他们身背弓箭是为了防身。他们不是猎手。"

"唉，管他是什么人，总之是把我们毁了。"

"好的。不要茶？"

"见它的鬼。"

"威士忌呢？"他满怀希冀地问道。

"威士忌喝完了。"

"威士忌。"他信心满满地说道。

"好吧，"我说道。"去吃饭吧，"说完，把水倒进杯子，掺了一半水，钻进蚊帐，找到我的衣服，重新叠成一个枕头，侧卧着，用一只胳膊撑着，慢慢喝起威士忌来，接下来把缸子放到蚊帐下面的地上，伸手去摸那支斯普林菲尔德枪，把手电放在身旁，床上的毯子下面，伴着雨声入眠。我一听见姆科拉进来，就又醒了，他打好地铺睡了，我在夜里醒过一次，听得出他就在我旁边睡着；可是早晨在我醒来之前，他就已经起来煮好了茶。

"喝茶，"他说道着，拉了拉我的毯子。

"该死的茶，"我边说边起来，还没睡醒。

这是个灰蒙蒙、湿淋淋的早晨。雨虽然已经停歇，但大地上依然被薄雾所笼罩，我们发现那块盐碱地已经被雨水冲刷得很彻底，附近一个脚印都没发有。我们搜遍了湿漉漉的低矮丛林，巴望着在被雨水浸透的泥地上找到一个脚印，追踪一只公的大弯角羚，最后追到它。可就是没有脚印。我们横穿大路，顺着矮树丛的边缘绕着一片沼泽般的开阔地走。我指望着，也许我们会发现犀牛呢，可是尽管我们发现了不少犀牛粪便，但雨水却把脚印冲没了。有一次我们听到了食虱鸟的叫声，抬头一看，只见它们在我们头顶上急急忙忙地飞过茂密的矮树林，向北方飞去。我们在那里绕了个大圈子，除了一个新的鬣狗脚印和一只公大弯角羚的脚印，一无所获。姆科拉指着一棵树上一只长着长长弯弯漂亮单角的大弯角羚头骨给我们看。我们在树下面的草丛里找到了另一只角，我把它安到它头骨原来的地方。

"野人。"姆科拉用斯瓦西里语边说边做着拉弓的动作。那个头骨相当干净，只是两只角内的空心处有一些湿乎乎的残留物，发出令人无姆科拉用斯瓦西里语说道，"野人，"他在这个词上注入了深仇大恨。我们找到了那个野人的脚印，找到了他回到大路的位置。我们在埋伏处驻扎下来，一直在那里等到天黑，天却在这时下起了濛濛细雨。没有一个动物到这块盐碱地里来。我们冒着雨回到了卡车前。某个野人曾经对我们的大弯角羚射过箭，把它们从盐碱地吓跑了，现在这块盐碱地是被毁了。

卡乌乌把一块铺地的帆布支起来，权充帐篷，把我的蚊帐在里面挂起来，还架起了我的帆布床。姆科拉把食物拿进这个避雨的帐篷。

加利克和阿布杜拉升起了一堆火，它们俩和卡乌乌、姆科拉在火堆上做饭。他们即将在卡车里过夜。濛濛细雨下个不停，我脱掉衣服，穿上睡衣和防蚊靴，坐在帆布床上，吃了一只烤母珍珠鸡的胸脯肉，用铁皮缸子喝了两杯掺了一半水的威士忌。

姆科拉来了，表情严肃，忧心忡忡的样子，在帐篷里非常的不自在，把我卷起来准备当枕头用的衣服重新叠了叠，叠得皱皱巴巴的，塞到了毯子下面。他拿来三个罐头，问我要不要把它们打开。

"不要。"

"要茶吗？"他问道。

"见它的鬼。"

"不要茶？"

"威士忌更好。"

"好的，"他深情地说道。"好的。"

"茶是在早晨喝的。太阳升起之前。"

"好的，姆孔巴老板。"

"你在这里睡吧。免得淋雨，"我指了指帆布搭的帐篷，雨敲打着帐篷，声音美妙得无以复加，就连我们这些常年在野外生活的人都没听过。虽然雨坏了我们的事，但这声音却很优美动听。

"好的。"

"去吧。去吃饭。"

第三部 追猎与失败 115

原来是这样。我还以为下过雨，追猎会更容易呢。

"什么时候下的雨？"我问道。

"昨天夜里。"姆科拉答道。

加利克又说开了，我又用手背捂住了他的嘴。

"姆科拉。"

"在。"

"那块盐碱地。"我们穿过灌木丛到这里，只爬了一点点山路，所以我知道树林里的那块大盐碱地的地势要比这里高处许多，我指着那块盐碱地问道，"那块盐碱地行吗？"

"也许行吧。"

姆科拉对加利克说了点什么话，声音极低，而加利克似乎很受伤，却依然闭着嘴，于是我们接着沿这条路往下走，绕过湿的地方，来到盐碱地的低洼处，看见里面确实积了半坑水。加利克开始低声演讲起来，可是姆科拉再一次让他闭上了嘴。

"走吧。"我说道，于是姆科拉打头，我们顺着树林间潮湿、多沙，正常情况下干涸的水道到高处的盐碱地去。

姆科拉突然死死地僵住了，俯身查看潮湿的沙地，接着对我低声说道，"是人。"那里有一个脚印。

"Shenzi。"他用斯瓦西里语说道，意思是野人。

我们追踪着那个人的脚印，慢慢穿过树林，小心翼翼、蹑手蹑脚地向盐碱地走去，往上进入了埋伏处。姆科拉摇起头来。

"不行，"他说道。"走吧。"

我们来到盐碱地前。以前发生的一切都清楚地写在那里。盐碱地对面潮湿的岸上有三只公大弯角羚的脚印，它们就是从那里到盐碱地来的。接下来突然出现了深得像刀刻出来的脚印，可能是它们听到了弓"嘭"的一声响，便一跃而起，向岸边飞奔，留下的蹄印又深又清晰，接下来脚印进了灌木丛，脚印与脚印之间的距离拉开了。我们跟踪了三只公大弯角羚的脚印，没发现有人的脚印混杂其中。那个射箭的人没有射中它们。

就是我们少了一个司机罢了；而现在，不论他在何时何地死了，我都会痛断肝肠。然后，我抛开那既遥远又不一定会发生的卡乌乌之死带来的甜蜜的伤感，想着，假如有那么一次，为了看戴维·加利克脸上会是什么表情，就在他表演头头追踪猎物的过程时，朝他的屁股上打上一枪，那该会有多快乐，而就在这时，我们又惊动了一群珍珠鸡。姆科拉把枪递给我，我摇了摇头。他猛点头，说道，"好。很好。"我让卡乌乌继续往前开。这让加利克大惑不解，他开始演说起来。难道我们不想要珍珠鸡吗？那些不就是珍珠鸡吗？还是最好的那种哩。其实我此前从里程计上看出我们距盐碱地只有三英里左右了，所以不想开枪把公大弯角羚吓跑，不想像以前在埋伏处，眼睁睁地看着那只小一点的大弯角羚被卡车声吓得从盐碱地逃跑一样。

我们在距盐碱地大概两英里的几棵矮树下下了卡车，沿着沙土路往小路的左侧空地上第一块盐碱地走去。我们保持绝对的静默无声，排成一队，打头的是受过教育的追猎者阿布杜拉，接下来是我、姆拉克和加利克，走了大概一英里以后，看到前面的路变成了湿的。土路路面沙子很薄的地方有一汪水。我没有意识到这意味着什么，而加利克却大张开双臂，仰望着天空，气得咬牙切齿。

"打不成了。"姆科拉低声说道。

加利克开始大喊大叫起来。

"闭嘴，你这混蛋。"我的话一出口，就捂住了自己的嘴巴。他还在用超常音量喊叫，我则在词典里查"闭嘴"这个词儿，而他用手指着天空和湿透的路面。我没查到"闭嘴"这个词儿，于是用手背使劲儿捂住了他的嘴，他大吃一惊，闭上了嘴。

"姆科拉。"我说道。

"在。"姆科拉答应道。

"怎么回事？"

"盐碱地不行了。"

"啊？"

第三部　追猎与失败

第十章

与杰·菲聊文学轶事

这一切似乎都发生在一年以前。现在，今天下午坐在汽车里，走在奔赴 28 英里盐碱地的路上，阳光照在我们的脸上，刚刚打到了珍珠鸡，在刚刚过去的五天里，我在卡尔打到大弯角羚的那块盐碱地里失败了，在山里，在大一点的小山里和小一点的小山里失败了，在平地上失败了，前一天夜里由于奥地利人的卡车路过这片盐碱地，所以失去了一次射杀的机会，我知道在我们必须离开之前，我们只有两天打猎的时间了。姆科拉也知道，现在我们一块儿打猎，谁也不觉得比谁优越，只恨时间太短，只为不熟悉的地区而恶心，再加上这些滑稽可笑的向导，真是不胜其累。

司机卡乌乌大约 35 岁年纪，是个寡言少语的吉库尤人，他身穿一件某个猎手丢弃的褐色粗花呢旧上衣，还有一件破破烂烂的衬衫，裤子的膝盖处补丁落补丁，又开线了，却总是能给人一种风流偶傥的印象。卡乌乌谦逊有礼，少言寡语，是一个出类拔萃的司机，此时我们正驶出灌木地区，进入一片矮树丛生的沙漠似的开阔地，我望着他，他凭借一件旧上衣和一只安全别针所造就的风流偶傥，他的谦逊有礼、赏心悦目和高超的技术，都让我十分仰慕，回想起我们第一次外出时，他差点儿死于热病，假如他真死了，对于当时的我来说也没什么影响，充其量也

"你们怎么啦？"我问道。

"你看见那颗头了吗？"P. O. M. 问道。

"那是。"

"可真是太难看啦。"她说道。

"是大弯角羚嘛。他还有一头要打哩。"

"却罗和追猎者们说还有一只公大弯角羚跟这只在一块。是只有着一颗漂亮头的公大弯角羚。"

"那好啊。我去打就是。"

"但愿它还能回来。"

"他打到了一只，是好事啊。"P. O. M. 说道。

"我现在可以打赌，他会打到大家从未见过的最大的大弯角羚。"我说道。

"我要把他和丹一起送到貂羚地区去，"老爹说道。"这是协议上规定的。 允许第一个打到大弯角羚的人第一个去打貂羚。"

"这就好。"

"那么，等你一打到大弯角羚，我们也去那里。"

"好。"

舞的蝗虫，而卡尔已经带着他的大弯角羚回到了营地。

路过剥皮工的帐篷的时候，他给我们看那只大弯角羚的头，这个头没有身体，没有脖颈，在头的根部从脊柱上割断的地方，脖颈上的皮湿漉漉、沉甸甸的，像披肩一样松松地垂了下来，是一只长相古怪、命运不济的大弯角羚。唯一漂亮的是眼睛到鼻孔之间的皮肤光洁，散布着精致的白点，还有两只优雅的大耳朵。那双眼睛已经蒙上了灰尘，苍蝇在周围嗡嗡乱飞，而那两只角很重很粗糙，不是呈螺旋形高高上翘，而是笨拙地改变了方向，直直地向两侧斜着伸出。这是一颗奇形怪状的头，既沉重又丑陋。

老爹正在用餐帐篷里吸烟，读书。

"卡尔呢？"我问他。

"我想是在他的帐篷里吧。你做什么了？"

"在山里转。看见了两只公大弯角羚。"

"你打到一只大弯角羚，我非常高兴，"我到卡尔的帐篷门口对他说道。"怎么打到的？"

"我们待在埋伏的地点，他们示意让我把头低下，等我抬眼看的时候，就见它正站在我们旁边。它看起来超大。"

"我们听见你打枪了。你击中了它的什么部位？"

"先是腿吧，我想。然后我们就追踪它，最后我又开了两枪，我们就把它抓住了。"

"我只听见了一声枪响。"

"打了三四枪呢。"卡尔说道。

"我猜你要是在这座大山的另一侧追它的话，大山会阻挡一些枪声。它的臀围宽大，角间距也大。"

"谢谢，"卡尔说道。"我希望你打一只强似这只许多的。他们说那里还有一只，可我却没看见。"

我回到老爹和 P. O. M. 所在的用餐帐篷。他们好像并没有为那只大弯角羚而欣喜若狂。

对面的山坡，我们用望远镜观察，发现两只公大弯角羚和一只小大弯角羚从树林里跑出来觅食，边走边匆匆忙忙地吃着草，吃完以后抬起头来，长时间地凝望，表现出森林食草动物共有的警惕性。与森林里的动物不同的是，平原上的动物能够远眺，所以对自己信心满满，吃起草来也完全不同。我们能够看得清它们灰色胁腹上白色的竖条纹，让我们心满意足的是，我们能够看见它们，能够大清早就爬到这高高的山巅。后来，就在我们还在观察的时候，轰的一声巨响，像发生了岩滑一般，我开始还以为是巨砾滚落是声音，而姆科拉却悄声用斯瓦西里语说道。

"卡尔老板！在打枪！"我们等着听第二声枪声，却没有听到，我就知道卡尔一定已经打到大弯角羚了。我们正观察的两只公大弯角羚听见枪声，随即凝立侧耳倾听，然后又吃起草来。不过，它们边吃边回到了树林里。让我想起了印度人的一句老话，"一声枪响能吃肉，两声枪响吃不准，三声枪响吃个屁。"于是掏出词典，把这句话翻译过来给姆科拉听。我译得怎样姑且不论，但把他逗得先是哈哈大笑，然后摇头，这倒是真的。我们一直用望远镜观察着山谷，直到太阳晒到了我们身上，于是绕着大山的另一侧搜寻，在另一个景色秀丽的山谷里看见了另外那个老板，听起来依然还像那个医生老板打死一头很好的大公羚羊的地方，可我们正在用望远镜观察的时候，一个马萨伊人往下走到了谷底的中央，我装模作样地要开枪射杀他，而加利克变得戏剧化起来，坚持说道，那是一个人，一个人，一个人！

"不能开枪打人？"我问他。

"不能！不能！不能！"他说着，把一只手放到头上。我装作非常不情愿的样子，放下了枪，对着姆科拉挤眉弄眼，而姆科拉咧着嘴笑着。此时天气酷热难当，我们走过一片青草地，草地上的草有膝盖那么高，长着长长的身体和薄纱般翅膀的粉红色蝗虫蜂拥而至，成群的蝗虫围绕着我们上下翻飞，嗡嗡的声音就像割草机一般，我们翻越了几座小山，下了一个长长的陡坡，走上了返回营地的路，发现山谷的上空到处是飞

"嗯，好歹我们把他哄乐了。"

"我看倒不一定。求求你，不要谈这事了吧。"

"我不说了。"

"好啊。"

"晚安。"她说道。

"见鬼去吧。"我说道。"晚安。"

"晚安。"

第九章

卡尔打到一只大弯角羚

早晨，卡尔带着他的人马奔赴盐碱地，而我和加利克、阿布杜拉、姆科拉横穿大路，在村后转了一个弯，顺着一条干涸的水道上坡，开始在薄雾中爬山。我们顺着一条干涸的小河一直往前走，由于河床上到处都是密密麻麻的卵石和漂石、藤蔓和灌木，所以你弓着腰往上爬，就如同在一条藤蔓和枝叶搭成的陡峭通道里行走。我大汗淋漓，衬衫和内衣都湿透了，我们从藤蔓通道中出来到了山肩的时候，我站在那里俯瞰这脚下云雾缭绕的整个山谷，用望远镜观察着这个地区，清晨的微风吹得我凉飕飕的，我只好把雨衣穿上。我身上的汗太多了，我坐都坐不下来，于是示意加利克继续往前走。我们在大山的一侧转了一圈，又原路返回，爬上了一个更高的斜坡，横穿过去，虽然阳光正在一点点把我的衬衫晒干，还是沿着一系列青草覆盖的山谷顶部前行，因为每到一个山谷，都要停下来仔仔细细地搜寻。最后，我们来到一个类似圆形露天竞技场的地方，这是一个盆状的山谷，谷内绿草青青，一条小河在谷中央和树林下面，顺着对岸和谷底的边缘流淌。我们在一个阴凉处靠着岩石坐了下来，这里没有微风吹拂，此时太阳已经升起来，照亮了他看起来不比往常，我猜他一定是病了。我们正在出乖弄丑的时候，他像个骷髅头似地扑进来，让我又张狂起来，所以我说道，"你也知道，我们是抽签决定的。"

"那是，"他尖酸刻薄地说道。"我们沿着一条路追猎，你能指望看见什么？你就觉得就该这么打大弯角羚？"

"不过天亮以后，你就会在盐碱地里打到一只啰，"P. O. M. 兴高采烈地对他说道。

我把杯子里兑了苏打水的酒一饮而尽，他就自己兴高采烈地说道，"天亮以后，你一定会在盐碱地里打到一只的。"

"不，你打。"

"不，你打。我今晚打。咱们换换。这早就尽在不言中了。是不是，老爹？"

"是啊。"老爹说道。大家都看着他。

"来杯兑苏打水的威士忌吧，卡尔？"P. O. M. 说道。

"好吧。"卡尔说道。

我们默默地吃了一顿饭。我在帐篷里上床以后说道，"以上帝的名义，你是鬼催了，怎么对他说起早晨让他去盐碱地呢？"

"我也不知道。我想那不是我要说的。我给搞昏头了。我们不要谈这事了吧。"

"我是靠抽签才得到盐碱地的。愿赌服输。只有这样，人人才能在运气面前平等起来，永远都是这样。"

"我们不要谈这事了吧。"

"我认为他现在心情也不会好，他自己感觉不到。这些该死的事情让他暴跳如雷，以他现在的心情，会把盐碱地夸得比天上的风筝都要高。"

"求求你，不要谈这事了吧。"

"我不说了。"

"好啊。"

我明天在盐碱地里就把你们两个杀了。公民们，我感觉非常良好。

"你刚才灌了什么黄汤啊？"

"什么黄汤也没灌，真的。把加利克叫来。跟他说我要让他拍电影。给他一个角色。这是我回来的路上想起的一件小事。这个计划也可能行不通，但我喜欢这情节。奥赛罗或者叫威尼斯的摩尔人。你喜欢吗？这个戏的思想精彩绝伦。你知道我们称之为奥赛罗的黑家伙爱上了这个寻常普通的姑娘，我们称之为苔丝德蒙娜。喜欢吗？他们追了我好几年，要我给他们写这个戏，而我的种族界限划得很清楚的。我跟他们讲，让他去参加比赛，去出名。哈利·威尔斯，见鬼去吧。波林诺打败了他。夏基打败了他。卡内拉把夏基打倒。如果没人看见那一拳会怎么样？当时我们在什么鬼地方啊，老爹？哈利·格里布死了，你知道的。"

"我们当时刚到纽约，"老爹说道。"别人就往你身上扔东西，我们也莫名其妙。"

"我记得，"P. O. M. 说道。"杰·菲先生，你当初为什么不让他划清种族界限呢？"

"我当时已经筋疲力尽。"老爹说道。

"可你现在看起来十分出色，"P. O. M. 说道。"我们拿这个疯子怎么办呢？"

"给这个畜生再灌一杯酒，看他是否能安静下来。"

"我现在已经安静下来了，"我说道。"可是，老天作证，想起明天，我感觉好得不得了。"

就在这时，老卡尔带着他那两个裸体的土著和虔诚的伊斯兰教信徒，侏儒持枪人却罗走进了营地。火光下，老卡尔的脸色惨白，还透着灰黄，他摘下了斯泰森毡帽。

"哦，你打到了一只？"他问道。

"没有。可它们就在那里。你干什么了？"

"沿着一条上帝诅咒的路走。这条路上除了牛群、茅草屋和人之外，什么都没有，他们怎么能指望找到大弯角羚呢？"

顺手射杀那些可怜的小家伙。如果你觉得自己身强体壮，那你就爬上山去追它们，站在陡峭的山崖上，专等它们出来觅食，就把它们撂倒。"

"我就选盐碱地吧。"

"注意，那你只能打那些最大的。"老爹说道。

"我们什么时候出发？"

"盐碱地里的戏预计要在明天上演，"老爹对我们说道。"可老海姆[1]今夜去看看也可以。他可以先出发，坐汽车去。沿这条路走，有五英里左右，然后再步行。等太阳再落下一些，就随时可以回到山区了。"

"小妇人怎么办？"我问道。"要我带她去吗？"

"我以为这样不合适，"老爹郑重其事地答道。"追大弯角羚的时候，人越少越好。"

我、姆科拉、那个名角，还有阿布杜拉当天晚上很晚才顶着寒气回来，往火堆前走的时候都兴冲冲的。盐碱地的泥土有的地方被踩踏过，印上了大弯角羚新踩踏的脚印，其中还有几个大公羚羊的脚印。作为伏击地点，那个地点真是好极了，我信心满满，对明天射杀一只大弯角羚有把握，这跟射野鸭一样，只要具备下列条件就没问题：合适的埋伏地点，一群捕猎用的合适的禽鸟，凉爽的天气，肯定有野鸭飞过来。

"这可是无懈可击。连傻瓜都干得了。甚至可以说是非常没面子的事儿。他叫什么来着，布斯？巴特？麦科洛？你知道我指的是谁……"

"查尔斯·劳顿[2]。"老爹接口道，还抽着烟斗。

"正是。弗莱·阿斯坦。社交界的踢踏舞明星。他是个杰出的人才。发现那个埋伏地点之类的。清楚盐碱地的位置。只要扬一把尘土，就知道方向。他是个奇才。受过辛巴老板的训，伙计。老爹，我们把他们装进容器里。只有一个问题，就是防止肉变质，还要选一些更健壮的标本。

---

[1] 昵称，指海明威。——译者注

[2] 查尔斯·劳顿（1899—1962），英国演员，1933 年奥斯卡最佳男主角奖得主。——译者注

有辛巴老板，另一个角色叫医生老板，还有那些长角的野兽。

"我们就把这两个土著分成一拨，这两位牛津大学的学生分为另一拨吧。"老爹说道。

"我讨厌那个爱表演的混蛋。"我说道。

"他也许真不一般呢，"老爹将信将疑地说道。"不管怎么样，你知道，你是个追猎手。老头说那两个挺好的。"

"谢谢你。见鬼去吧。你来主持抽签仪式吗？"

老爹把两根草茎攥在手里。"长的代表戴维·加利克 [1] 和他的搭档，"他解释道，"短的代表那两个裸体运动员。"

"你想先抽吗？"我说。

"你抽吧。"卡尔说道。

我抽到了戴维·加利克和阿布杜拉。

"我抽到了这该死的悲剧演员。"

"他也可能非常出色呢。"卡尔说道。

"你想交换吗？"

"不。他也许是个奇才呢。"

"现在我们来抽搜猎地区吧。抽到长的先选。"老爹解释道。

"快抽吧。"

卡尔抽到了短的。

"哪两个地区？"我问道老爹。

我们交谈了很长时间，我们的戴维模仿了用不同的方式杀死六头大弯角羚的经过：有伏击，有突袭，有在空地上偷偷跟踪，还有把它们从灌木丛中惊起。

老爹最后说道，"似乎有那么一种盐碱地，动物到那里去舔盐，被射杀的数以千计。还有一些时候，你只要在小山周围兜兜转转，就可以

---

[1] 加利克（1717—1779），英国著名演员，以表演莎士比亚戏剧而闻名。此处代指那个土著。——译者注

是一个职业猎手。卡其裤向导称这位职业猎手为辛巴 [1] 老板，这个名字让我们群情激奋。

"是个曾经打死过一头狮子的家伙。"老爹说道。

"跟他讲，我是费西 [2] 老板，杀鬣狗的人，"我对丹说道。"费西老板赤手空拳就能把它们掐死。"

丹跟他们讲的是其他内容。

"问他们想不想会会癞蛤蟆老板，他是癞蛤蟆的发明人，所有蝗虫的主人茨奇妈妈。"

丹听都没听。他们好像是在讨价还价。搞清楚了他们常见的日工资以后，老爹告诉他们，我们这两个猎手，不论谁打到大弯角羚，向导都可以得到 15 先令。

"你的意思是一镑。"领头的向导说道。

"看来他们知道自己在干什么，"老爹说道，"我必须说的是，不论那个辛巴老板怎么说，我对这个运动员并不感冒。"

顺便说说，我们后来得知，这个辛巴老板是个出类拔萃的猎手，在沿海一带声名远播，呼声极高。

"我们把他们分成两拨，你来抽签，你来选，"老爹建议道，"每一拨都包括一个裸体的和一个穿裤子的。我个人完全赞同用裸体的土著做向导。"

我们建议那两个持有证明信的穿裤子向导挑选一个裸体搭档，却发现不行。那个乌鸦嘴，也就是那个会理财，现在又变得爱表演的天才，正在指手划脚地重现辛巴老板杀死他那最后一只大弯角羚的过程，表演中间只歇了一次场，花了那么长时间声明自己只愿意跟阿布杜拉打猎。阿布杜拉就是那个五短身材，鼻子粗大，受过教育的人，是他的追猎手。他们总是一同打猎。他并不追猎。他又表演起那个哑剧来，其中的角色

---

[1]　辛巴，该词原文为斯瓦西里语，意思是狮子。——译者注

[2]　费西老板，该词原文为斯瓦西里语，意思是鬣狗。——译者注

身份的伞。我们的车在牛群中吃力地开出，最后终于可以在让人赏心悦目的灌木间迂回前进了，往上进入两座大山之间的开阔地，再继续走半英里的路，到达了一个泥墙、茅草顶村舍组成的村庄，这个村庄坐落于那两座大山的另一侧一片低矮高地的空地上。回头望，那两座大山山坡上森林繁茂，森林上面有露出地表的石灰岩、林中空地和草坪，美轮美奂。

"就是这儿？"

"就是，"丹说道。"我们要找个设营的地方。"

从一个板条和泥盖的小屋后面，转出一个年事已高，短须花白，面色疲惫、憔悴的黑人农夫，身披一件原本是白色、现在肮脏不堪的布，像古罗马托加袍那样在肩部打了个结，他领着我们原路返回，往左一拐，就是一个很好的营址。他这个老头，一脸的倒霉相，老爹和丹跟他交谈了几句以后，他就走了，好像更垂头丧气了，一年前曾经到过这里的一个荷兰猎人是丹极好的朋友，给丹推荐过几个向导，丹把他们的名字些到一张纸上，让老头去找。

我们把车上的座位搬到一棵大树的浓荫翠盖下，权当桌椅，把外套铺在座位上，权当坐垫，坐下来吃午餐，喝了点啤酒，然后或者睡觉或者读书，等那些卡车。卡车还没来，而那个老头却回来了，带来了一个万德罗博人里最骨瘦如柴、最有饿相、倒霉相的人，他带着一张弓、一筒箭，还有一只长矛，金鸡独立站着，挠着后脑勺。我们问老头，这个人可是我们要找的向导，老头只得承认说不是，然后就去找正式的向导去了，那样子垂头丧气得无以复加。

我们一觉醒来，发现老头跟四个人站在那里，其中两个穿着正式的卡其裤，是村里找来的职业向导，另外两个，几乎全裸。费了半天口舌，两个卡其裤向导的头儿出示了以"敬启者"开头的证明，证明该信的持有人对该地区了如指掌，是个可靠的小伙子，本领高强的追猎人。落款坐等到了一只到玉米地头吃草的大弯角羚，而丹在那里坐等大弯角羚的时候，一头狮子偷偷地跟踪而至，差点把他吞了。这件事让我们对基巴亚村产生了一种强烈的历史感，趁天气还很凉爽，太阳没把草上的露珠晒干，我提议我们喝一瓶酒，来帮助我们把这个地方记得更加清楚，甚至欣赏得更多，就喝那种瓶颈上包着锡纸，贴有黑黄双色标签，标签上印了一个穿着一身盔甲的骑士的德国啤酒。啤酒下了肚，我们心中充满了对基巴亚历史意义的敬慕之情，又获悉前面的路况不错，我们就直奔海岸和有大弯角羚的地区而去，留下话，让卡车东进跟上。

车走了很长时间，与此同时，太阳升了起来，天气变得酷热难当，我们进入南部地区，我曾经问过老爹这里是什么样子，老爹描述说，就跟这该死的非洲的几百万英里的土地一模一样，大路难行，坚硬的、像矮树丛似的下层灌木都绵延到了路边。

"那里有超大的大象，"老爹说道。"可就是打不到。打不到才长得大。道理很简单，对不对？"

车穿过了这几百万英里乡野中长长的一段以后，开始进入一片干枯、多沙、周边长满灌木的草原，这个草原已经干燥成了一片典型的沙漠地区，有水的地方会偶尔出现几个灌木丛，老爹说跟肯尼亚北部那个边陲省份很相似。我们搜寻 gerenuk[1]，就是那种脖子长长的叉角羚，那样子就像举起双臂祈祷的螳螂，我们还搜寻较小的大弯角羚，我们清楚它们就生活在沙漠灌木丛里，可此时太阳已经升得老高，我们什么也没看见。最后，道路逐渐升高，再次进入山区，现在看到的山都是青色的，很低很矮，树木繁茂，有数英里的稀疏的灌木，比热带稀树旷野上的灌木略浓密些，前面有一对高大的小山分别耸立于道路的两侧，山高林密，完全可以称作大山。我们的车往上爬，红土地变窄了，前方出现一群牛，几个索马里牛贩赶着这几百头牛到沿海地区去，最大的买主走在最前面，他高大魁梧，相貌英俊，头裹白色头巾，身穿海滨服装，撑了一把象征

---

[1]　gerenuk，该词为斯瓦西里语。——译者注

姆科拉在剥羊头，却罗在割肉，正在这时，一个身材瘦长高挑，手持长矛的马萨伊人走了过来，道过早安之后，一只脚金鸡独立地站着，看剥皮。他对我长篇大论地絮叨了一堆话，于是我把老爹叫了来。马萨伊人又把话对老爹重复了一遍。

"他想知道你们还要不要打别的猎物，"老爹说道。"他想要几张皮子，不过他对普通的羚羊皮没有兴趣。他说羚羊皮几乎没什么价值。他想知道你们是否愿意打两只麋羚或者一头大角斑羚。他喜欢这些猎物的皮子。"

"跟他讲，我们回来的路上会打的。"

老爹郑重其事地跟他讲了。马萨伊人握了我的手。

"跟他讲，他随时都能在哈利的纽约酒吧找到我的。"我说道。

马萨伊人又说了点什么，说完用一条腿蹭另一条腿。

"他问你为什么要向它开两枪？"老爹问道。

"跟他讲，我们这个民族有早晨开两枪的习俗，一直这样。后来，在白天打一枪。晚上，我们自己个喝个半死不活的。跟他讲，他随时都能在哈利的纽约酒吧找到我的。"

"他问你们准备怎么处理那些羊角？"

"跟他讲，我们这个民族的习俗是把角送给最富有的朋友。跟他讲，有时候我们部族的成员拎着打光了子弹的手枪，在广阔的乡野上被追杀，场面刺激。跟他讲，他能在那本书中找到我的影子。"

老爹跟马萨伊人说了点什么，我们二次握手，在最友好的基调中分了手。平原笼罩在薄雾中，我们看见又有马萨伊人沿着大路过来了；肤色是土黄色的，大步流星地跪着向前走，长矛在晨光里看起来细细的。

回到车里，把那只大弯角羚头包进一个粗麻布袋，把羊肉系在挡泥板的内侧，羊肉的血已经干了，羊肉上面蒙了厚厚的一层灰尘，此时走的是红沙路，平原已经过去了，路两旁又出现了灌木丛，我们向上驶进低矮的群山，穿过一个名叫基巴亚的小村庄，村庄里有一个白色客栈、一个杂货店，还有不少田地。丹有一次就是在这里，在一个干草堆上，枪笔直地背在右肩上，并没有指向猎物。它们好像也没有理会我的意思，而是专心致志地吃草。我知道，假如我向它们走去，它们会立刻逃到我的射程之外，所以，当我用眼角瞄到那只大弯角羚又低下头来吃草的时候，我看出有射杀的机会了，于是坐了下来，把胳膊从背带中抽出，就在它抬起头来要来回走动走动，要逃逸的时候，我瞄准它后背的上部扣动了扳机。你并没有听到子弹击中猎物的声响，然而就在它向右移的时候，随着子弹啪的一声，整个平原就像一个背景一样，忽然变成了动态的，动物纷纷向着初升的太阳跑去，长得稀奇古怪的长脚羚羊慢慢地跑，像木马似的，大角斑羚先是摇摇晃晃、笨手笨脚地一路小跑，接着飞跑起来，有一只我刚才没看见的大弯角羚也跟着这群羚羊在跑。这一动态突变和恐慌的局面刚好给我想打的大弯角羚提供了一个背景，此时的它在3/4 英里之外一路小跑，双角高高地翘着，我站起来，打算在跑动中射击，我瞄准了它，把它的整个身体括进我瞄准镜的目镜，瞄准了他的肩膀上方，脚步轻快地迂回上前，扣动了扳机，它倒了下去，蹬着腿，接着传来了子弹打到骨头上的劈啪声。这一枪射程很长，幸运非常，打断了一条后腿。

　　我先是向它跑去，然后又放慢了脚步，小心翼翼地走过去，避免它一跃而起逃之夭夭把我撞倒；而它确实起不来了。它倒得那么突然，子弹打中它时发出那么大的劈啪声，我都怕打到它的角上，可我到它跟前一看，才明白致命的那枪打在它肩膀后面的后背的上部，它倒下是因为打折了它下面的那条腿。他们一拥而上，却罗扎了它一刀，这样一来，吃它的肉就合法了。

　　"你第二枪往哪儿瞄的啊？"卡尔问道。

　　"没往哪儿瞄。就往上抬了一点，加了不少提前量，跟它迂回穿插地跑了一截路。"

　　"好枪法。"丹说道。

　　"等到了晚上，"老爹说道，"他就会说是故意把那条腿打断的哦。你们也知道的，这是他最喜欢的一种打法。你们听他解释过吗？"

第二部　记忆中的追猎　099

"我们过得非常开心，不是吗？"卡尔说道。"可怜的老妈妈在哪里？"

"我在这里啊，"P. O. M. 在黑影里说道，"我是话不多的人。"

"老天作证，你是这样的人，"老爹说道。"可这老头话一多起来的时候，及时打住他。"

"所以女人到哪里都受欢迎，"P. O. M. 对他说道。"再夸我一句吧，杰先生。"

"老天作证，你像条小猎狗一样的勇敢。"看来老爹和我都喝多了。

"说得真好听。"P. O. M. 说着，仰靠到扶手椅里，双手紧紧地抱着她的防蚊靴。我望着她，看见火光映照中的她穿着蓝色的薄棉罩袍，火光还映照到她的一头黑发上。"你们开始聊小猎狗，我很喜欢。我知道大战一触即发。你们二位先生哪位正好参过战呢？"

"我们怎么会没参战呢，"老爹说道。"我们有史以来一对最勇敢的混蛋，而你的夫君是个不同凡响的射鸟大王、出类拔萃的追猎手。"

"他现在醉了，我们才能听到他吐真情哩。"我说道。

"我们吃东西吧，"P. O. M. 说道，"我都快饿死了。"

拂晓时分，我们开车出去，来到大路上，向村庄方向驶去，经过一片茂密的灌木丛，来到一片平原的边缘，此时太阳还没有升起，依然薄雾笼罩，我们看见远处有只大角斑羚在吃草，晨曦中看起来是一只灰色的大块头。我们把车停靠在灌木丛旁边，下车坐了下来，透过望远镜，看见在我们与那只大角斑羚之间散落着一群麋羚，其中有一只公的、紫红色的大弯角羚，就像一头肥胖的马萨伊驴，双角黑黑的，直直的，向后翘起，长得惊人，每次吃完草一抬头，双角就露了出来。

"你要追它吗？"我问卡尔。

"不。你追吧。"

我知道他不喜欢偷偷追猎，不喜欢在别人面前射击，所以我说道，"那好吧。"况且，自私的我也想射击，而卡尔却是无私的。我们的肉食严重匮乏。

我沿着大路走着，眼睛看也不看猎物，尽量装出若无其事的样子，

"我说着玩的。"

"你在黑斑羚羊上打败了他，在大角斑羚上打败了他。你打了一头第一流的南非林羚。你打的豹子跟他打的一样好。但拼运气的时候，你可是次次都不如他了。他的运气好到爆，他还是个好小伙儿。我觉得他有点郁闷。"

"你也知道我是多么喜欢他。我像别人一样地喜欢他。但我希望看见他过得开心。我们要是这么打猎的话，那可就乐趣全无了。"

"你等着瞧吧。到了下一个营地，他就会打到一只大弯角羚，他的情绪又会进入高潮的。"

"我就是个坏脾气的混蛋。"我说道。

"你也真是的，"老爹说道。"可为什么不再来一杯呢？"

"好的。"我说道。

卡尔走了出来，安静，友好，彬彬有礼，善解人意，精细得体。

"我们到了新地区就会好的。"他说道。

"那好极了。"我说道。

"给我讲讲那里什么样，菲利普先生。"他对老爹说道。

"我也说不好，"老爹说道。"不过他们说在那里打猎非常愉快。猎物据说都到开阔地上觅食。那个荷兰老人说那里有一些不同凡响的猎物。"

"我希望你能打到一只 60 英寸的，小伙子，"卡尔对我说道。

"你会打到一只 60 英寸的。"

"不，"卡尔说道。"不要逗我玩儿。我打到什么样的大弯角羚都会开心的。"

"你可能打到一只特好的，"老爹说道。

"不要逗我，"卡尔说道。"我知道我一直靠运气。我打到什么样的大弯角羚都会开心的。只要是公的就可以。"

他彬彬有礼，他对你的内心明察秋毫，并且原谅你，理解你。

"老卡尔，好卡尔。"我说道，被威士忌、理解和情意搞得热乎乎的。

第二部　记忆中的追猎　097

"我听见了一点动静，"我说道，"我用手拢着耳朵听的时候，向导对姆科拉说了点什么话，姆科拉就用斯瓦西里语说道，'是老板。'我追问道，'是哪个老板？'他用斯瓦西里语说道，'卡波尔老板。'指的就是你。我们据此推断我们已经到了交界处，所以爬上山顶回来了。"

他一声没吭，看起来怒气冲天的样子。

"犯不着为这生气呀。"我说道。

"我没生气。我是乏了。"他说道。这话我信，因为卡尔比任何人都要彬彬有礼、善解人意，富于自我牺牲精神，可是大弯角羚已经成了他的一块心病，他已经变了，变得不像原来的他了。

"最好让他快点打到一只。"他回自己的帐篷洗澡去了以后，P. O. M.说道。

"你是不是闯进他的区域了？"老爹问道我。

"见鬼，没有。"我答道。

"他在我们即将去的地方可以打到一只，"老爹说道。"他有可能打到一只长着 50 英寸角的大弯角羚。"

"如此更好，"我说道。"可老天作证，我也想打到一只啊。"

"你会的，老伙计，"老爹说道。"我一直认为你会的。"

"多大个事啊。我们还有十天时间呢。"

"你等着瞧吧，我们也会打到貂羚的。只要我们开始走运就好说。"

"你以前在一个好的区域给他们多长时间打它们？"

"三个星期，可直到离开之前，一只也没看见。可我在刚到的那个半天就让他们去打了。现在还在搜寻，就像你们在国内搜寻一只大公羚羊一样。"

"我喜欢，"我说道。"可我不想被那个家伙打败。老爹，同一家打到了最好的水牛、最好的犀牛、最好的水羚……"

"你在大弯角羚上把他打败了。"老爹说道。

"大弯角羚算什么？"

"你把它带回家，看上去可是相当的漂亮。"

"真像，"她说道，"我们今天就像穿越了西班牙的三个省。"

"真的？"

"他妈的活脱就是啦，"我说道。"只是建筑略有不同吧。垂眼皮所在的地区就像西班牙的纳瓦拉，石灰岩也露出了地面，地形状况、水道两旁的树木和泉水也一样。"

"你竟会这么爱一个国家，真是咄咄怪事。"老爹说道。

"你们二位都深刻得很，"P. O. M. 说道。"问题是我们到哪里设营呢？"

"这里呗，"老爹说道。"跟其他任何地方一样好。我们只要能找到水就成。"

我们在几棵树下设营，附近有三口大井，土著妇女常来打水，抽签定位置以后，我和卡尔在夕阳里跨过土著村庄上面的道路，在道路两旁的两座低矮的小山周围打猎。

"这里全都属于大弯角羚区，"老爹说道，"你们随时都可能撞上一只。"

可是除了在树林里见过几头马萨伊牛之外，我们什么也没撞见，不过，坐了一天的车，现在夜色中走走也很开心，回来看见营地已经搭建起来，老爹和 P. O. M. 穿着睡衣坐在火堆旁，卡尔却还没有回来。

他终于回来了，脸上是莫名的愤怒，可能是由于没撞上大弯角羚吧，他看起来面色苍白、憔悴，跟谁也没说话。

后来，在火堆旁，他问起我去了哪里，我说我们在我们抽签抽到的那座小山周围打猎，直到的向导听见了他们的声音；然后我们走捷径爬上了山顶，然后下山，穿过乡野回到营地。

"你说听见了我们的声音，什么意思？

"他说他听见了你们的声音。姆科拉也听见了。"

"我以为我们是抽签决定去哪里打猎的。"

"我们是这样的啊，"我说道。"我们听到了你们的声音，才知道跑到你们那边去了。"

"你听见我们的声音了吗？"

第二部　记忆中的追猎　095

即便在这一切（即印第安人、西班牙人、英国人、美国人、所有古巴人以及所有的政府体制、富庶状态、贫困状态、殉道者行为、牺牲仪式、腐败现象、残酷暴行）全部消逝之后也是如此，就像装载垃圾的平底驳船，船体鲜艳，上面有白色的斑点，垃圾堆得高高的，臭气熏天，现在正向一侧倾倒，把装载的东西倒进蓝色的海水里，当这些东西在海面上散开以后，海水变成了浅绿色，把四五英寻深的海水都染绿了，那些容易下沉的东西沉落下去，而海面上的漂浮物却相映成趣，比如棕榈叶、软木塞、瓶子、用过的旧灯泡，与偶尔出现的一只避孕套，或者一件似沉不沉的漂浮的女人紧身衣、学生作业本上撕下来的一页纸、一条喝饱了正胀气的狗、偶然出现的一只老鼠、一只显得不复高贵的猫咪；这些东西都得到了拣垃圾小船的拾荒人的照护，他们用长长的木杆打捞战利品，像历史学家那样专心致志、聪明睿智、准确无误；他们有他们的观点，当哈瓦那海港一切顺利运转，沿海十英里之内的海水就像拖船把平底驳船拖出去之前一样的清澈蔚蓝、没有污染的时候，这条湾流看起来风平浪静，这样的垃圾，每天倒五船；而代表着我们胜利的棕榈叶，代表着我们发明的灯泡和我们大情圣们的空避孕套，毫无意义地迎着我们唯一的永恒——这条湾流，漂浮着。

　　就这样，我坐在汽车的前排座位上，心中想着大海和这片乡野，没过多久，我们就驶出了类似阿拉贡的地区，来到了一条沙河边，沙河河面宽半英里，沙子金黄，两岸绿树成行，苍翠的小岛四处可见，在这条河里，河水在沙子的下面，夜晚时分，猎物来到河边，用尖尖的蹄子刨开沙子，河水就涌出来，它们就喝个饱。我们跨过这条河，此时时间已接近下午，一路上，我们遇见了许多从前面的饥馑之地逃荒的人，此时路旁出现了矮小的树木和茂密的灌木丛，接着出现了上坡，我们进入了低矮的蓝色山脉，这些山脉年代久远、腐蚀严重，山上树木繁茂，看起来像山毛榉，还有一簇簇炊烟袅袅的茅草房，人们在赶着牲畜回家，是一群又一群的绵羊和山羊，还有一片又一片的玉米地，我对 P. O. M. 说道，"这里可真像加利西亚。"

我记忆中第二恐怖的事情，第一恐怖的事情是我因右臂的胳膊肘和肩膀之间骨折住院，那次我的一个手背贴着后背下垂，尖利的断骨扎破了二头肌上的皮肤，肌肉最后开始肿胀，破裂，腐烂，化脓。时至第五个星期的夜晚，我孤单一人，疼痛难忍，无法入睡，忽然想到，如果你打伤了一只公麋鹿的肩，它带伤逃走了，它会有什么感受。我那天夜里在床上思绪万千，从子弹的冲击到生命完结的全过程都一一感受到了，不由得神情恍惚，想着自己正在接受的惩罚正是对一切猎手的惩罚。然后，我的神志清醒了，认定假如真的是对猎手的惩罚是话，我并没有白受，起码我知道自己正在干什么。我曾经做过一切都在自己身上有了报应。我中过弹，被打瘸过，也逃跑过。我随时都有被这种或者那种东西打死的可能，而现在，实话实说，我已经不介怀了。只要我还热爱打猎，我下定决心在还能干脆利索地射杀猎物时开枪，没这个能力的时候就罢手。

假如你仅仅为社会、民主和其他时新的东西服务，拒绝为其他东西提供更多的服务，那你就是只对自己负责，你就等于用会让自己宽慰的战友的体臭来换取只有亲力亲为才能拥有的感受。迄今为止，我还无法界定这种感受，但在下列情况下，就会产生这样的感受：当你精彩而真实地描写了某一事件，并且客观地、清楚地了解自己写作的过程，而那些拿了钱的人并且为它写报道的人读了以后，因为不喜欢这一题材，就说都是假的，而你却清楚它的价值；或者当你做了某事，而别人却认为那不是正经活动，而你却清清楚楚地知道它与所有时尚的活动一样重要，而且一直很重要的时候，还有，当你独自一人在海上，你所居住的、熟悉的、研究并热爱的墨西哥湾流，在人类出现之前就在流动，跟今天流动的毫无二致，在哥伦布看见那个美丽而不幸的长形岛屿[1]之前，这个湾流就沿着海岸线流淌着，而你对它的种种发现，以及一直生活在那里的人们都是有价值的，都是永恒的，因为这个湾流会一如既往地流淌，

---

[1]　指伊斯帕尼奥拉岛，又名海地岛，为西印度群岛第二大岛。——译者注

可当时正是午饭时间，我们就不想去叨扰他们了，所以我们参观了这个保存完好、维修得当、干净整洁、令人愉快的墓地，发现它并不比别处的葬身之地差，然后在树荫下喝了些许啤酒，白日的阳光灼人难当，你可以感觉到它在你脖子和肩膀上的重量，相比之下，此时的树荫格外凉爽宜人，然后我们发动汽车出了墓地，到十字路口去接那两辆卡车，一同东进，到了那片新地区。

第八章

像西班牙的地区。打到一只大弯角羚

其实这个地区依然保留着最古老地区的痕迹，只是对我们来说是新地区罢了。这条路高高在上，建在坚固的岩石上，穿过双排树木，通向山区，这是条被成群结队的旅人和畜群踩出来的小路，路面上都是圆圆的石头，根本就不像正儿八经的路。这个地区跟西班牙的阿拉贡特别相像，让我不能相信自己不是置身西班牙，不过，我们非但没有遇到挂着鞍囊的骡马，反而遇见了十几个裸腿光头，身穿肩部打结白色棉布衣衫的土著，他们的白色棉布衣衫貌似古罗马人穿的宽大的外袍；可是，这些土著走过去以后，岩石小路两旁的高大树木看起来与西班牙的树木一模一样，还有一次，我在这条路上紧紧地跟着前面的一匹马硬往前走的时候，见识了驼蝇在马屁股周围飞舞的骇人场面。我在这里的狮子身上也发现过这些驼蝇。在西班牙，只要有一只驼蝇钻进了你的衬衫，你一定要把衬衫脱下来，把它打死。否则的话，它会钻进你的领圈，沿着后背爬下来，在一条胳膊内侧或者周围爬，爬到肚脐眼和腰带那里，只要你没抓住它，他就会聪明地爬呀爬，速度还挺快，扁扁的，还捏不死，逼得你只好把衣服脱光，这样才能把它打死。

那天看见驼蝇钻到了马尾巴的下面，因为我身上也沾过驼蝇，成了地区。

我一直都不喜欢那个营地、那些向导和那个地区。那里给人一种猎物已经被挑光和打光的感觉。我们知道那里有大弯角羚，而威尔士亲王也曾经在那里射杀过大弯角羚，可是在那一季，除了我们以外，还有三队人马，还有土著也在打猎，他们还声称要保护庄稼，防止受到狒狒的侵害，可我们却碰到过一个土著，他从自己的地里开始追狒狒，一追就是十英里，一直追到大弯角羚出没的低矮群山里，这才开枪射杀它们，我觉得好像怪得很，所以极力主张离开那里，到我们谁也没有去过的汉德尼地区新的乡野去。

"那我们就走吧。"老爹说道。

这块新的地区似乎是一份不错的礼物。大弯角羚会跑自己到空地上来，你只须守株待兔就可以了，等更大的大弯角羚出现，选一只头符合要求的，一枪撂倒就是。此外，这里还有貂羚，所以我们一直同意，任何人，只要他射杀了第一只大弯角羚，就可以到貂羚区去。我开始感到好得不能再好，卡尔也为在这个新地区战果累累而欣欣然，这里的大弯角羚都单纯幼稚，把它们一枪撂倒都是耻辱。

天刚破晓，我们就先动身了，大队人马还有拔营工作要做，他们然后会坐两辆卡车跟上来。我们在巴巴提停了下来，住进那家可以面朝大海的小客栈，还买了一些番盐牌泡菜，喝了一些冰镇啤酒。接下来，我们沿着开普—开罗公路南下，这段路是在树木繁茂的低矮山脉中精心开辟的，路面平整，低矮的山脉俯瞰着马萨伊大草原上的一个条状黄褐色平地，我们穿过耕作区，乳房干瘪的老太婆和肋骨毕现的老头子在那里锄玉米地，穿过这片数英里长的尘土飞扬的土地以后，进入一个饱受日晒雨淋的侵蚀严重的土地，放眼望去，只见那里的土地被成团成团地吹起，接下来，我们进入德式样板要塞城市孔多瓦—伊兰基，这个漂亮可爱的城市有树木掩映，房屋刷得雪白。

我们让姆科拉在十字路口等我们后续的两辆卡车，我们则把车停在阴凉处，然后去参观军人墓地。我们本来还计划去拜访一下执勤长官的，

第二部 记忆中的追猎 091

不清楚这其中有几分是出于我应该对老爹负的责任，有几分出于他个人
对这场危险的射猎的强烈的痛苦感。不论是什么原因，总之他痛苦异常。
最后他把手搭到我的肩上，脸几乎贴到我的脸上，使劲儿地把头连摇了
三次。

"不！不！不！老板！"他用斯瓦西里语连连抗议，语气里既有痛苦，
又有哀求。

说到底，我没有权利把他带到这里，带到一个我无法叫牌的地方，
所以回去让我自己感到如释重负。

"那好吧。"我们转身顺着原路返回，接着穿过辽阔的草原，进了
P. O. M. 等着我们的树林。

"看见狮子了吗？"

"没看见，"我告诉她，"只听见它吼了三四次。"

"你们给吓着了吧？"

"在关键时刻，"我说道，"吓得屁滚尿流。不过，那里就算全世界
的猎物应有尽有，我都不稀罕，我只要打它。"

"谢天谢地，你回来了，真让人高兴。"她说道。我从衣服口袋里掏
出词典，想用蹩脚的斯瓦西里语造个句子。我要查的词是"喜欢"。

"姆科拉喜欢狮子[1]吗？"

姆科拉现在又肯咧嘴笑了，这一咧嘴牵动了他嘴角的中国式胡子。

"Hapana，"他用斯瓦西里语说道，一只手在面前挥舞着。"Hapana！"

"Hapana"是一个表示否定意义的词。

"打羚羊呢？"我建议道。

"好，"姆科拉用斯瓦西里语发自肺腑地说道。"比较好。最好。大
弯角羚，对的。大弯角羚。"

可是，我们在那个营地外一只公羚羊也没见过，而两天以后，我们
就要离开此地赶赴巴巴提，接着去孔多瓦，在穿过乡野去汉德尼和沿海

---

[1]　喜欢，该词原文为斯瓦西里语。——译者注

刺植物组成的七零八落的屏障。我示意向导带着 P. O. M. 回去，我们目送着他们走了 200 码，到了树林的边缘。

"来吧。"我说道。姆科拉没有笑，摇了摇头，还是跟着我走了。我们向前进，走得慢得可以，眼睛盯着虎尾兰草丛，想透过它看到前面。我们什么也看不见。接下来，我们又听到了咳嗽声，就在前面不远的地方，靠右。

"不!"姆科拉低声说道。"不 [1]，老板!"

"来吧，"我用食指扎着自己的脖子，大拇指一转。"kufa，"我低声说，这个词在斯瓦西里语里的意思是，我要瞄准那畜生的脖子开枪，把它打死。姆科拉直摇头，脸色像死人一样严肃，头上直冒冷汗。"不!"他用斯瓦西里语低声说。

前面有一座蚁山，于是我们爬上这个带一道道沟槽的黏土堆顶部，东张西望。可我们在绿色仙人掌般的屏障里一无所获。我还以为在蚁山上能看见狮子呢，所以下来以后往那片七零八落的仙人掌丛里又走了200 码的路。我们又听到了它在我们前面的咳嗽声，再往前走着走着，我们还听到了一声吼叫。这声音非常低沉，让人过耳不忘。自从上了蚁山以来，我的心思就不在它身上了。上了蚁山以后，在没发现狮子之前，我一直相信自己可以来个精彩的远距离射击，我知道，我如果在老爹不在的情况下，一个人射杀一头狮子，我会乐很长时间的。我曾经下定决心，没把握打的话，就坚决不开枪，我以前射杀过三头，知道其中的奥秘，但这头让我如此兴奋，却是在这次猎程中前所未有的。我觉得，只要我有机会事先叫了牌，那么对于老爹来说就是绝对公平合理的，只是我们现在面对的情况很糟糕。我们一点点靠近，这头狮子却一点点走远，不过速度很慢。显而易见，它是不愿意动弹，大概我们早晨听见它吼叫的时候，它已经填饱了肚子，现在是想休息了。姆科拉满心的不乐意。我

---

[1]　不，该词原文为斯瓦西里语。——译者注

找，也没能找到。

我们惊动过不少水羚羊，有一次，我们还在沿着一个下面带深沟的山脊搜索的时候，撞见了一只水羚羊，它听见了我们的声音，却没有闻到我们的气味，我们就静悄悄地站在那里，姆科拉抓住了我的手，我们注视着它，它就站在那里，站在距我们仅有十多英尺的地方，通体乌黑，通身美丽，脖子粗壮，脖子上有道深色的翎颌，双角高翘，大张着鼻孔闻着，浑身发抖。姆科拉咧着嘴笑着，手指紧紧地捏着我的手腕，我们注视着大公羚因为不知道危险源在那里而瑟瑟发抖。然后，远处传来一个土著黑火药枪砰的一声沉闷的巨响，大公羚跳了起来，几乎从我们头上跳过，向山脊狂奔。

还有一天，我们带着 P. O. M. 把树木繁茂的平原搜了个遍，来到了只有灌木丛和虎尾兰的大平原的边缘，就在这时，我们听到了一声低沉、嘶哑的咳嗽声。我看着姆科拉。

"狮子。"他用斯瓦西里语说道，看起来并不高兴。

"在哪儿？"我用斯瓦西里语低声问道。"在哪儿呢？"

他用手一指。

我对 P. O. M. 耳语道，"是头狮子。大概就是我们今天早晨听见的那头。你回树林里去吧。"

那天拂晓前我们起床的时候，曾经听到过一头狮子的吼叫声。

"我更愿意跟你在一起。"

"这样对老爹不公，"我给她讲道理。"你回到那边等着。"

"那好吧。不过你要当心哦。"

"我只是站着开枪嘛，没把握我也不会开枪。"

"那好吧。"

"来吧。"我对姆科拉说道。

他板着脸，老大的不愿意。

"狮子在哪儿啊？"我用斯瓦西里语低声问道。

"在这里。"他阴着脸说道，用手指了指一簇簇由密密匝匝的绿色带打猎就容易多了，在平地上徜徉，犹如穿行于鹿苑。只是舌蝇无处不在，蜂拥在你的周围，死命地咬你的脖子，透过衬衫咬你的胳膊和耳朵后面。我随身带了一个有叶子的树枝，一路走一路哄赶脖颈上的舌蝇，我们天明即起，天黑才回，虽然累得要命，却心中欢喜，凉爽的黑夜，没有舌蝇叮咬，就这样一连打了五天猎。我们在山里和平地交替打猎，卡尔虽然射杀了一只非常好的沙毛羚羊，却越来越郁闷。他对大弯角羚产生了一种非常复杂的个人意见，而每当他迷惑不解的时候，他都认为是别人的过错，是向导的错，是狩猎地区选择不当的错，是小山的错，所有这一切都跟他过不去。小山惩罚了他，而他又信不过平地。我每天都盼望他打到一只大弯角羚，这样就会云开雾散，而他每天对大弯角羚的感觉，都使射猎变得复杂起来。他一直都不擅长爬山，在山里确实受够了惩罚。我力图把上山打猎的活儿都承担下来，好让他轻松些，而我此时看得出他疲劳不堪了，他觉得它们可能正在山里，他正在痛失良机。

在这五天里，我看见了十几头母羚羊，还有一头小公羚羊跟一批母羚羊在一起。那些母羚羊身体呈灰色，肋腹部带条纹，体型巨大，头却小得可笑，耳朵大得出奇，脚步轻盈地拖着大肚子在树林中惊慌失措地穿行。那头小公羚羊有角初长成，呈螺旋形，却粗粗短短的，在夕阳下，在林中空地的尽头，经过我们的身旁鱼贯而过，在那批母羚羊中排在第三位，却一点也不像地道的公羚羊，就像独角幼鹿不像叫春的公鹿一样，公鹿体型巨大，老态龙钟，脖子粗，鬃毛黑，角雄奇，骨架像高头大马。

还有一次，我们在夕阳西下的时候顺着山里一条陡峭的山谷走在回家的路上，向导们指着山顶上阳光映衬下的两个走动的动物，说是公羚羊，只见它们身体呈灰色，带白色的条纹，在树干的掩映下，我们看不见它们的角，只能看到它们的体侧。虽然只是惊鸿一瞥，我们却发现它们的腿比我们见过的母羚羊要长，所以它们非常可能是公羚羊。等我们爬到山顶，太阳已经落山了，岩石地表上没有留下它们的脚印。我们在一个个山脊上搜索到天黑，却再也没能见到它们，第二天我们派卡尔去

"在。"他用斯瓦西里语答应着，目不转睛地看它们。"太棒啦！"说完又递给你一些子弹。

我们的射猎成果颇丰，而最大的收获还是在湖上，所以在此后一连三天的路途上，我们吃的是冷的短颈野鸭肉，这是最好吃的鸭肉，肉质鲜美、肥嫩可口，配上番盐牌泡菜冷吃，还有我们在巴巴提买的红葡萄酒，我们坐在路旁等着卡车，坐在巴巴提那家小客栈阴凉的门廊上，卡车终于在深夜姗姗来迟，我们当时住在高高的山上，一位不在家的朋友的朋友家里，夜晚寒冷，穿着外套坐在桌子旁，等那辆破车等了那么久，我们都喝了太多的酒，饿得语言都无法形容，P. O. M. 在唱机的伴奏下，跟咖啡种植园经理和卡尔跳舞，我注射了大量的依米丁，头疼欲裂，用兑了苏打水的威士忌有效地缓解了头疼，我和老爹坐在门廊上，天黑风大，接着热气腾腾的短颈野鸭上了桌，还配有新鲜蔬菜。珍珠母鸡真好吃，我现在就在汽车尾部的午饭盒里藏了一只，准备今天夜里吃。但最好吃的还是这些短颈野鸭。

我们从巴巴提开车在低矮的山脉间穿行，来到那片平原的边缘，这里繁茂的树林间，有一块长方形的林间空地，远处有个小村庄，山脚下有个小布道所。我们曾经在这里扎营捕猎大弯角羚，据说这些大弯角羚在树木繁茂的低矮山脉以及平地上的森林里，这些平地一直延伸到那片开阔的大平原的边缘。

第七章

舌蝇的村庄，寻觅大弯角羚未果，追猎狮子未果

在这里设营很热，我们在几棵树下设营，这些树都被剥过皮，已经死了，这样舌蝇就不会停留，而这里低矮的群山陡峭崎岖，灌木丛生，进山难于上青天，因此打猎并不容易，相比之下，在树木繁茂的平地上为了让脚陷进去以后拔出来轻便些，这次你穿上了低帮帆布鞋。你走过一个又一个圆丘，穿过沼泽时择路而行，艰难地趟过一道又一道水沟，而野鸭还是像先前那样飞到湖里来，你却向右绕了个大圈进了湖，发现湖底很坚实，于是在趟着齐膝深的湖水绕到大群大群野鸭的外围，接下来一声枪响，你和姆科拉蹲了下来，头低下，接下来漫天都是飞舞的野鸭，你们打下两只，又打下了两只，接着打下了高悬在他们头顶上的一只，射向在低空快速飞行，直奔右边的一只射偏了，然后他们又嗖嗖地飞了回来，飞速飞过，你都来不及装子弹打，你朝一群野鸭一通乱射，把它们的腿打折当捕猎用的禽鸟，然后专挑有难度系数的打，因为你这时候已经知道我们需要多少就能打到多少，能打到多少就能带走多少。你的身体差不多是后仰着向高悬在头顶上的那只打，这是霸王的一枪 [1]，就这样一只黑色的大野鸭扑通一声掉到了姆科拉身旁，他开怀大笑，接下来，四个捕猎用的禽鸟一瘸一拐地飞走了，你决定最好还是把它们打死并捡起来。为了让最后一只一瘸一拐的捕猎用的禽鸟进入射程之内，你不得不在齐膝深的湖水里跑来跑去，结果脚下一滑，趴在水里，最后坐起来，浑身湿漉漉的，却还是笑嘻嘻的，屁股都被泥水浸透了，凉飕飕的，你把眼镜擦干净，把枪筒里的水控出来，不知道能否赶在纸弹壳猎枪弹受潮之前把子弹打出去，而姆科拉看到你跌倒乐不可支。此时的他，猎装上已经挂满了野鸭，蹲了下来，就在你想把一颗受潮的子弹上膛的时候，一群野鸭从头顶飞过，在射程之内。你终于把那颗子弹上了膛，打了出去，可是要么是因为目标太远了，要么是因为你打到后面了，没有击中，可是随着这声枪响，那群火烈鸟在阳光下腾空而起，把整个湖面的水平线染得一片粉红。然后，它们又落了下来。不过，从那时候起，你每次开完枪，都要回望湖面上的太阳，看那片令人难以置信的红云随即腾空而起，接着慢慢落下。

"姆科拉。"你边叫边用手指着。

---

[1] 霸王的一枪，词句原文为法语。——译者注

"我已经打够了。我们统共只要 12 张皮。你打。"

接着，某人就会怒气冲冲地连射一通，让别人看自己是被迫这么快速连射的，他从蚁山后面站起身来，气咻咻地转身向他的伙伴走去，他的伙伴洋洋得意地问道，"斑马怎么样啦？"

"我跟你说，它们太他妈远啦。"恼羞成怒。

而洋洋得意那位则自鸣得意，"看看它们。"

看见拉着剥皮工开过来的卡车，一匹斑马迅速逃走，绕了个圈又回来，侧身而立，完全在射程之内。

某人看着，一声不吭，此时气鼓鼓的，哪里能射击。然后说道，"动手吧。开枪呀。"

洋洋得意那位此时更加义正词严，一口拒绝。"你打呀。"他说道。

"我不干啦。"对方说道，他知道自己气鼓鼓的，没法射击，但他感到自己被耍了。他总是被什么耍，比如被迫打破常规做事，或者按照不够详尽，不够严谨的指令做事，或者在别人眼皮底下做事，或者着急慌忙地做事。

"我们已经搞到 11 张了。"洋洋得意的那位说道，此时面有惭色。他知道自己不应该催他，让他加快速度只会导致他心烦意乱，应该让他自主决定，自己又变成自鸣得意、自以为是的混蛋了。"最后那张随便什么时候都可以搞到。老兄，走吧，咱们得回去了。"

"不，咱们把最后这匹打了。你打。"

"别了，咱们还是回去吧。"

卡车开过来了，你坐在车里，在滚滚尘土中穿越，怨恨消失得无影无踪，空余时间短暂的感觉。

"你现在在想什么？"你问道。"是不是还在骂我不是人？"

"在想下午做什么。"他说着，咧嘴笑了笑，脸上的粘土裂开一道道缝隙。

"我也是。"你说道。

下午终于到了，我们动身了。

的黑尾鹬，由于无法进入打野鸭的射程之内，所以我最后只好打半蹼鹬，这让姆科拉非常不快。我们顺着沼泽出去，接着我又穿过一条小溪，溪水没到了肩膀，我把枪和装有子弹的猎装高高举过头，最后一次尝试着向 P. O. M. 和老爹所在的地方走去，却发现了一条深深的流动小溪上有短颈野鸭在空中飞翔，于是打死了四只。此时天已擦黑，我发现 P. O. M. 和老爹在小溪对面的岸上，在干涸的湖床的边缘。看起来小溪很深很深，溪底也很软，不能趟过去，可是我最后还是找到了一条通向小溪的深深的足印，那是河马的脚印，于是就踏着河马坚实的足印，往溪里走去，溪水没到了我的腋下。我趟过小溪，踏上了青草地，身上的水滴滴答答，一群短颈野鸭在我的头上快速飞过，我和老爹同时在夕阳中蹲下开枪射击，被打中的三只形成一道长长的斜线，重重地落到前面高高的草丛中。我们细细地找寻，三只都找到了。由于野鸭飞翔的速度太快，所以落点出乎我们意料远得不得了，此时天已经差不多黑了，我们穿过泥土干裂的灰色湖床，向我们的卡车走去，我浑身都已湿透，靴子里的水咕唧咕唧地响个不停，P. O. M. 看到野鸭很欢喜，这是我们在塞伦盖蒂平原打的第一拨野鸭，我们全都记得吃起来是多么鲜美，卡车在前面已经依稀可见，只是显得好小，再前面是一片被晒干了的平坦的泥土地，再前面就是稀树平原和那座森林了。

次日，我们打完斑马，事毕返回，路上穿越平原的时候偏遇顶头风，汽车和风扬起的灰尘把我们弄得灰塌塌的，汗水和尘土都结成了泥块。P. O. M. 和老爹没去，去了也没事可做，没必要让他们去吃灰，我和卡尔却到平原去暴晒吃灰，还吵了几架，吵架往往是这样开始的，"怎么回事？"

"它们太远了。"

"开始的时候也不远呢。"

"我跟你说，它们太远了。"

"你不开枪就会越来越远。"

"你怎么不开枪？"

行驶，直到林木变得稀疏，我们驶出了森林，上了热带稀树草原，草原向前延展到一个芦苇环绕，湖床干涸的湖边，远处是波光粼粼的湖水和粉红色的火烈鸟。渔民在仅有的几棵树下搭建了几间草屋，前面，风儿吹过草丛，干涸的湖床上一片灰白，卡车的出现，使好多小动物受了惊吓，在晒干的湖面上飞奔而去。它们是小苇羚，在远处奔跑的样子笨拙又古怪，可是等你到了它们面前的时候，却发现它们的既灵巧又优雅。我们把车开出茂密的矮草丛，上了干涸的湖床，而左右都有一条又一条的溪流从四面八方流进湖里，形成了一片芦苇荡，向面积已经缩小了的湖面延伸，被一条条的水道截断，野鸭在飞翔，我们能够看到沼泽地里鼓起的草岗上落满了成群的野鸭。我们一直开车干涸坚实的湖面上行驶，直到前面看起来潮湿松软的时候才停车，把车留在原地，卡尔带着却罗，我和姆科拉带着子弹和供捕猎用的禽鸟，我们商议决定把沼泽一分为二，各走一边，进行射猎活动，让供捕猎用的禽鸟不停地活动，而老爹和P. O. M. 到左侧湖岸高高的芦苇丛边上去，那里也有一条小溪形成了一片深水沼泽，我们以为野鸭会在那里飞来飞去。

他们穿过开阔地，一个是大块头，穿着褪色的灯芯绒上衣，另一个娇小玲珑，身穿长裤、灰色卡其布夹克衫，脚蹬靴子，头戴一顶大大的帽子，我们目送着他们远去，在我们出发之前，他们在一小片干芦苇前蹲了下来，就看不见了。然而，等我们走出湖床向溪边走去时，随即意识到我们的计划无法实现。因为，虽然你小心翼翼地找寻坚固的落脚处，可还是不可避免地陷入冰冷的泥沼，一直陷到膝盖，再往前，虽然没有前面那么潮湿，有更多被水包围的圆包，我有好几次都陷到了腰际。野鸭和野鹅飞得高高的，远远的，飞到射程之外，第一群展翅飞过，飞向其他飞禽藏匿的芦苇丛，我们听到了P. O. M. 的 28 口径双筒猎枪两声又尖又细的枪声，看见野鸭盘旋着向湖飞去，而散落在各处的野鸭和野鹅都出了芦苇丛向开阔的水面游去。一群深色的鹤从卡尔所在的小溪旁的沼泽里飞了过来，它们鸟嘴下斜，看起来就像巨大的白腰杓鹬在我们头上的高空盘旋，然后飞回了芦苇丛。沼泽里四处可见半蹼鹬和黑白相间它们就像是一群马萨伊的驴，只是长着美丽的直直地斜出去的黑角，它们的头都很好看。定睛一看，有两三只比其他的显然更要好。我坐在地上选了我认为是那群里最好的只，在它们鱼贯而出时，我瞄准了这一只。我听到子弹啪的一响，看到那只羚羊从羊群中转着圈跑出来，那个圈越转越快，我就知道我打中了。因此也就没再开枪。

卡尔挑中的也是这一只。我当时并不知道，但是出于一己之私开了那一枪，至少保证是这次猎捕中发现的最好的一只，然而，他打到了另外一只好的，这时羊群已经在风卷起的一团灰色尘土中疾驰而去了。除去它们奇妙的双角，射击中并无激动，跟打驴没有区别。卡车到来之后，姆科拉和却罗剥下了羊的头皮，把羊肉切开，我们就在扬起的尘土中乘车回家，我们的面孔因蒙尘而发灰，而峡谷变成了一道长长的燥热的海市蜃楼。

我们在那座营地中待了两天。我们得弄到一些斑马皮，那是我们在国内答应过朋友的，剥皮工需要时间来完成好这件工作。猎捕斑马毫无趣味可言；此时的平原由于草枯，天热，尘土飞扬，与山上对比，显得枯燥乏味，留在记忆中的画面就是靠一座蚁山而坐，眺望着远处一群斑马在灰蒙蒙热气中驰骋，扬起一团尘土，而在黄黄的平川上，群鸟在围着一片白花花的上空翱翔，远处还有一群，再远处还有第三群；回头望去，卡车卷着尘土开了过来，载着剥皮工和为村民切肉的人。我曾经应志愿的剥皮工们杀一只格兰特瞪羚吃肉的要求，朝一只瞪羚开了糟糕的一枪，在打了三四枪都不中之后，才在它跑动过程中射伤了它，随后便在大热天里追着它穿越平原，快中午的时候，我才在射程之内将其射杀。

但是，那天下午我们出发，沿着大路穿过定居点的路，经过印度人的杂货店的拐角，店主站在那里对我们微笑，微笑中有巴结讨好、经营不善、兄弟般的仁爱和眼巴巴的拉客上门的意味。可我们的车往左一拐，就上了一条通往森林深处的两旁都是灌木的小路，穿过秘密的树林，跨过一座架在小溪上的用不坚固的原木和木杆搭建的桥，就这样一直向前

第六章

湖上打鸭

我们已经沿着一条红沙路，穿过一处高原，往下到了大峡谷，然后上上下下穿行在布满果树丛的群山间，绕过一处有树林的斜坡，来到裂谷壁的顶端，我们从那里可以鸟瞰平川，裂谷壁下的浓密的森林，以及波光粼粼的马尼亚拉湖漫长又干涸的湖畔，湖的一端呈玫瑰色，点缀着足有50万的小小的斑点，那是火烈鸟。从那里起，道路沿裂谷壁面陡直下斜，直入树林，通到峡谷的平坦的谷底，穿过一块块耕种过的绿色玉物、香蕉和我叫不出名字的树木的土地，走过一家印度人开的贸易站和许多茅屋，跨过下面是清澈激流的两座小桥，再通过逐渐稀疏的一个树林，树林通向林间空地，拐上一处尘土滚滚的岔路，这条岔路通向一条车辙很深、尘土填充的土路，再穿过灌木丛，就到达了穆图—翁布营地的阴凉处。

当晚在晚餐之后，我们听到了火烈鸟在黑暗中飞翔的声音，有点像野鸭在天亮前飞过的扑扇声，但是要慢，节奏稳定，足有上千次。老爹和我有些微醺，而 P. O. M. 十分疲倦。卡尔又郁闷了。他完胜犀牛以后得意洋洋，我们打击了他，如今这件事已成既往，而他则面临着捕猎大弯角羚羊失败的可能性。还有，他们发现的并不是一头豹子，却看到一头雄狮，一头体型庞大、黑乎乎的狮子，伏在犀牛的尸体上不肯离开，等他们次日一早去到那里，却不能射击了，因为它已经进入森林保留地了。

"真倒霉。"我说道，我极力想为此而难过，可我理解别人的郁闷以后，反倒来了精神。老爹和我坐着，边喝着兑了苏打水威士忌边聊天，我们已经累得快散架了。

第二天，我们在大裂谷干燥的尘土里猎捕大弯角羚，终于在对面山坡上一个马萨伊人 [1] 村落上方森林茂密的山脉远端的边缘发现了一群。

---

[1] 马萨伊人，该地名原文为斯瓦西里语。——译者注

"我们为什么不那么做呢？" P. O. M. 问道。

"我们得问问垂眼皮那个山谷怎么样。"

垂眼皮不了解情况，但是那个持矛人说溪水透过裂谷壁流出来，那里的道路非常崎岖难行。他认为我们不可能带着装备通过。我们于是放弃了。

"不过，作为一种旅行，倒是还值得一走，"老爹说道。"搬运工比汽油的花费要少呢。"

"我们返程时能不能走那样的路呢？" P. O. M. 发问道。

"能啊。"老爹说道。可是要猎捕大个的犀牛，就得爬到肯尼亚山上。你在那里会得到地道的犀牛。羚羊是这里的珍品。你要在肯尼亚打到一头犀牛，你就得上卡拉尔。之后，如果我们打到了几只，我们还有时间继续下山在汉德尼猎貂羚。"

"那我们就走吧。"我嘴里说着，脚下却没动弹。

长期以来，我们都对卡尔的犀牛感觉良好。我们都为他弄到犀牛而高兴，那一切又都是一个正确的角度为基础的。或许他此时心中已经打到大弯角羚羊了。我希望如此。卡尔，他是好样的，而他能够有这么多的智慧是好事。

"你感觉怎么样，可怜的老妈妈？"

"我挺好。如果我们真的要走，我倒要歇歇脚才好呢。不过我喜欢这样打猎。"

"那咱们就回去，吃点东西，拆掉帐篷，今夜就在那儿宿营。"

当晚，我们进了位于穆图 - 翁布[1]那棵大树下，离大路不远的老营地。那里曾经是我们在非洲的第一座营地，如今，那里的树木依旧高大舒展，苍翠浓郁，溪水依旧清澈见底，水流湍急，营地也和我们初来时一样美好。唯一的区别是眼下夜里更热，大路上灰尘滚滚，车轮的轮子都陷了进去，而我们已经见识了大量乡野风光了。

---

[1] 穆图－翁布，该地名原文为斯瓦西里语。——译者注

各色各样的水瓶、双筒望远镜和一背包书籍的姆科拉,一度在黑暗里喊出了一串话,听起来像是责骂在前面大步流星的向导。

"他在说些什么?"我问老爹。

"他在告诉他别显摆他的速度。他说队伍中还有一个老人呢。"

"他指的是谁,是你还是他自己?"

"我们俩。"

我们看到月亮升起来了,把褐色的从山罩上蒙蒙的红色,我们穿过村落散乱的灯光向下走去,所有的泥土房屋都门窗紧闭,山羊和绵羊膻味四溢。我们跨过那条溪流,走上那光秃秃的山坡,那里就是我们帐篷前燃着的篝火了。这是一个寒夜,风势很大。

次日一早,我们又出猎了。我们在泉水边发现一个犀牛脚印,于是踏遍整个长满果树的高地,跟踪着一头犀牛,直到它向下跑进一座陡峭的、通向大峡谷的山谷。天很热,脚上的靴子紧紧的,前一天已经让P. O. M. 吃尽苦头。此刻她没有抱怨靴子,但我看得出她的脚给挤得生疼。我们都疲惫不堪了,但身体很舒服,心情很安宁。

"见鬼,"我对老爹说。"除非遇到大个的公牛,我一头都不想杀了。我们可能要猎上一个星期,才能打到一头好的。咱们有昨天打到的那头垫底就行啦,现在撤出去与卡尔会合。我们可以在山下打直角和大弯角羚,弄到些斑马皮,继续追捕羚羊。"

我们坐在一座山顶上的一棵树下,可以俯瞰到整个乡野,以及那道向下延伸到大裂谷及马尼亚拉湖的峡谷。

"带上搬运工和轻装备,走在他们前面,穿下那条峡谷,直抵湖畔去狩猎,该是很有意思的。"老爹说道。

"那就妙不可言了。我们可以打发卡车绕过去与我们会合,在那叫什么名字的地方来着?"

"马吉·莫托 [1]。"

---

[1] 马吉·莫托这句原文为斯瓦西里语。——译者注

"见鬼去吧。"

"你知道吗，他还是个挺不错的追踪猎人呢，打鸟属于哪一级？"他问道 P. O. M.。

"难道这头公牛不是很漂亮吗？"P. O. M. 问道。

"蛮不错的。它不算老，可脑袋挺好看的。"

我们想拍几张照片，可是只有小方镜箱照相机，而且快门还卡住了，我们为快门激烈争吵，阳光已经褪了下去，这时我变得神经质了，气不打一处来，对快门问题啰里啰嗦，一口咬定快门给弄坏了，害得我们无法拍照，所以应该挨骂。在这平原上，你不可能有在芦苇丛中的那种得意洋洋的感受，在射杀了哪怕只是一头水牛之后，你感到内心平静得很。杀戮后的感觉并不是你能与人分享的，我喝了一些水，告诉 P. O. M.，我为在相机上如此无礼发飙而感到抱歉。她说这没什么，我们也就和好如初，看着那头水牛，看着姆科拉在牛头上切割着头皮，我们紧挨着站在一起，感到彼此的深情，对相机以及一切的一切，都互相理解。我喝了一口威士忌，觉得淡而无味，毫无快感。

"我再来一点吧。"我说道。这第二杯还可以。

我们朝着营地向前走，由那名被犀牛追过的持矛人引路，而垂眼皮则打算剥下牛头的皮，他们准备把牛宰杀后，把牛肉藏到树上，以免鬣狗盗走。他们害怕走夜路，我告诉垂眼皮，他可以拿着我那支长枪。他说他知道怎么打枪，于是我就取出弹夹，装好保险，然后递给他让他射击。他把枪端到肩上，却闭错了眼睛，还一次又一次地用力扣动扳机。这时我把保险指给他看，让他把保险开了关，关了开，还把枪噼噼啪啪地折腾了好几次。姆科拉在垂眼皮没打开保险就开枪时显得异常优越，而垂眼皮却显得渺小。我把那支长枪和两盒子弹留给他，大家全都忙着在暮色中宰牛割肉，我们则随着持矛人踏上那头小水牛所走的无血小路，向上爬到山顶，往家里走去。我们在峡谷的上面转来转去，时上时下地跨越冲沟，在沟壑里爬上爬下，最终抵达主山脊，月亮尚未升起，夜晚的山上又黑又冷，我们个个疲惫不堪，都慢吞吞往前行。背着老爹的重型枪、

"没有。"

"快听！"我们停下脚步聆听，那声音传过来了，清晰可闻，毫无疑问是长长的呻吟声。

"天啊。"老爹说道。那呻吟声里透着十分的哀伤。

姆科拉抓住我的手，垂眼皮拍了一下我的后背，我们齐声大笑，大汗淋漓地爬着，跑着，穿过树木，跨过岩石，奔向山脊。我的心在狂跳，我不得不停下来喘口气，抹掉脸上的汗水，又擦了擦眼镜。

"死了！"姆科拉用斯瓦西里语说道，把"死"这个字眼说得掷地有声，简直像是爆破。"真的！死了！"

"死了！"垂眼皮用斯瓦西里语说着，还呲牙一笑。

"死了！"姆科拉又用斯瓦西里语重复了一遍，我们再次握了手，又继续攀爬。之后，就在我们前面，我们看到了它：仰面朝天靠在一棵树上，喉咙全都向外突出，身体的重量落在犄角上，犄角架在树上。姆科拉把手指伸进水牛肩头正中的弹孔里，高兴地摇着头。

老爹和 P. O. M. 跟上来了，后面是那几名搬运工。

"天啊，这头牛比我们想象的还要好。"我说道。

"它不是原先那头牛。这可是地道的公牛。先前那头只是跟着它罢了。"

"我原以为它带着一头母牛呢。距离太远我没法看清。"

"应该有 400 码远吧。我的天，这么远，你竟然都能打中。"

"我看见它把头垂到前腿间，腰部弓起了，我就知道打中了。它身上的光线特好。"

"我知道你打中了，而且我也知道它不是原先那头。所以我觉得我们有两头伤牛要对付了。我没听到那前一头的吼声。"

"我们听到它的吼叫时真是太棒了，"P. O. M. 说道。"那声音真悲切。就像在树林里听到号角声。"

"我听着也兴高采烈呢，"老爹说道。"天啊，我们应该为此喝上一杯了。这一枪打得可真高明。你怎么从来没告诉我们你会射击呢？"

我不晓得老爹的情况，但是走了一半的路程，我就换上了那支长枪，让保险一直开着，手扣着扳机，等到垂眼皮站住脚，摇了摇头，轻声用斯瓦西里语说了"没有"的时候，我已经紧张得不能再紧张了。这里的草丛茂盛，人连一英尺以外的东西都看不到，到处都是九曲回肠，当真糟透了，此刻太阳已经落到半山坡。因为我们让垂眼皮发出了撤离的呼叫，我们俩都感觉良好，我也就此松了一口气。我们追随着他进入那样的地方，使我异想天开的射击计划看来愚蠢之极，而我所知的我们的唯一结果就是在我可能用讨厌的 .470 口径射偏之后，老爹用他的 .450 口径的第二支枪筒朝牛的上头开了一枪。我对任何事情再也没了信心，只有那响声留在耳鼓。

我们往回走的时候，听到搬运工在山腰上叫喊，我们横冲直闯地穿过草丛向前狂奔，一心想到达可以看见猎物并且能够射击的高处。他们挥舞着双臂高叫着：那头水牛已经出了苇塘，从他们身旁跑过去了，这时姆科拉和垂眼皮在指指点点，老爹拽着我的袖子，想拉我到能看到它们的地方，之后，我便看到阳光下的高高山坡上的山石前面有两头水牛。它们在阳光下显得黢黑发亮，一头比另一头要大得多，我想起来这就是我们见过的那头公牛，它曾经带走一头母牛，而母牛则不紧不慢地走着，使得公牛不能停步。垂眼皮把斯普林菲尔德枪交给我，我把胳膊穿过枪带观察着，那头牛此刻已经全然进入瞄准框，我屏住呼吸，把准星对准牛的肩头，而就在我要扣紧扳机之时，它却跑了起来，我把枪口一摆，摆向它的前方，击发了。我看到那牛走出激流时一低头，像一匹曲背跳跃马的似的往起一跳，跳出了陡峭的坡道，我扔掉弹壳，枪栓向前一推，又开了一枪，追着它跑出我的视野，我知道我这一枪打到后面，没有打中，但我知道第一枪打中了。垂眼皮和我拔腿就跑，在奔跑过程中我听到一声低低的吼叫。我站住脚朝老爹喊道，"听到它的叫声没有？告诉你说道，我射中了！"

"你打中了，"老爹说道。"没错。"

"妈的，我杀死了它。你们难道没听见它的吼声吗？"

没有连续射击，如果它这会儿过来，我会内心平静，趁它伸出头的时候打中它的鼻子，将它撂倒。它得像任何公牛一样把头低下用尖角攻击，就会露出土著小伙们弄湿们膝盖的老地方，而我就可以把子弹射到那里，然后钻进一旁的草里，这样，除非我能在跳跃中稳住枪支，否则它就会成为老爹的枪靶子。我有把握可以突发一枪，射中那里，然后跳起来，只要我肯等待，就会看到它垂下脑袋。我知道，我能做到这一点，可以一枪致命，不过，要等多久呢？这就是整个问题的关键。还要多久？此时我向前进，肯定它就在那里。我走着，感到心情振奋，是某种行动就要到来的那种欢欣鼓舞的最佳状态，你可以在那种行动中有所作为，你可以射杀，然后全身而退，由于你对那件事一无所知，因此也就毫不畏惧，不必虑及他人，除去完成你有把握又能办到的事，也不必担什么责任。我盯着垂眼皮的后背，轻手轻脚地前行，时时想着不让汗水滴到眼镜上，这时我听到身后有响动，就转过头去。原来是 P. O. M. 和姆科拉踏着我们的足迹，跟了上来。

"天哪。"老爹说道。他火冒三丈。

我们把她从草地送回去，让她上了岸，并且让她明白她必须待在那儿。她原先并未弄清她必须待在后面。她听到我小声嘀咕了什么，就以为要她随着姆科拉跟上来了。

"把我吓了一跳。"我对老爹说道。

"她像是一只小猎犬，"他说道。"只是不算出色。"

我们在越过草地向外观望。

"垂眼皮想接着走，"我说道。"我会跟着他到他要去的地方，直到他说别走了，我们出去吧为止。我反正是要打掉那狗日的肠子。"

"不过，别干傻事。"

"只要我能再开一枪，就一定能杀死那狗日的。它只要出来就给了我开枪的机会。它一出来，我就给它一枪。"

P. O. M. 让我们为她吓了一跳，我絮叨开了。

"来。"老爹说道。我们跟随垂眼皮回到草丛里，路越来越难走了，下到溪边，跨过一股小水流，又重新回到这个岸上，穿过树丛向上走去。

"我看等我们找到它的时候它一定已经死了。"我跟老爹耳语说道。它漫无目的转来转去，让我看出它受到重创的身躯行动缓慢，就要倒下了。

"但愿如此吧。"

但是那条脚印还在向前延伸，到了几乎没有什么草的地方，追猎益发迟缓，更加困难了。这时我已看不到脚印，只有从一块石头上黑亮的干血迹上判断它走的大概路线。有好几次我们完全找不到它的脚印，我们三个人只好分头寻找，一个人有所发现，指点着低声用斯瓦西里语说道，"血"，我们就再继续前行。终于我们见到它的足迹从一处沐浴这最后一道阳光的岩石山腰上向下，延伸到河床里，那地方长着又长又宽的一大片高高的枯死的芦苇，是我们未曾看过的。这里的芦苇又高又密，甚至超过水牛早晨爬出来的那块泥塘，而且还有好几处猎物的脚印也走了进去。

"这儿不好，不适于带小夫人来。"老爹说道。

"让她和姆科拉留在这里着吧。"我说道。

"这儿对小夫人来说不太好，"老爹又说了一遍。"我真不知道我们干嘛让她来。"

"她可以在这儿等着。垂眼皮愿意接着往前走。"

"你说的不错。我们得看一看。"

"你跟姆科拉在这儿等着。"我回过头去低声说道。

我们跟着垂眼皮走进比我们要高出五英尺的高大的密草丛中，弓身弯腰，小心地踏着兽迹向前走，尽量不弄出喘气的声音。我想着上次我看到三头水牛的情景，那头老公牛怎么摇摇晃晃地丛灌木丛中爬出来，我可以看到它的犄角，耷拉得很低的疣突，向前突出的嘴和鼻，小小的眼睛，母牛小牛远远落在后边，少毛的鳞状灰色脖颈上，一绺一绺的肥肉和肌腱，甚至它体内的蛮力和怒气，我钦佩它，尊敬它，然而它动作迟缓，在我射击的整段时间里，我都觉得它一动没动，而且我们也把握十足。这次却不同，没有在它跟跟跄跄地来到开阔地时，没有迅速开枪，影往前走，阳光透过树叶斑斑驳驳地洒了下来。闻不到清晨树林气味，反而闻到的是类似野猫屎的恶臭味。

"这是哪来的臭味？"我悄声问道老爹。

"狒狒。"他答道。

一整群狒狒就在我们前面刚刚过去，它们的屎尿遍地都是。我们来到犀牛和水牛走出的芦苇丛，我发现了我开枪时自以为那头水牛的所在地。姆科拉和垂眼皮像猎犬似的在周围寻觅，我认为他们至少在高出 50 码的岸上了，这时，垂眼皮举起一片树叶。

"他找到血迹了。"老爹说道。我们向他们靠拢过去。草地上有一大摊血，这时已经变黑，它的脚印，十分容易跟踪。垂眼皮和姆科拉各走在脚印的一边，很正经地用一根长长的草茎指点着每一处血迹。我一直以为，更好的办法是由一个人慢慢地跟踪血迹，另一个人到前面去搜寻，但这就是他们跟踪的方法：低着头，用草茎指点着每一处干涸了的血迹，偶尔，在失去之后又重新找到脚印时，就蹲下身子，摘下带有黑色血渍的草或叶。我提着斯普林菲尔德枪跟在他俩身后，接着是老爹，他后边是 P. O. M.。垂眼皮扛着我的长枪，老爹扛着他自己那支。姆科拉把 P. O. M. 的曼利希尔枪挎在肩头。我们谁都不说话，每个人似乎都把这看做一个严肃的任务。在一些高草丛上我们发现了血迹，在脚印两旁相当高的草叶处，表明那头水牛曾在草中穿过，身体被射穿了。现在已经看不清原来的血色，但我有那么一瞬间指望打穿了它的肺。可是接着向前走，我们看到了在岩石间有带血的便溺物，接下来的一段时间它在向上爬的一路都留下了便溺，而且里面都有血。现在看来，像是打中了肚子，或者射穿了肠胃。我越来越感到丢人现眼。

"它要是出来，甭为垂眼皮或者别人担心，"老爹悄悄说道。"他们会躲开它的。开枪拦住它。"

"瞄准鼻子上面。"我说道。

"别异想天开啦。"老爹说道。脚印一直向上延伸，后来在原地转了两次弯，有一段时间似乎在一些石头之间漫无目的地徘徊。后来就一路我们全都喝了，姆科拉打开第二瓶时，老爹坚决地拒绝了。

"你们接着喝吧。对你们有用。我准备睡一小觉。'

"可怜的老妈妈呢？"

"只来一点吧。"

"全都给我吧，"我说道。姆科拉对这一杯笑着摇了摇头。我向后靠到树上，望着天上风吹来白云，从瓶子里慢慢地啜饮着啤酒。酒挺棒，这种喝法更觉清爽。过了一会，老爹和 P. O. M. 全都睡着了，我又拿起那本《塞瓦斯托波尔》的书，重新读起《哥萨克人》。是个精彩的故事。

他们醒了以后，我们吃了午餐，有切成片的冷嫩牛腰、面包、芥末和一听李子酱，喝了第三杯也是最后一杯啤酒。饭后我们又读书，不久就全都睡着了。我醒来时口很渴，就拧开一只水瓶盖，这时却听到了一声犀牛的哼叫和在河床灌木丛中横冲直闯的响动。老爹醒来，也听到了。我们便抄起枪，二话没说，立即朝发出响声的地方而去。姆科拉发现了脚印。那头犀牛已经沿溪而上到上游去了，显然，在距离我们只有差不多 30 码开外的地方嗅出了我们的气息，便向上游而去。由于风向的关系，我们无法追踪，于是我们从溪水边兜了一圈，回到被烧过的那块地的边缘，以便到达它的上方，然后沿着溪水，透过密实的灌木丛，顶着风小心翼翼地追踪它，可是我们并没有看到它。最后，垂眼皮发现它已经爬上对岸，进入山里留下的脚印。从脚印来看，这头犀牛的个头不像是特别大的。

像来的时候那样，我们已经远离营地，至少有四小时的路程，而且回程多是向上爬山，从峡谷上去当然要爬一段长路；我们还有一头受伤的水牛需要处理，当我们再次来到被火烧的野地边缘时，我们一致同意该叫醒 P. O. M.，立即出发。天气依旧很热，但太阳已经开始下山，而且有很长一段路我们都是走在溪流高岸上浓荫密布的猎物脚印之上。我们找到 P. O. M. 的时候，她假装对我们离去却撇下她独自一人而生气，其实她只是逗我们玩。

我们出发了，垂眼皮和他的持矛人在前面开路。我们顺着小路的阴寞，干起来太辛苦，何况也不时髦。一千年使得经济荒谬无聊，而艺术品却得以永恒，可惜搞艺术十分艰难，现在又不时兴了。人们不再想干这一行，因为他们会落伍，而且那些文学寄生虫们也不会赞赏他们。此外，艺术也真是难搞。那怎么办？因此，我就要继续阅读鞑靼人在袭击时渡过的河流，还有醉酒的老猎手和那个女孩，以及后来在不同的季节里又如何如何。

老爹在读《理查德·卡维尔》[1]。我们在内罗毕购买了该买的书，现在书都快读完了，我们都感觉很好。

"我原先读过这本书，"老爹说道。"不过故事挺好的。"

"我只能记个大概。当时觉得故事确实不错。"

"故事棒极了，可我巴不得先前没读过呢。"

"这本书太可怕了，" P. O. M. 说道。"你根本读不下去的。"

"你想读这本吗？"

"别装模作样了，"她说道，"用不着啦。我要先看完这本。"

"接着看吧，先拿上。"

"我会马上退给你。"

"嘿，姆科拉，"我说道。"来点啤酒？"

"有。"他用斯瓦西里语使劲儿地说道，从一名土著顶在头上的杂物盒里取出了一瓶裹着麦秆套的德国啤酒，那是丹从一家德国贸易站买来的 64 瓶中的一瓶。瓶颈上包着银色的锡纸，在其黑黄两色的商标上印有身着甲胄的骑士。啤酒还保持着夜里的凉劲，用白铁的起子打开后，倒进了三只杯子，浓浓的泡沫盛满了酒杯。

"我不喝，"老爹说道。"对肝不好。"

"来吧。"

"好吧。"

---

[1] 《理查德·卡维尔》，美国历史小说家温斯顿·丘吉尔（1871—1941）的作品。——译者注

节在林中的感受，鞑靼人渡过的那条河，袭击，让我觉得重又置身俄罗斯了。

我在思考，在我们南北战争的时候俄罗斯的情况得到了多么真实的再现，真实得如同其他地方，比如密歇根州，或者城北的大草原以及埃文斯狩猎场周围的树林一样真实，还有，通过屠格涅夫的作品，我清楚地感受到自己曾在那里居住，就如同曾经住在布登勃罗克[1]家中，在《红与黑》[2]中从女主人公的窗口爬进爬出；或者在早晨进入巴黎的城门，看到萨尔塞德在格列乌斯广场被五马分尸。我看到了一切。而且正是我当时没有被分尸，因为在对我和科科纳斯执行死刑时，我对刽子手一直客客气气，我还记得圣巴托罗缪节前夜[3]，我们如何在当晚追捕胡格诺派教徒，那次他们把我困在她家里，最真实不过的感受莫过于发现卢浮宫的大门紧闭，或者低头看着他从桅杆上落入水中的尸体。还有意大利，总是比任何书本都清晰可见，地处栗树林，在秋日迷雾之中，从大教堂背后横穿城市来到奥斯皮达尔·马基奥尔总医院，我靴子上的钉子踩在鹅卵石上，而在山中，遇到突然降临的春天阵雨，嗅到军团的气味，如同口中含着铜币。于是，列车在烈日炎炎中停在德赞扎诺，那里有加尔达湖，还有捷克军团，接下来是在雨中，接下来是在黑夜，接下来你乘卡车经过那里，接着你从别的什么地方到来，接着你在黑暗中从瑟米奥纳拱门向它走去。因为我们一直在书中出出进进——而如果说我们还有什么好处的话，那就是你们可以到我们去过的地方去。一个国家终归消失了，尘埃随风吹走，人民全都死去，除去那些搞艺术的，没有任何人有什么持久的重要性，而他们如今巴不得停止工作，一味搞艺术太过寂

---

[1]　布登勃罗克，德国作家托马斯·曼的长篇小说《布登勃罗克一家》中的主人公的名字。——译者注

[2]　《红与黑》法国作家司汤达的代表作，原文为法语。——译者注

[3]　圣巴托罗缪惨案，1527 年 8 月 23 日，法国宫廷斗争中对新教胡格诺派教徒的迫害，于次日杀害了 3000 人。——译者注

山脊的隐蔽处停下脚步，我已经大汗淋漓，便将一条手帕衬在斯泰森帽的防汗檐里，派垂眼皮前去观察动静。他回来说道，牛群已经走了。我们从上面什么都看不见，于是就横跨壕沟和山坡，想着也许会在牛群下到河床之前，在半路截住它们。相邻的山坡遭过火焚，山脚下也是一片灌木烧后的空地。在灰尘中留下了水牛走下来进入河床密林的一个个脚印。这里的灌木生长过密，藤蔓过多，无法跟踪牛群。往下走到溪流的一路都没有发现它们的行踪，所以我们就明白了，它们走的是我们从猎物脚印处往下看到的那段河床。老爹说道。到了在那里，我们已经对它们无能为力。树木太密，即使我们和牛群遭遇了，也没法开枪。他还说，你根本分辨不出哪头是公哪头是母。你看到的只是黑乎乎的一片。一头老公牛可能长着灰毛，但群牛中的一头好公牛会跟母牛一样黑。就算遇上牛群，也没什么好处。

这时已经是十点钟了，太阳像被钉住了似的，开阔地上炙热异常，我们走过的时候，微风扬起了被烧过的地面上的灰。此刻，一切都被密林遮住了。我们决定找一棵大树的阴凉，躺下去，在凉爽的环境中读点书，吃顿午餐，躲避一天中最热的时光。

走出烧过的地方，我们朝溪水前进，全身大汗淋漓地在几棵特大的树的树荫下停了下来。我们打开箱子，拿出皮外衣和雨衣，摊在树下的草地上，这样我们就可以背靠树干休息了。P. O. M. 取出了几本书，姆科拉生起一堆小火，煮水泡茶。

徐风吹来，我们可以从高处的枝叶听得到。在树荫下很凉爽，但是你一挪进太阳地，或者在你阅读的时候，太阳的阴影移出了你身体的某一部分，阳光还是很炙热的。垂眼皮到溪流的下游边去查看情况了，我们仍待在原地继续读书。我能够嗅到白天的热气袭来，叶子上的露水干了，留下一团热气，炙热的阳光晒在小溪上。

P. O. M. 在读乔治·A·伯明翰所著的《西班牙黄金》，她说写得不好。我还是读托尔斯泰的《塞瓦斯托波尔》，就在那一册里，我读到了一篇题为《哥萨克人》的很好的短篇。书中写到夏日的酷暑、蚊虫、不同季发现那公牛的脚印。我们完全可以坐下来等候。"

我们便坐在树荫下，而垂眼皮则从溪水的一侧向上爬，当地的向导从另一侧攀登。他们回来报告说道，那公牛已经一路走下去了。

"有谁看到它长的角是什么样的吗？"我发问道。

"垂眼皮说那角挺好的。"

姆科拉向山上爬了几步。这时，他蹲下身子，招呼我们。

"是水牛，"他用斯瓦西里语说道，同时把一只手举到了脸上。

"在哪里？"老爹问他。他指点着，蹲身下去，等我们爬到他身边时，他就把望远镜递给了我。那几头牛已经到了溪水下游峡谷远端陡峭山坡的一道突兀的山脊上。我们看到了六头，接着看到八头水牛站在一处山脊的顶部，它们皮肤黝黑，颈部沉重，犄角闪光。有几头在吃草，另几头站立不动，昂首注视着周围。

"那一头是公的，"老爹用望远镜看着。说道。

"哪一头？"

"从右数第二头。"

"在我眼里，它们个个都像是公牛。"

"它们离得远着呢。那一头公的蛮不错的。现在，我们得趟过河，朝它们接近，尽量走到它们的上方。"

"它们会原地不动吗？"

"不会的。等天气一热，它们就会下来进入溪水。"

"咱们走吧。"

我们先后踩着两根原木渡过溪水，抵达对岸，发现在半山坡上有一处严重破损的猎物脚印，在树木的密枝浓叶下，沿河岸而上。我们行进得相当迅速，但走得十分小心，此刻，在我们下方的河床上严严实实地铺满了树叶。虽然是大清早，但微风已起，吹得树叶在我们头上翻飞。我们跨过一条通向溪流的壕沟，走进浓密的灌木丛中，以防被猎物看到，在通过一处不大的开阔地时，我们弯着腰在树后绕过，随后利用壕沟的边缘作掩护，爬上水牛上方的山坡，以居高临下之势对付它们。我们在

第二部 记忆中的追猎 067

"你只能再打一头了，"老爹低语。"你得打更棒的。"

我把望远镜交给 P. O. M.。

"我不用望远镜就能看见，"她说道。"它个头真大。"

"它会冲过来的，"老爹说道。"那时候你就得抓住机会了。"

这时候，就在我们盯着的时候，又有一头犀牛从一棵树冠宽阔的大树后面来到视界之内。它的个头小多了。

"我的天啊，这是一头牛犊，"老爹说道。"那一头是母的。幸亏你没朝母牛开枪。它很可能会不顾一切地也冲过来的。"

"还是那同一头母牛吗？"我悄声问道。

"不是。另外那头的角大极了。"

我们都像大笑的醉汉一样神经兴奋起来，那是因为打猎中突然来了这么多的猎物，多得让人发傻。当你发现罕见的猎物或鱼类，多得令人难以置信，你会猛然间有这种感觉。

"瞧那母牛。它已经知道有什么不对头了。可它看不到也嗅不到我们啊。"

"它听到刚才的枪声了。"

"它知道我们在这里。可它弄不清楚是怎么回事。"

那头犀牛看上去真大，真可笑，真赏心悦目。我瞄准了它的胸口。

"挺棒的一枪。"

"十全十美。"老爹说道。

"我们该怎么办呢？"P. O. M. 问道。她讲求实际。

"我们在它周围转悠吧。"老爹说道。

"只要我们一直在低处，我相信，我们经过的时候我们的气味就不会传到它那里。"

"这可没准儿，"老爹说道。"我们可不想让它朝我们冲过来。"

那头母牛并没有冲过来，而是终于低下了头，向山上爬去，那只都快长成的牛犊跟随着它。

"依我说，"老爹说道，"我们得让垂眼皮走在前面，看看他能不能罐头时最后那一转。"

"听着，"老爹说道。"鬼知道我们已经发现了有多少犀牛在这一带出没呢。"

"那头水牛呢？"

"以后还有的是时间呢。我们应该让它肌肉僵直。让它体弱害病。"

"它们全都出来的时候，我们要是正好在那下边该有多好。"

"是啊。"老爹说道。

所有这些谈话都是悄声细语。我看了看 P. O. M.。她像是在欣赏一个高水平的音乐剧。

"你看到子弹打中牛的什么部位了吗？"

"我说不准，"她低声说道。"你以为那边还有牛吗？"

"成千上万，"我说道。"我们该干点什么，老爹？"

"那头公牛可能就在河湾那一带，"老爹说道。"快走。"

我们沿着河岸向前走，神经绷得紧紧的，当我们来到芦苇的窄端时，有一头笨重的东西在高高的苇杆间横冲直闯。我端起枪来等候着，不管什么东西出现，都准备开枪。但是除了摇晃的芦苇之外，什么也没有出现。姆科拉打手势要我们别开枪。

"这狗日的牛犊，"老爹说道。"应该是两头。那该死的公牛呢？"

"你到底是怎么看出它们的？"

"靠体型大小判断。"

这时我们站住脚，往下看着大树枝杈阴影中的河床，再往前看着河的下游，这时，姆科拉用手指了指我们右侧的小山。

"犀牛，"他用斯瓦西里语低声叫道，同时把望远镜递给我。山坡上又出现了一头犀牛，虎背熊腰的，全身乌黑，直视着我们，高昂着头晃来晃去，耳朵抽动着，鼻孔在捕捉风中的气味。在望远镜里看去，它体型硕大。老爹在用他的双筒望远镜仔细观察着。

"它不比你打的那头强多少。"他轻声说道。

"我能打中它下刀处，"我低声说道。

第二部 记忆中的追猎 065

"我的许可证上还有三个指标，再说我们很快就要离开他们的国家了。"我说道。

"这肉挺好吃的呢，"老爹小声说道。"打死它。开枪后要马上准备好对付犀牛。"

我坐在了地上，那支长枪一时沉重起来，也变得陌生起来，我握着枪托，扣住扳机，人往后退缩了一下，但没有击发。与斯普林菲尔德枪随着平滑果断的松手而干脆利落的推动不同，这个扳机在扣动的时候，似乎是金属与金属相撞。就像是你在梦魇中射击。我无法扣动扳机，就从畏缩中振作起来，摆好姿势，屏住呼吸，这才击发。那长枪往回一坐，摇晃着发出砰的一声巨响，待我回过神来，却看到那头水牛屹立不动，然后便从左面快步攀爬，眼看就要消失在视野之外，于是我的第二支枪管射出的第二发子弹，在水牛身后留下一团岩石灰和尘土，落在水牛的屁股上。在我还没来得及给双筒的 .470 枪重新装好子弹以前，它已经跑出射程之外。这时，我们都听到了已经出了芦苇南端的另一头犀牛的哼声和横冲直撞的哗啦啦的声音，而在我们这边浓密树荫之下，在芦苇丛中再也没有闪现出它庞大身影。

"是那头公的，"老爹说道。"它已经下河啦。"

"对。是公的！是公的！"垂眼皮用斯瓦西里语说道，一口咬定那是公牛。

"我打中了那头狗日的水牛，"我说道。"鬼晓得打在哪儿了。让那些重枪见鬼去吧。扳机把我向后弹了一下。"

"你要是用斯普林菲尔德枪，就会把它打死了。"老爹说道。

"那我总得知道我打中了哪里。我觉得我要是用 .470 的话，就会要么射死它，要么打不中，"我说道。"可现在只是打伤了它。"

"它会撑下去，"老爹说道。"我们想给它充分的时间。"

"恐怕我还是打中了它的肚子。"

"这说不准。那么快地跑掉，可能不出百码就死了。"

"让 .470 见鬼去吧，"我说道。"这枪我用不成。扳机就像开沙丁鱼里语说道，"牛犊！牛犊！"还抓住了我的胳膊。垂眼皮也用斯瓦西里语急切悄声说道"母牛！母牛！母牛！"，他和姆科拉都疯了似的，唯恐我开枪。原来那是一头母犀牛还带着一只牛，就在我枪口垂下来的时候，那母牛哼了一声，在芦苇中向前冲去，跟着就不见了。我一直没看到牛犊。我们只看到两头牛跑动引起芦苇摇摆，随后一切就都平静了下来。

"丢死人了，"老爹低声说道。"它长着多美的一只角啊。"

"我已经准备好朝它开枪了，"我说道。"我看不出那是头母牛。"

"姆科拉看见那只牛犊了。"

姆科拉正在跟老爹悄声低语，还用力地点了下头。

"他说那边还有一头犀牛，"老爹说道。"他听到它哼叫了。"

"咱们往高处去吧，要是它们出现的话，从那里我们可以看到，还可以扔些什么进去，"我说道。

"好主意，"老爹赞成道，"也许那头公的就在那儿。"

我们向岸的高处爬，从那里可以眺望长着高高芦苇的湖面。这时，老爹举起他的长枪，时刻准备着，我也把我的枪保险打开了，姆科拉向芦苇中他听到哼声的地方抛去一根棍棒。只听到的是一声呼噜，却不见动静，芦苇一动不动。随后从更远一点的地方传来一声喀嚓声，我们可以看到，芦苇随之摇晃起来，一个什么东西从芦苇中穿过，朝对岸跑去，但到底是什么东西在跑却看不出来。接着，我看到了骏黑的脊背向两旁叉得很开、向上竖起的双角，然后便看清是一头水牛正在狂奔着爬上对岸。只见它向上爬的身形，颈部向前上方昂起，头上伸出沉重的角，肩部浑圆，如同斗牛，强健的四腿正在快速攀爬。我瞄准了它的颈肩交汇处，这时老爹制止了我。

"它不算大个的，"他轻声说道。"除非你想吃它的肉，否则我是不会打它的。"

它在我眼中十分高大，此刻它站在那里，高昂的头，宽阔的肩，正把脸转向我们。

"问问垂眼皮。"

垂眼皮笑着点了点头。

"他们吸鼻烟，"老爹说道。"我不知道他们能不能闻到。"

我们走进了另一条长着高过我们头顶芦苇的河床，悄悄地落下一只脚，再抬起另外一只，悄悄走着，就像是在梦中或是电影的慢镜头一样。不论这是什么气味，现在我可以一直都清楚地闻得到了，有时候比其他气味浓烈。我一点都不喜欢这些气味。这时我们已经接近小溪岸边，在猎物的脚印前方，直通一片长长的芦苇潭，潭里的芦苇长得比我们刚才经过的那片芦苇还要高。

"我可以闻到它们近在咫尺，"我悄声对老爹说道。"不骗你。真的。"

"我信你，"老爹说道。"我们要不要在这里上岸，稍稍绕点路？我们会到达它的上方的。"

"好的。"跟着，我们边向上走，我边说道，"那个高大的家伙吓了我一跳。我不想在那里面打猎。"

"要是打大象呢？"老爹悄声说道。

"我不会打大象的。"

"你当真在那样的深草里打大象吗？"P. O. M. 问道。

"是的，"老爹说道。"骑在别人的肩膀上射击的。"

我心想，比我本领强的人才会那么做。我不会那么做的。

我们沿着长满了草的右岸往前走，脚下像一块突出的岩石，走到一块开阔地上，围着一片长着高高干芦苇的芦苇潭。在对岸后边是浓密的树林，其上方是峡谷的陡壁。你看不到溪流。在我们头上的右方都是小山，长着片片的果树丛。前面，在芦苇潭的尽头，两岸间的距离狭窄起来，大树的枝杈几乎遮住了小溪。垂眼皮突然一把抓住我，我俩当即蹲下身子。他把那支长枪放到我手里，自己抓起了斯普林菲尔德枪。他用手一指，在沿岸的弯弯的地方，我看到了一只长着美妙长角的犀牛头。犀牛头摇晃着，我可以看到伸向前方抖动着的两只牛耳和猪一般的小眼睛。我打开枪栓保险，并示意垂眼皮卧倒。这时我听到姆科拉用斯瓦西声转告老爹，这时老爹用他那常喝威士忌的嘶哑嗓音说道，"是些下了河的水牛。垂眼皮说里面有几头大公牛。它们还没回来呢。"

"咱们跟上去吧，"我说道。"我宁可再打一头水牛，强似犀牛呢。"

"这机会和碰上犀牛是一样好的。"老爹说道。

"天啊，这片的乡野景色可真是很美呢。"我说道。

"棒极了，"老爹说道。"谁事先能想得到呢。"

"这里的树就像安德烈[1]的画中的树，"P. O. M. 说道。"美不胜收啊。瞧瞧那片绿色。那是马松惯用的。优秀的画家为什么不来这里看看呢？"

"你的靴子怎么样了？"

"蛮好的。"

我们由于跟踪水牛，行进得又慢又轻。此时无风，但我们知道，一旦起风，就会从东边刮来，从峡谷吹向我们。我们循着猎物的脚印走下河床，越往前走，草就越高。有两次我们不得不匍匐前进，而芦苇密不透风，看不到两英尺深的地方。垂眼皮还在泥里发现了一个新鲜的犀牛脚印。我开始捉摸，要是一头犀牛顺这条路朝我们冲过来，谁该做什么。这令人激动，可我并不喜欢。这太像是在陷阱里了，何况还要为 P. O. M. 操心。之后，溪流拐了个弯，我们便走出高高的草丛上了岸，这时我清楚地辨别出了猎物的气味。我不抽烟，我在国内打猎时，有好几次还没见到就嗅到了处在发情期的麋鹿气味，我可以清晰地嗅出那老公麋鹿卧在林中的什么地方。公鹿有强烈的麝香气味。那种气味强烈又好闻，我很熟悉。但目前这种气味我却不熟悉。

"我能闻到它们的气味。"我悄悄告诉老爹。他信我的话。

"是什么气味？"

"说不上，可是相当浓烈。你闻不到吗？"

"没闻到。"

---

[1] 安德烈·马松（1896—1984），法国超现实主义画家，其作品多以波状的、含义深刻的线条勾画完全抽象的生物形态图样。——译者注

我们站住了脚。我没有看到 P. O. M. 在一瘸一拐地走路，我们夫妻俩突然低声互相埋怨起来，两个人各持己见，争吵了起来，以往的都是由于靴子或者鞋子不合脚争吵，眼下的当务之急是脚疼。剪掉套在普通袜子外面的厚羊毛袜的趾端部分以后，疼痛得以减轻，然后把袜子彻底脱掉，就可以穿上鞋了。由于走的是陡峭的下坡，这种西班牙猎靴就在脚趾部分顶得太短，所以挤脚。有关这种靴子长度的争论由来已久，我曾经参与争论，首先是不明智地充当制靴人的翻译，然后是满腔的爱国主义热情，全盘拥护他的理论，我相信，从逻辑上讲，只要加厚靴后跟已经克服了这一缺陷。然而更有力的逻辑是，眼下靴子夹得脚疼，虽说可以解释为人的新靴子总要有几周穿着不舒服，然后才能合脚，但对解决脚疼的痛苦却无济于事。此时，脱掉了厚袜子，试试探探地迈了几步，体会着皮面对脚趾的压力。争论结束了，她不想受罪，只想跟上队伍和取悦杰·菲先生；我呢，为皮靴的事爆粗口，对疼痛义正词严，对一切一直都义正词严，我感到羞愧，我俩为刚才嘀嘀咕咕的那些话发笑。现在总算好了，靴子里没了厚袜子，也就好多了。我现在痛恨起一切义正词严的家伙，尤其是一个不在眼前的美国朋友，不过我既然刚刚从那类人中脱离出来，当然也就不再那么义正词严。望着前头的垂眼皮，我们走下那条长长的坡路，朝着峡谷的底部走去，那里的树木高大繁茂，从上面看下去，狭窄的谷底像一条窄窄的缝隙，直通一条两岸长着树林的溪水。

我们现在站在一片树荫下，巨大的树干十分光滑，底部围绕着环状的树根，呈圆形的凸起状，像动脉血管似的沿树干向上伸展攀缘；法国森林的树干在雨后的冬日会呈现出黄绿色的光泽。但这里的树木树冠四下充分展开，而且树叶浓密，下面阳光照耀下的河床里，像是纸莎草的芦苇足有麦子般粗细，高达 12 英尺。沿溪的草丛中有猎物的脚印，垂眼皮弯下腰去观察。姆科拉凑过去一起看，然后他俩就跟踪了一小段路，停下来又仔细观察，最后返回到我们身边。

"是水牛，"姆科拉压低声音用斯瓦西里语说道。"水牛。"垂眼皮小

"这倒蛮好。正是我们想去的地方。"

"好的一面是垂眼皮一点都没灰心，"老爹说道。"他看上去信心十足。这终归是他指的路嘛。"

"是啊，可是我们要爬山了。"

"给他鼓鼓劲，好吧？"老爹对 P. O. M. 说道。"他都让我灰心丧气了。"

"我们要不要谈谈他的枪打得有多好呢？"

"离天黑还他妈早呢。我一点都没泄气。我以前见过这样的乡野。这地方对我们没问题。放心好了，总督。"

第二天我发现我对这片乡野完全看错了。

我们天亮前吃了早餐，没等太阳出来就出发了。我们排成一队爬上村外的山岗。前面是拿着长矛的当地向导，然后是带着我的重型枪和一只水壶的垂眼皮，接着是手持斯皮尔菲尔德枪的我，拿着曼利切尔枪的老爹，随后是空着手的 P. O. M.，她一如既往地兴致勃勃，跟着是姆科拉，扛着老爹的重型枪和另一只水壶，殿后的是两名土著，携带着长矛、水袋和一只装着午饭的食物运输箱。我们计划在炎热的正午时分停下，不到天黑不回去。在空气新鲜清冷的早晨爬山真不错，与昨天傍晚在同一条小路上受罪截然不同，当时恰值日落，遍地的土石把白天的暑气都反射出来了。这条小路时通常是牛羊走的，路面的土又碎又干，而此时却得到朝露些许湿润。路上有许多鬣狗的脚印，小路抵达一处灰色石头的山脊时，就可以俯视两侧下方陡峭的山谷，我们继续沿着峡谷的边缘前行，在石头下的一处积土的空地上，发现了新鲜的犀牛脚印。

"它才刚刚向前走去，"老爹说道。"它们准是在这里转悠了一夜了。"

我们能够看到下方峡谷底部高高的树梢，还有一处开阔地上闪闪发亮的水纹。对面是我们昨晚捉摸过的陡峭的山坡和流水冲出的沟壑。垂眼皮和那个被犀牛追逐过的当地向导在悄声低语。随后他们就走下一条陡峭的小路，沿着长长的斜坡一直下到峡谷的一侧。

上一处林间小路，跨过那些讨厌的溪谷。你不可能时时刻刻看得见猎物，反倒会在攀爬中丧生。太他妈的陡了。那里就是那类看似无妨的溪流。那天晚上，我们就是趟着那些溪水回家的。"

"看起来够呛，"老爹赞同地说道。

"我曾经在一处与这里相仿的乡野里打过鹿。就是怀俄明州的林溪的南坡。那里的山坡全都太陡峭。简直是地狱。地形断裂得一塌糊涂。明天我们会受到惩罚了。"

P. O. M. 一声也没吭。老爹既然把我们带到了这里，他就该把我们再带出去。她只消看好她的鞋子没有磨疼她的脚就可以了。此时鞋子已经磨得她有一点疼了，这才是她唯一操心的事。

我继续详查这片乡野显露出来的种种难点，我们在昏暗中回去建营时，个个都心情郁闷，满怀对垂眼皮的不满。篝火在风中燃烧得很旺很亮，我们坐看月亮升起，听着鬣狗吠叫。几杯酒下肚，我们对这片乡野也就不那么抱怨了。

"垂眼皮发誓说这个地方挺好的，"老爹说道。"他说，这里不是他想要穿越的地方，是再往前走的另一处地点。但他一口咬定这里也不赖。"

"我喜欢垂眼皮，"P. O. M. 说道。"我对他完全信任。"

垂眼皮带着两个扛矛的土著向篝火走来。

"他听到什么了？"我问道。

两个土著彼此交谈着什么，随后老爹说道："他们有一个人说道，他今天被一头大犀牛追过。当然啦，人在被追时，任何一头犀牛看着都挺大的。"

"问问他，那犀牛角有多长。"

那当地人比划着，那角有手臂那么长。垂眼皮咧嘴笑了。

"告诉他走吧，"老爹说道。

"这都是在什么地方发生的？"

"啊，在那边的什么地方，"老爹说道。"你知道的。就在那边。再过去的那边。走那条路。那里经常发生这种事。"

"你会的。你肯定会。"

"只要我能打到一只，一只比别的都好的。我打这些犀牛完全是出于乐趣，其他都无所谓。可我只想弄到一只看起来与他的那头理想的犀牛比较起来愚蠢的猎物罢了。"

"绝对正确。"

我就这样跟卡尔讲了，他说道："不管你怎么说道。不容置疑。我希望你能弄到一头大两倍的。"他说话是当真的。他现在感到心里痛快了，我们也都一样。

第五章

打到一头大水牛

我们在酷热的天气里开车经过红土地和灌木丛生的山脉，于当晚抵达垂眼皮所说的乡野，放眼望去是一派可怕的景象。那一带所有的树木都围上了腰带，以防范舌蝇，而这里正处于其边缘。从营地远眺，是一座尘土飞扬、肮脏之极的当地村落。土壤是受过腐蚀的红色，像是正在被风吹走，营地就搭建在一处山坡的几株死树稀疏的树荫下，突兀在劲风之中，鸟瞰着一条小溪，远处就是那座泥土的村庄。天黑之前，我们跟随着垂眼皮和两个当地向导，向上经过那座村庄，攀爬了很长时间，来到一处石头漫布的山脊的顶部，从那里俯视深谷，宛如一道峡谷。峡谷的对面，是一道道陡直的坡谷伸进谷底。山谷里长着浓密的树木，其间的山脊和山坡上长满了青草，再往上则是山上密实的竹林。这条峡谷直通大裂谷，再穿越断壁的远端，似乎变窄了一些，在那里穿过裂谷的石壁。再往远处，在长满青草的山脊和山坡之上，是树林茂密的群山。看来，这里是个糟糕透顶的狩猎处。

"要是你看见有什么东西穿越那里，你就得一直下到谷底。然后爬收获方面，他样样都胜过了我。有一段时间，我们曾经以此为笑谈，而且我深知，一切终归会扯平的。可是事实上并没有扯平。现在，在这次狩猎犀牛的活动中，是我在这片乡野上打响了第一枪。我们打发他去捕猎食用动物，而我们自己已经进入了一处新乡野。我们并没有亏待他，可我们也没有优待他，而他却最终打败了我。还不仅仅是把我打败了，把我打败也没什么。可是他使我打的犀牛看上去那么小，我就无法让他跟我们住在同一个小天地里了。他把自己抹掉了。我在他身上打的那一枪，就是要记住，什么都不能抹掉，除非有一枪打得太奇妙，我明知道我迟早会置疑，到底那是不是侥幸命中的一枪，尽管我怀有不光彩的自信。老卡尔用那头犀牛让我们大家都清醒了。他现在待在他的帐篷里，在写信。

在就餐帐篷的飘檐下，老爹和我谈论着我们该做些什么才会更好。

"不管怎么说道，他打到了那头犀牛，"老爹说道。"这就节省了我们的时间。如今你却无法承受。"

"是啊。"

"可这片乡野要放弃了。这里有些不对头。垂眼皮宣称他晓得一处好地方，从这里坐卡车大概三个小时，再随搬运工走上一小时左右。我们可以今天下午就携带轻装出发，然后打发卡车返回，而卡尔和丹就可以继续向前到穆图翁布去，他就能打他的大角羚羊了。"

"好极了。"

"他还可以指望在今天晚上或明天一早靠那头犀牛的尸体引来一头豹子呢。丹说道，他们听到了一头豹子的动静。我们要尽量在垂眼皮的这片乡野上弄到一头犀牛，然后就同他们会合，继续去找大弯角羚。我们想要给他们留出充裕的时间。"

"好极了。"

"即使你没有弄到羚羊，你总可以在什么地方碰上一只的。"

"就算我一无所获，也没什么。下次还会有的。不过，我想弄到一只大弯角羚。"

道我真的为他打到这头犀牛而高兴。"

"你们当然感到高兴，你们俩都是，"P. O. M. 说道。

"可是你们看到姆科拉了吗？"老爹问道。姆科拉刚才郁闷地看着那头犀牛，摇了摇头，然后就走开了。

"那是一头美妙的犀牛，"P. O. M. 说道。"我们应该表现得体面一点，让卡尔感觉好一些。"

可惜为时已晚。我们没能提起卡尔的情绪，而且我们好长时间也无精打采的。搬运工带着装备来到营地，我们看到他们都来齐了，东西也都到了，他们全体人员和我们全体人员都走到放置犀牛头的树荫底下。他们都一声不吭。只有剥皮工看到营地里有这样一个犀牛头，表现出兴高采烈的样子。

"太漂亮啦，"他用斯瓦西里语对我说，然后大大地张开手掌倒替着测量着牛角的长度。"长极啦！"

"是啊，太漂亮啦。"我也用斯瓦西里语表示同意。

"是卡尔老板打的？[1]"

"是的。"

"太漂亮啦。[2]"

"不错，"我附和说道。"太漂亮啦。[3]"

剥皮工是这伙人中唯一的君子。每次射猎活动，我们都力图避免竞争。每当有猎物出现的时候，我和卡尔都想要把更好的机会留给对方。我是由衷地喜欢他，而他是毫不自私，彻底地自我牺牲。我明知道我能够射得比他准，总可以走得比他快，然而，他不断获得的猎物却总是令我相形见绌。他曾经朝着猎物打过几枪，那几枪是再糟糕不过了，我从来没见过那么糟糕的枪法。我一路上也打过两次臭枪，一次是打那只格兰特瞪羚，还有一次是打平原上的一只鸨。不过在大家看得到的实质性

---

[1] [2] [3] 原文为斯瓦西里语。——译者注

羞愧难当，却无能为力。我想说些轻松开心的话题，却脱口说道出："你们打了多少枪？"我这么问道。

"我不知道。我们没数。五六枪吧，我琢磨是。"

"我想是五枪。"丹说道。

面对着这三个哭丧着脸的祝贺者，可怜的卡尔开始感到他猎犀的兴奋劲已经从他身上流走了。

"我们也打到一头，"P. O. M. 说道。

"那太好了，"卡尔说道。"比这头大吧？"

"见鬼，没这头大。它是个糟糕的、没长大的小矮子。"

"抱歉，"卡尔说道。他是诚心诚意的，说的是简简单单的真心话。

"你们何必为那样一头犀牛感到难过呢？天啊，它倒真是个美人。我去把照相机拿来，给它照几张。"

我去拿相机。P. O. M. 挽起我的胳膊，紧靠着我身边走着。

"爸爸，请你打起精神来，尽量像个人样，"她说道。"可怜的卡尔。你把他搅得情绪糟透了。"

"我知道，"我说道。"我在尽量避免，别那样做。"

老多站在那里，摇着头。"我从来没感受到有比自己更下流的人，"他说道。"可这就像给人在小肚子上踹了一脚。当然，我觉得真是痛快。"

"我也一样，"我说道。"我宁可让他把我打败。对此，你也是清楚的。是真的。可他怎么没弄到一头只多长出两三英尺的好牛呢？他为什么弄到这么一头，把我那头显得滑稽可笑呢？这让我们显得多笨啊。"

"你能永远记住那一枪。"

"让那一枪见鬼去吧。那一枪纯粹是那妈的撞大运。上帝啊，多么漂亮的一头犀牛啊。"

"算啦，咱们打起精神来，尽量对他作出白人对他应有的姿态。"

"我们表现得太差劲了。"P. O. M. 说道。

"我知道，"我说道。"而且我始终想做出欢天喜地的样子。你也知尔从他的帐篷里走出。他刚一看到我们就又返身回去。然后才朝我们走过来。

"嘿,卡尔。"我叫道。他挥了挥手,又返回了帐篷。然后向我们走来。他激动得发抖,我看得出他刚才在洗手上的血迹。

"怎么了?"

"犀牛。"他说道。

"它给你找麻烦了?"

"没有。我们杀了它。"

"好嘛。它在哪儿?"

"就在那边,树后面。"

我们走了过去。那里有一头新割下来的犀牛头,还有犀牛。那家伙比我打死的那头要大出两倍。一对小眼睛紧闭着。一只眼角上刚滴下一滴血,像是眼泪。头颅硕大,独角向上翘再向后弯成一个优美的弧度。皮足有一英寸厚,垂在头的后面,厚得像披肩,白得像刚切开的椰实。

"它有多大? 有 30 英尺吗?"

"见鬼,没有,"老爹说道。"不到 30 英尺。"

"不过它是个蛮不错的家伙,杰克逊先生。"丹说道。

"是啊。它是挺不错的。"老爹说道。

"你们在哪儿弄到的?"

"就在营地外边。"

"他站在一处灌木丛中。我们听到了它的咕噜声。"

"我们还以为是一头水牛呢。"卡尔说道。

"它确实蛮不错的。"丹重复说道。

"你们打到它,我真是高兴死了。"我说道。

我们三个人就待在那儿,想要等着祝贺卡尔,想做输得起的人。这头犀牛的副角都比我们那头的主角还大,这头体型庞大得惊人的泪眼犀牛,这头割下头颅、已经死掉的梦想中的犀牛,可是我们说起话来倒像是在船上晕船的人,或者说,像是刚刚蒙受了重大经济损失的人。我们

第二部 记忆中的追猎 053

"我觉得他撒了大谎。"老爹说道。

"我们中间哪个神枪手也没有得到称赞。等我们死了以后再说吧。"

"他想到的所谓受到称赞就是让我们把他扛在肩上,"老爹说道。"打犀牛的那一枪把他惯坏了。"

"好吧。你们从现在起就盯着看好啦。见鬼,我一直打得都不错嘛。"

"我好像记得有一只什么格兰特瞪羚来着,"老爹在取笑我。我也记得呢。我曾经走出乡野追踪一只漂亮的羚羊,在酷暑里转了整整一上午,打一枪又一枪,无一命中。我后来爬上一座蚁冢,打算射击另一只差一点儿的羚羊。我在那里休息了一会,射击一只 50 码以外的公羊,却没有射中,当时我看见它面对着我,一动不动地站着。它的鼻孔向上,我就朝它的胸口开了枪,它仰面朝天地跌倒了,可在我朝它走过去的时候,它却一跃而起,摇摇晃晃地跑了起来。我坐下来等着它站住,而在它确实站稳之后,我就坐在那里用投石器,缓慢而小心地瞄准了它的脖子连打了八枪,谁知一枪未中。我越来越恼火,越来越起劲儿,所以索性每次都不校正,而是丝毫不差地用同一种方式射击同一处地方,扛枪人全都哈哈大笑,运送装备的卡车越来越多,车上被逗乐的黑人也越来越多,P. O. M. 和老爹不置一词,我坐在那里浑身发冷,傻呆呆地冒火,心里不服气,只想打断它的脖子,而不是走过去,怕把它在正午的大太阳下热浪滚滚的平原上赶跑。谁也不说一句话。我伸手找姆科拉要新实弹,又小心翼翼地开了一枪,可还是没打中,打到第十枪才打断它那该死的脖子。我连看都没看一眼,就转身走开了。

"可怜的爸爸。"P. O. M. 说道。

"是阳光和风影响了准头,"老爹说道。当时我们彼此还不大了解。"枪枪都打中了同一处地方。我可以看到石弹激起的尘土。"

"我他妈的是个该死的大笨蛋。"我说道。

无论如何,我现在已经会射击了。迄今为止,运气一直在帮忙。我现在好运连连。

我们继续前行,看见了营地,便高声叫了起来。没人出来。最后卡

"你自己也挺高兴的呀，"P. O. M. 说道。

"我简直高兴死了，"我说道。"可是别跟我再提这件事了。别操心我对这件事是怎么想的了。我随时都会在夜里醒来想的。"

"你是个出色的追踪猎手，还是个极棒的射鸟大王，"老爹说道。"给我们接着讲没讲的情况。"

"别缠我了。我只是那次喝醉了酒才说过一次。"

"一次，"P. O. M. 说道。"他不是每天夜里跟我们说了又说吗？"

"我的天，我就是个射鸟大王嘛。"

"奇了怪啦，"老爹说道。"我从来没想过这个。你还做过些什么？"

"唔，见鬼。"

"永远别让他意识到那一枪有多棒的，否则他会让人受不了的，"老爹对 P. O. M. 说道。

"我和姆科拉都知道啊，"我说道。

姆科拉走上前来。"打得好，老板，"他用斯瓦西里语说道。"好极了。"

"他觉得你是有意为之。"老爹说道。

"你难道跟他说的不一样吗？"

"打得好，"姆科拉斯瓦西里语说道。"好。"

"我认为他感到的和你所做的一样，"老爹说道。

"他是我的伙伴嘛。"

"这我相信，你也知道，"老爹说道。

在我们穿越乡野返回我们主营地的路上，我异想天开地朝大约 200 码开外的一只小苇羚开了一枪，当即从它颅骨根部把它的脖子打断了。姆科拉乐坏了，垂眼皮也喜出望外。

"我们得想法制止他了，"老爹跟 P. O. M. 说道。"说实话，你到底瞄准的是哪里？"

"脖子啊。"我撒谎说道。我本是瞄准肩部正中间的。

"太漂亮了，"P. O. M. 说道。子弹击中时啪的一响，如同棒球棒抡起来打在飞行中的球一样，那只小苇羚当时就倒地身亡，动都没动一下。

的斯普林菲尔德枪递给我。我注意到枪处于击发状态，便恼火地瞪了他一眼，然后跪下来，照它的下刀处又打了一枪。那犀牛再也不动了。垂眼皮和我握了手，姆科拉也握了我的手。

"他把那支该死的斯普林菲尔德枪顶上了火，"我对老爹说道。顶了火的枪就在我背后，让我大发雷霆。

姆科拉对此浑然不知。他兴高采烈，抚摸着犀牛角，叉开的手指量着尺寸，还寻找着弹洞。

"弹洞在它体侧，压在身下了。"我说道。

"你该看到他是怎么保护妈妈的，"老爹说道。"所以他才把枪顶上了火。"

"他会开枪吗？"

"不会，"老爹说道。"不过他会学会的。"

"把我的魂儿都吓飞了，"我说道。"这杂种可真有鬼主意。"全体人马上来之后，我们把那头犀牛翻过来，改成一种跪姿，砍掉周围的草，以便照相。弹洞在背部相当高的地方，在肺部后面的不远处。

"这一枪打得真棒，"老爹说道。"多棒的一枪。别对人讲是你打的。"

"你得给我发张证书。"

"我俩要合伙撒谎了。犀牛是很怪的，是吧？"

那头犀牛就躺在那儿，躯体笨长，侧胁沉重，一副史前动物的模样，皮肤如同硫化过的橡胶，看上去微微透明，上面有一处愈合糟糕的疤痕，是被角所伤，刚才那群鸟就在那里啄伤的。犀牛尾巴又粗又圆，头部尖尖的，身体扁扁的，身上爬着多腿的扁虱。它的耳朵边上长着毛，眼睛小小的像猪，鼻子上向前长出独角，角的根部长着毛。姆科拉看着那犀牛直摇头。我也有同感。这动物长就一副鬼模样。

"它的角怎么样？"

"不坏，"老爹说道。"没什么特别的。不过，你给了它致命的一枪，兄弟。"

"姆科拉会高兴的，"我说道。

"它回去吃奶的时间要晚了，"老爹说道。"你肯定打中了吧？那距离可真够远的。"

"我打中了，我有把握。我非常肯定我射杀了它。"

"真打中了也别跟任何人说，"老爹说道。"他们绝不会相信的。瞧！垂眼皮找到血迹了。"

垂眼皮正在下面的高草中向我们举着一片草叶。然后他就又弯下腰，循着血迹快速追踪而去。

"打中了！"姆科拉用斯瓦西里语说道。"打得好！"

"我们就守着上面这个制高点跟着他，看看他会不会突围，"老爹说道。"快看垂眼皮。"

垂眼皮已经摘下他的土耳其式便帽，拿在手里。

"这就是他需要做的全部准备了，"老爹说道。"我们带来了两三支重型枪，可是垂眼皮跟踪犀牛走进树林，身上却缺了一件衣服。"

在我们下方，垂眼皮和同他一道跟踪的搭档已经停下了脚步。垂眼皮举起一只手。

"他们听到那头犀牛的声音了，"老爹说道。"来吧。"

我们朝他们走去。垂眼皮向我们走来，跟老爹说话。

"它就在那边，"老爹悄声说道。"它们听得见食虱鸟的声音。有一个土著小子说道，它还能听见犀牛的动静。我们顶着风过去。你和垂眼皮先走，让曼萨西卜跟在我身后。拿上长枪。就这样吧。"

那头犀牛就在高高的草丛中，在一处灌木丛后面。我们向前走着，听到了一声深沉的呜咽式的呻吟。垂眼皮回头看着我，咧嘴一笑。那声音又一次响起，这次却像是被血呛住了似地，发出了一声叹息。垂眼皮放声大笑了。"犀牛，"他用斯瓦西里语低声说道，还把手掌摊开放在头的一侧，意思是要睡了。随后，我们看到一小群尖嘴的食虱鸟猛地跃起飞走了。这一下我们知道了那头犀牛所在的位置了，我们分开高草慢慢地前行，终于看见了它。它侧卧着，已经死了。

"最好再给它一枪，让它死透了，"老爹说道。姆科拉把他一直扛着

"它要过小溪，"老爹说道。"可以打了。"

姆科拉把斯普林菲尔德枪步枪递到我手里，我打开弹膛，确认里面装好了子弹。那头犀牛已经走出视线，但我能看到高高的草丛在摇动。

"你看有多远？"

"总共也就 300 码吧。"

"我要朝狗日的开一枪。"

我在瞄准时有意识地屏住了气，像关紧阀门一样，让那种激动心情平静下来，进入不受干扰的射击状态。

它现身了，快步小跑着走进满是圆石的浅溪。我心中只有一个念头，一枪击中完全可能，但我要有足够提前量，打到它此时身体所在的位置的前面，我瞄准了它，向它身前提前量的位置，扣动了扳机。我听到了子弹啪的一声，从它奔跑的步伐看出，似乎是向前冲了一下。它呼地喷了一声鼻息，向前奔去，溅起了水花点点，继续哼着。我又开了一枪，在它的身后激起一条水柱，它跑进了草丛中，我又给了一枪；还是打在了它身后的位置。

"打中了，"姆科拉用斯瓦西里语说道。"打中了！"

垂眼皮应和了一声，表示同意。

"你打中了吗？"老爹问道。

"绝对没问题，"我说。"我觉得我打中了。"

垂眼皮起身跑去，我重新装好子弹跟上他。营地的一半人都涌出来在山上挥手欢叫。那头犀牛刚好窜到他们待的地方下面，然后爬上溪谷，朝着树林往下延伸到溪谷的顶部跑去。

老爹和 P. O. M. 上来了。老爹拿着他的长枪，姆科拉提着我的枪。

"垂眼皮会找到脚印的，"老爹说道。"姆科拉一口咬定你打中了。"

"打中了！"姆科拉用斯瓦西里语说道。

"它喷鼻息就像蒸汽机，"P. O. M. 说道。"它朝那边跑的样子是不是很美妙？"

子上聊天。当晚我们出猎，却一无所见。次日上午和晚上，仍是如此。有趣归有趣，却毫无收获。劲风从东方吹来，地面被切割成短短的山脊，从紧靠树林的地方排下来，因此，只有你爬到上面的树林里，你的气味就会随风吹散，你没到，你的气味就先到了，等于对一切动物发出了警告。你也不可能在黄昏直视太阳，不可能在浓荫密布的山坡上向西边太阳落山的方向望去，而这时候恰恰是犀牛会走出树林的当口；所以，西去的整片乡野都迷失在暮色之中了，我们本来可以在这片乡野上打猎的，如今却一无所见。食用肉品来自卡尔的营地，那是我们打发回去的一些搬运工带来的。他们带来了一夸特一夸特的面包，格兰特瞪羚和蒙满灰尘的野兽肉，还有在阳光下风干了的肉。搬运工们都很高兴，围着营火蹲着，用树枝插着烤肉。老爹想不通犀牛怎么会都跑光了。我们见到的犀牛逐日减少，我们讨论着是否由于满月，他们便可以趁着月色出来觅食，在黎明前就返回到树林里，也许它们嗅到了我们的气味或者听到人的声音，便怯生生地整天躲在树林里不出来，或许还有别的原因？我们摆出一条又一条的道理，老爹则运用他的智慧来一一分析，有时候从礼貌的角度来考虑，有时则出自兴趣，比如那个人提出的月亮论。

我们上床很早，夜里下起了小雨，其实不算是雨，只是山上滚落的露水。清晨，我们赶在日出前就起床爬上了长满了草的陡峭山脊顶上，从那里俯视营地。踏上河床形成的冲沟，跨过冲沟爬上溪流陡峭的对岸，在那里，我们可以看到所有的山坡和树林的边缘。天还没亮，就有一些野鹅掠过我们的头顶飞去，而曙光依旧灰蒙蒙的，用望远镜也难以看清树林的边缘。我们已经派出了先遣人员前往三个不同的山头，现在只等着天大亮，才能看到他们向我们发来信号。

这时，老爹说道，"快看那狗日的，"同时向姆科拉呼喊着把枪拿来。姆科拉跳下山坡，跨过溪流，正对着我们的方向，有一头犀牛在沿岸快步奔跑。就在我们盯着那犀牛的时候，它加快了速度，一路小跑斜着跨过了堤面，朝我们狂奔而来。它浑身暗红，独角清晰可见，它目标明确，动作敏捷，一点也不显得笨重。我看见它，心情十分激动。

第二部 记忆中的追猎 047

此刻，从遍布峡谷的排排树木缝隙望着白云在风中掠过天空，我觉得我热爱这个地方，因此我深感幸福，犹如同你真心爱恋的女人在一起之后，空了又充盈起来，它就近在眼前，你永远无法完全拥有，而眼下的情况却是：你能够拥有，而且越来越想拥有，想成为它，想活在其中，想从今以后永远占有它，就是那种持久而突然中断的永远；是时间停滞不前，有时停滞到极致，事后你静候聆听它重新动起来，而启动得相当缓慢。然而你并不孤独，因为如果你当真曾经幸福又毫不悲伤地爱过她，她就会爱你一辈子；不管她爱上了谁，也不管她去往哪里，她都会更爱你。因此，如果你曾经爱过某个女人和某个地区，你是非常幸运的，即使你随后即死，也无关紧要。如今，身在非洲，我更渴望这种情愫，季节的变迁，无需外出的阴雨天，你为实现那种感受花钱买来的不适，学会树木和小动物以及所有飞禽的名称，懂得当地的语言，有时间逗留其间并缓慢移动。我一生都热爱乡野，总要胜过人民。我只能在一段时间里关心少数人。

P. O. M. 在睡觉。她睡觉时看着总是那么可爱：安静无声，像动物一样团蜷着，完全不像卡尔人睡后的那种死人相。老爹也睡得很安详，你能够看出他的灵魂被紧紧地关闭在他的身体里。他的身体不再是妥善存放他的躯壳。它每况愈下，今非昔比，在一处变胖，失去了线条，而在另一处稍显肿胀；在身体内部，他年轻，瘦长健康、坚韧，就像他在瓦米山下的平原上赶得狮子狂奔那样，而他的眼袋全都突了出来，所以我此时看到他睡眠的样子，就跟 P. O. M. 总是看到他的那样。姆科拉是一种老年人的睡法，没有历史，也没有神秘。垂眼皮没有睡。他跪坐在脚后跟上，盯视着狩猎队及装备。

我们大老远就看到他们过来了。起初，箱子刚刚露出高高的草丛，接着是一排脑袋，接着他们走进了一片洼地，只能看清阳光下的一只矛尖，后来他们来到了一处土坡上，我便能看到一列纵队向我们走来。他们向左偏离得太过，垂眼皮只好挥手招呼他们朝我们这边来。他们扎起营盘，老爹告诫他们保持安静，我们在就餐的帐篷里舒舒服服地坐在椅最为难能可贵的战争一样，也是最为完整无缺的经历。司汤达亲见过一场战争，而拿破仑教会了他写作。拿破仑当时教授了所有的作家，可惜再没有别人学会。陀思妥耶夫斯基因流放到西伯利亚而成才。作家们在不公正待遇中得到锻炼，如同宝剑锋从磨砺得。我不敢说，若是把汤姆·沃尔夫 [1] 送到西伯利亚或者德赖托图格斯群岛 [2] 去，给与他必要的震惊以切断他那滔滔不绝的废话，让他具备均衡观念，这样一来，他还会不会成为作家。可能会也可能不会。他似乎很伤感，真的，就像卡内拉 [3] 一样。托尔斯泰是个小个子。乔伊斯中等身材，把眼睛用坏了。而最后那一夜喝醉了酒，我跟乔伊斯在一起，他不断背诵着埃德加·基内的一行诗句，"精神饱满，容光焕发，一如战时 [4]。"我知道我记的不准。当你见到他的时候，他会捡起三年前的话题。能够看到我们同时代的一位伟大作家太好了。

　　我非做不可的就是工作。我并不特别在意结果如何。我不再认真对待自己的生活，别人的生活嘛，并不是我的生活。他们都想要一些我不想要的东西，而只要我工作，我却可以在无欲无求之中得到。干工作是唯一的事情，是总能使你感觉良好的一件事，与此同时，也是我自己的该死的生活，至于到哪里去过，怎么过，我可以随心所欲。而此时此地我这么过，就打心里痛快。这里的天空比意大利好。别胡说八道啦。最好的天空在意大利、西班牙、秋天的密歇根北部和古巴海湾。这里的天空不算最好，而这里却无与伦比。

　　如今我唯一想做的事就是回到非洲。我们还没有离开，就已经会在半夜醒来，躺着凝神聆听，已然感到了思乡之情。

---

[1]　汤姆·沃尔夫（1900—1938），美国小说家，以处女作《天使望故乡》而一举成名，此外，还有《时间与河流》、《一部小说的故事》等作品。——译者注

[2]　位于墨西哥湾。——译者注

[3]　卡内拉（1906—1967），美国拳击运动员，也曾出演几部电影。——译者注

[4]　该诗句原文为法语。——译者注

的那双靴子的舒适得意洋洋。我们最后来到浓密的荆树丛中，位置在从一条山岗通往水边的沟壑上方，我们把枪倚到树上，便钻到浓阴之下，躺倒在地。P. O. M. 从一个背囊里取出几本书，和老爹读起来，我这会儿沿着沟壑往下走到从山的一侧流出的那条小溪旁，却在高过头顶的草中发现了狮子的新鲜脚印和许多犀牛踩出的足迹。从沙石地的冲沟往回爬会很热，我乐得背靠树干，读起托尔斯泰的《塞瓦斯托波尔》。这是一部新出版的作品，其中有关于法国夺取了那个多面堡那场战斗的细腻描写，我由此想到托尔斯泰，想到对一位作家来说道，战争的经历是多么可贵。战争是重大主题之一，当然也是难以真实描述的部分，而那些未经战阵的作家往往抱着嫉妒心理，竭力使之看似无关紧要，或者认为当作一个题材是不正常或病态的，然而，说实在话，他们所忽略的东西却恰恰是无可取代的。随后，这本书又让我想起巴黎的塞瓦斯托波尔林荫大道，想起从斯特拉斯堡冒雨在那条大街上骑着自行车回家的情景：雨中的电车轨道又湿又滑，交通繁忙，在又粘又滑的沥青和石子的车道上骑行的感觉，以及我们当年差点就要住进教堂大道，还想起那套房间的外观、布局陈设和壁纸，可我们最终还是住进了乡村圣母院的阁楼里，庭院中有个锯木厂（以及锯子突然响起的哀鸣，木屑的芳香，高过屋顶的栗树的气味，楼下住着的疯女人），那一年为钱愁肠百结（所有的短篇小说都被退了回来，邮件都通过锯木厂大门上的一个窄缝递进来，上面所附的退稿说明指出：那些都称不上是故事，而只是轶事、随笔、短文，等等。他们不需要；我们吃的是扁叶葱，喝的是兑了水的卡奥尔葡萄酒和水，就这么维持生命），天文台广场的喷泉多美啊（水花在青铜马匹的鬃毛、前胸和肩头上闪闪烁烁，那些青铜雕塑在浅浅的水幕下呈现绿色），以及他们在抄近路穿过卢森堡花园去苏夫洛大街的路上看见人们竖起福楼拜胸像的情景（他是我们信服得五体投地、无懈可击的作家，如今像所有的偶像一样，成了凝重的石雕），他没有目睹过战争，但他见识过一场革命和公社，如果你会不因所有的人都说着同样的语言而盲目从众的话，一场革命倒也是最好的经历。恰如南北战争对美国作家是学习怎么写对话，还用在那本书里。她以前从来没这么写过。她从来都无法原谅自己曾经向我学过对话，而且担心人们会注意到她在照猫画虎，注意她在哪里学到的，所以她要攻击我。这是个可笑的伎俩，真的。不过我敢发誓，在她变得野心勃勃之前，还挺不错的。换在当时，你肯定也会喜欢她的，真的。"

"也许吧，可我不这么看，"P. O. M. 说道。"没有那些人，我们照样玩得很高兴，是吧？"

"要不，我们就该遭天谴了。自从我记事以来，一年比一年过得好。"

"可是，杰·菲先生究竟是不是非同寻常呢？真的？"

"是的。他是非同寻常。"

"啊，你这么说挺好的。可怜的卡尔。"

"为什么？"

"他的妻子不在身边嘛。"

"是啊，"我说道。"可怜的卡尔。"

第四章

我和卡尔各猎到一头犀牛，卡尔的更大

于是，我们在早上还是在搬运工出发之前先出发，一路向下行进，穿越几座小山，横跨一条长着郁郁树林的峡谷，再上行跨过一条长长的坡岗，那片地里由于草长得很高，行走十分困难。我们攀爬穿越，有时在树荫下休息片刻，然后又是上上下下，穿越，由于一直在高高的草中行进，只好踩出一条小路，而太阳又酷热难当。我们一行五人成一列纵队，垂眼皮和姆科拉各扛着一杆长枪，吊着野战背囊和水瓶，还有照相机，我们在阳光下全都大汗淋漓，我和老爹扛着枪，夫人尽量照垂眼皮的样子向前走，她的斯泰森毡帽斜戴着，她为这次出行感到快活，为她如果说他帅气，那可就违心了。"

"我认为他长相可爱。不过你明白我对他的感觉，是吧？"

"当然。我对这混蛋小子也一样喜欢呢。"

"可你觉得他不帅，真的吗？"

"就是。"

后来，过了一会儿。

"那么，你看谁帅呢？"

"别尔蒙特和老爹。还有你。"

"别爱国主义啦，"我说道。"谁是漂亮女人呢？"

"嘉宝[1]。"

"昔日黄花了。约希[2]是。玛戈[3]是。"

"不错，她们都漂亮。我清楚我不漂亮。"

"你很可爱。"

"咱们还是说说杰·菲先生吧。我不喜欢你叫他老爹。不够尊重。"

"我们俩之间无所谓尊重不尊重。"

"是啊，可是我对他尊重，你不认为他挺非同寻常嘛？"

"是啊，而且他用不着读那些他曾协助出版的某位说他嫉妒的女性写的书。"

"她就是嫉妒加怨毒罢了。你绝不该帮她的。有些人从不原谅这一点。"

"说起来真他妈的可耻，所有的天才都变得怨天尤人、废话连篇和自吹自擂。这是天理难容的耻辱，真的。在她潦倒之前你绝想不到的可耻。你知道一件可笑的事：她从来不会写对话。太可怕了。她从我的作品里

---

[1]　嘉宝（1905—1990），美国女影星，以美貌和演技而著称。代表作有《大饭店》、
　　《安娜·卡列尼娜》等。——译者注

[2]　约希（1763—1814），约瑟芬的简称。法国皇帝拿破仑一世的皇后。——译者注

[3]　玛戈（1553—1615），纳瓦拉国王，即法国国王亨利四世的王后。——译者注

在射程之内，他可以打掉我们任何一个人的裤子。可是他对射击忧虑重重，而我又啰里啰嗦地催他快点。"

"你有时候对他是太生硬了。"老爹说道。

"见鬼，他了解我。他知道我对他的看法。他不会在意的。"

"我依旧认为他会自己摆脱的，"老爹说道，"只不过是个信心问题。他确实是把打枪的好手。"

"妈的，到目前为止，他已经射杀了最棒的水牛，最棒的羚羊，还有最棒的狮子，"我说道。"他没什么可忧心的。"

"是曼萨西卜打到的最棒的狮子，兄弟。在这种事情上可别弄错。"

"我挺高兴的。不过，他打死过一头真他妈棒的狮子，还有一只大豹子。他打到的每一个猎物都是最棒的。我们还有的是时间。他没什么可忧心的。他到底为什么这么郁闷？"

"我们得一大早就出发，免得小夫人热得受不了就结束。"

"她的情况比谁都好。"

"她真了不起。她简直就像一条小猎犬。"

那天下午我们出发了，从小山上用望远镜观察猎场，始终没看到什么。当夜，我们晚饭后进了帐篷。P. O. M. 对于被比作小猎犬很不高兴。她不希望像什么狗，如果一定要比喻的话，她宁愿像一只捕狼的猎犬：身材瘦削，四腿修长，精力充沛，中看耐看。她的勇气与生俱来，有种从不考虑危险的单纯心态；与此同时，危险则由老爹扛着，她对老爹明察秋毫，佩服得五体投地，全方位地崇拜。老爹是她心目中的理想男人：勇气十足，君子风度，诙谐幽默，从不发火，从不吹牛，除去开开玩笑从不怨天忧人，宽容处世，善解人意，聪明睿智，如同一条好汉那样饮酒稍多，并且在她的眼里，外貌英俊。

"你觉得老爹帅气吗？"

"不帅，"我说道。"垂眼皮才帅呢。"

"垂眼皮是漂亮，你当真以为老爹不帅吗？"

"我说啊，不帅。我像喜欢自己认识的任何男人一样喜欢他，但是

"他会在那里弄到一只直角羚羊的，那就会感觉好多了，"老爹说道。"这事都快成了他的一块心病了。"

卡尔同意我们迁到新地方和让他下去搞肉食的计划。

"随便你们怎么说道，"他说道。"绝对听你们的。"

"那会给他一些开枪的机会，"老爹说道。"那样他就会感到好一些。"

"我们会弄到一个猎物的。随后你们也会。谁先得手，就可以下山追那只羚羊去。你们明天猎食用肉的时候大概总能弄到一只的。"

"你们随便怎么说吧，"卡尔说道。他的脑海里还痛苦地徘徊在整整八天爬山的回忆之中：酷热中，天不亮就出发，天黑了才回来，猎捕一只野兽——那个斯瓦希里语的名字，他一时记不起来了，跟踪着他毫无信心的兽迹，返回后独自一人吃饭，连个说话的人都没有，妻子在 9000 英里之外，离别已经三个月之久，他的狗怎么样了，他的工作怎么样了，天晓得那些猎物都在哪里，若是他有机会开枪却没打中可怎么办，不会的，事关重大时从来不会失手，他对此确信无疑，是他的信条之一，可是万一他太激动而射偏又怎么样，而且他为什么一封信也没收到呢，那一次向导是怎么说大弯角羚来着，他们都说了，他知道他们说过，可他对此什么也没说，只是无望地说了句，"你们随便怎么说吧。"

"来，打起精神，你这不争气的。"我说道。

"我挺高兴的。你怎么了？"

"喝点酒吧。"

"我不想喝。我只想打到他妈的一只羚羊。"

后来老爹说道，"我觉得不用别人催促或啰嗦，他自己会好起来的。他会没问题的。他是个好小伙。"

"他需要有人告诉他到底该怎么做，然后就别管他，不去跟他啰嗦，"我说道。"他最怕在别人面前开枪。他不像我，我以为射击是表现自己。"

"他给那头豹子的那一枪真他妈棒。"老爹说道。

"两枪呢，"我说道。"第二枪和第一枪一样棒。见鬼，他会射击。

"你还记得我们那次打羊，你的帽子让风吹落，差点掉到那公羊身上的事吗？"我问她，威士忌的劲上来了，我的心驰回怀俄明州了。

"去洗你的澡去，"P. O. M. 说道。"我要去喝杯兼烈了。"

一大早，天还没亮，我们就穿戴整齐，吃了早点，到林边和垂眼皮日出前看到水牛的深谷里打猎了。可这会却不见水牛的踪影。那是一次长时间的打猎，我们回到营地以后，决定打发那几辆卡车去接搬运工和一个徒步游猎队到一个据说有水的地方，那是一条源自大山的溪水，我们前一晚就是在山的另一侧看到犀牛的。我们在那地方设营，就可以沿着森林的边缘开辟新的猎场，而且离山更近。

卡车要把卡尔从他打大弯角羚的营地接来，看来他对那地方已经厌烦，或者失去信心，或是二者兼而有之，他来以后第二天可以下到大裂谷，猎杀一些肉食，试着打打大弯角羚。若是我们发现了好的犀牛，我们可以把他叫来。我们不想在我们要去的地方开枪，除非是打犀牛，以免惊动了猎物，而我们需要吃肉。犀牛似乎特别容易受惊，我从怀俄明州的经验中得知，易于受惊的猎物都会从小块野地中迁走。所谓一块野地就是一个区域，一条山谷，或者一段不高的山脉，人可以在那儿打猎，开上一两枪。我们把这一切都安顿好了，老爹与垂眼皮商议妥当，然后就派丹随车去接搬运工。

当天下午，他们带着卡尔连同他的一伙人一起回来了，另外还有 40个肯尼亚的姆布鲁人，他们都是外表英俊的野蛮人，那个自负的头人穿着短裤，而他们这些人当中只有他穿着短裤。卡尔如今瘦了，面有菜色，眼睛疲惫无神，他看似有些绝望。他已经在山里的猎羚营地待了八天，身边没有一个讲英语的人，他天天都在打猎，可他们只看到过两只母羚羊，而一只公羚羊却跳出了射程。向导说，他们还见到了另外一只公羚羊，但卡尔认为那只不过是一只大弯角羚，或者说他们说是头大弯角羚，反正他没有开枪。他在这方面很较真，这可不是个合作愉快的集体。

"我始终没看见那只羚羊头上的角。我不相信它是公的。"他说道。猎取羚羊如今对他成了敏感的话题，我们便回避不谈了。

"要是我们从现在开始当真每天夜里都这么步行的话，三个夜晚之后就没感觉了。"

"不错。如果我们一年里每天夜里都这么步行，我还会怕蛇的。"

"你慢慢就不会怕了。"

"不，"我说。"蛇会把我吓昏的。你还记得有一次我们在树后手碰手那件事吗？"

"还记得，"老爹说道。"你当时一下跳开到两码以外。你是真怕蛇，还是只是说说？"

"蛇会把我吓病的，"我说道。"一直是这样。"

"你们这些老爷们是怎么了？"P. O. M. 说。"我怎么没听到今天晚上大战的事呢？"

"我们都他妈的快累死了。你参加大战了吗，老爹？"

"我可没有，"老爹说道。"那个拿威士忌的小伙计呢？"随后便用微弱的小丑似的假嗓叫起来，"凯蒂——凯蒂——哎！"

"洗澡吧，"莫罗又说了一遍，声音不大，但口气却是不依不饶的。

"太累了。"

"太太洗澡吧，"莫罗满怀希望地说。

"我是要洗的，"P. O. M. 说。"不过你们俩抓紧喝。我饿了。"

"洗澡，"凯蒂板着面孔对老爹说。

"你自己先洗吧，"老爹说。"别对我耍横。"

凯蒂转过身去，在火光中撇嘴一笑。

"好吧。好吧。"老爹说。"打算来一杯吗？"他问道。

"我们就喝一杯吧。"我说，"完事就洗澡。"

"洗澡，姆孔巴老板，"莫罗说道。P. O. M. 穿着她的蓝色浴袍和防蚊靴朝营火走来。

"去吧，"她说道。"等你出来就可以再来一杯啦。水温乎乎的、浑浊，挺好的。"

"他们跟我们耍横。"老爹说道。

两头犀牛转过身吃草。它们似乎从来没有缓慢移动过。它们不是颠颠地跑，就是站住不动。

"它们怎么这么红呢？"P. O. M. 问道。

"在泥里滚的，"老爹答道。"我们最好还是趁着天还亮赶紧走吧。"

我们走出树林时，太阳已经落下去了，我们低头看着山坡，越过我们刚才在望远镜里观察过的小山。我们本该原路返回，下山去横跨峡谷，再爬回我们来时的上山小路，可是却像一群傻子似的决定直接踏上树林边缘下面的山坡。于是在黑暗中我们沿着这条理想的路线，下到几条陡峭的山谷，没进山谷之前，那里看起来只是一片片树木繁茂的土地。我们一路上不时下滑，要紧拽藤蔓，磕磕绊绊，连走带爬，一次次下滑，然后又在陡峭得不可思议的地方向上攀，耳中听到的是夜间活动的生灵的窸窣声和一头豹子追捕狒狒时发出的咳嗽声；我怕蛇，触到每一处树根和树枝都怕是蛇。

用双手和两膝在沟壑中上上下下地爬行，然后来到月光之下那条又长又陡的山肩，你只能踩着前面的脚印，后脚紧接前脚，一步一挪地前进，身体前倾，俯向逐渐增高的石级，累得要死，枪也成了累赘。我们在月光下排成一队，翻越山坡，攀到山顶，松上一口气，眺望着月光下展现的田野，然后又是上上下下，穿行于小山之间，身躯疲惫已极，不过这时营火在望，便奋力前行，进入营地。

于是你便一屁股坐下，烤着火，裹紧衣服抵挡着入夜的凉气，握着威士忌和苏打水，等候宣布帆布浴缸已经放满了1/4热水。

"洗澡吧，老板。"

"妈的，我再也不打羊了。"我说道。

"我从来都没打过，"P. O. M. 说道。"都是你们闹的。"

"你爬山的样子可比我们都强。"

"你觉得我们还能打羊吗，老爹？"

"我不敢说，"老爹说。"依我看只是个条件问题。"

"都怪我们开车，开车毁了我们。"

出来，那地点差不多就是我们头一天晚上看到犀牛的地点。我们看见它在我们见到两头犀牛打架的地方附近进入了树林边缘，然后走上一条路线，引着我们一路下山，穿过谷底长满草木的溪水，再爬上一座陡坡，来到开着黄花的一棵荆树下，我们看到那头犀牛就是从那里进去的。

我们沿山坡一直向上爬到看得见荆树的地方，风吹过山顶，我尽量放慢脚步，在汗湿的帽圈里塞进一条手绢，以防汗水流到我的眼镜上。我准备随时开枪，想放慢脚步，不让心脏怦怦直跳。在射杀大型动物时是不应该射偏的，只消射程清楚，在可射中的范围之内，而且知道向哪里开枪，除非由于跑动或者爬山而握枪不稳，或者有雾蒙上你的眼镜，镜片破碎或者纸或布用光了，没法揩拭干净了。眼镜是最大的妨碍，我总是随身携带着四条手绢，湿了就从左边移到右边的口袋里。

我们小心翼翼地向上爬到开黄花的树跟前，就像人们走近由狗指引的一窝鹌鹑，可是那头犀牛却不见了。我们沿着树林的边缘走了一圈，到处都是足迹和犀牛的新脚印，只是不见犀牛。太阳已经西斜，天色快要黑得无法射击了，可我们依旧沿着大山周围的树林搜寻，指望能够在开阔地上发现犀牛。天黑得不能射击了，我看到垂眼皮停下脚步蹲了下去。他低下头，示意我们前进。我们爬起身，便看到一大一小两头犀牛，立在齐胸的树丛中，与我们隔着一条小谷相对。

"一头母的带着一只牛犊，"老爹轻声说道。"不能射杀母牛。我来看看它的角。"他从姆科拉手里接过望远镜。

"它能看见我们吗？"P. O. M. 问道。

"不能。"

"离得有多远？"

"应该在差不多 500 码吧。"

"我的天，它看上去好大个啊，"我悄声说。

"它是一头大个的母犀牛，"老爹说，"不知道那头公的怎么了？"他被这猎物的景象弄得兴奋而激动。"天太黑了，没法儿射击，除非我们在跟前去。"

他又砍下一根树枝，穿进羊肚，吊在树枝的一头，担在肩上，就像我们小时候在蓝鸦牌鸡眼广告上看到的流浪汉用一根棍棒一头挑着装他的家当的包袱那样。这是个不错的玩意儿，我想着有朝一日如何向怀俄明州的约翰·斯泰波秀一下，他会露出他那聋人的笑脸（当你听到公鹿叫春时，得向它扔石子才能制止它发笑），而且我知道约翰会说什么。他会用带德国口音的英语说道，"天啊，欧内斯特，你可真聪明"。

垂眼皮把那根棍子递给我，然后脱下他身上那件仅有的袍子，拧成一根吊带，往身后一搭，就把羚羊扛在了背上。我打算帮他一把，示意我们可以砍一根粗树干，由两个人抬着，但他宁愿独自来背。我们就这样开始返回营地，我肩头扛着棍棒，棍棒一头挑着羊肚口袋，肩上还吊着枪，而垂眼皮在前面摇晃着稳步前进，由于扛着羚羊而大汗淋漓。我打算把羊暂时吊在一棵树上，等我们回去以后再派两个搬运工来取，于是我们就把羊放到一个树杈上。可是当垂眼皮看出我的意思是先回去，留他一人在那里看守，而不只是为了把羊的血控干，他就把羊取下来又放到肩上，我们就这样走进了营地，围在厨火周围的伙计们，看见我肩上的羊肚口袋都放声大笑起来。

这正是我所喜欢的狩猎。不开汽车，不在一马平川而是在高低不平的地区，我就欢天喜地，乐不可支了。我一直害病，现在日见康健感到高兴。我的体重减少了，特别嗜肉，我想吃什么就吃什么，而不会感到胃肠不舒。每天不管晚上坐在篝火旁喝了些什么，我都会大汗淋漓。而此刻在白天的炽热之中，我躺在阴凉地里，树间有和风吹拂，不受约束地读书，没有强制地写作，一想到在四点钟就又要出发去打猎，就感到幸福。我甚至连一封信都不需要写。除去孩子们，我唯一真正在乎的人就在身旁，何况我无意与任何不在现场的人分享这种生活，一心只想就这样过日子，相当疲乏却无比幸福。我深知自己枪法出色，感到状态极佳，信心满满，这是耳闻所不能比拟的幸福。

后来，我们一过三点就出发了，到四点钟已经到达山上。但是直到快五点的时候，我们才看到第一头犀牛迈动它那四条短腿越过山脊奔跑就包含阿肯色州的州名和 M'uzuri 这样的字眼，不过现在似乎已经自然了，不必再标明那些"外来语"，一切都似乎适当和自然地出现，传到耳朵里也不觉得怪里怪气，不明所以，就像部落的瘢痕或者一个男人持矛一样了。部落的标记或黥纹似乎是自然而俊美的装饰，我深为自己没有这些而感到遗憾。我自己的疤痕全都不正规，有些是杂乱无章的，另一些索性不过是隆起的条印。我的额头上就有一块，至今还引人议论，问我是不是磕的；可垂眼皮在他的颧骨旁边有漂亮的疤痕，在胸腹部等处有些漂亮的纹身，呈对称状，很有装饰性。我觉得我有一处疤痕还不错，疤痕在我的右脚底板上，像是圣诞卡上凸出的圣诞树，只是在我们把两只小苇羚吓起来的时候，短袜磨破了才露出来。它们穿过树木逃走，站在 60 码的地方，那只瘦削优雅的公羚回头张望，我朝它的上部开了一枪，擦过了它的肩头。它往起一跳，便很快死掉了。

"Piga."垂眼皮用斯瓦西里语笑着说道。我们俩都听到了子弹的声响。

"Kufa，"我用斯瓦西里语告诉他。"死了。"

但是我们走上前去的时候，只见它侧卧着，尽管怎么看都像是死了，可心脏还在有力地跳动着。垂眼皮没有剥皮刀，我也只有随身携带的一把袖珍折刀可以用来处理它。我用手指摸索着它前腿后面的心脏，感到它在皮下跳动，我把折刀戳了进去，刀子不够长，把心脏推开了。我能够感觉到那颗心脏在我指间热乎乎，软和和的，我摸索着用刀子往里戳，我在它心脏的周围摸索着，切断了大动脉，热血喷到了我的指头上。既然放了血，我就用小刀给它开了膛，依旧有点在垂眼皮面前炫耀的意思，我利落地取出肝脏，切掉苦胆，把肝脏和腰子并排放在草地的一处鼓包上。

垂眼皮找我要去刀子。这时他打算给我露一手了。他熟练地切开胃，在里面搅动着，扯到一边，翻开里面，把里面的草倒到地上，把胃抖了抖，然后把肝和腰子放进里边，用刀从覆盖在羊身上的树上割下一条软枝，把胃缝合起来，这样羊肚就成了装着其他美味杂碎的口袋。接着，别人都随着老爹和姆科拉动身返回了营地。营地里没有肉了，因此我决定和垂眼皮一起回到那个圈子里去打猎，看看能不能够杀死什么野味吃。痢疾愈后，我又开始感到身强力壮了，在这稍有起伏的乡野上漫步，真是一件乐事，只是随便走走，就有可能打猎，其实并不知道会遇到什么，随便打点什么当作我们需要的肉食就成。再说，我也喜欢垂眼皮，爱看他走路的样子。他大步缓行，身体稍稍上提，我就喜欢瞅他走路，感受着踏在我软鞋底下面的青草，还有枪恰到好处的份量，手就握在枪口的后面，枪托抵在肩头，太阳蒸晒着草上的露水，也热得你刚好出汗；随着微风吹起，这乡野就像一座被遗弃的新英格兰果园，由你信步其间。我知道我已经可以好好地射击了，很想漂漂亮亮地开上一枪，让垂眼皮刮目相看。

从一处小岗上我们看到了两只羚羊在一英里之外的山坡上露出黄色的身体，我示意垂眼皮我们跟上去。我们往坡下走去，在一条深沟里跳出来了水羚羊，一公两母。水羚羊是那种我们能够猎杀的动物，可我知道水羚羊的肉不好吃，我以前就射杀过一只，那只水羚羊的脑袋长得要比这只漂亮。我把瞄准器对准了迅速逃逸的公水羚羊，我看得一清二楚，心里想着肉不中吃，还得保存那只水羚羊的头，所以没有开枪。

"不打水羚羊？"垂眼皮用斯瓦西里语问道。"公水羚羊，多好的一头公水羚羊。"

我尽量向他解释，我已经有了一头更好的，再说这种肉也不中吃。

他咧嘴笑了。

他用斯瓦西里语说道，"Piga kong M'uzuri" [1]

斯瓦西里语"Piga"是个好词。听起来完全像是发令开火或是宣布击中的声音。"M'uzuri"的意思是"好""不错""更好"，很长时间听着都像那个密苏里州的名称，我走路时习惯于用斯瓦西里语造句，里面

---

[1] 意思是"打羚羊好"。——译者注

爽的清风从东方吹来，把山坡上的草地掀起腾腾细浪。天上有许多大片的云朵，而山坡上树林的高大树木密密匝匝，枝叶稠密，看上去像是人们能在上面行走似的。在这座山后，隔着一道沟壑又是一座山，那座远山远眺是深青色。

直到五点我们什么都没看见。之后，没用望远镜，我就看到有什么东西在翻越一条谷脊，向一片狭长的树林移动。用望远镜一看，原来是一头犀牛，虽然距离那么远，却显得一清二楚，在阳光下体肤泛红，以水蟒般的动作迅速地翻越山巅。随后又有三头从丛林中走出，其中的两个在打斗，在阴影中显得很黑，在望远镜中显得很小，它们向前推进，在一丛灌木前头抵着头在打斗，就在我们观察它们的时候，光线暗了下去。天色太黑，我们无法下山，穿越峡谷，再爬上山上的窄坡，及时赶到向它们射击。于是我们就动身返回营地，摸黑下山，侧着身体用鞋试探着，后来觉得脚下的小路平整了，便沿着那条深沟走下去，蜿蜒穿过一座座黑乎乎的小山，直到我们看到了树木间的篝火。

那天晚上我们十分激动，以为我们看到了三头犀牛。第二天一早，我们正在吃早饭，还没有出发的时候，垂眼皮进来报告说，他发现一群水牛在离营地不足两英里的林边吃草。我们赶到那里，心脏因清晨的激动而狂跳，嘴里还留着咖啡和熏鲱鱼的余香，而垂眼皮留在那里监视的土著给我们指点说：水牛穿过一条深冲沟，进入林中开阔地的地点。他说，在那个十多头的牛群里有两头体型硕大的公牛。我们尾随着它们进了树林，在猎物的脚印上悄悄前行，拨开藤蔓，看着小路和大量的新鲜粪便，可惜，我们继续深入林中，树木过于茂密，无法射击，兜了一个大圈，却没有看见它们的影子，没有听见它们的声音。我们曾经听到过食虱鸟的叫声，还看到它们结队飞过，可是仅此而已。林子里有多处犀牛的脚印和许多成堆的夹着草屑的粪便，可是除去绿色的斑尾林鸽和一些猴子，我们什么也没有发现。等到我们走出树林，腰部以下都让露水打湿了，太阳已经高悬头顶。天气炎热，而且还没起风，我们知道，不论刚才出来的是犀牛还是水牛，都已返回到密林深处避暑歇息去了。

身竟然那么老相时，有多么惊奇。就是美国职业拳击运动员杰夫瑞和沙基 30 年后摆姿势的照片的样子，那种难看的老年人的二头肌，还有松弛下垂的胸肌。

"姆科拉有多大岁数了？"我问老爹。

"他得有 50 多了吧，"老爹说。"他在土著保留地那里有一大家子成年的子女呢。"

"他的孩子们呢？"

"不成器啊，一点用都没有。他管不了他们。我们试用了一个当搬运工。可是他不行。"

姆科拉对垂眼皮一点都不嫉妒。他清楚垂眼皮比他强。打猎比他好，追踪时比他快，比他麻利，干什么事都有板有眼，风格明显。他和我们一样佩服垂眼皮，和他一起外出，他意识到他穿的是垂眼皮的军用衬衫，在成为扛枪人之前，他只是个搬运工，突然之间他不再以前辈自居，而和我们一起出猎了；他和我一起打猎，而垂眼皮则掌控时机。

那次狩猎挺成功。那天下午，我们从营地走了差不多四英里来到旷野，沿着犀牛的脚印，穿过布满青草的小山，上面茂密的树木如同果园，那么整齐划一，就像是有位工程师规划设计出来的。犀牛的足迹比地面低一英尺，周边磨得很平整，我们就从那里沿着足迹下行，穿过群山中一条干渠的分界，再汗流浃背地攀上右侧的一座陡峭的小山，背靠山顶坐下，用望远镜眺望田野。那里一片葱绿，令人心旷神怡。一座山坡上长着郁郁葱葱的树林，下面是连绵不断的小山，有好几条水流从树林中淌下，山坡被河谷切成一条一条的。林子的树木像手指一样延伸到一些山坡的顶上，就是在那里，在树林的边缘，我们守候着犀牛出现。如果你把目光从树林和山坡移向下面的平地，就会看到地面渐渐地平坦起来，草地被烧成褐色，再往远处，掠过那一马平川，便是褐色的东非大裂谷和坦桑尼亚波光粼粼的曼亚拉湖。

我们全都趴在山坡上，观察着那片旷野，仔细地搜寻着犀牛。垂眼皮在山顶的另一侧，蹲在那里盯着，而姆科拉则坐在我们下方。一股凉

第二部　记忆中的追猎

第三章

等候犀牛的出现

故事要回溯到垂眼皮时期，当时我在内罗毕得了一场病以后归来，到林中步行游猎犀牛。垂眼皮是个地地道道的野蛮人，眼皮几乎遮住了眼睛，相貌英俊，风度翩翩，是个出色的猎人和漂亮的追踪者。我觉得他年龄在35岁上下，身上只披一块布，在肩头挽上一个疙瘩，头戴别的猎人送的一顶土耳其帽[1]。他总是握着一根长矛。姆科拉上身穿一件旧的咔叽布美国军装衬衫，上面的纽扣一个也不缺，原本这件衣服是带给垂眼皮的，可他当时不在，就没得到。老爹曾经两次拿出来准备给垂眼皮，最后姆科拉说道，"给我吧。"

于是老爹就给了他，姆科拉也从那时起就一直穿在身上。在他洗那件军衬衫时，他就换上一件军用的编织毛衣，连同他的一条短裤和一顶细绒毛的羊毛帽子，便是我所见到的这个老人的全部衣装了，直到后来他又添了我的那件打鸟时穿的外套。他的鞋嘛，是用旧汽车轮胎裁剪出的一双凉鞋。他长着两条修长、健美的长腿，踝关节弧度恰到好处，是棒球运动员大个子鲁思类型的，我还记得我第一次看到他脱掉衬衫的上

---

[1]　又称非斯帽，是地中海东岸各国男子戴的圆筒形无檐红色毡帽，以长长的黑色帽缨为装饰。——译者注

"你知道，我觉得好像是我像射中的，"P. O. M. 说道。"我相信，要是当真是我射中的，我会受不了的。我会骄傲自大的。难道这不是伟大的胜利吗？"

"了不起的老妈妈。"卡尔说道。

"我相信确实是你射中的。"我说道。

"呃，咱们别搅这个了，"P. O. M. 说。"我觉得被人以为是我射死的，我的感觉已经就够棒的了。你们知道，在国内人们可没用肩膀扛过我啊。"

"没人晓得在美国该怎么做事，"老爹说道。"太不文明了。"

"我们要把你抬到你家——美国佛罗里达州的基韦斯特，"卡尔说。"可怜的老妈妈。"

"咱们别谈这个了，"P. O. M. 说。"我太喜欢它了。也许我可以把它分赏给大家？"

"他们这么做客不是图这个，"老爹说。"不过，给点东西来庆祝一下还是挺好的。"

"噢，我想给他们大伙一大笔钱，"P. O. M. 说。"这胜利妙不可言，难道不是吗？"

"真棒，老妈妈，"我说。"你射死了它。"

"不是我射的。别跟我说假话。就让我自己高高兴兴地感受胜利好了。"

反正姆科拉好长一段时间都不信任我。在 P. O. M. 的特许证过期之前，她始终是他最爱的人，而我们不过是一伙干扰和阻止妈妈射猎的人。她的特许证一到期，她就不再射击，恢复了非战士的身份，跟他一样了。在我们开始外出猎杀大弯角羚之后，老爹留在营地，打发我们与追踪猎人们一起走，卡尔跟却罗、姆科拉和我搭伴，姆科拉对老爹的评价显然降低了。那当然只是一时的。他是老爹雇用的人，我相信他对人的评价也不过是一天一变的，只有经过一连串的事情才能作数。但是我们之间倒确实是发生过一些问题。

子弹。

"我肯定没打着,"P. O. M. 说道。

"我当时就认定是你打中的。我现在还这么想,"我说。

"妈妈打中的,"姆科拉说。

"什么地方?"却罗问。

"打中了,"姆科拉说。"就是打中了。"

"你打得它打了个滚,"老爹对我说。"天啊,它像兔子似的翻了个身。"

"我简直不敢相信。"

"妈妈打中的,"姆科拉用斯瓦西里语说道。"打中了狮子。"

当天夜里,在黑暗中,我们看到了前方营地里的火光的时候,姆科拉突然用瓦坎巴语喊出一连串的又尖又高又快的唱词,结尾的字眼就是"狮子"。营地里有人用同样的字眼应了一声。

"妈妈!"姆科拉喊着。随后又是一长串高叫。最后还是"妈妈!妈妈!"

黑暗中,所有的搬运工、厨子、剥皮工、小伙计和头人都跑了出来。

"妈妈!"姆科拉用斯瓦西里语高呼。"妈妈打中了狮子。"

小伙计们一拥而出,舞蹈着,打着节拍,还从胸腔深处哼出歌声,开头像是咳嗽,唱词听着像是"嗨妈妈!嗨妈妈!嗨妈妈!"

眼珠骨碌骨碌转的剥皮工举起了 P. O. M.,大块头的厨子和小伙计们抬起她,其余的人涌上前来帮着把她举起来,没碰着她的人就在黑夜里围着营火载歌载舞,向我们的帐篷走去。

"嗨妈妈!嘿!嘿!嘿!嗨妈妈!嘿!嘿!嘿!"他们唱着带有狮子低沉喘气声和咳嗽声的狮子舞曲。然后来到帐篷跟前把她放下,每个人都十分羞怯地握着手,小伙计们嘴里用斯瓦西里语说着"好样的,妈妈",而姆科拉和搬运工也都用斯瓦西里语说着"好样的,妈妈",发"妈妈"这个音时,怀着深沉的情感。

随后,众人便坐到营火前的椅子里,喝起酒,老爹说,"你射中了狮子。有谁说不是你射中的,姆科拉会杀死他的。"

实太晚了。在狮子被击中以后，我们就一拥而上，在一场混战中，谁都可以要它的命。这个好方案本来还不错，因为已近日落时分，如果受伤的狮子躲藏起来，天太黑，我们就无能为力了，不一哄而上，也没有什么办法。我记得只见那头狮子周身黄毛，长着又大又沉的脑袋，在一片果树丛中一棵外观矮小的树木前显得硕大无比，而 P. O. M. 则采取跪姿射击，当时我还想告诉她坐下来，这样瞄得更准。这时，曼尼彻的短管枪一声响，那头狮子就向左跑去，是那种奇怪的猫似的跑法——肩部下沉，两脚摇晃。我用斯普林菲尔德步枪射中了它，它倒下去转过身来。我随即又开了一枪，太快了，在它头上溅起一团尘土。不过它还在那儿，四肢摊开，趴在地上。这时太阳刚刚落在树梢上，草地一片浓浓的绿色，我们端着枪朝它走去，手扣扳机，不知它是晕是死，如同一个当地团队或者一帮爱尔兰王室警吏团。我们走近之后，姆科拉朝它扔了一块石头。石头打中了它的侧胁，从它的样子可以判断，它已经死了。我确信是 P. O. M. 先射中了它，可是只有一个弹孔，就在后背正中，脊柱之下，子弹向前穿到胸口的表皮下面。可以摸到皮下的子弹。姆科拉划开一条口子，把子弹取了出来。那是斯普林菲尔德步枪射出的 220 谷 [1] 的实弹，子弹击中了它，穿透了它的心和肺。

在我们为了显示英勇和戏剧效果准备冲上前去的时候，那头狮子竟然在中弹之后，打了个滚就死了，这着实出乎意料，让我沮丧大于高兴。这是我们打的第一头狮子，我们这么无知，它完全不是我们花了钱想看到的。却罗和姆科拉都和 P. O. M. 握了手，随后，却罗又过来跟我握了手。

"打得好，老板，"他用斯瓦西里语说。

"你开枪了吗，卡尔？"我问。

"没有。我正要开枪的时候你射击了。"

"你没打中它，老爹？"

"没。你该听到的。"他拉开枪栓，取出了那两颗 0.4502 口径的二号

---

[1] 英美制最小重量单位，1 谷等于 64.8 毫克。——译者注

言笑，是个极其虔诚的教徒。整个斋月期间，日落前他连口唾沫都不咽，在太阳就要沉没时，我会看到他紧张地盯着看。他随身带着一个瓶子，里面盛着茶一类的东西，他会抚摸着瓶子，盯着太阳，我会看到姆科拉瞄着他，却假装没有看见。这在他眼里可算不上好笑。这件事他不能当众嘲笑，可又自我感觉比对方优越，认为把斋，让人困惑。伊斯兰教十分盛行，所有的男性高级精英全都是穆斯林教徒。伊斯兰教给人以社会地位，给人以信仰，是时尚的行为，还有主赐予的每年都要经受的斋月的煎熬，也让你感到优越于他人。在饮食上遵守更繁杂的习惯，是我理解而姆科拉却不理解也不在乎的。他看着却罗盯着日落时，脸上便显出一种茫然，他面对一切与他无关的事情时都是这种神情。却罗渴得要命，又虔诚无比，而太阳却下落得极其缓慢。我看着树上的红日，用臂肘捅了捅他，他微微一笑。姆科拉郑重其事地把水壶递给我。我摇了摇头，却罗又笑了。姆科拉一脸的不解。随后，太阳落下了，却罗这才拧开壶嘴。他的喉结贪婪地上下滑动，姆科拉看了看他，然后就扭过了头。

起初，在我们还没有成为好朋友之前，他根本不信任我。一出什么事，他就满脸茫然。那时我对却罗要喜欢得多。我们在宗教的问题上相互理解，而且他很佩服我的枪法，每当我们打下什么特别好的猎物时，他总要微笑着握手。这样的取悦方式让人开心。姆科拉把开头的射杀一概看做好运连连。我们只不过是被视为射猎而已。我们还没有射杀什么像样的东西，何况他也算不上真正给我扛枪的。他是给杰克森·菲利普先生扛枪的，他只是借给我用用罢了。我对他无足轻重。他对我谈不上喜欢还是不喜欢。他对卡尔客客气气，其实是看不起他。他喜欢的人是妈妈[1]。

我们射杀第一头狮子的那天晚上，到营地时，天色已暗。射杀那头狮子的过程是一场混乱，令人不满。我们事先商妥：由 P. O. M. 开第一枪，但是由于那时我们都是第一次射杀狮子，何况已近日暮，与狮子较量确

---

[1] 大家对波琳·菲佛的爱称。

栽到地上。让人忍俊不禁的是鬣狗跑出射程，在一个盐碱湖边停住脚步回头望去，胸部却挨了一枪，当即四腿朝天、肚皮朝上地仰倒在地。最开心不过的是，鬣狗被一只臭鼬熏得从高高的草丛中探出楔形的脑袋，却中了十码开外的一枪，尾巴慌乱地摇了三圈，一圈比一圈小，仿佛要咬住自己的尾巴似的，最后死掉了。

姆科拉看见一条鬣狗在近处被射中，觉得很好玩。子弹啪的一声响，鬣狗惊惧地发现死亡已经进入到自己的体内，因而表现出狂躁不安，大吃一惊，煞是可笑。更有趣的是，看到一条鬣狗在蒸腾着热浪的平原上远远地被击中，看到它向后倒去，看到它开始痛苦地转圈，看到它以闪电般的速度狂奔，表明它在与体内小小的弹丸死神赛跑。不过，让姆科拉在面前把两只手挥来舞去，还转过脸去摇头大笑，甚至为鬣狗感到羞耻，那才是最有趣的事；鬣狗趣事的顶峰是：从远远的背后中弹的奔跑着的鬣狗——典型的鬣狗，会发疯地转圈，撕扯着自己，直到把内脏全都从肚皮里叼出，然后站在那里，津津有味地大嚼起来。

"普通鬣狗，"姆科拉用斯瓦西里语说了一句，还因居然有这样骇人的野兽既好笑又好难过地大摇其头。在斯瓦西里语里，普通鬣狗就是鬣狗的意思，是种雌雄同体的双性动物：既吞吃自己同类的尸体，又追猎产犊的母牛，专咬人的后臀，还可能趁你夜间入睡时咬下你的面颊。它的哀号声凄惨，它追随人的帐篷，又臭又脏，牙齿能咬嚼狮子留下的骨头，拖着肚子，在褐色的平原上跳跃着向前，回头张望，脸上现出杂种狗的狡黠；被曼利希尔短筒枪击中，然后就开始骇人地转起圈来。"普通鬣狗，"姆科拉放声大笑，为它感到羞耻，摇着他那光秃秃的黑脑袋。"普通鬣狗，自己吃自己。普通鬣狗。"

鬣狗是个肮脏的玩笑，而射鸟则是干净的玩笑。我的威士忌也是干净的玩笑。那样的玩笑形形色色。有些我们后面再谈。一切宗教都是玩笑。[1]是对所有信教的人的玩笑。另一个扛枪的人却罗身材矮小，不苟

---

[1]　此处因对伊斯兰教有不尊重的表述，故有删节。——编者按

低地压到眼睛上，以抵挡太阳光，便于观察道路、行人，以及树丛中一切可以狩猎的空地。我们一直向西驶去。

我们看到在一处凸凹不平的灌木丛的开阔地上有三只雌性小羚羊。周身灰色，大肚皮，长脖颈，小脑瓜，大耳朵，它们很快地跑进林中不见了。我们下了车去追踪，却不见雄性羚羊的踪影。

过了那片地方不远，一群珍珠鸡以惯于快步小跑的动物特有的姿态昂着头小跑着急速穿过大路。在我跳下车，跟在它们后面紧追时，它们惊飞起来，两条腿紧贴在肥胖的躯体下面，短小的翅膀扑扑地拍打着，咯咯叫着，掠过前方的树木。我打下了两只，落地时砰然作响，躺在那里还扑腾着翅膀，阿布杜拉割下它们的脑袋，这样吃起来就合法了。他把猎物放进车里，姆科拉坐在车里哈哈大笑；是他那种老年人健康的笑，是他拿我寻开心的笑，是来自他对当年一次射鸟经历的笑，我当时曾经连连失误，让他乐不可支。此刻在我开杀戒之时，这玩笑就如同我们射杀了一条鬣狗，成了最有趣的玩笑。当鸟儿落地时，他总是大笑，而我若是没打中，他就会吼叫着一再摇头。

"问问他，他到底笑什么？"有一次我让老爹问他。

"笑老板呗，"姆科拉说着，还摇起了头，"也笑那些小鸟。"

"他认为你可笑，"老爹说。

"该死。我竟然可笑。让他见鬼去吧。"

"他觉得你很可笑，"老爹说。"可我和曼萨西卜就绝对不笑。"

"你自己去射一下鸟吧。"

"不，你是专打鸟的。自封的射鸟大王，"她说。

射鸟就此成为不可思议的玩笑。若是我射中了，就拿鸟开玩笑，而姆科拉就会摇头大笑，还用两只手转来转去，表现鸟儿如何在空中打旋。而若是我没射中，我就成了这出剧里的笑柄，他就会瞅着我，笑着摇头。只是打鬣狗要更有趣。

颇为幽默的是鬣狗大白天在平原上可恶地大步慢跑的样子，整个肚皮垂拖着，一听到后面的枪声，就立即跌跌撞撞地全速奔跑起来，一头些听装牛奶，以及四瓶啤酒放在一个威士忌箱子里。有一只帆布水袋和一块用作帐篷的防潮布。姆科拉取出那条长枪放进汽车。

"不急着回来，"老爹说道。"我们看到你们时，会来找你们的。"

"好的。"

"我们会打发卡车把那名运动员拖到汉德尼的。他已经让他的人先走一步了。"

"你有把握吗？那辆卡车撑得住吗？别因为他是我的朋友就这么做。"

"把他叫起来吧。卡车要在今夜回来。"

"蒙萨西珀还睡着呢，"我说。"也许她能出去散散步，打上几只珍珠鸡呢。"

"我在这儿呢，"她说。"别为我们操心。啊，我希望你们打到东西。"

"在后天之前，不要派人沿路去寻我们，"我说。"要是有好机会，我们就过夜。"

"好运。"

"好运，心肝。再见，杰·菲先生。"

第二章

第一次打中狮子

我们走出营地的阴凉处，沿着一条沙河干道的大路，朝着西垂的太阳驶去，沙土边缘的灌木茂密得成丛，上面隆起一座小丘，一路上，我们都经过了一群群西行的人们。有些人赤裸着身体，只在一只肩上搭着一条油腻腻的布，肩上打了结，挎着封了口的箭袋。另一些人则手持长矛。有钱的人撑着伞，披着打折的白布，他们的女人提着锅碗瓢盆跟在后边。别的土著头上散乱地顶着成捆成堆的毛皮。他们全都在从饥馑之地外逃。在腾腾的热气中，我把两只脚放到车侧，离引擎的热气远一些，帽子低我伸出一只脚,土著男仆就给穿上袜子。等我准备好了,就伸出另一只脚,他又把另一只袜子给我穿好。我从蚊帐下钻出来,穿上给我提着的内裤。难道你不认为这样挺享福的吗?"

"是挺享福的。"

"你们下回来的时候,我们应该做一次科学考察,研究一下这里的土著。而且不打猎,要不就只打食用动物。瞧,我给你们表演个舞蹈,唱首歌吧。"

他蹲下身子,双肘举起又放下,膝盖弓起,绕着桌子,拖着脚步,边舞边唱。还真的不错。

"这只是千里挑一罢了,"他说道。"现在我该走了。你们要睡了。"

"不用急嘛。待着吧。"

"不啦。你们真得睡了。我也得睡了。我要带上这黄油,让它保持凉爽。"

"我们吃晚饭时见吧,"老爹说。

"现在你们要睡了。再见。"

他走以后,老爹说:"我对阿伽汗的一切都怀疑,你们知道。"

"听着倒挺不错的。"

"当然,他满心不痛快,"老爹说。"谁都会这样的。冯·莱托是个糟糕透顶的人。"

"他很有见识的,"我妻子说。"他谈起土著来妙趣横生。但他对美国妇女却很尖酸刻薄。"

"我也一样,"老爹说。"他是个好人。你最好还是眯一会儿。你们要在三点半左右出发呢。"

"让他们叫我一下。"

莫罗把帐篷的后边举起,用几根木棍撑着,这样就有穿堂风了。我躺下看书睡觉,在热腾腾的帐篷里,风吹进来就会凉爽清新。

我醒来的时候,已经该出发了。天上散布着雨云,十分炎热。他们已经打点起一些罐头水果,一块五磅重的肉,面包,茶和茶壶,还有一洲作过战，今后便可以到这里自由落户和经商。他们没办法食言，所以如今印度人便从欧洲人手里接管了这片土地。他们空手套白狼，却把钱全都寄回印度。他们一旦赚够了钱，就返回印度，让他们的穷亲戚接手，继续剥削这个地区。"

老爹什么也没说，他是不会在餐桌上和客人争论的。

"就是那个阿伽汗，"康迪斯基说。"你是美国人。你对这些来龙去脉一无所知。"

"你曾经同冯·莱托[1]在一起过吗？"老爹问他。

"从大战一开始，"康迪斯基说。"一直到结束。"

"他是个伟大的战士，"老爹说。"我对他非常崇敬。"

"你打过仗？"康迪斯基问。

"打过。"

"我可不怎么在意莱托，"康迪斯基说道。"不错，他是打过仗。没人比他打仗更出色了。我们想要奎宁时，他就下令去抢。所有的供应都一样。可是事后他就不关心他的部下了。战后我在德国。我去询问我的财产的保护情况。'你是奥地利人，'他们说道。'你得通过奥地利的渠道。'于是我就到奥地利去了。'可你为什么要打仗呢？'他们问我。'你不能要我们负责啊。假如你到中国去作战，那是你的私事。我们爱莫能助。'

"'可是我是为了爱国者才去打仗的，'我傻乎乎地说。'我到我能去的地方作战，因为我是奥地利人，而且知道自己的责任所在。''是啊，'他们说。'那很棒。可你不能要我们为你的高贵情操负责啊！'他们就这样把我推来推去的，最后毫无结果。不过，我还是深爱这个国家。虽说我在这里失去了一切，可是我在欧洲所拥有的毕竟比别人要多。对我来说，那里总是有趣的。当地人和当地的语言。我有许多本有关的笔记。而且，事实上，我在这里也真像是国王。日子过得非常愉快。早晨醒来，

---

[1]　冯·莱托（1870—1964），德国将军，曾任德国驻东非殖民军总司令。——译者注

帮我摆脱康迪斯基。

"咱们都来一杯兼烈鸡尾酒吧,"我说道。

"我从来不喝酒,"康迪斯基说。"我这就到卡车那儿,弄些新鲜黄油来等吃午饭的时候用。那是从坎度阿来的新鲜黄油,没放盐。好得很呢。今天晚上我们要有一道特殊的维也纳甜点。我的厨师学会了,做得很不错呢。"

他走开了,我妻子说:"你变得高深莫测了。那些女人们是怎么回事?"

"什么女人?"

"就是你刚才所说的那些女人。"

"让她们见鬼去吧,"我说。"就是喝醉酒时来纠缠的女人啊。"

"原来这就是你干的事。"

"不是那么回事。"

"我喝醉酒的时候是不跟别人纠缠的。"

"好啦,好啦,"老爹说。"我们从来没喝醉过。我的天,那个人可真能说。"

"姆孔巴老板 [1] 一开口,他就没有机会说话了。"

"我倒是真得过所说的专拉话的痢疾呢。"我说道。

"他的卡车怎么样了?我们能不能既把它拖来,又不损坏我们的车?"

"我认为没问题,"老爹说。"等我们的车从汉德尼回来以后再说吧。"

我们在一棵大树的浓荫里搭起的就餐帐篷的绿色飞檐下吃午饭,风在刮,新鲜黄油备受称赞,还有格兰特瞪羚羚的的杂碎、土豆泥、绿谷子,然后是各种水果的甜食,这时康迪斯基告诉我们印度人接管这片地盘的原因。

"你们知道吧,在战争期间,他们派遣印度军队到这里作战。让他们远离本土,以免再次发生兵变。他们答应阿伽汗 [2] ,因为印度人在非

---

[1] 姆孔巴老板当地土著对海明威的称呼。——译者注

[2] 阿伽汗即阿伽汗三世(1877—1957),印度的穆斯林领袖。——译者注

那样。其次，要有训练，福楼拜[1]那样的训练。再次，对于要写成什么要有概念，以及像巴黎标准米尺那样的绝对不变的良知，从而防止假冒伪造。最后，作家应该智慧和公正，最重要的是他必须长寿。努力将这一切集于一人之身，并且让他摆脱施加在作家身上的一切影响。因为时间是短促的，对他来说，最难莫过于长寿，把作品写完。我倒愿意我们真有这么一位作家，读一读他会写出什么样的作品。你怎么看？我们要不要换个题目来谈？"

"你讲的很有意思。不消说，我并不同意所有的观点。"

"那是自然。"

"来杯兼烈鸡尾酒怎么样？"老爹问道。"你难道不觉得喝点兼烈鸡尾酒可能会有些帮助吗？"

"先告诉我都是哪些东西，真实具体的东西，对于作家来说是有害的？"

这种交谈正在变成一种采访，我不耐烦起来。于是我就把它当作采访来结束。就在现在，在午饭之前，必须把上千的难以确定的东西归结到一个句子里，这简直是要命。

"政治、女人、美酒、金钱和抱负。以及缺少政治、女人、美酒、金钱和抱负。"我深沉地说道。

"他现在变得过于轻松了。"老爹说道。

"除去美酒。我不懂那些。对我来说，喝酒总像是傻乎乎的。我认为那是缺点。"

"那是一种结束一天的方式。大有好处的。你难道没想过要改变主意么？"

"现在就喝上一杯吧，"老爹说。"姆温迪[2]！"

除非出于误会，否则老爹从来不在午饭前喝酒，我知道，他在设法

---

[1]　福楼拜（1821—1890），法国作家，代表作为长篇小说《包法利夫人》。——译者注

[2]　应该是姆温吉，是帮老爹扛枪的土著的名字。——译者注

"你认为你的写作——就其本身的目的而论——值得吗？"

"哦，值得。"

"你肯定吗？"

"十分肯定。"

"那就该很开心了。"

"是这样的，"我说道。"这本身就是一件完完全全开心的事。"

"这话说得越来越认真了，吓死人啦。"我妻子说道。

"这就是个他妈的十分认真的题目嘛。"

"你看，他对某件事还真够认真的，"康迪斯基说。"我知道除去大弯角羚，他肯定还有些事也是认真的。"

"如今每一个人都想回避，都想否认其重要性，想让这件事看起来白费功夫，原因就在于太难了。要想做成，得结合许多因素。"

"现在怎么样了呢？"

"那种写法可以做到。要是一个人十分认真又走运，散文就可以写得很多，就可以达到第四和第五维度呢。"

"你相信这个？"

"我知道这一点。"

"要是一位作家能够做到这一点呢？"

"那其他的的一切也就都无所谓了。比起他能做的任何事情都更重要。当然，他也可能会失败，但是总会有成功的机会。"

"不过你可是在谈诗歌呀。"

"不是。比诗歌可难多了。那是一种从来没人写过的散文。但是可以写的，不使用伎俩和欺诈的手段。事后没有不良后果。"

"那为什么没人写出来呢？"

"因为因素太多了。首先，要有天才，极大的天才。就像吉卜林 [1]

---

[1] 吉卜林（1865—1936），英国小说家、诗人，作品有《丛林故事》、《吉姆》等，1907年获诺贝尔文学奖。——译者注

写出一定数量的东西，就享受不了其他生活内容了。”

"那你又想要什么呢？"

"尽我所能地写作，一边写作一边学习。与此同时，我还过着我享受的生活，还是他妈的蛮不错的生活。"

"打大弯角羚？"

"是啊。打大弯角羚，以及许多别的事情。"

"别的什么事情呢？"

"多得很呢。"

"你知道你想要什么吧？"

"知道。"

"你当真喜欢做你现在做的事情——这种打大弯角羚的蠢事吗？"

"和我喜欢在西班牙马德里的普拉多艺术博物馆一样。"

"这两个都一样，就没有一个更中意的吗？"

"两个都是必需的。也还有别的事情呢。"

"自然啦。应该有嘛。不过，这件事对你很有意义，真的吗？"

"真的。"

"而你知道你想要什么吗？"

"绝对知道，而且我一直都能得到。"

"可这要花钱啊。"

"我总能挣到钱，况且我一向运气好。"

"这么说，你很幸福喽？"

"除去我想到别人的时候。"

"你还会想到别人啊？"

"哦，会的。"

"可是你没给他们做什么吧？"

"没有。"

"一点也没有？"

"也许做了一点吧。"

的成就、他们的妻子，以及其他，他们就写些烂东西。他们倒不是故意那么写，只是因为匆匆草就而成的。因为他们是在没话找话或者缺乏素材的情况下写作的。因为他们雄心勃勃。这样，他们一旦出卖了自己，还要振振有词地为自己辩护，这样你就会读到更多的烂东西。也许，他们看到了批评文章。如果他们相信了批评家说他们了不起的评论，那么他们也会相信批评家说他们蹩脚的评论，并就此丧失了信心。当前，我们就有两位好作家，因为看到批评后丧失了信心就写不下去了。他们如果写，会写得时好时坏，有时还很糟糕，但好东西终究会出现。但是，他们看完批评就应该写出杰作。杰作是要由评论家说了算的。当然，那些书还算不上杰作，只不过是好作品而已。所以嘛，他们如今根本写不出东西来了。批评家们把他们变得无能为力了。"

"这样的作家都有谁呢？"

"他们的名字对你毫无意义，而且到目前他们可能已经搁笔了，变得战战兢兢，又无能为力了。"

"可是美国作家到底怎么样了呢？说得确切些。"

"我以前又不在这里，因此，我无法告诉你他们的情况，不过现在什么事情都有。在某一个时期，男性作家们变成了哈伯德老妈妈，女性作家则变成了没有打过仗的贞德。他们成了领袖人物。他们领导谁倒无关紧要。如果他们没有追随者，他们就杜撰出追随者来。那些被挑中的追随者要反抗是没有用处的。他们被斥为不忠。啊，见鬼啊。他们出的事情数不胜数，这只是其中之一。其余的人试图用他们的作品拯救自己的灵魂。这倒是一条捷径。还有一些人被第一笔钱、第一次赞扬、第一次攻讦、第一次发现自己写不下去了，或者第一次他们别的事也干不成，或者由于被吓得惊慌失措，参加代替他们思考的组织，给毁掉了。也许，他们并不知道自己想要的是什么。亨利·詹姆斯想要挣钱。当然，他始终没有挣到。"

"那你呢？"

"我有别的兴趣。我生活得很好，可是我还得写作，因为如果我不在那女人身上克服他们的孤独感，或者把自己的孤独感与她的孤独感融在一起，或者跟她一起做点什么，使得其他的一切不再显得重要。"

"那梭罗呢？"

"你得读他的作品。也许我以后会读吧。我以后简直什么都会做做。"

"最好再来点啤酒吧，老爹。"

"好吧。"

"好作家都有谁呢？"

"好作家有亨利·詹姆斯、斯蒂芬·克雷因和马克·吐温。这些排名不分先后。对于好作家来说，没有先后的问题。"

"马克·吐温是个幽默作家。其余的我不知道。"

"一切美国现代文学全都来自马克·吐温那本叫做《哈克贝利·芬》的一本书。如果你读那本书，就该在黑人吉姆从孩子们那里被偷走的时候打住。那是真正的结尾，余下的只不过是欺人之谈罢了。不过，那本书是我们有史以来最好的。美国的全部文学都来自那本书。这本书前无古人，而且也后无来者了。"

"别的作家呢？"

"克雷因写过两部精彩的短篇小说，《无甲板的船》和《蓝色旅馆》，后面这部是最好的。"

"他出什么事了？"

"他死了。就这么简单。他从一开始就在苟延残喘了。"

"那另外两个呢？"

"他们俩全都很长寿，不过，他们并没有随着年龄的增长而变得更聪慧。我不知道他们到底想要什么。你瞧，我们把我们的作家都变成很怪很怪的人了。"

"我不明白。"

"我们从多方面毁掉了他们。首先是在经济上。他们挣到了钱。作家挣钱只是碰运气，虽说好作家终归会挣钱。于是，我们的作家挣到一些钱以后，提高了生活水平，也就被陷进去了。他们靠写作来维护他们的狭隘、干瘪又出色的智慧；是文学家；是有些幽默的公谊会教徒。"

"都有谁呢？"

"爱默生[1]、霍桑[2]、惠蒂埃[3]和他们那伙人。我们所有的早期经典作家都不知道新经典与先前的旧经典其实并没有相似的地方。可以从一切比较好的东西，一切非经典的东西里，攫取营养，一切经典其实都是这么做的。有些作家就只是为了帮助另一位作家写出一个句子而生的，却不能从先前的一部经典中衍生，或者与经典相似。还有，这些人统统都是绅士，起码想当绅士。他们都是非常可敬的。他们不使用日常口语里常用的词，那些在语言中有生命力的词。你也不会猜测他们是有身体的。不错，他们是有头脑。出色的、干瘪的、纯净的头脑。这些东西说起来都很枯燥，要不是你问，我才不啰嗦的。"

"接着说吧。"

"那个时代有一位是真正优秀的作家，就是梭罗。我没法跟你说什么，因为我还没读他的作品。不过这没有关系，因为除非写得极其精确，没有胡编乱造，否则其他自然主义作家的作品我也是不会去读的。自然主义作家应该完全独自工作，让别人把他们发现的东西串联起来。作家应该完全独立工作。只有在作品写完之后再彼此见面，而且也不要经常见面。不然的话，他们就会像纽约的作家一样了。瓶子里的蚯蚓都想从它们彼此的接触中或者从瓶子里得到知识和营养。有时候，那瓶子是造型艺术，有时候是经济，有时候是经济宗教。但是蚯蚓一旦放到瓶子里，它们就待在那里不出去了。它们在瓶子外是孤单的。他们不想孤独。他们在信仰上害怕孤独，而且没有什么女人会充分地爱他们，让他们得以

---

[1] 爱默生（1830—1882），美国思想家、诗人、散文家、美国超验主义运动的主要代表。作品有《论自然》、《诗集》等。——译者注

[2] 霍桑（1804—1864），美国小说家，美国象征主义的创始人，代表作为长篇小说《红字》。——译者注

[3] 惠蒂埃（1807—1892）美国诗人，废奴主义者，作品有长诗《大雪封门》、诗集《自由的声音》等。——译者注

部分。精神生活啊。这可不是射杀大弯角羚。"

"你还没听我说嘛，"我说道。

"可是我看得出就要说了。你得再喝点啤酒松松你的舌头。"

"已经松了，"我告诉他。"我的舌头总是他妈的太松了。你可是什么也没喝呀。"

"不。我从来不喝酒，那玩意对脑子不好，没必要的。不过还是告诉我吧，请你给我讲讲吧。"

"好吧，"我说，"说起来在美国我们有一些技巧娴熟的作家。爱伦·坡就是一个。他的作品结构娴熟，出色，可惜是死的。我们还有过讲究修辞的作家，他们幸运地从别人的记述或者航海的经历中发现了事情的经过，真实的事物，比如说鲸鱼，会是什么样，而这种知识包藏在修辞之中，就像布丁里边有梅干一样。偶尔有那么一颗单独放在那里，没有被包进布丁，那颗却很好。这就是麦尔维尔[1]。但人们称赞他的作品是称赞他的修辞，其实那并不重要。他们把并不存在的神秘放了进去。"

"是的，"他说。"我明白了。那是大脑的工作，大脑有工作能力才会有修辞。修辞是发电机擦出的蓝色火花。"

"有时候是吧。有时候却仅仅是蓝色火花而已，那发电机驱动的是什么呢？"

"是这样。接着说吧。"

"我忘了。"

"别。接着说。别装傻。"

"你在天亮以前起过床吗……"

"每天都是这样啊，"他说。"接着讲。"

"好吧。还有另外一些人，他们写起东西来就像他们是从英格兰放逐出来的移民，他们从来不是那个英格兰的一部分，而要去一个他们在动手创建的新的英格兰。他们都是些很好的人，具有上帝一位论派教徒

---

[1] 麦尔维尔（1819—1881），美国小说道家，代表作《白鲸》。——译者注

"女儿多大了？"

"现在 13 了。"

"有个女儿一定挺好的。"

"你想不出有多好。就像是第二个妻子。我妻子如今了解我的一切所想、所说、所信，以及我能做和不能做的一切，还有不可能成为什么人。我对我妻子也了解——全都了解。可是如今总有一个人，你不了解她，她也不了解你，她出于无知而爱你，而且对你们俩来说都陌生。是一个很有吸引力的人，是你的又不是你的，这就引起了更多的谈话……我该怎么说呢？对，就像……你怎么叫法……在这里和你们……和你们俩……对，有了……就是每天都吃的美国亨氏番茄酱。"

"这样倒是挺好，"我说。

"我们有书，"他说道。"眼下我没法儿买新书，可我们总能聊天吧。交流观点和谈话很有意思。我什么都讨论，一切的一切。我们过着非常有趣的精神生活。以前，我们谈农场，我们有《横断面》杂志。那给你一种有着有落的感觉，觉得是属于一群精英人群中的一员。那些人要是你想见就会见到。那些人你都认识吗？你应该认识他们的。"

"也就是其中的一部分人吧，"我说道。"有些是在巴黎，有些在柏林认识的。"

我不愿毁掉这个人所信奉的任何东西，所以就没谈那些人的详情。

"他们都很出色，"我虚与委蛇。

"我真羡慕你认识他们，"他说。"告诉我，谁是美国最伟大的作家？"

"我丈夫，"我妻子说。

"可别。我不想让你从家庭自豪感的角度来谈。我的意思是谁确实是最伟大的？当然是厄普敦·辛克莱。当然不是辛克莱·刘易斯。谁是你们美国的托马斯·曼？谁是你们的瓦雷里？"

"我们没有伟大的作家，"我说。"在某一时代，我们的好作家到了一定的年龄总是遇到一些状况。我可以解释，但说起来话长，怕你厌烦。"

"请解释一下，"他说。"这是我乐意听的。这是我生活中最美好的

"除非它太棒了，否则我是不会射杀它的。"我下了保证。

"朝那畜生开枪吧。"老爹出主意说。

"啊，老爹。"我说。

"朝它开枪吧，"老爹说。"你一个人杀死它，你会为你的成功高兴的。要是你不想要，就把犀牛角卖掉。你的许可证上还有一个余额呢。"

"这么说，"康迪斯基说，"你们已经终止行动计划了？你们已经决定怎么智取那些动物了吗？"

"就是，"我说道。"卡车怎么样了？"

"报废了，"那个奥地利人说。"我倒有几分庆幸呢。它太像是一个象征了。是我在东非的那块shamba[1]仅存的东西了。如今全都烟消云散，倒简单多啦。"

"你刚说的shamba是什么意思？"我妻子问道。"那个词我都听了好几个月了。可每个人都用的那些词，我都不敢问。"

"是'农场'的意思，"他说道。"除去那辆卡车，什么都没剩。我原先用那辆卡车把劳工送到一个印度人的农场。那是一个种植波罗麻的印度有钱人。我给这个印度人当经理。印度人能够从波罗麻的农场获利。"

"干什么都能挣钱，"老爹说。

"不错。我们在哪里失败了，我们就会在那里挨饿，他却挣到了钱。说起来，这个印度人很有头脑。他也很看重我。我代表欧洲组织嘛。我现在来组织土著的征召工作。这要费时间。让人印象深刻啊。我离家已经三个月了。已经搞起了组织。你可以在一周之内轻易办成，可是印象不会那么深。"

"你太太呢？"我妻子问。

"她在家里等着，是家里的管事，还带着我女儿。"

"她很爱你吗？"我妻子问。

"应该是吧，不然她早就跑了。"

---

[1]　shamba 该词原文为斯瓦西里语，意为农场。——译者注

一路都在用灰测试风向。我独自跟着阿布杜拉，把别人落在后边，我们悄悄行进。我穿的是绉呢底的靴子，软棉帮上都是土。那鬼畜生的在 50 码开外就被惊到了。"

"你见过它们的耳朵吗？"

"我见过它们的耳朵吗？我要是能见到那鬼家伙的耳朵，剥皮的就该上手了。"

"它们真是畜生，"老爹说道。"我痛恨这种盐碱地的打猎生活。一点不像我们想象的那么潇洒。麻烦在于，你在那儿干活，可它们却在那儿潇洒得很。自从那里有了盐，它们一直都是射杀的对象。"

"乐趣也就在这里嘛，"我说道。"我宁可干上一个月。我喜欢坐等射击。不用出汗。什么力气都不费。就坐在那儿抓苍蝇，喂土里的大蚂蚁。我喜欢这样。可是时间呢？"

"问题就在这里。该死的时间。"

"这么说，"康迪斯基在对我妻子讲着，"那就是你们应该见识见识的。东非大恩格麦鼓，盛大土著舞蹈节。地道的土风。"

"听我说，"我对老爹说。"昨晚我待的另一处盐碱地是绝对可靠的，只是离那条该死的大路太近。"

"追捕猎人说那儿确实是小羚羊的领地。距离也很远，来回要有 80 英里呢。"

"我知道。可那里有过四只大弯角羚的脚印。这是肯定的。昨晚要是没有那辆卡车就好了。今天在那儿守上一夜怎么样？我就那么待上一夜，直到黎明，让那块盐碱地歇一下。那儿还有犀牛呢。反正有大脚印。"

"好的，"老爹说道。"连该死的犀牛也射死。"除去我们在追捕的动物，他不愿意杀生，不愿以此为副业，不愿为装饰而捕猎，不会为了杀戮而杀戮，只有一个人不杀就不甘心情愿的时候，只有当杀生可以让一个人在同行中夺冠的时候，他才会狩猎，我看得出他提议射猎犀牛是为了让我高兴。

能够做到的。在这样灌木遍地的地区，这种是最常见的大型羚羊了。问题在于，你想看到它们的时候，却找不到。"

"我什么都不杀，你们明白，"康迪斯基告诉我们。"你们为什么不对土著更感兴趣呢？"

"我们感兴趣呀。"我妻子向他保证。

"他们真的很有意思。听我说……"康迪斯基说道，他跟她继续絮絮叨叨。

"见鬼，"我对老爹说，"我在山里的时候，我确信那些畜生就在山下的盐碱地里。母的现在都在山里，我就不信公的此刻和母的在一起。后来就在晚上来到那边，还真有脚印。它们的确到过这该死的盐碱地。我认为它们随时会来。"

"可能就是这样。"

"我敢肯定，我们在那儿碰到的一种是公羚羊。它们大概每隔两三天来舔一次盐。因为卡尔开过一枪，有些受了惊吓。要是他干脆利落地射杀了那只羚羊，而不是追着它跑遍整个该死的田野就好了。天啊，他要是干净利落地打死一只该有多好。别的新到的还会来。那样我们就只管在那里守株待兔就行了。当然它们不可能明白这一切。可是他把整个田野都惊动了。"

"他当时太激动了，"老爹说道。"他可是个好小伙。他朝花豹开的那一枪多漂亮啊，这你知道。没法比那一枪更干脆了。这阵惊恐会平息下去的。"

"当然。我责备他的时候也没什么恶意。"

"要是在埋伏处待上一整天怎么样？"

"这该死的风开始在周围转着圈吹。把我们的气味吹得到处都是。坐在那儿散发气味有屁用？要是这该死的风停下就好了。阿布杜拉今天带了一罐灰。"

"我看到他出发时拿着呢。"

"我们走过盐碱地时，没有一点风，而且还有亮光，可以射击。他

第一部 追猎与谈话 009

"它咳嗽了一声，就跑掉了，"我说道。"喂，姑娘。"

她微微一笑。她也在忧心忡忡。从天亮起，她俩一直都在聆听枪声。一直在听，甚至在我们的客人来到之后，也还在听；写信的时候在听，读书的时候在听，康迪斯基回来的时候，谈话的时候，还在听。

"你没朝它开枪吗？"

"没开枪。也没看见它。"我看出来老爹也在担心，而且还有点紧张。显然已经说了不少了的话。

"来一杯啤酒吧，上校。"他对我说。

"我们惊动过一只，"我报告说。"没机会开枪。脚印倒挺多。可再也没见一只到来。周围一直在刮风。问问小伙子们吧。"

"我刚才在跟菲利普斯上校说，"康迪斯基打开了话匣子，一边挪动穿着皮裤的屁股，把一条光着的毛茸茸的粗腿叠到另一条腿上，"你们不能在这儿待得太久。你们应该明白，雨区就要来了。从这里过去，有一条十二英里长的沟，要是下雨，你们是绝对无法通过的。不可能的。"

"他一直是这样跟我说的，"老爹说。"顺便一说，我是个准尉。我们用这种军衔当绰号。如果你本人就是一位上校，没有冒犯的意思。"随后转过身来对我说道，"这些该死的盐碱地。要是你撇下不管，倒是能打到一只。"

"他们把事情给搞砸了，"我表示同意。"你肯定迟早会听到盐碱地上的枪声的。"

"也到山上去试试嘛。"

"我会的，老爹。"

"说到底，干嘛要射杀大弯角羚呢？"康迪斯基问道。"你没必要把这看得太重。算不上什么的。不出一年，你就打到 20 只了。"

"就算是这样，最好也别对猎物部门说什么。"老爹说。

"你误会了，"康迪斯基说。"我的意思是，一个人在一年之内可能捕杀的 20 只。当然，没谁会做这样的指望的"

"一点儿不错，"老爹说道。"如果他住在产大弯角羚的地区，他是这是我们追猎大弯角羚的第十天了，但我还没见到一头成龄的大弯角羚。我们只有三天时间了，因为从罗德西亚[1]来的雨区每天都在向北移动，除非我们准备好在这里度过雨季，否则就得赶在雨季到来之前，跑到汉德尼那么远的地方去。我们已经订好二月17日为安全离开的最后一天。眼下，每天早晨天上都会有浓厚的絮云，要等上一小时以上才会放晴，而且你会感到雨区就要来临，因为雨区正一点点地向北逼近，就如同在海图上一样确定无疑。

你长时间渴望捕杀某种猎物，却在每一天都以失算、中计和失败而告终，但追猎本身，以及每次你外出时都确信，你的运气迟早会改变，你终究会得到你寻求的机会，内心还是很愉快的。然而受时间所限，在规定的时间里你一定要猎到你想要的大弯角羚，也可能根本猎不到甚至一只都看不见，心里就不那么痛快了。打猎不该是这种样子。这像极了先前的一些年轻人，他们被送到巴黎，指望在两年的期限内成为有成就的作家或者画家，如果没有学成，到时他们便打道回府，去子承父业。捕猎之道应该是，只要你活着，而且只要这种那种动物存在，就要继续；恰如绘画，只要你、颜料和画布都有，亦如写作，只要你能活着，而且有铅笔和纸张，或者墨水或者任何用以写作的机器，或者你有要写的素材，不写你就觉得犯傻，就是傻瓜。可是我们眼下在这里的局面是：为时间所迫，被季节所逼，且余钱无几，在这种情况下，无论你捕杀到猎物没有，都被迫过着一种非正常的极度激动的生活，每天的日子又会有多大意思呢？这是在少于实际需要的时间之内去完成一件事情啊！因此，从天亮前两小时起床开始，熬到接近正午时分，由于只剩下三天了，我开始为此忧心忡忡，在就餐帐篷的遮布下的饭桌旁，身穿泰罗拉式裤子的康迪斯基在滔滔不绝地说着话。我已经把他彻底忘了。

"喂，喂，"他说道。"没打到吗？什么也没干成？大弯角羚跑哪儿去了？"

---

[1]　罗德西亚是南非的旧称。——译者注

邂逅了一个白人，他简直就像身着奥地利西部蒂洛尔服饰的本奇利[1]式的漫画人物，而且还知道你的名字，称你为诗人，他读过《横断面》杂志，崇拜乔基姆·林格尔纳茨，还想谈谈里尔克，真是不可思议，难以应付。就在这会儿，又出现了更加难以置信的事：我们汽车的灯光，照出了路前方三个高高的圆锥形的什么东西，这些东西正在冒烟，就这样结束了我的胡思乱想。我示意卡乌乌停车，他踩着刹车，我们滑行到那些东西跟前才停住。那些东西有两三英尺高，我摸了摸其中的一个，还温乎着呢。

"大象，"姆科拉用斯瓦希里语说道。

那是刚才横穿道路的大象留下的粪便，在夜晚的寒气中，能看到它们还在冒着热气。没过多久，我们就回到了营地。

第二天一早，我起床后，趁着天还没亮，就赶到了另一处盐碱地。我们穿过树林走近的时候，那里有一头公大弯角羚正在舔盐，它像犬吠似的大吼一声，那是可着喉咙的刺耳尖叫，比狗吠声要高。随后就跑开去，起初无声无息，跑出一大段距离之后，才在灌木丛中弄出很大的响动；此后，我们再没看到过它。这处盐碱地简直无法接近。在其空旷地的周围长满了树，因此猎物就像被遮蔽了起来一样，你只有穿过开阔地才能到达它们跟前。唯一的办法是只由一个人匍匐前往，何况如果不在20码以内这样的近处，你不可能穿过纵横交错的树木作任何近距离的射击。当然啦，你要是一旦身处那些保护性的树木之间，被遮蔽起来，你的位置就妙不可言了，因为来舔盐的随便什么动物都会暴露在距离埋伏处不足25码的开阔地上。可惜我们一直待到11点，也没见有什么动物出现。我们仔细地用脚把盐碱地上的土抹平，以便再来时，动物新的脚印会显露出来，然后就走了两英里回到大路上。猎物知道被追猎，所以学会了入夜才来，天亮前就离开。那天早晨一头雄羚羊多待了一会儿，我们惊动了它，这一下我们就更困难了。

---

[1] 本奇利（1889—1945），美国幽默作家、戏剧评论家和演员。他身材微胖，长着一张圆圆的脸。——译者注

断面》作家，还是挺高兴的。跟我说说乔伊斯[1]是什么样子？我没钱买他那本书了。辛克莱·刘易斯[2]没什么。我买过。不行。不行。明天再跟我讲吧。你不介意我在附近宿营吧？你和朋友在一起吗？你雇了个白人猎手？"

"和我妻子在一起。我们会很高兴的。对的，雇了个白人猎手。"

"他怎么没跟你一块儿出来呢？"

"他相信我可以一个人猎捕大弯角羚。"

"最好还是干脆不猎杀大弯角羚。他是哪里人？英国人吗？"

"对。"

"杀心很重的英国人？"

"不是，心挺好的。你会喜欢他的。"

"你得走了，我不该耽搁你的。也许我明天会去见你。我们这次真是巧遇呢。"

"是啊，"我说。"明天让他们看看这辆车，只要是我们办得到的，都会尽力。"

"晚安，"他说。"一路平安。"

"晚安，"我说。我们开车走了，我看着他向火堆走去，还朝土著挥着一条胳膊。我刚才没问他，他为什么跟20个内地的土著在一起，也没问他打算往哪儿去。回头一想，我什么都没问他。我不喜欢瞎打听，在我长大的地方，这是不礼貌的。可是，自从我们离开巴巴提向南进发，两个星期以来就没遇到过白人，走上这条路之后，也只是偶尔遇到一个印度商人和从饥馑的地方来的源源不断的土著人流，如今在这儿，竟然

---

[1]　乔伊斯（1882—1941），爱尔兰小说家，作品多用意识流手法，代表作《尤利西斯》。——译者注

[2]　辛克莱·刘易斯（1885—1951），美国第一位获诺贝尔文学奖的作家，代表作《大街》。——译者注

"打猎。"

"但愿不是为了象牙。"

"不是。打大弯角羚。"

"干嘛有人要打大弯角羚呢？你，一个知识分子，一名诗人，却要打大弯角羚。"

"我还一只也没打到呢，"我说道。"不过，我们已经努力打了十天啦。要不是你那辆卡车碍事，我们今晚本来会打到一只的。"

"那辆破车。可是你得打上一年，到头来你就什么都打得到了，不过你也会后悔的。专门打一种动物真荒唐，你干嘛要这么干？"

"我喜欢这样。"

"当然啦，要是你真喜欢嘛，我还能说什么？告诉我，你到底怎么看里尔克[1]？说实话。"

"我只读过他的一篇作品。"

"哪篇？"

"《旗手》。"

"你喜欢那篇吗？"

"喜欢啊。"

"我可是没耐心读下去。势利啊。瓦雷里[2]，对。我看到了瓦雷里的观点；尽管也有不少势利的东西。好嘛，你起码不杀大象。"

"我会杀死一个大家伙的。"

"多大？"

"70磅吧，也许再小点吧。"

"我看咱们还是有些事情意见不一致。不过，遇见一位了不起的《横

---

[1] 里尔克（1875—1926），奥地利诗人，生于布拉格，其神秘主义对西方现代文学有巨大影响。著名诗作有《祈祷书》《杜伊诺哀歌》《献给厄尔普斯的十四行诗》等。——译者注

[2] 瓦雷里（1871—1945），法国诗人和评论家。——译者注

"要是你能到我们的营地去，我们倒真有一位机械师。"

"有多远？"

"大概20英里吧。"

"天亮以后，我就可以去了。眼下我不想让车里响着那该死的声音再往前开。它要跟我对着干，找死呢。其实，我也不喜欢它。我要死的话，不会惹它烦的。"

"喝一口怎么样？"我举过瓶子。"我叫海明威。"

"我叫康迪斯基，"他说着，还弯了弯腰。"海明威这名字我听到过。在哪儿呢？我在哪儿听到的？哦，对了。是那本《诗人》。你知道诗人海明威吗？"

"你在哪儿读过他的作品？"

"在《横断面》那本书里。"

"那就是我，"我说道，心里挺高兴。《横断面》是一本德文杂志，好多年以前，我在美国无法打开市场的时候，曾经给那本杂志写过几首歪诗，还在那杂志上发表过一部比较长的短篇小说。

"这倒没想到，"那个戴泰罗拉帽的汉子说道。"告诉我，你觉得德国诗人林格尔纳茨怎么样？"

"挺出彩的。"

"是这样，这么说你喜欢林格尔纳茨啰。好啊。你怎么看海因里西·曼[1]呢？"

"他不行。"

"你确信吗？"

"我只知道他的东西我读不下去。"

"他一点也不行。我看，我们倒有些共同看法。你在这干嘛呢？"

---

[1] 海因里希·曼（1871—1950），托马斯·曼之兄，作品多揭露和批判资本主义社会的腐朽，纳粹夺权后出逃法国，后定居美国。著名作品有《帝国三部曲》——《臣仆》《穷人》《首脑》等。——译者注

坐着，向后一靠，就成了头低膝高的姿势，我透过枯叶和细枝望出去，便看到一只比较小的公大弯角羚从灌木丛来到盐碱地的空地边缘立在那里，只见它颈部粗壮，浑身灰毛，体态雄俊，螺旋形的双角映着阳光。我瞄准了它的胸部，但是没想开枪，以免惊动肯定会趁黑来的大弯角羚。但是在我们听到卡车声响之前，那只雄羚羊就已经听见了，所以跑进树丛中，而此前在平地上灌木丛中活动的，或者从小山穿过树林来舔盐的其他各种动物，全都在那爆炸似的噼啪爆响的声音中停了下来。它们会过一会等天黑了再来，可那就太迟了。

于是，我们这会儿就坐在汽车里，沿着路上的沙迹向前驶去，车灯照花了蹲在附近沙地上的夜莺的眼睛，直到庞大的车身就要压到它们身上，才稍微有些慌乱地腾空飞起；掠过白天沿路西行的旅人留下的火堆，抛下了我们前方饥馑遍野的土地；我坐在车里，枪托放在脚上，枪筒拢在左臂弯里，两膝间夹着一瓶威士忌。我把酒倒进一只白铁缸子，摸黑从肩头递给后面的姆科拉，让他兑些水壶里的水，然后喝了一口，这可是一天里的第一次，而且是我们带的最好的酒，望着我们在黑暗中经过的茂密的灌木，感受着清凉的夜风，嗅着非洲的芳香气味，我感到无比的幸福。

随后，我们看到前方有一大堆火，我们到了火堆前，又从火堆旁驶过的时候，我看出在大路旁有一辆卡车。我要卡乌乌把车停下倒回去，我们退进火光里，看见那里站着一个身材矮小的人，他头戴泰罗拉帽，衬衫敞开，向外弯曲的腿上穿着皮短裤，跟前是一台车盖敞开了的汽车发动机，周围是一群土著。

"我能帮帮忙吗？"我问他。

"不用啦，"他说道。"除非你是个机械师。它跟我过不去，所有发动机都跟我过不去。"

"你认为是发火定时器的毛病吗？你开车经过我们时，那声响就像是定时器的爆裂声。"

"我觉得情况要更糟，那声音听起来像是糟透了。"

"再等一小会儿。"我劝他。他复又低下头来，这样头就不会暴露在枯树枝的上头了。我们坐在烟尘滚滚的埋伏洞里，直到天黑得看不清我来福枪上的准星才罢休；可是，除了卡车，什么也没来。戏剧范儿的那个人一脸的不耐烦，坐立不安。

就在最后那道日光消失前的那一刻，他对姆科拉低声说道，现在天太黑了，都不能瞄准了。

"闭上你的嘴，"姆科拉警告他。"你看不见准星的时候，老板能。"

另外两个追猎手，受过教育的那个，为了显示他受过教育，又用一根尖尖的小树枝在自己黑黑的腿上划自己的名字——阿布杜拉。我看着，完全没有赞赏之意。姆科拉看着那个词，面无表情，一丝一毫都没有。俄顷，写名字的追猎手把名字划掉了。

最后，在最后一道日光里，我最后一次瞄准，发现即便把瞄准器上的孔距调大，还是看不见。

姆科拉在观察。

"看不见，"我说道。

"就是，"他附和道，说的是斯瓦希里语。"回营地？"

"回。"

我们起身出了埋伏处，穿过树林，走在带沙的土地上，在树与树之间，在树枝下面摸索着又上了大路。车停在大路一英里远的地方。我们走到车旁，司机卡乌乌把车灯打开。

那辆卡车毁了这次追猎。那天下午，我们把车停在路上，蹑手蹑脚靠近盐碱地的边缘。这块盐碱地不过是一块林间空地，其中一块地被磨蚀成了许多深泥塘，边缘也形成了许多沟槽。动物来深塘舔泥里的盐吃，沟槽就这样被舔出一个又一个坑来。前一天下过一点儿雨，还不至于把盐碱地淹没，除了许多较小的大弯角羚留下的脚印，我们还看到了前天夜里到过盐碱地的四个大弯角羚刚刚留下的那长长的心形脚印。此外，根据脚印和带草的、被踢成堆的粪便推测，还有一头犀牛夜夜光顾。埋伏处搭在离盐碱地仅有一箭之遥的地方，我们在一半都是灰土的洞里

第一部　追猎与谈话

第一章

和康迪斯基谈文学。在盐碱地等待大弯角羚

我们坐在万德罗博[1]盐碱地的边缘，猎人们在那里用大大小小的树枝设置了一个陷阱，这时传来了卡车越来越近的声音。开始声音很远，谁也听不出是什么，后来声音停了下来，我们就盼着什么声音也不曾有过或者可能仅仅是风声。接下来声音慢慢地越来越近，越来越大，现在不会有错了，声音越来越大，最后随着一串烦人的叮当声和不规则的爆炸声，卡车紧贴着我们身后继续沿路而下。两个追猎手中更有戏剧范儿的那个站了起来。

"没戏啦。"他说道。

我用一只手捂住了嘴，示意他坐下。

"没戏了。"他重复着，还大大地摊开了双臂。我从来就没喜欢过他，现在更不喜欢了。

"再等会儿。"我低声说道。姆科拉摇了摇头。我看着他那光秃秃的黑脑壳，他的脸略偏了偏，我就看见了他嘴角那中国式的稀疏胡须。

"瞎等。"他用斯瓦希里语说道。

---

[1] 万德罗博为东非的一个狩猎民族，居住在肯尼亚的西部和坦噶尼喀的北部。——译者注

第八章　093
像西班牙的地区。打到一只大弯角羚

第九章　109
卡尔打到一只大弯角羚

第三部　追猎与失败

第十章　113
与杰·菲聊文学轶事

第十一章　130
盐池狩猎，一无所获

第四部　以追猎为幸福

第十二章　141
打到两只大弯角羚

第十三章　160
卡尔打到更大的，最后输了竞猎，但赢了嫉妒

目 录

（章下为编辑所加提要）

第一部　　追猎与谈话

第一章　001
和康迪斯基谈文学。在盐碱地等待大弯角羚

第二章　024
第一次打中狮子

第二部　　记忆中的追猎

第三章　031
等候犀牛的出现

第四章　044
我和卡尔各猎到一头犀牛，卡尔的更大

第五章　058
打到一头大水牛

第六章　081
湖上打鸭

第七章　087
舌蝇的村庄，寻觅大弯角羚未果，追猎狮子未果

前　言

与许多小说不同，本书的人物及事件均非杜撰。任何一位读者在阅读本书的时候，如果感觉其中的爱情成分不足的话，他或者她完全可以把在当时可能产生的爱情成分插进去。作家试图写出一部绝对真实的作品，以便让人们看到：只要如实地反映一个地区的状况和人在一个月内的行动的模式，便可与一部虚构的作品一争高下。

凡事抱最大的希望，作最坏的打算

牛津大学的学生（Oxonian）、我的文学伙伴（My Literary Pal）：海明威给他起的外号。

8　卡乌乌（Kamau）：扛枪的人，当地黑人土著。

9　却罗（Charo）：猎手和追猎手，当地黑人土著，侏儒。

10　莫罗（Molo）：海明威的仆人，当地黑人土著。

11　垂眼皮（Droop）：猎手和追猎手，当地黑人土著。

12　戴维·加利克（David Garrick）：向导，当地黑人土著。

　　名角（Famouse Actor）、悲剧演员（Tragedian）、戏子（Actor）：海明威给他起的外号。

13　罗马长老（The Roman Elder）、罗马人（The Roman）：海明威给一个猎人、当地黑人土著起的外号。

14　老头（Old Man）：扛枪人、猎手，当地黑人土著，海明威对他的称呼。

15　丹（Dan）：当地黑人土著。

16　凯蒂（Kayti）：当地黑人土著。

主要人物名字中英文对照

1　海明威（Hemingway）：本书作者

上校（Colonial）、老海姆（Old Hem）、该死的打公弯角羚的家伙（Damned Bullfighter）：杰克森·菲利普对海明威的称呼。

爸爸（Papa）：波琳·菲佛对海明威的爱称。

姆孔巴老板（B'wanna M'kumba）：当地土著对海明威的称呼。

费西老板（B'wana Fisi）：海明威的自称。

2　杰克森·菲利普（Jackson Phillip）：非洲的英国人，海明威的师友。

杰先生（Mr. J.）：简称。

杰·菲（J. P.）：简称。

准尉（Mister）、老混蛋（Old Bastard）：海明威对他的称呼。

老爹（Pop）：外号。

3　妈妈（Mama）、老妈妈（Good Old Mama）：波琳·菲佛，即海明威的妻子的外号。

P. O. M：波琳·菲佛的简称。

小猎犬（Little Terrier）、小夫人（Little Memsahib）、小女人（Little Woman）：杰克森·菲利普对波琳·菲佛的称呼。

4　卡尔（Karl）：海明威的朋友，白人。

5　康迪斯基（Kandisky）：奥地利人，在非洲经商。

皮短裤（Leather Shorts）：海明威和杰克森·菲利普对他的称呼。

6　姆科拉（M'Cola）：追猎手，当地黑人土著。

7　阿布杜拉（Abdullah）：追猎手，当地黑人土著。

我的译本曾经进入纯文学畅销榜的第一位。感谢海明威，感谢读者。

中国人有句老话，叫做"青山不改，绿水长流"。在大师诞辰117年的今天，让我们走进非洲的青山，走进海明威，走进永恒。

是为序。

张白桦

2016 年年初于塞外古城宅宅斋

自杀之前，猎枪一直支撑着他的生活，与飞禽、野兽的斗智斗勇使他对自己的力量充满了自信和骄傲。许多美国记者常常把海明威描写为饮酒、拳击、打猎和捕鱼的能手。从一些照片上看，他总是咧着嘴大笑，手上拿着酒杯，身旁挂着一条大鱼或躺着一只大猎物。

如果没有雄性荷尔蒙，海明威就不是海明威了。他在本书极力赞美猎枪带来的快感。到了最后，海明威将这种能够带来感官享受的工具不仅仅瞄准了动物，也对准了自己。他赞同尼采的观点："适时而死。死在幸福之峰巅者最光荣。"也许，是他担心自己"被打败"，而"毁灭"了自己喜欢的这种形象，因为这无疑具有男子汉豪放粗犷的魅力。

四、海明威的幽默情结

幽默不是不正经。幽默不过是正经的另一种表现形式而已。可惜，大多数人非要把两者对立起来看。放置在西方文化传统中的幽默，是一种美德；而在我们的文化里，它即使不算是恶德，至少也是不能登大雅之堂的。

博览群书使得海明威小的时候喜欢给亲友和自己取一些有趣的绰号。他给外祖父取名"阿爸熊"，叫女佣人为"莉莉熊"。他的这一嗜好甚至保持终生。在本书中，他给几个主人公都取过或亲切或滑稽的绰号，充分展现了人物的个性和他的幽默感，如"悲剧演员""老爹""罗马人""皮短裤""垂眼皮""牛津大学学生"等，读后让人忍俊不禁。此外，本书在精短的对话和不动声色的叙述中自始至终贯穿着海明威式的幽默睿智。

最后，我要感谢我的恩师谢天振教授，是他在编辑求助的第一时间推介了我；我要感谢北外多位专家学者，是他们在百忙中通读本书，帮我拔掉了原著中随处可见的、让我束手无策的斯瓦西里语等语种的"钉子"；感谢命运，让我第二次以译者的身份走近海明威，而第一次的接触是愉快的，在当当网上，在众多海明威的《老人与海》的译本中，威永远的情结。本书中海明威笔下奔跑的野生动物、粉红的火烈鸟、"鹿苑般的仙境"都让人过目不忘。"我在非洲见到的最可爱的地区。我不敢相信我们怎么会突然进入了这样一个美妙仙境。身在这样的仙境,就如同做了个美梦,快乐无比,所以一觉醒来,唯恐是易逝的幻觉,所以伸出手去摸了一下万德罗博人的耳朵。"

其次是人。非洲最为外界熟知的部落,是马萨伊部落,也是非洲地区最神秘的游牧民族。马萨伊人大大的耳洞是他们独特的标志,不过这也会造成一些不便,比如赶着牛群在树林里行走时,树枝经常会将耳洞挂住,所以马萨伊男子就把耳朵挽起来。本书中的万德罗博——马萨伊人的耳朵就是这样。"这个村庄很大,跑出来一些褐色皮肤、双腿修长、步履轻快的人,他们看起来年龄相仿,头发梳成一个粗粗的棍子样的辫子,跑动起来在身后甩来甩去。他们跑到车前,把车团团围住,个个欢声笑语的。他们手持长矛,个个身材高挑,容貌俊美,牙齿洁白整齐,头发染成红褐色,在前额上编一圈刘海。""他们是我在非洲见过的第一批真正轻松快乐、乐天达观的人。""他们有那种天下一家的态度,那种虽然没有说出来,却可以立刻彻底接受你的襟怀,持这种态度的人本人是浑然不觉的,他们也生存不下去,但亲历这种态度让你开心,几乎没有什么可以与之媲美。"

这是遁世者的乌托邦。它是死亡世界最后的一丝残余,也是闪亮生命的摇篮。所以海明威才会说:"如今我唯一想做的事就是回到非洲。我们还没有离开,就已经会在半夜醒来,躺着凝神聆听,已然感到了思乡之情。"

三、海明威的猎枪情结

打猎在东西方都是寻常事,中国也有苏东坡的"左牵黄右擎苍",西方简·奥斯丁的小说中无论男女最常见的活动也是打猎。

小海明威十岁的生日礼物是一枝猎枪。直到 1961 年 7 月 2 日用猎枪

一、海明威的真实观

海明威的一生，从生长地美国芝加哥到意大利、巴黎、西班牙、非洲，而后回到美国的基韦斯特，又前往古巴，他不仅具有远远超过一般作家的见识和阅历，加上四次婚姻的生活经历和勤奋工作习惯，也使他有了超过常人的对生活和人生的感受、理解。他的小说人物，来源于现实，真实感强烈。

而《非洲的青山》在前言中开宗明义地说："作家试图写出一部绝对真实的作品，以便让人们看到：只要如实地反映一个地区的状况和人在一个月内的行动的模式，便可与一部虚构的作品一争高下。"事实证明，他做到了。他称这本书是用小说的笔法记录事实的试验，他的试验成功了。

此外，本书对文学创作的看法也是真实的。

1954 年 10 月 28 日，海明威荣获诺贝尔文学奖，他的讲演稿中有他非常诚恳的夫子自道："二十世纪写作，充其量也只是个孤独的生涯，各类作家组织减轻了这种孤独感，但是我怀疑它们是否改进了作家的写作。他增加了知名度，摆脱了孤独，却往往降低了写作的质量。因为他只是孤军作战，假如他是个好作家，那就必须每日都面对永恒，否则他就不够格。"他深入分析并且热烈赞扬了写作这一孤独的职业，同时毫不客气地说上世纪 30 年代的美国作家，男的老了以后，成了婆婆妈妈、唠叨不休的碎嘴子，女的变成圣女贞德，看什么都不顺眼，都是离经叛道。此外，他对美国文学也作了全面的批评。

二、海明威的概念非洲

莎士比亚历史剧《亨利四世》中的一句台词已然道明了该书的主旨："我说的是非洲和黄金般的喜乐。"

首先是大自然。神秘的非洲，狂野的非洲，它是狩猎者的瓦尔哈拉。海明威一直向往非洲的原始森林，认为非洲是人类的天然动物园。充满生机的非洲大草原和它永远的主人——各种各样的野生动物，成为海明海明威的个性暴露无遗，也间接反映出海明威对西方社会现实的反感和逃避。

到非洲打猎，是海明威狩猎史上最灿烂的一页，也是他童年的梦想。当然，对于从十岁起就扛着自己的枪和父亲一起出去打猎的海明威来说，不可能满足于打一些飞鸟和普通走兽，他显然渴望和更凶猛、更庞大的动物对峙、搏杀，于是，他去了非洲。1933 年 8 月，揣着波琳的格斯舅舅慷慨提供的 25000 美元，海明威夫妇踏上了远征非洲丛林、沙漠的征程。途经马德里、巴黎、马赛、赛得港、吉布提、亚丁，12 月 8 日到达肯尼亚的蒙巴萨。在一位白人猎手菲利普·珀西瓦尔（他曾经与英国首相温斯顿·丘吉尔及美国总统西奥多·罗斯福一起打过猎）的陪同下在马查可斯（距内罗毕 20 英里）珀西瓦尔的农场附近打了几天猎。12 月 20 日，他们动身往南，到坦噶尼喀的塞伦盖蒂草原，这里邻近非洲最高峰、终年白雪覆盖的乞力马扎罗峰，到处可见成群结队的野生动物，在这里，海明威的勇敢精神和枪法得到了充分的展示。海明威的非洲之行战果辉煌，他在非洲待了 72 天，一共打死 3 只狮子、一只野牛和 27 只其他动物。不太美妙的是，正当海明威在非洲原野上大展雄风，显示男子汉力量的时候，1934 年 1 月中旬，严重的痢疾击倒了这位猎狮英雄。最厉害的时候，他一天大便 150 次，大肠拖出体外 3 英寸长，得用肥皂洗后托回体内，每天屙出的血将近一夸脱。最后，一架私人飞机把他从狩猎地的帐篷里接回内罗毕，才免遭魂断非洲大地的厄运。

一直都喜欢海明威，喜欢他作品的主题，喜欢他独特风格与简约有力的文体，以及多种现代派手法的出色运用和笔下人物的"硬汉"形象，喜欢他的真实，喜欢他的幽默诙谐。但我在这里不想赘述他的"电报体""冰山理论""重压之下优雅的风度的硬汉"，我只想说说这本书最为突出的特色。

译者序

"打猎不该是这种样子。这像极了先前的一些年轻人,他们被送到巴黎,指望在两年的期限内成为有成就的作家或者画家,如果没有学成,到时他们便打道回府,去子承父业。捕猎之道应该是,只要你活着,而且只要这种那种动物存在,就要继续";

"革命是极好的。真的。在相当长的一段时间里。接着就变坏了。"

"一个人对故乡以外的某个地方有如家的感觉,这个人就应该到那里去。"

这些是《非洲的青山》中的只言片语,感兴趣的话,您可以去领略全貌。

在海明威的众多自传体作品中,非洲是最为薄弱的一部分。他试图自己填补这段空白。他30年代的第一次非洲之行带来了重量级的作品《非洲的青山》。它源于神秘的非洲大陆,故比起其他作品更具有异域风情。海明威的非洲题材作品是其整个文学创作中的一朵奇葩,也被认为是有关狩猎的最好的书籍。

在美国的"天涯海角"基韦斯特(Key West),海明威度过了一生中难忘的时光。20世纪30年代是海明威创作的鼎盛时期,《非洲的青山》就是在此时问世的。全书中分成四个部分:"追猎与对话",把追猎与创作联系起来;"记忆中的追猎",回忆美好的旧时光;"追猎与失败",海明威与其竞争对手的友谊得到加强;"以追猎为幸福",追猎中不良的情感全都烟消云散,巩固了彼此的友谊。该书在追猎中所体现的情感变化使

图书在版编目 (CIP) 数据

危险的夏天·非洲的青山 /（美）海明威（Hemingway, E.）著；张白桦译.
—北京：北京大学出版社，2016.7
（沙发图书馆）
ISBN 978-7-301-27131-5

Ⅰ.①危⋯ Ⅱ.①海⋯ ②张⋯ Ⅲ.①长篇小说 – 小说集 – 美国 – 现代
Ⅳ.① I712.45

中国版本图书馆 CIP 数据核字（2016）第 105679 号

书　　　名	危险的夏天·非洲的青山
	WEIXIAN DE XIATIAN · FEIZHOU DE QINGSHAN
著作责任者	〔美〕欧内斯特·海明威 著　张白桦 译
责任编辑	王立刚
标准书号	ISBN 978-7-301-27131-5
出版发行	北京大学出版社
地　　　址	北京市海淀区成府路 205 号　100871
网　　　址	http://www.pup.cn　　新浪微博：@ 北京大学出版社
电子信箱	sofabook @ 163.com
电　　　话	邮购部 62752015　发行部 62750672　编辑部 62765217
印　刷　者	北京中科印刷有限公司
经　销　者	新华书店
	880 毫米 × 1230 毫米　A5　11.625 印张　彩插 64 页　180 千字
	2016 年 7 月第 1 版　2016 年 7 月第 1 次印刷
定　　　价	58.00 元

未经许可，不得以任何方式复制或抄袭本书之部分或全部内容。
版权所有，侵权必究
举报电话：010-62752024　电子信箱：fd@pup.pku.edu.cn
图书如有印装质量问题，请与出版部联系，电话：010-62756370

非洲的青山

[美] 欧内斯特·海明威 著
张白桦 译

沙盘图书馆
Sebook
第
一
辑
一